늘 건강하세요♡

최서연

중증외상센터

GOLDEN
HOUR

골든 아워

한산이가
지음

중증외상센터

GOLDEN
HOUR

골든 아워
XI

몬스터

차례

빛의 도시 7

이곳이 바뀔 수 있을까 72

어딘가에서 희망이 147

잠재력 너머 204

우리가 할 수 있는 일 265

풍요로운 지옥 327

빛의 도시

누와라엘리야Nuwara Eliya. 빛의 도시란 별명을 가지고 있는 이곳의 아침은 새벽 4시경부터 시작된다. 관광객들이 그 시간에 일어나야 한다는 뜻은 아니었다. 이름 없는 이들의 분주한 일상은 어두운 곳에 숨겨져 있었다.

"음."

놀랍게도 리처드 또한 그 시간에 깨어 있었다. 아니, 깨어 있는 정도가 아니라 차량에 탑승한 채 병원 부지 쪽으로 가고 있었다. 아무래도 시간이 더 늦어지면 올라오고 내려오는 차량 때문에 공사 자재들이 올라오기 어려웠기 때문이었다. 현지 상황을 잘 몰랐던 한 달 전까지만 하더라도 대체 왜 공사가 늦어지는지 이해할 수 없어 닦달하러 온 리처드였지만, 막상 와보니 그게 아니란 것을 단박에 깨달을 수 있었다.

'아니 무슨 놈의 도시가 이런 산골짜기에 있어……'

해발 1800미터에 위치한 이 도시에 오려면 수도인 콜롬보에서 차를 타고 6시간에서 8시간을 꼬박 달려야만 했다. 그마저도 통행이 원활한 시간대의 얘기였다. 왕복 2차선이라고는 하는데, 막상 타보면 솔직히 차 한 대 다니기에도 아슬아슬해 보일 만큼 좁은 구간이 너무 많았기 때문이었다. 융통성 있게 조금씩 옆으로 가면 안 되냐는 말이 나올 수도 있겠지만, 그렇게 하다간 낭떠러지로 수직 낙하하는 진귀한 경험을 인생 마지막 선물로 간직하게 될 공산이 컸다.

'이럴 줄 몰랐다고 하면 이해해줄까?'

리처드는 잠시 자신의 스승을 떠올렸다. 분명 지나치다 싶을 만큼 잘생긴 인간이지만 어쩐지 그의 회상 속 강혁은 악마의 형상을 띠고 있었다.

'내가 누와라엘리야가 산이라고 했냐, 안 했냐!'

무조건 이렇게 나올 것이 분명했다. 생각해보면 이 말을 듣기는 했더랬다. 정글이었던 산지를 개척하는 과정에서 물경 수십만에 달하는 노동자들이 죽었다는 사실도. 그럼 현지 상황을 예측할 수 있어야 했을 텐데, 못 했으니 리처드의 잘못이 있다고 할 수 있었다.

'망할.'

리처드는 욕설을 나지막이 내뱉으면서 창가를 바라보았다. 컨테이너로 이루어진, 수용소 비슷하게 생긴 단체 숙소에서 이제 막 우르르 나온 노동자들이 차밭을 오르고 있었다. 벌써 산 뒤편으로 해가 아스라이 떠오르고 있었기에 풍경은 무척 아름다웠다. 노동자들 또한 전통 스리랑카 복색을 하고 있어서, 모르는 사람이 본다면 '이것이 동양의 신비인가' 할 만한 광경이었다. 실제로 몇몇 관광객들이 카메라 셔터를 쉼 없이 누르고 있었다. 꽤 시끄럽고 소란스러울 텐데도 노동자들은 그쪽으로 눈길 한번 주지 않았다. 그들은 오직 이마에 둘러멘 거대한 광주리만을 신경 쓰고 있었다. 대강 봐도 초등학생 하나 정도는 무리 없이 들어갈 만한 부피의 광주리였다.

'여기에 찻잎 꽉 채워서 받는 돈이 1달러라고 했던가.'

전형적인 미국 중산층으로 살아온 리처드로서는 쉬이 상상하기 어려운 생활이었다. 하루 온종일 일해봐야 1달러 남짓한 돈을 손에 쥘 수 있다니. 이곳의 물가가 아무리 저렴하다고 해도 말도 안 되는 일이었다. 실제로 관광지를 겸하고 있는 곳이기에, 식당가에서 밥을 먹으려면 제일 저렴한 것도 4, 5달러는 하지 않던가.

'저걸 보면 백 교수님이 왜 오자고 했는지는 알겠는데…….'

일상이 곧 고통인 사람들이지 않은가. 그 와중에 제대로 된 의료 서비스를 누릴 수 있을 거라고 기대하는 건 이상한 일이었다. 한구에서처럼 총소리가 울려 퍼지진 않겠지만. 과연 그곳에 있는 사람들보다 이 사람들이 더 안전하다고 할 수 있을까.

'그럴 리가 없지.'

리처드는 자신도 모르게 한숨을 내쉬곤 정면을 바라보았다. 앞으로도 쭉 차밭이었다. 비슷한 풍경의 반복이라는 것인데, 그것이 이곳 누와라엘리야의 매력이었다. 녹차나무들이 즐비한, 잘 정돈되어 보이는 야트막한 동산과 그 뒤로 떠오르는 햇빛. 햇빛을 사방으로 골고루 반사하는 물안개. 그리고 전통 복색을 하고 사이사이를 오르는 노동자들. 마치 잘 그려진 한 폭의 풍경화 같은 광경이었다. 이 때문에 이곳에 오는 관광객들은 주로 장기 체류를 선호했다. 리처드만 해도 묵고 있는 호텔에서 친구를 여럿

사귀었을 정도였다.

"이제 다 와갑니다."

잠시 상념에 빠져 있으려니, 옆에 있던 운전병이 말을 걸어왔다. 머리를 짧게 깎은 전형적인 미군의 모습을 하고 있었는데, 리처드는 볼 때마다 한구 생각이 나서 움찔했다. 여기는 오히려 이런 복색이 더 안전하다는 것을 알면서도 그랬다.

"어, 그래. 고마워."

"아닙니다. 모시게 되어 영광입니다."

"음."

병사는 리처드에게 무척 깍듯했다. 아무래도 실제 전투에 나서는 일이 잦은 미군 병사로서는 드문 일이었다. 전쟁을 경험한 병사가 비전투 병과인 군의관을 마음속 깊이 존경하게 되는 건 어려운 일이었기 때문이다. 왜 그런가 했는데, 알고 보니 같은 훈련소 전우가 아프가니스탄에 있었다고 했다. 작전 중 다쳤는데, 그걸 한구 병원에서 고쳐주었다고.

'내가 아니라 백 교수님이 한 것 같기는 한데…….'

알아서 잘해주는데 굳이 내가 한 게 아니라고 할 필요는 없지 않은가. 게다가 리처드가 다른 환자를 돌보지 않았다면 제아무리 강혁이라 해도 그 병사를 치료할 수는 없었을 터였다. 리처드는 그렇게 열심히 자기 합리화를 하면서 차에서 내렸다.

"거기! 망치 줘!"

"어어……. 시멘트 부어, 부어!"

공사가 한창이었다. 늦어봐야 내일모레면 강혁이 올 텐데. 그

때까지 이게 완성이 될 수 있을까?

"이거 창 달려면…… 얼마나 걸릴까?"

"아, 네. 중령님. 아무래도…… 사흘 정도는 걸리지 않을까 합니다. 그래도 이만하면 엄청 빨리 진행되는 겁니다. 확실히 대사관 협조받아 와주신 게 컸습니다."

"음."

리처드의 질문에 역시나 머리를 짧게 깎은 상사가 씩씩한 얼굴로 답했다. 그 전까지는 차량도 밀리고, 인부들 태도도 뜨뜻미지근했었는데 그나마 리처드가 파견 오고부터는 일이 꽉꽉 진전된 까닭이었다. 보통 이렇게 되면 티를 내기 마련인데 리처드는 그런 것도 없었다. 고속 승진한 중령치고는 아주 좋은 태도라 할 수 있었다. 그저 이따금씩 불안한 얼굴로 손톱을 물어뜯는다는 게 유일한 흠이라면 흠이었다.

"뒤졌네……."

"네?"

"아니, 아냐. 음……. 무슨 수를 내야겠는데."

"무슨 수를 말입니까?"

"아닐세. 일단 여기……, 내가 계속 있을 필요는 없겠지?"

리처드는 분주하게 움직이는 인부들 그리고 공사 차량과 그들을 감독하는 미군 간부들을 돌아보며 입을 열었다. 대사관에서 적극 협조하라는 공문이 있기 전까지는 인부들도 느슨하고, 심지어 근처 공무원들이 와서 자재들 가지고 이런저런 시비를 걸었다더니만, 지금은 오히려 자재들이 잘 올라올 수 있도록 돕고 있었다.

'여기도 부정부패가 장난 아니라고 하더니만.'

꼭 스리랑카만의 문제라고 할 수는 없었다. 개발도상국 중 청렴한 공직자들로만 이루어진 곳이 있다던가. 심지어 선진국에서도 심심치 않게 이루어지는 것이 부정이고 부패였다. 아무래도 감시 체계가 훨씬 느슨한 데다가, 사회적인 합의도 제대로 이루어지지 않은 곳에서는 더더욱 심할 수밖에 없었다.

"아, 네. 문제없습니다."

"그럼 언제까지 완성할 수 있을까?"

"음……. 넉넉하게 잡으면 1주일입니다."

"타이트하게 잡아본다면?"

상사는 그제야 이 중령이 뭘 걱정하는지 제대로 알아먹었다.

'뭐 별이라도 오나 보지?'

기한이 있는데 그걸 맞추지 못한 모양이었다. 계속해서 실제 전투를 경험하고 있는 데다가, 문화 자체가 더욱 합리적인 미군이기에 한국군보단 의전에 덜 신경 쓰는 편이었지만 그렇다고 해도 군대는 군대였다. 별이 온다고 하면, 이 근처 해역에서 올 만한 사람들은 3함대나 5함대일 텐데 그렇다면 작은 일은 아니지 않은가.

"최대한 당기면…… 나흘 정도 될 것 같습니다. 저희도 돕겠습니다."

"음, 나흘이라."

리처드는 강혁이 오늘 타기로 한 비행기를 떠올렸다. 인천 공항에서 콜롬보 공항은 아직 직항 노선이 없었다. 외교관 신분으로 오는 거라 원한다면야 전세기를 띄울 수도 있었겠지만, 강혁은 그럴 거면 물품 하나라도 더 달라고 한 참이었다. 덕분에 강혁 일행은 케세이 퍼시픽을 타고 싱가포르까지 간 후, 거기에서 6시간 체류한 뒤 다시 이곳으로 날아올 예정이었다.

'그럼 내일 새벽에나 돼야 콜롬보에 떨어져.'

단기 봉사라면 한국인들 특성상 그대로 버스 타고 이곳으로 직행할 것이 분명했다. 리처드는 아직도 한국에서 날아온 팀들을 잊지 못했다. 어찌나 서두르는지 원래 현지에 있던 사람들까지 안절부절못했을 지경이었다.

'그래도 이번엔 초장기 프로젝트잖아. 설마 그렇게까진 안 하겠지.'

일에 미친 사람들이라고는 하지만 1년이나 있을 건데 그 몇 시간 아끼겠답시고 밤에 산을 오르는 수고를 감수할 것 같진 않았다. 강혁 혼자라면야 뛰어서라도 올 텐데, 지금은 딸린 식구들이 있었다. 강혁 성격에 안전을 염두에 둘 터였다. 엄청 무심해 보이는 사람이 뒤로는 알뜰살뜰 챙기지 않던가.

'좋아. 그럼…… 내가 내려가자. 가서 호텔로 일단 안내를 하고, 호텔을 저기 그 어디야……. 아, 모르겠네. 시발, 내가 바로 왔구나. 미친놈이 딴 놈이 아니라 나네. 한국인인 줄?'

호텔로 가로채기를 하고 시간을 끌려 했는데 아는 호텔이 단하나도 없었다. 다름 아닌 리처드 본인이 바로 누와라엘리야로 달려온 까닭이었다. 이제 다 되어가겠거니 하고 건 확인 전화에서 한참 남았다고, 한 석 달은 더 걸릴 거란 얘기를 들었으니 어쩔 수 없는 일이었다.

"오케이, 그럼 믿고 맡기겠어. 난 잠깐 콜롬보 다녀올 거야. 무슨 일 있으면 연락 주고."

"네. 중령님."

리처드는 곧장 현장을 떠나 콜롬보로 향했다. 다행히 전속으로 배정된 운전병이 있어 이동이 그렇게까지 어렵진 않았다. 문제는 콜롬보 호텔을 수배하는 일이었는데, 이것도 아주 불가능하진 않았다.

"어, 샘?"

한구에서 지옥 같은 6개월간의 파견을 마치고 잠시 본국으로 돌아갔던 샘이 승진해서 스리랑카 대사관으로 파견 온 덕이었다. 말이 스리랑카 대사관이지, 실제론 누와라엘리야에서 근무하게 될 것이란 걸 리처드도 알고 샘도 알았다.

"네……."

그래서 그런가 목소리에 힘이 별로 없었다. 강혁이었다면 여기서 대뜸 화를 냈겠지만 리처드는 그러지 않았다. 그는 나름대로 상식적인 사람이었다.

"도와줄 일이 생겨가지고……. 백 교수님 관련한 일이야."

"비행기라도 떨어뜨려드려요?"

"아니……. 다른 사람도 있으니까 그건 안 되고."

리처드는 잠시 달달한 상상에 빠졌다가, 어중간한 사람들도 죽을 거란 생각에 마음을 고쳐먹었다.

"그럼 어떻게 해요?"

"그런 게 아니라……. 여기 지금 병원이 아직 멀었대. 최대한 당겨봐야 나흘?"

"나흘? 뒤졌네."

"뒤질 순 없잖아……. 우리 룸메야. 기억하지?"

"음."

그렇게 좋은 룸메였나. 혼자 이상한 짓 하던 놈 아닌가. 샘은 그런 생각을 하다가 문득, 리처드가 '시발'이라는 마법의 주문을 가르쳐주었다는 것을 깨달았다. 은혜는 갚아야 했다.

"알았어요, 뭐 하면 돼요?"

"리조트 좀 예약해줘. 인도양 보이는 곳으로. 아주 눈깔 돌아가서 며칠은 죽치고 있게. 정 안 되면 시기리야? 뭐 거기라도 좀 보내야 되니까 관광 가이드 좀 알아봐주고. 한국인이면 좋은데……. 한인회 있을 거야."

"많이 치밀해지셨네."

"좀 도와줘. 살려줘."

"알았어요. 같은 처지에 돕고 살아야지. 걱정 말아요."

리처드는 샘에게 리조트 수배를 맡기고 그대로 콜롬보 공항으로 직행했다. 공항으로 가다보면 해안가를 따라 기찻길과 건물들이 늘어서 있는 걸 볼 수 있는데, 10년도 더 전에 있었던 쓰나미의 여파를 여전히 느낄 수 있었다. 수마가 할퀴고 간 자리가 아직 복구되지 않고 그대로 있는 탓이었다. 여기저기 철로가 끊긴 기찻길은 정말로 이곳이 한때 하루에만 수만 명을 실어 나르던 곳이 맞나 싶을 지경이었다. 나름 영국의 식민지였던 탓에 아직도 다른 곳엔 기차가 빠짐없이 다니고 있다는 것을 감안하면 놀라운 일이었다. 그 사이로 을씨년스럽게 서 있는 낮은 건물들은 이미 폐허가 되어 무너져 내리고 있었다.

"저기 복구는 왜 안 하는 걸까요?"

"응?"

"저기 말입니다, 중령님."

아포칼립스물이라도 보는 듯한 심정으로 먼 곳에 시야를 두고 있던 리처드는 운전병의 질문에 고개를 돌렸다. 처음엔 눈도 잘 못 마주치더니, 이제는 그래도 제법 친해졌다고 생각하는지 이렇게 먼저 말을 걸어오기까지 했다. 리처드는 모토를 '강혁보다는 좋은 상사가 되자'고 잡고 있었기에 친절하게 받아주었다.

"아……. 돈이 없겠지."

"이 근처 바닷가도 잘 보이고 해서 개발하려고 하면 돈 댈 사람이 있지 않을까요?"

"글쎄. 방파제랑 이런 거 잘 안 해두면 또 쓰나미 왔을 때 박살 날 텐데……. 그렇게까지 돈 많이 댈 사람은 없을걸."

"아……. 방파제라……."

방파제와 같은 시설은 인프라에 해당하지 않는가. 스리랑카가 비록 내전이 끝난 이후 어마어마한 경제 성장을 이루고 있다고는 하지만, 여전히 국민소득이 3000달러 이하로 가난한 나라에 속했다. 선택과 집중을 해야 한다는 뜻인데 군이 이미 쓰나미에 당한 지역을 복구하느니, 새 지역을 개발하는 게 훨씬 이득이었다. 실제로 스리랑카 정부는 그렇게 하고 있었다.

"여기는 별천지네요."

"그러니까. 여기만 놓고 보면 잘사는 나라 같다니까."

콜롬보 일대는 현재 한창 개발 중이었다.

놀랍게도 대한민국 정부에서 수주를 주도해 개발 중이었는데, 그래서 그런지 곳곳에서 대한민국 기업 마크를 확인할 수 있었다. 그런 걸 볼 때마다 리처드는 복잡한 심경이 되었다.

'백 교수님이 그래서 여기로 오는 건가?'

백강혁 하면 딱히 대한민국이 떠오르거나 하진 않았다. 츠요시를 매국노니 뭐니 하면서 괴롭혔던 걸 생각하면, 그 자신은 애국자일 것 같기는 하지만. 그렇다고 해서 평소에 애국가를 불러 재끼거나 한국인임을 드러내지는 않았다.

"곧 공항입니다. 아직 교수님 일행 도착하려면 시간이 좀 있는데……. 어떻게 하실 건가요?"

방금도 현대 중공업 크레인인지 뭔지를 지나친 운전병이 물었다. 그러고 보니 아직 강혁이 도착하려면 거의 7, 8시간은 남은 참이었다. 혹시 샘이 안 된다고 하면 직접 해야 해서 여유 있게 나온 것인데, 아주 흔쾌히 해주겠다고 해서 시간이 남았다. 다시 전화해서 부족한 거 있으면 도와주겠다고 할까 싶기도 했지만, 리처드는 애써 휴대폰으로 가져가던 손을 멈추었다.

'대사관 인맥 동원해서 할 텐데……. 내가 거기다 뭘 더 할 수 있을까.'

CIA 요원이라고는 하지만 이곳 스리랑카에는 쓸 만한 휴민트

(humint: 인적 네트워크를 활용한 정보 수집) 하나 마련되어 있지 않았다. 딱히 미국이 남아시아 쪽으로는 군을 주둔시키고 있지 않을뿐더러, 전략적 요충지라고 하기에도 좀 어중간한 위치에 있어서였다. 찾아보자면 어디 있기는 할 텐데, 아쉽게도 리처드에게까지 접근 권한이 열려 있지는 않았다.

"글쎄, 근처에 호텔 있나? 대기할 곳이 있긴 해야겠는데."

"찾아보겠습니다, 중령님."

운전병은 아무것도 준비 안 한 주제에 지나치다 싶을 정도로 태평해 보이는 리처드를 보며 속으로 한숨을 쉬고는 고개를 끄덕였다. 동료들에게는 명의니, 신의니 뭐니 하는 화려한 수식어를 잔뜩 들어온 참인데 막상 직접 겪어본 리처드는 그저 허당이었다. 아직 메스 쥘 일이 없어 그렇게 느껴지겠거니 하고는 있지만, 하여간 아직까지는 잘 모르겠다는 게 리처드에 대한 운전병의 평이었다.

"여긴 좀 있어 보이는데."

리처드는 창문을 내리고 밖을 내다보았다. 공항 배후 도시가 조성되고 있는 곳이었는데, 카투나야케라고 해서 한국에서 개발을 주도하는 곳 중 하나이기도 했다. 그래서 그런지, 한국의 건물들처럼 길게 쭉쭉 뻗은 고층 빌딩들이 많았다. 아파트 또한 최근 한국에서 유행하는 스타일로 지어지고 있었다.

"네, 우선 저쪽으로 차 돌리겠습니다."

"응."

해서 그쪽으로 차를 돌렸는데, 과연 호텔들이 꽤 있었다. 아주 좋은 호텔들이라기보다는 비즈니스 호텔들이긴 했지만, 지은 지 얼마 되지 않아 시설이 퍽 좋았다. 무엇보다 사람이 거의 없었다.

"자네도 쉬다가 가지."

"아, 네. 감사합니다. 그럼……."

"방 따로 잡아줄게."

"감사합니다, 중령님."

아무 예약도 없이 찾아가서 방을 달라고 해도 막 나올 지경이었다. 비즈니스 호텔이 있긴 해도, 아직 비즈니스가 활발히 이루어지는 나라는 아니었다. 예전보다야 많이 나아졌다고는 하지만 국토가 넓은 것도 아니고, 인구가 수억씩 되는 것도 아니었다. 거기다 예전의 대한민국처럼 교육열이 높아 우수한 인재가 있는 것도 아닌 스리랑카는 갈 길이 멀었다.

"아, 샘. 어떻게 됐어?"

방에 올라가 잠시 누워 있으려니 전화가 왔다. 아무래도 목소리가 좀 잠겨 있었는지, 샘이 볼멘소리를 해댔다.

"잤어요, 설마? 남한테는 일 던져놓고?"

"어? 아냐, 아냐. 하도 걱정하다보니까 목이 이렇게 된 거야."

"웃기지 마요. 내가 댁이랑 반년도 넘게 한 방에서 살았어. 별로 긴장하는 사람도 아니잖아, 당신. 혼나봐야 몇 대 맞고 털 생각 아냐?"

"백 교수님한테 몇 대 맞아봤어?"

"음……."

하지만 맞았냐는 말을 듣고도 더 화를 내지는 못했다. 지금도 가볍게 두드린 것 같은 주먹이나 발길질 몇 방에 피떡이 되어 몸져누웠던 리처드의 모습이 눈에 선해서였다. 그렇게 매번 당하면서 왜 주기적으로 덤빌까. 샘으로서는 이해하기 어려운 인간이었다.

"알겠어요, 아무튼…… 인도양 보이는 리조트 예약했어요. 혹시 몰라서 1주일 잡아놨어요."

"오! 그게 되는구나!"

"대사관 쪽으로도 안 돼가지고, 스리랑카 정부 측 끈으로 한 거예요. 이거…… 이거 진짜 민폐라고요."

"미안, 미안. 근데, 샘도 기분 좋은 백 교수님이랑 같이 가는 게 좋지, 화난 상태로 가는 건 별로잖아."

"그건 그렇죠. 근데 저 정말 가는 겁니까?"

"내 생각엔 이번에 올라갈 때 그냥 데리고 갈 것 같은데. 공문 내려가지 않았나? 왜 그걸 자꾸 까먹은 척해?"

"하아."

"하여간 이렇게 지연되면 너도 좋은 거야. 하루라도 늦게 올라가면 좋지, 안 그래?"

"그건…… 그건 그렇네. 아무튼, 가이드도 준비해놨으니까 다 허사로 만들지 말고 잘 꼬셔봐요. 알았어요? 리조트에서 공항으로 시간 맞춰서 버스도 보낸다고 하니까……."

"굿."

리처드는 샘에게 잘했다는 칭찬을 100번 정도 하고 나서야 전화를 끊었다. 여전히 병원 공사 진행만 생각하면 가슴이 콱 하고 막히는 듯한 기분이 들기는 했지만, 아주 조금은 나아지는 듯한 느낌이었다. 그렇게 두근거리는 심장을 부여잡고 있으려니 어느새 새벽이었다. 강혁이 도착할 시간이 되었다, 이 말이었다.

공항으로 가 있으려니, 어디선가 한국어가 들려왔다.

'왔구나.'

"서늘하다더니 더워 죽겠는데요?"

목소리의 주인공은 재원이었다.

"누와라엘리야가 서늘하다고 했지, 스리랑카가 서늘하댔냐?"

"말을 똑바로 해야지……. 옷 안 챙……. 억."

특유의 목소리 톤도 있었지만. 괜한 소리 하다가 얻어맞는 것을 보니 100퍼센트 확신할 수 있었다.

'결국, 백강혁에게 개기고도 살아남는 법은 구라로 판명 났군.'

하도 그럴싸한 말로 떠들어대서 책 나오면 사볼까 했더니만, 저자가 두들겨 맞고 있었다. 혹 후배들이나 아는 사람들이 그거 산다고 하면 뜯어말려야겠다는 생각을 하며, 리처드는 일행에게 다가갔다.

"오셨습니까!"

안 그래야지, 안 그래야지 했는데도 어느새 두 손을 싹싹 비비고 있었다. 미합중국의 당당한 중령으로서 보여서는 안 될 모습이라는 생각이 실시간으로 스쳐 지나갔지만, 오랜만에 보는 강혁의 눈과 마주치자 나는 왜 좀 더 열성적으로 손을 비비지 못하는가 하는 생각만 들었다.

"어, 그래. 바로 가나?"

역시 이 인간은 미친 인간이었다. 단기 봉사도 아니고, 1년을 통으로 온 봉사에서 하루 이틀 정도가 뭐 급하다고 오자마자 닦달이란 말인가. 지금 시각이 웬만하면 말도 안 했다. 새벽 2시에 무슨 놈의 산길을 오른단 말인가. 그러나 리처드는 최대한 어이없는 마음을 숨긴 채 하하 웃었다.

"아, 아뇨. 거기 이 시간에 가겠다는 기사가 없어가지고요."

"데니스 운전 잘하는데."

"초행길에 가기에는 좀 많이 험합니다."

"카슈미르보다?"

카슈미르 운운하니까 말문이 턱 막혔다. 아무리 생각해도 거기보단 누와라엘리야가 좀 더 안전할 것 같아서였다.

'시발, 이대로 가나? 진짜?'

표정 관리할 생각도 못 한 채 쩔쩔매고 있으려니, 강혁이 말을 이었다.

"아니다. 나만 가는 것도 아니고……. 애들 가다 다치면 안 되지. 그래, 그런 말 꺼내는 거면 숙소 잡아놨겠지. 안내해봐."

"아, 네네. 안내하겠습니다."

이럴 거면서 왜 사람 속을 떠본단 말인가. 리처드는 식겁한 마음을 애써 달래며 발걸음을 옮겼다. 딴에는 아무렇지도 않은 척을 하고 있었지만, 강혁을 속일 수는 없었다.

'이 새끼……. 왜 여기서 뭉개려고 하지?'

강혁이 누구란 말인가. 그 어떤 사람보다도 예리한 눈을 가진 존재였다.

'아…… . 설마?'

그리고 동시에 원할 때만큼은 더없이 날카로운 눈치를 탑재한 사람이기도 했다.

'아직 병원 완성 안 됐구나.'

해서 리처드가 그토록 숨기기 원했던 진실을 스리랑카에 도착한 지 불과 수 분 만에 파악했다. 당연히 그런 강혁의 속을 알리 없는 리처드는 계속 웃었다. 최선을 다해 친절함을 느낄 수 있도록.

"자, 이거 리조트에서 보낸 버스예요. 아휴, 여기 예약하느라 진짜 고생했어요. 인도양 알죠, 인도양? 거기가 딱 한눈에 보이는데……. 아니, 글쎄 리조트 내에 코끼리도 다닌다니까요? 저도 못 가봤는데 이게 참 사람을 알아보나? 한국에서 귀하신 분들 온다고 딱 자리가 나네."

그러곤 약 파는 사람처럼 주절거렸다. 누가 봐도 수상해 보였으나, 재원이나 장미, 경원은 아무래도 좋다는 생각이었다. 리조트라고 하지 않은가. 도착하자마자 개고생할 줄 알았는데, 무려 바다가 내려다보이는 리조트로 간다니. 비록 지금 시각이 이래서 아무것도 보이는 게 없기야 하겠지만.

"오, 그럼 바로 가죠."

"좋아요."

"감사합니다."

해서 셋은 감사 인사를 하고 버스에 올라탔다. 반면 리처드가 맡은 임무를 아는 한유림과 데니스는 조금 다른 반응을 보였다.

"힘내게."

"욕 봐."

그저 어깨를 툭툭 두드려주었다.

"왜, 왜."

"왜긴 새꺄. 내가 모를 것 같냐?"

그리고 강혁은 으르렁거렸다. 리처드는 삽시간에 사자 우리에 던져진 닭 심정이 되고 말았다.

으스스한 기분이 가시기도 전에 버스는 리조트에 도착했다. 애초에 스리랑카 정부에서 도시 계획을 대한민국에 위임한 덕이기도 했다. 경제가 발전하면 차량 통행량이 예상을 훨씬 웃돌게 된다는 것을 이미 경험한 바 있는 대한민국 정부와 기업체는 일단 도로부터 왕복 12차선으로 깔았다. 물론 아직은 물류 이동이 턱도 없이 적었기에 교통 체증이랄 것이 없었다. 특히 콜롬보 구도심이 아니라, 근교 신도시 쪽으로 향하는 길이 그랬다.

"오……. 밤에 봐도 그럴싸한데요?"

남의 속도 모르는 재원은 버스에서 내리자마자 보이는 풍경에 진심으로 감탄만 하고 있었다.

"좋네. 바다 냄새도 나고. 병원에만 있다가 오니까 진짜……."

"그러니까. 아, 나 근데 짐 두고 온 건 괜찮겠지?"

장미와 경원도 그랬다. 경원은 여전히 허당기를 발휘하고 있긴 했지만, 다행히 일행은 각국 대사관의 협조를 최대한 받을 수 있는 상황이었다. 짐 정도는 나중에 따로 부쳐줄 수 있다, 이 말이었다.

"보내주겠지. 근데 당장 내일은 어쩌려고?"

"선배 거 입죠, 뭐."

"아니…… 왜 내 의사는 묻지도 않고 정하는 거야."

"그럼 노팬티로 다녀요?"

"하."

강혁은 이놈이 원래 이랬나, 하는 표정을 짓고 있다가 배정받은 방으로 향했다. 한유림과 둘이 쓰도록 되어 있었는데 밤에 잠깐 사용하고 빠지기에는 아깝단 생각이 들 정도로 컸다. 무엇보다 뷰가 좋았다.

"바다가 보이네. 백 교수, 이거 들려? 창 여니까 파도……. 어이, 시발! 이거 뭐야!"

"뭐긴 뭐야. 모기잖아."

강혁은 들어온 모기를 지체 없이 잡아 죽인 후, 창문을 닫으며 고개를 가로저었다. 후덥지근한 남아시아에서 밤에 불 켜놓고 문을 열다니. 어디 헌혈이라도 하겠다는 건가, 뭐 이런 생각이 들었다.

"근데…… 리처드 저거 어쩔 거야?"

속으로 욕을 하고 있으려니, 한유림이 지친 얼굴로 소파에 기대앉으며 물었다. 원래 나이가 좀 있는 편이기도 했지만, 지금은 일부러 지친 표정을 하고 있었기에 평소보다도 더 늙어 보였다. 안쓰러움이 팍팍 느껴진다, 이 말이었다. 다만 지금 강혁에게는 한유림의 충격적인 외형보다는 방금 꺼낸 말이 더 인상적이었다.

"오, 한 교수님도 눈치채셨나?"

"나야 리처드랑 하루 이틀 지낸 사이가 아니잖아. 그간 땡전 한 푼 따로 쓰는 일이 없었는데 갑자기 이런 리조트를 쏴? 수상하지."

"아, 맞네. 짠돌이 새끼."

"짠돌이라기보단……."

이해가 안 가는 일은 아니었다. 리처드 입장에서는 강제로 끌려온 곳에서 돈도 안 받고 일해준 것 아니던가. 거기서 또 따로 돈 쓸 생각이 들었다면 그건 성인이었다. 4대 성자가 아니라 5대 성자의 반열에 올라야 한다, 이 말이었다. 하지만 굳이 이런 말을 꺼내진 않았다. 어차피 내가 승진시켜준 거네 뭐네 하는 소리를 늘어놓을 것이 뻔하지 않은가. 괜히 사서 귀를 고생시킬 필요는 없다는 게 한유림의 판단이었다.

"아무튼, 어쩔 거야? 장단 맞춰줘? 내 생각엔 내일 바로 올라가는 것보다는 하루나 이틀 정도 있는 게 나을 것 같긴 한데."

"나도 그렇게 생각하긴 하는데……."

강혁도 다 생각이 있는 사람 아닌가. 앞으로 효율적으로 부려 먹으려면 아무래도 당근과 채찍을 적절하게 휘둘러야겠다는 판단이 선 참이었다. 본의 아니게 리처드가 알아서 당근을 준비해준 셈이니 잘되었다고도 할 수 있었다. 다만 문제가 있다면, 꽤 씀쩍였다.

'그렇다고 리처드를 그냥 두고 싶지는 않은데.'

여기 묵게 할 생각을 했다는 건 곧 병원 공사가 얼마 안 남았다는 얘기일 터였다. 감히 강혁을 상대로 봉사와 전혀 관계없는 곳에 1, 2주를 묵게 할 계획을 세우진 못했을 거 아닌가. 시간이 없다는 뜻이었다.

"일단 내일 내가 연락 한번 해보지, 뭐."

"연락? 무슨 연락?"

"누와라엘리야."

"어……. 거기 아직 아는 사람 없는 거 아닌가? 그래서 리처드 보낸 거 아냐?"

"뭐 그렇긴 한데……. 방법이 아주 없는 건 아니지. 어차피 그쪽이랑 일하기로 한 거니까, 며칠 먼저 연락한다고 싫어하진 않을걸. 싫어한다고 해도 별수 없을 거고."

"뭐……. 그렇지."

감히 백강혁의 연락을 씹을 수 있는 사람이 몇이나 될까. 아예 강혁을 모르는 사람이라면야 그럴 수도 있겠지만, 이제 와서 그럴 사람은 거의 없을 것 같았다. 지금의 강혁은 세계적인 명성을 가진 명사 아닌가. 특히 한구에 박성민 대통령이 방문했던 일 이후로는 더더욱 그랬다. 심지어 몇몇 영화제에서 게스트로 초청까지 받았을 지경이었다.

'어디더라, 칸이었나?'

영화계 인사가 아닌 경우엔 선정이 진짜 까다롭다던데. 아무래도 강혁의 이력이 눈길을 끈 모양이었다.

'하긴 모르는 사람이 보면 진짜 그럴싸하긴 해.'

세계 최고의 외과 의사, 한국의 중증외상센터 시스템을 완성시킨 사람, 모든 영광을 뒤로하고 한구라는 오지로 의료 봉사 간 사람 등등.

'게다가 그거 거절했으니…… 앞으로 더 쇄도하겠지.'

영광스럽다고 여길 만한 초청을 다른 이유도 아니고 그 시간에 봉사해야 된다는 이유로 거절한 마당이었다. 각계에서 강혁을 어떻게 생각하게 되었을지는 굳이 말할 필요도 없었다. 다들 강혁 얼굴 한번 보려고 안달이 나 있을 터였다.

"아무튼, 잡시다. 침대 좋네. 돈 좀 썼는데?"

"그래. 아고……. 나도 나이가 들어서 그런가……. 이제 오래 이동하는 건 좀 지치네."

"엄살 부리지 마세요. 3대 500 드는 사람이 지치긴 뭘 지쳐."

"아냐, 진짜 지쳐."

"그래요?"

"응? 지금 뭐 적는…… 유산소를 왜 추가해! 미쳤어?"

"이게 원래 무게 치는 거랑 이런 체력이 다를 수가 있거든. 나이가 들수록 더 괴리가 있을 수 있는데 내가 생각이 짧았네."

"아냐, 아냐……. 내가 잘못했어……."

한유림은 그 후로도 한참 잘못했다는 말을 했지만 그런다고 한번 결정된 훈련이 변경되는 일은 없었다. 바꿔줄 때까지 매달리기도 어려웠다. 이동시간만 거의 20시간 가까이 걸린 참 아닌가. 정신을 차려보니 아침이었다.

"어……."

"좋긴 좋네. 좋아, 내일 오후에 떠난다."

쏟아지는 햇살에 고개를 들어보니, 어느새 나갈 채비를 마친 강혁이 눈에 들어왔다. 딱 휴양지에 온 사람처럼 반바지에 헐렁한 티셔츠를 입고 있었는데, 이건 또 이것대로 멋이 났다.

"내일 오후?"

"물어보니까 아직 한 사나흘은 더 걸릴 거라고 하더라고. 어차피 오늘 하루는 푹 쉬는 게 여러모로 나을 테니, 잘됐지 뭐."

"아……. 어떻게든 리처드는 혼낼 생각이구나?"

"그렇지. 그래야 나도 힐링이 돼."

"그래……."

남을 혼내면서 힐링을 한다니. 저건 무슨 종류의 악마인가 하는 생각이 들었지만, 뭐 어쩌겠는가. 본인이 그렇다고 하는데. 게다가 이 이야기에서 리처드만 배제하면 불행할 사람이 하나도 없었다.

"오……. 진짜 리조트에 코끼리가 다니네!"

일단 재원이 좋아했다.

"바다도 따뜻하니 좋더라고요."

부지런한 장미는 어제 3시쯤 잔 주제에 6시에 일어나 해수욕까지 하고 온 참이었다.

"근데, 재원 선배. 이 팬티 브랜드 뭐예요? 시원하네?"

경원이 좀 핀트가 안 맞는 말을 하고 있지만, 아무튼 간에 표정은 좋았다. 리처드도 그랬다. 내일 오후에 떠날 거란 계획을 아직 듣지 못했으니 당연한 일이었다. 안 혼날 거란 희망을 품고 있다, 이 말인데 그래서 그런지 최선을 다하고 있었다.

"일단 오늘은 리조트에서 제공하는 액티비티를 합시다. 내일 상황 봐서 뭐 시기리야를 가든지 하죠."

"그래, 좋아."

강혁이 이러고 있으니 그럴 만도 했다.

'악마 같은 놈…….'

한유림의 시선이 따가웠으나, 강혁은 무시한 채 연락을 취했다. 전화를 받게 된 사람은 박창수 사장, 그러니까 데니스를 도와 홍차 및 녹차 사업을 하게 될 대한민국 대사관 직원 한석준이었다.

"네, 백 교수님."

일전에 이현종 구출 작전에도 함께했던 몸이었다. 더 자세히 말하자면 이현종에게 반강제로 수혈을 해주어야만 했던 생체 피 주머니, 그가 바로 한석준이었다. 그래서였을까. 목소리가 지나치다 싶을 정도로 경직되어 있었다. 완전 한직으로 왔으니 좀 쉬다 가자 하는 마인드로 있다가 난데없이 강혁과 연이 있다는 이유로 어려운 일을 맡게 되었으니, 게다가 누와라엘리야로 파견 근무를 하게 되었으니 당연한 일이었다.

"아, 한 과장님. 지금 공사 현장입니까?"

"네. 바로 왔습니다."

"그래……. 물어보니까, 뭐래요?"

"서두르면 사나흘인데……, 그게 뭐 잘 되지는 않는 모양입니다. 제 사무실도 그랬습니다. 여기 문화가 닦달한다고 빨라지거나 하질 않아요."

"잘됐네."

"네?"

한석준은 내가 제대로 들은 게 맞나 하는 얼굴로 되물었다. 분명 이 병원에서 봉사를 한다고 들었는데, 공사가 늦어지는 게 왜 잘된 일이란 말인가.

'혹시 이게 나를 탓하는 방식인가?'

피 빨린 기억이 그다지 좋게 남아 있지는 않았기에 이런 생각마저 들었다.

"아니, 아니에요. 뭐 너무 서두를 필요는 없다고 하세요. 어차피 오래 쓸 건물인데 대강 공구리 쳤다가 사고라도 나면 안 되지."

"아…… 네. 그렇게 전달하겠습니다."

"그리고……"

"네."

"내일 여기 리조트 이름이 뭐야. 그래, 카넬리. 여기로 차 좀 보내줘요. 경험 많은 사람으로. 차가 작으면 안 돼. 짐이 많아서."

"아, 물론입니다. 이미 물류 때문에라도 수배해둔 업체가 있습니다. 바로 준비하겠습니다."

반면 강혁은 한석준의 일 처리가 마음에 들었다. 대개 공무원 하면 무사안일주의에 아무것도 벌이기 싫어한다는 편견이 있는데, 이 사람만큼은 예외였다. 알아서 하는 편이라고 해야 할까?

'뭐, 그래도 더 굴리긴 하겠지만.'

하여간 일일이 다 지정해주지 않아도 되는 것이 좋았다.

"오케이, 그럼 그렇게 알고 있을게요. 내일 뵙죠. 오랜만이네, 좋네."

"네, 저도……. 저도 좋습니다."

한석준은 왠지 모를 한기에 떨며 답했다. 만족스러운 답을 들은 강혁은 즉각 전화를 끊고, 자리로 돌아왔다. 여태껏 리처드는 여기서 어딜 더 갈 수 있는지에 대해 떠들고 있었다. 다시 말하면 바로 올라갈 필요가 없다는 것을 피력하고 있었단 뜻이었다.

"그래, 뭐 좋겠네."

강혁은 거기에 긍정을 해줌으로써 한 줄기 희망을 더해주었다. 그러곤 그 희망을 바로 다음 날 밟았다.

"자, 차 왔네. 가자."

"어……. 제가 부른 차가 아닌데요?"

"내가 불렀어."

"어디……, 어디로 가는데요?"

"누와라엘리야지. 생각해보니까 휴양은 거기 가서 해도 되잖아. 뭐, 병원 완공되었을 테니까 바로 바쁘긴 하겠지만 말야."

"만에 하나 안 지어졌다고 하면……."

"그럴 리가 있나! 내가 얼마나 기대를 하고 있는데, 하하! 그렇지?"

"네, 하하! 하하하……."

강혁 일행과 리처드 그리고 중간에 합류한 샘까지 태운 미니밴은 금세 콜롬보를 빠져나갔다. 그러곤 누와라엘리야가 위치한 서쪽으로 쭉쭉 달려나갔다.

"길이 썩 좋지는 않네요."

그나마 수도인 콜롬보의 도로 사정은 훨씬 나았었는데, 딱 도시를 빠져나오자마자 개판이었다. 재원의 표현은 상당히 점잖은 것이라고 보면 되었다.

"어우."

장미는 조용히 천장 쪽에 달린 보조 손잡이를 잡은 채 고개를 절레절레 저었다. 어찌나 도로에 요철이 심한지 말을 길게 했다간 혀라도 깨물 것 같았다. 고개를 돌려 보니 경원 또한 말없이 창문을 내리고 밖을 돌아보고 있었다. 아무래도 네모반듯한 도로가 쭉쭉 뻗어 있는 강남에 있다가 이런 도로를 달리다보니 멀미가 생기는 모양이었다.

"이 정도면 뭐 좋구만."

반면 한구에 있다가 온 한유림은 여유만만이었다. 자만을 떠는 게 아니라 진짜로 그랬다. 한구의 거친 도로에 비하면 이 정도는 아무것도 아니었다. 강혁 또한 그렇게 생각하고 있었기에 굳이 시비를 걸진 않았다. 긍정의 의미로 고개를 끄덕일 뿐이었다.

"한 교수님, 이따가도 그럴 수 있을지 두고 봅시다."

시비를 건 것은 의외로 리처드였다. 그는 시선을 지금 이 도로가 아니라, 저 멀리 서쪽에 둔 채 비열한 미소를 지어 보였다. 한유림으로서는 어처구니가 없을 수밖에 없는 상황이었다.

'미쳤나? 도착하면 뒤지게 생긴 놈이.'

이미 대사관 직원 한석준을 통해 알아본 바에 따르면 병원은 공사가 한창이지 않은가. 도착하자마자 병원 구경 좀 하고 일 슬슬 시작하려고 했던 강혁의 계획에 차질이 생겼다는 말이었다.

보통 그런 경우엔 책임자가 괴롭게 되기 마련이었다. 이번에 책임자는 리처드니, 그의 말로가 어떨지는 굳이 궁금해할 필요도 없었다.

"여긴 진짜 아무것도 아니에요. 거기가……, 거기가 괜히 세계 최고의 홍차 산지네 어쩌네 하는 게 아니라니까요."

한유림의 걱정 어린 눈빛에도 불구하고 리처드는 별 신경을 안 쓰는 눈치였다. 생각해보면 이 녀석은 늘 이랬던 것 같기도 했다. 일단 지금을 즐기자, 뭐 이런 느낌이라고 해야 하나.

'하긴 그러니까 지금까지 백 교수한테 그렇게 개겼지.'

한유림으로서는 감히 상상도 하기 어려운 일이었다. 물론 한유림도 딱 한 번 개긴 적이 있기는 했다. 무려 강혁에게 수술을 가르치게 되었던 때였는데, 그게 비록 치질 수술이긴 했지만 그래도 천재일우의 기회를 헛되이 보내고 싶지는 않았더랬다. 하지만 바로 그다음 날 완숙한 실력을 보여준 강혁을 보면서, 또 그 실력을 이용해 즉시 보복에 나서는 것을 보면서 마음을 고쳐 먹었다. 아, 이놈한테는 앞으로 다시는 까불지 말자.

'이놈은 어떻게 이럴 수 있지.'

한유림은 자기보다도 훨씬 빈번하게 개기고 훨씬 악랄하게 당한 주제에 여전히 한결같은 모습을 보여주고 있는 리처드를 신기하다는 눈빛으로 바라보았다. 리처드는 제멋대로 그 눈빛을 호기심으로 받아들인 건지 아니면 반응에 관계없이 입을 털 생각이었는지는 몰라도, 지체 없이 말을 이었다.

"장난 아니에요. 계속 이렇게 평탄한 비포장도로 가다가 갑자기 올라간다니까요. 거기가 해발 1800미터가 넘는데……. 거기를 진짜 갑자기 올라가. 미쳤어요."

"음."

해발 1800미터를 갑자기 올라간다라. 이 말은 한유림에게도 인상적이었다. 해서 입을 다물고 있으려니, 리처드가 더 신이 나서 떠들어댔다.

"맨날 지프차로 다녔는데도 떨어질까 조마조마했는데……. 와, 이런 차는 어쩌려나. 이봐요, 괜찮은 거예요? 자신 있어요?"

지프차 생각을 하니 좀 속이 쓰리긴 했다. 왜 운전병까지 딸린 차를 놔두고 이 차를 타고 있을까. 혼자 영문도 모르고 누와라엘리야로 복귀하고 있을 병사에게 조금 미안하기도 했다. 하지만 뭐가 되었건 눈앞의 한유림과 샘 그리고 한국대학교 병원 팀을 놀리고 싶었다. 그래야 이따가 혼날 때도 좀 후련할 것 같았다. 해서 겁 좀 주려고 운전자에게 물었더니, 주스리랑카 대한민국 대사관에서 수배한 운전자가 심드렁한 얼굴로 대꾸했다.

"글쎄요. 같이 시작한 동기 중에 아직 안 죽은 게 나뿐이니 자신 있다고 해야겠죠."

"어……."

"근데 이렇게 큰 차에 짐까지 싣고 올라가는 건 저도 처음이라서요. 해가 지지 않기를 비십쇼."

"어……."

그런데 돌아오는 답변이 어째 좀 걸쩍지근했다. 말 꺼낸 리처드조차 무서워진다고 해야 할까?

덜컹. 하필 그 순간 차량이 본격적인 산행에 돌입하기 시작했다. 동시에 우측으로 깎아지른 듯한 절벽이 나타났다. 그 밑으로는 천이 흐르고 있었는데, 풍경은 정말이지 좋았다. 시선이 약간 아래를 향하고 있다는 느낌만 아니었다면 다들 비명이 아니라 감탄을 내뱉었을 터였다.

"어어."

"뭐야, 이거."

"차가 왜 기울어!"

정말이지 강혁을 제외한 모두가 창문에 붙은 채 비명을 지르고 있었다. 그 모습을 본 강혁과 운전기사가 어이가 없다는 얼굴로 외쳤다.

"병신들아, 무서우면 반대편으로 붙어! 가뜩이나 도로 휘었는데 거기로 가 있으면 더 무게 쏠리잖아!"

"아!"

"아, 그렇네."

다행히 다들 이과 출신이라 말은 바로 알아먹었다. 해서 반대로 싹 붙었는데, 문제는 이 낭떠러지가 양측에서 나타난다는 점이었다. 심지어 반대편에서 달려오는 차량도 피해야만 했다. 부웅. 정말이지 피한다는 말이 딱 어울리는 상황이었다. 아니, 스쳐 지나갔다고 해도 과언이 아니었다.

"와……. 나 방금 반대편 운전자랑 얼굴 닿은 것 같은데."

장미가 무심결에 내뱉은 말을 그 누구도 농담으로 받아들이지 못했다. 실제 비슷한 느낌을 받았기 때문이었다.

"흠."

강혁마저도 그랬다.

'장난 아니네.'

남들처럼 호들갑을 떨거나 하지는 않았다. 머릿속으로는 사정이 이렇다는 걸 너무도 잘 알고 있어서였다. 하지만 이렇게 직접 겪어보니, 왜 누와라엘리야가 전쟁도 겪지 않은 지역임에도 불구하고 낙후될 수밖에 없었는지 이해할 수 있었다.

'접근성이 너무 떨어져. 이건 개선하기가 좀 빡세겠는데⋯⋯.'

그나마 다행인 것은 이럼에도 불구하고 도로 자체는 꽤 널찍하다는 점이었다. 또 이미 사업체가 다량 존재하고 있었다. 비록 노동자에 대한 정당한 대우 따위는 개나 줘버린 사업체들이긴 했지만. 그건 어떻게든 해결해낼 자신이 있었다. 원래 설득에는 아니, 협박에는 일가견이 있는 몸 아니던가.

"교수님, 쫄았어요? 아까부터 너무 말씀이 없으신데."

한창 누와라엘리야의 현재와 미래를 생각하고 있으려니, 리처드가 끼어들었다. 처음에는 자기도 잔뜩 겁먹은 채 좌석을 파고들었던 주제에 그나마 몇 번 왔다 갔다 한 몸이라고 익숙해진 모양이었다.

"미쳤나."

"억."

강혁은 일단 머리를 한 대 후렸다. 달리는 차 안에서 몸을 일으킨 채였다. 무게 중심이 흔들릴까봐 운전자가 크게 놀랐지만, 그런 일은 없었다. 강혁은 예의 그 괴물 같은 운동신경으로 차량에 어떠한 진동도 주지 않은 채 리처드를 응징했다.

"쫄기는 인마."

몇 대 더 패고 싶었지만 참았다. 생각해보니 조금만 더 기다리면 단단한 대지 위에서 마음 놓고 팰 수 있는 명분이 있지 않은가. 다행인지 뭔지 리처드는 제법 체격이 좋은 편이라 내구성도 좋았다. 한두 대 정도는 진심으로 때려도 죽지는 않을 터였다.

'죽으려나.'

강혁이 살기 어린 눈으로 자신의 주먹을 내려다보고 있자, 한유림과 데니스가 급히 입을 열었다. 둘 다 강혁과 리처드 사이에 끼어들고 싶었지만 차량이 너무 흔들리는 데다가, 마침 낭떠러지를 지나고 있어 그러지는 못했다.

"왜 매를 벌어……. 왜 그러는 거야."

"그러게, 나 마음 아프게. 어어, 백 교수 그만해, 그만. 주먹 풀어. 그 주먹은 안 돼."

그리고 리처드의 룸메이트였던 샘도 한몫 거들었다.

'이 사람은 진짜 변하는 게 없네.'

한숨을 푹 내쉬면서였다. 조금 전까지만 해도 대사관에서 끌려온 자신의 신세가 한스러울 따름이었는데, 리처드를 보고 있자니 그래도 저 인간보다는 낫지 않나 하는 생각이 들었다. 고마운 일이었다. 사람은 절대적인 행복 수치도 중요하지만, 상대적인 행복 수치도 중요하기 때문이었다. 실제로 많은 사람들이 '그래도 내가 저 사람보다는 좀 낫지 않나' 하는 생각으로 버티지 않던가.

"모자란 사람이잖아요. 백 교수님이 참으세요."

말하자면 한구에서 이곳으로 오게 된 사람 모두가 나선 셈이었다. 이쯤 되면 강혁도 주먹을 풀 수밖에 없었다.

'그래, 죽겠지.'

아무래도 죽을 것 같아서이기도 했다. 해서 아량을 보여주기로 했다.

"알았어. 근데 이 자식이 자꾸 개기잖아."

"그러게요. 아니, 왜 이러는 거야."

"미쳤어? 리처드 미쳤냐고."

"내가 다 조마조마하네, 시발놈이."

그럼에도 강혁이 한 대쯤은 더 때릴 것 같았는지, 그리고 그렇게 때리면 리처드가 다칠 것 같았는지 다들 한마디씩 더 보탰다. 괜히 리처드를 한 대씩 툭툭 치면서였다.

'역시 리처드가 구멍이구나.'

'그때도 좀 모자라는 것 같더라. 간호사였으면 딱 잡아서 가르칠 텐데.'

'수술은 잘하겠지? 아무리 내가 마취 기술이 좋아도 개판 치면 자신 없는데.'

한국대학교 병원 팀은 그 모습을 각기 다른 생각을 하며 지켜보았다. 일행이 그러는 동안에도 차는 계속해서 비탈을 올랐다. 아래쪽에서는 나름대로 왕복 2차선이었던 길이 어느새 1차선이 되어 있었다. 온전한 1차선도 아니었다. 너무 좁아서 바퀴 일부가 낭떠러지에 걸치다시피 해서 오르고 있었다. 내부가 조용해지자마자 차 안에 있던 모두는 곧장 바깥 상황을 파악할 수 있었다.

"와……. 이렇게 보니까 진짜 지금 떨어지는 것 같은 느낌도 드네."

"이러고 얼마나 가야 하죠?"

다들 이런 길이 익숙할 리가 없지 않은가. 방금까지 갈궈대던 리처드에게 질문 공세가 이어졌다.

'내가 방금 무슨 짓을 한 거지.'

리처드는 잠시 강혁에게 개겼던 과거를 반성하다가, 이어지는 질문에 정신을 차리고 밖을 바라보았다.

"하."

그제야 리처드는 왜 자재 올라오는 게 그토록 늦어졌는지 알 수 있었다. 지프차 타고 오를 땐 그냥 좀 구불거린다 싶었던 길이, 미니밴을 타고 오르니 너무 좁아 보였다.

'이 길을 달려야 하는데, 그거 좀 늦었다고 혼내겠다고?'

어이가 없지 않은가. 해서 불만 어린 눈을 하고 강혁을 바라봤다가 바로 눈을 깔았다.

'여기서 그딴 얘기 했다가는 던져진다…….'

생각해보니 강혁이라고 이런 길이 마냥 편하게만 느껴질 리는 없지 않은가. 안 그래도 불편해서 화나는데 아까 개기기까지 한 마당이었다. 여기서 한 번 더 개겼다간 미래가 없을 것 같았다. 살아남아봐야 누와라엘리야에서의 미래가 아주 장밋빛일 리는 없겠지만, 그래도 살고 싶었다.

'그냥 자는 척하자. 입 더 털다간 사고 칠 것 같아.'

해서 리처드는 모두의 질문을 씹은 채, 그러니까 강혁을 제외한 모두를 화나게 만든 채 눈을 감았다.

"이놈이 갑자기 자? 기면증이야?"

"얼마나 걸리냐고요."

리처드의 결정에 의해 차량은 답 없는 질문 세례를 뒤로한 채 계속 올라갔다. 장장 4시간 동안이었다. 그 시간 동안 차는 계속 위로, 더 위로 향했다. 구불거리는 길을 따라, 창문을 열고 토하기 시작한 경원을 싣고.

"우엑."

차에서 내린 후에도 경원은 한동안 정신을 차리지 못했다. 그 모습이 꽤 추했지만, 그 누구도 비난할 생각을 하진 못했다. 이해가 가도 너무 가는 여정이었기에 그랬다. 세상에 그 구불거리는 길을 장장 4시간 동안 달릴 줄이야. 심지어 고산 지대라, 중간에 강혁이 건네준 약이 아니었으면 지금쯤 몇몇은 고산병에 시달리기 시작했을 것이다.

"어, 진짜 숨차네."

실제로 산소 분압의 차이를 느낄 수 있을 정도였다. 가볍게 공터를 뛰고 온 한유림은 평소보다 훨씬 빨리 찾아온 한계에 놀라워했다.

"교수님은 안 힘들어요?"

재원은 그런 한유림을 보며 놀라워했다. 거의 서른 살은 위인 한유림 아닌가. 젊은 자신도 죽겠는데 내리자마자 뛰다니. 미친 것 아닌가 싶었다.

"힘들긴, 뭘 했다고 힘들어. 그냥 앉아 있었는데."

"그러니까요."

"약하시네요, 닥터 양."

한유림뿐 아니라 한구 팀은 전원이 괜찮아 보였다. 강혁이 빡세게 굴렸다고 하더니 농담이 아니었던 모양이었다. 새삼 대단하다는 생각이 들면서도 한편으로는 불안감이 스멀스멀 피어올랐다.

'이 사람들이 이렇다는 건…….'

대체 얼마나 혹독하게 굴렸다는 건가. 어떤 시간을 보내야 아까 그 이동을 아무렇지도 않게 생각할 수 있단 말인가. 재원은 혹 자신이 엄살을 부린 건 아닌가 싶었지만, 토하는 경원과 그 옆에 주저앉은 장미를 보니 그건 아닌 것 같았다.

'봉사 현장은 또 다른 얘기구나.'

사실 한국대학교 병원 중증외상센터도 만만치 않게 힘든 곳이긴 했다. 천하의 강혁도 시스템이 자리 잡기 전에는 기절까지 하지 않았던가.

'솔직히 별거 없겠거니 했는데…….'

재원은 심지어 그곳의 센터장이었다. 헬기를 타고, 차를 타고 현장으로 달려가 사람을 살리는 슈퍼맨이었다. 하지만 인정해야 할 것은 인정해야 했다. 이곳에서는 또 다른 능력과 경험이 필요해 보였다.

'각오를 좀 해야겠는데.'

멀리서 리처드를 패고 있던 강혁이 재원의 달라지는 눈빛을 확인했다.

"교수님, 그러다 죽어요!"

"그래, 백 교수. 그만하면 됐어. 대답 안 하고 자는 척한 건 괘씸하지만……. 그래도 사람 목에서 돼지 소리 나니까 좀 거북해."

마침 다들 말리고 있던 참이었다. 화가 나기는 했지만 따지고 보면 길이 험한 게 문제지, 리처드 잘못은 아니지 않은가. 다들 그래도 봉사하는 사람들이라 합리적인 생각을 할 수 있었다. 물론 강혁과 너무 오랜 시간 함께한 탓에 조금 동화되기는 했지만, 진짜 죽을 것 같으면 말린다, 이 말이었다.

'뭐, 이러나저러나 역시 수제자는 다르구만.'

현장에 오자마자 느슨했던 분위기가 바로 당겨지지 않는가. 리처드가 요사이 좀 많이 늘긴 했어도 재원을 따라가기는 무리가 있었다. 재원은 이러니저러니 해도 1호 아닌가. 노예로도 1호지만, 마음을 다해 키워낸 제자로도 1호였다.

"하……."

그 1호 생각에 손을 멈추자, 기껏해야 8호 내지 9호 정도나 될까 한 놈이 안도의 한숨을 내쉬었다.

하필 그 숨결이 강혁의 다리께에 닿아서 기분이 무척 나빴다.

"어어. 그만, 그만."

더 때릴까 하는데 한유림이 끼어들었다. 순간 움찔거리는 강혁의 표정을 읽어낸 덕이었다. 하여간 귀신같은 노인네였다.

"이제 그만 병원 구경하자고. 미군이나 인부들이 이상하게 생각해. 병원 부지 보자마자 차 돌려서 공터로 온 거 아냐. 뭐…….

부하들 앞에서 리처드 안 팬 건 진짜 용한 일이지만, 그래도 이 젠 가야지."

한유림은 감탄하는 강혁에게 대고 지극히 맞는 말을 늘어놓았다. 반박할 말을 찾을 수 없다고 해야 할까? 그래서 화가 났지만, 참았다.

'나는 인격자니까.'

"알았어요. 내가 참아야지."

"그래, 그래. 잘했어."

"아니, 근데 가면 뭐 하나. 이제 창 달고 있던데. 이걸 그냥."

"금방 달 수도 있잖아, 백 교수. 서두르겠지, 설마. 리처드도 다 눈치가 있는데, 그렇지?"

한유림 또한 강혁의 인격 수준을 익히 알고 있는 바였다. 해서 무리한 것을 더 요구하는 대신 어르고 달랬다. 다행히 효과는 있었다.

"네네, 그럼요. 이미 서두르라고 지시해서……. 한 이틀에서 사흘 후면 완공될 거라 했습니다. 다음 주부터는 진짜 무리 없이 진료 가능할걸요."

"그렇다잖아. 이제 수요일인데, 다음 주에 진료하면 됐지. 뭐."

"그래……. 그럼 가봅시다."

"잘 생각했어."

한유림은 그리 오래지 않아 강혁을 데리고 미니밴으로 돌아올 수 있었다. 그사이 안정을 찾은 경원과 장미, 그리고 나머지 일 행도 미니밴에 탑승했다.

"음, 그럼 가겠습니다!"

가는 길은 풍경이 정말 좋았다. 푸른 차나무가 가득한 동산 뒤로 넘어가는 붉은 석양과 드문드문 남아 있는 남국 특유의 아름다운 나무들, 그리고 전통 복색을 입은 노동자들까지. 한 폭의 그림 같았다. 저 안에 무참한 과거와 현재가 묻혀 있다는 것이 믿기지 않을 지경이었다.

"다 왔습니다!"

미니밴은 곧 차밭을 지나, 관광객들은 절대로 오지 않을 황량한 곳에 다다랐다. 여기서부터가 누와라엘리야의 민낯을 볼 수 있는 곳이라고 생각하면 되었다. 물론 굳이 와보는 관광객은 없었다. 정부에서조차 그랬다. 모두의 외면 속에 버려져 있던 땅에 우뚝 솟은 건물이 하나 있었다. 원래 영국 식민 지배 시에 지어 놓았던 2층짜리 보건소가 방치되어 있었는데, 그것을 기본 골조로 해서 지은 병원이 바로 그것이었다.

"네, 감사합니다."

강혁은 차에서 내렸다. 보고받은 대로 이제야 막 새시 작업을 시작한 마당이었다. 다행이라면 애초에 짓기를 고급으로 짓는 건 아니라 창문 자체가 많지 않다는 점이었다. 그래도 아까 한유림이 말해준 정도의 시간은 필요할 터였다.

"중령님."

잠시 병원을 바라보며 우두커니 서 있으려니, 수상한 놈 아닌가 하고 살피던 상사가 뛰어왔다. 강혁이 아니라 리처드를 향해서였다. 이미 한바탕 당한 바 있는 리처드는 그 즉시 강혁을 가리켰다.

"아, 라인 상사. 이쪽이 백 교수님이시네."

"오, 백 교수님. 안녕하십니까. 얘기 많이 들었습니다."

상사 또한 강혁을 알고 있는 눈치였다. 당연한 일이었다. 애초에 이 작전을 주도한 사람 중 하나가 바로 강혁의 제자 아단 커크가 아닌가. 자기 대신 강혁 밑에서 박박 기게 될 리처드를 배려하는 마음으로 최대한 강혁의 심기를 거스르지 않을 이들로 부대원을 꾸린 바 있었다.

"반갑습니다."

"영광입니다. 지역 사회 봉사하시면서……. 저희 작전을 도우실 거라 들었습니다."

사실 돕는다기보다는 강혁이 메인이 되겠지만, 그렇게 들었다는데 굳이 강혁이 수정해줄 이유는 없지 않겠는가. 해서 강혁은 그저 고개를 끄덕였다.

"네. 그렇게 됐습니다."

"최선을 다해 증축했습니다. 아무쪼록 잘 사용해주시기 바랍니다."

"이거 다 지으면 어디 가십니까?"

"아……. 여기서 북북서 방향에 저희 간이 숙소를 건설 중입니다. 의료진을 제외한 미군은 그쪽에 주둔할 계획입니다."

간이 숙소라. 강혁은 방금 상사가 말한 방향에 아스라이 보이는 레이더를 확인했다. 제아무리 강혁이 눈이 좋다고 하지만 여기서 보일 정도면 일단 크기가 엄청나다고 봐야만 했다. 저만한 레이더가 있는 기지를 미군은 간이 숙소라고 부르는 걸까? 아무리 미군이 정신 나갈 정도로 돈을 써대는 집단이라고 하지만, 그럴 리가 없었다.

'중국이 최근 이쪽으로 해군 기지를 짓는다고 했지.'

아직 미군은 남아시아 쪽으로 아니, 서남아시아 쪽으로 병력을 주둔시키지 않고 있었다. 물론 근처 해역에 떠다니는 함대들의 위력이 어지간한 나라 하나 정도는 뒤흔들 수 있을 정도이기는 하지만, 상대는 중국이었다. 이곳에서 봉사 및 부상자 수송 및 치료 명목으로 레이더 기지를 운용한다면 큰 도움이 될 터였다.

'뭐 꽤 먼 거리니까……. 딱히 민간인 피해가 있지는 않겠지.'

강혁은 방금 자신이 알아본 설비에 대해 모르쇠를 치기로 하고 상사를 바라보았다.

"그럼 종종 보겠군요."

그러곤 종종 부려먹겠다는 뜻을 전했다. 제아무리 아단 커크가 강혁에 대해 주지시켰다 해도, 라인 상사는 강혁을 직접 겪어본 적이 없지 않은가. 당연히 그러한 속내를 눈치챌 수 있을 리 없었다. 그저 좋게만 생각할 따름이었다. 애초에 아단 커크가 강혁에 대해 평하기를, 좀 까칠하지만 세계 최고의 실력을 지녔음에도 봉사를 다니는 훌륭한 사람이라 했기에 그럴 수밖에 없었다.

"네, 백 교수님. 저는 그럼 다시 감독하러 가겠습니다."

"네, 부탁합니다."

그렇게 라인 상사를 돌려보낸 강혁은 병원 뒤에 마련된, 병원과는 달리 이미 지어진 지 오래인 숙소에 짐을 풀고는 대사관 직원 한석준이 머물고 있는 곳으로 향했다. 나머지 사람들은 두고 한유림만 데리고서였다.

"그러고 보니 같은 한씨네. 친척인가?"

"한씨 무시하냐?"

"아냐?"

"맞아."

"뭐야, 이거."

"우연이야, 우연. 한씨가 얼마나 많은데."

딱히 친척일 것 같아서는 아니고 전 장관이라 데려온 것이었는데, 우연치 않게 혈연관계인 것까지 확인한 참이었다.

'잘됐네. 막 부려 먹기 좋겠는데.'

그냥 직원이기만 해도 죽도록 부려먹을 생각이었는데 노예 아니, 한유림의 친척이기까지 하지 않은가. 해서 웃고 있으려니 한유림이 자신의 팔뚝을 내보이며 말을 걸어왔다. 소름이 오소소 돋아 있었다.

"왜 그렇게 웃어……. 내가 그 친구 오촌 당숙이야. 집안 어른들한테 부탁도 받았어. 제발 정상적으로 일하게 해주라."

"그런 거 바랐으면 애초에 여길 오지 않게 했어야지."

"아……."

생각해보니까 맞는 말이었다. 이미 누와라엘리야에, 더 정확히 말하면 강혁과 같은 지역에 같이 일하라고 배정된 순간 인생은 꼬였다고 보면 되었다.

"어……. 어떻게 하려고."

"뭘 어떻게 해요. 행정적인 일은 다 해야지."

"행정……? 병원? 그 사람 공무원인데?"

"우리가 누와라엘리야 대사잖요. 병원 일이 다 외교지. 외교부 직원 아냐?"

"그건……, 그건 맞는데……. 그래도 이건 약간 사적으로……."

"아닌데. 사업도 시킬 건데."

"사업?"

"데니스 사업."

"아."

그러고 보니 데니스도 오지 않았던가. 처음엔 그냥 차 사업을 시키려나 했는데, 곰곰이 생각해보니 이미 쓸 만한 차밭은 다 주인이 있는 상황이었다.

"대체 어떻게 사업을 시키려는 거야? 사서 한국에 팔어?"

"그래서 마진이 남나. 그리고 노동자들 환경이 개선되겠어요?"

"그럼 어떡해. 차밭이 없는데."

"뺏어야지."

"아하. 그럼 되는…… 응?"

외교부 4급 공무원 한석준은 누와라엘리야 호텔 지구에 위치한 사무실에 앉아 있었다. 영국 식민 지배 당시 지어졌다는 건물 안에 마련한 사무실이었는데, 큰 창이 인상적이었다. 그 창으로 내다보이는 누와라엘리야의 차밭 풍경은 인상적이다 못해 환상적일 지경이었다.

"하아……."

솔직히 나랏밥 먹는 공무원으로 이만한 사무실을 혼자 쓸 수 있다는 건 축복이었다. 한숨이 아니라 웃음이 터져 나와야 정상이라는 건데, 이상하게 계속 한숨만 나왔다.

"왜 그래?"

마주 앉아 있는 인간 때문이었다. 본인이 괴롭게 만들어준 주제에 천연덕스러운 표정이라니. 할 수만 있다면 한 대 후려갈기고 싶은 심정이었다. 체격이야 밀릴지 모르겠지만, 키만큼은 비슷해 보이지 않는가.

"허허. 이 친구."

그의 눈빛을 읽은 한유림이 즉각 나섰다. 조카의 팔뚝을 가만히 두드려주면서였다.

'그러다 뒤져, 이 녀석아.'

그러곤 눈으로 무언의 신호를 보냈다. 한석준이야 당최 뭔 소린지 알아들을 길이 없었지만, 어른에 대한 공경으로 일단 참기로 했다. 그렇다고 불만이 사라지는 건 아니었다. 강혁이 내민 서류를 보면 그럴 수가 없었다.

'아니……. 리프가 소유한 차밭을 뺏는 게……. 내가 맡은 임무의 첫 단계라고?'

리프가 대체 어떤 회산데 이런 말을 하고 있단 말인가. 굳이 국제적인 위상을 끌고 들어올 필요도 없었다. 스리랑카 내에서의 힘만 본다면 어지간한 다국적 기업은 명함도 못 내밀 지경이었다.

리프 소유의 차밭이 즐비한 누와라엘리야에서라면 두말할 것도 없었다.

'유지도 이런 유지가 없는데…….'

와서 인사 나눈 누와라엘리야 시장이 제일 먼저 소개시켜준 사람이 바로 리프 회사 관계자들일 지경이었다. 심지어 관료주의가 만연한 후진국으로서는 실로 드물게, 시장이 외국계 회사원들에게 하대하지 못했다. 해서 한석준도 제일 먼저 그들과 가깝게 지내는 것을 목표로 삼았을 정도였다. 그래야 여기서 무슨 일을 해도 진행이 될 것 같았다.

'그거 때문에 어저께도 리프 지부장이랑 술 먹고, 사우나는 없어서 못 갔는데. 밭을 뺏어?'

이 양반이 미쳤나 하는 것도 무리는 아니다, 이 말이었다. 그게 아니라면 호언장담한 것에 비해 이 지역에 대해 아는 게 없거나. 물론 강혁은 미친 것도 아니었고, 이 지역에 대해 아는 게 없는 것 또한 아니었다.

"왜 한숨을 쉬냐고."

"아니……. 어떻게 리프 소유의 차밭을 뺏습니까…….."

"아, 내 말이 그런 뜻이 아닌데. 잘못 알아들었구나."

"아, 그렇죠? 그렇구나. 네, 그럼 제가 뭘…….."

"헐값에 사."

"아…….."

뺏는 거랑 헐값에 사는 거랑 같은 말 아닌가. 한석준은 이제 한국말이 헷갈리기 시작했다. 나름 「우리말 겨루기」에 나왔던 아나운서랑 이름이 같기도 하고 또 같은 청주 한씨인 데다가, 항렬도 같아서 나름 열심히 한국어를 공부해왔음에도 그랬다.

"어떻게 그렇게 할 수 있단 말입니까……. 거기가 얼마나 큰 회산데……."

"일단 있어봐. 난리 날 테니까."

"난리가 나요?"

"그래."

"뭐……. 국가 전복이라도 꿈꾸는 건 아니죠?"

말을 하면서도 말도 안 되는 말이라는 느낌이 팍팍 왔다. 하지만 백강혁이라면 왠지 그럴 수도 있을 것 같았다. 미친 인간이니까.

"미쳤나."

그 인간에게 미쳤다는 말을 들으니까 굉장히 속이 상했다. 해서 티를 내려고 했는데, 강혁이 그럴 틈을 주지 않았다.

"뭔 국가 전복이야. 나처럼 평화로운 사람한테. 그리고 여기 내전 끝난 지 얼마나 됐다고 전복을 해. 뭐야, 외교부 직원이 아니라 국정원이야? 공작해, 여기서?"

"아니……. 그런 말이 아니라……. 그럼 대체 무슨 난리가 난다는 겁니까."

"나도 어떻게 날지는 모르지."

"네?"

얘기를 하면 할수록 무슨 대화를 나누고 있는 건지 도무지 종잡을 수가 없었다. 해서 집안 어르신이자, 최근 들어 청주 한씨가 배출한 사람 중 가장 뛰어난 사람인 한유림을 돌아보았다. 이 사람이라면 뭔가 방법이 있지 않겠나 하는 생각에서였는데. 놀랍게도 한유림은 고개를 돌려버렸다. 나는 모르겠으니, 알아서 하라는 뜻이었다.

"허."

"허는 무슨 놈의 허야. 그쪽이 해야 할 일만 정해줄 테니까……. 그거나 하라고."

"아니……. 헐값에 사라면서요. 그것부터 어떻게 해야 할지 모르겠는데요."

"매물이 나오면 사라는 거야. 내가 뭐 내놓지도 않았는데 가서 사래?"

"내놓겠습니까? 황금알을 낳는 거윈데."

사실 황금알을 낳는 거위라는 말도 좀 부족한 감이 있었다. 스리랑카에서 생산되는 홍차는 세계적으로 명성이 자자하지 않던가. 그중에서도 누와라엘리야에서 나는 홍차는 최고로 쳐줬다. 이곳 산지에서 산다면 몇 불도 안 되는 것들이, 고급 상자에 포장되고 나면 100불도 우스워 보일 만큼 비싸게 팔려 나갔다. 한데 리프가 그 대가로 지불하는 금액은 터무니없이 적지 않은가. 이런 사업을 어찌 포기할 수 있을까. 한석준이 리프라면 그런 얘기 꺼내는 놈의 입부터 찢어놓을 것 같았다.

"내놓게 될걸."

하지만 눈앞에서 웃고 있는 강혁을 보고 있자니, 어쩐지 그렇게 될 것 같기도 했다. 옆으로 고개를 돌려 보니 한유림은 벌써 리프의 명복을 빌고 있었다.

"너무 다 빼앗기진 않기를⋯⋯."

강혁의 승리를 기정사실화하면서였다. 외교부 공무원이자, 그래도 세상 돌아가는 꼴을 얼추 알고 있다 자부할 수 있는 한석준으로서는 어이가 없을 뿐이었다.

'어르신이 정신이 오락가락하시나.'

그런 말이 돌기도 했더랬다. 그렇지 않고서야 이 부귀영화를 다마다하고 한구니 뭐니 하는 곳만 돌아다닐 턱이 있겠냐는 말을 문중에 계신 여러 어른들이 해댔던 것을 들은 기억이 있었다.

"아무튼, 그거 매물 나오면 사야 되고. 다음은⋯⋯ 이거. 이게 사실 어려운 일인데. 사는 거야 뭐 바지사장으로 나서는 거라 별거 없을 거고."

"바지⋯⋯."

"그건 넘어가. 이거 보라고."

"아, 네."

첫 단추도 못 끼울 것 같은데 다음 안건이 뭐가 중할까 싶었지만, 여기서 그만합시다라고 했다간 어쩐지 주먹이 날아들 것 같았다. 아니, 확신이 들었다. 강혁은 분명 자신의 뺨 언저리를 조준하고 있었다. 해서 한석준은 급히 강혁이 내려 둔 서류를 집어들었다.

"어⋯⋯."

첩첩산중이라더니. 이건 더 어려운 일이었다. 아까까지만 해도 리프한테 차밭 사는 게 세상에서 제일 어려운 일, 아니, 불가능한 일로만 여겨졌는데 그래도 이것보다는 나았다 싶었다.

"아니······. 여기 타밀 사람들한테 스리랑카 주민번호를 부여하라고요?"

"그래. 이게 말이 되냐? 멀쩡히 이 땅에서 나고 자라는데 왜 국적이 없어."

"그걸 저한테 말씀하셔도······."

타밀족의 안타까운 사연 정도는 이미 익히 들어 알고 있었다. 리프에서 그와 같은 처지에 속한 이들을 악랄하게 부려서 막대한 부를 쌓고 있다는 것도 알고 있었고. 하지만 한석준은 어디까지나 외부인 아닌가. 스리랑카 정부에서조차 손 놓고 있는 일에 어떻게 관여할 수 있단 말인가.

"외교관으로 온 거 아냐. 지금 스리랑카에 대한민국이 얼마나 많이 투자하고 있는데, 이것도 부탁 못 하나?"

"그······."

말을 듣고 보니 또 그럴싸하긴 했다. 확실히 대한민국에서 이곳 스리랑카에 투자하고 있는 금액은 장난이 아니었다. 대부분 대한민국의 건설사들이 그 열매를 따 먹고 있긴 하지만. 아무튼, 그렇게 마련된 인프라는 스리랑카 경제 발전에 큰 도움이 될 터였다. 게다가 스리랑카는 개발 건을 제외하고도 대한민국에 대한 감정이 퍽 좋은 편이었다. 쓰나미 당시 쏟아진 온정 덕이었다.

"어? 그것도 부탁 못 해? 그러고도 대한민국 외교관이라고 할 수 있어?"

"아니······. 그······ 알겠습니다. 근데······ 이게······ 이 사람들

이……."

"이 사람들이 뭐."

"사실 몇 명이 살고 있는지조차 파악이 안 되고 있지 않습니까? 그런데 뭘 어떻게 요청합니까."

이것도 맞는 말이었다. 타밀족의 디아스포라가 하루 이틀 된 일이 아니기에 그랬다. 벌써 고향을 떠나 국적을 잃게 된 지도 수십 년이 훌쩍 지나지 않았던가. 스리랑카뿐만 아니라, 그들 자신도 포기한 지 오래였다. 모두에게 버려진 사람들이 여기 있었다.

"일단 절차만 만들어놓으라고. 여기서 나고 자란 것만 입증되면 바로 주민번호 발급될 수 있도록. 내가 뭐 몇만 명을 한꺼번에 하라고 하는 게 아냐."

"아……. 음, 뭐 그 정도라면…… 얘기는 해볼 수 있을 것 같습니다. 하지만 그게 얼마나 효용이 있을지는……."

"내가 효용이 있게 할 거니까 그런 건 걱정 말고."

"아, 네."

강혁은 그 외에도 관광지 내에 현지인들이 해볼 만한 사업이면서 동시에 수요가 있을 만한 것들을 알아보라는 주문을 했다. 하나같이 한석준으로서는 황당하기만 한 얘기들이었다. 외교관이 언제 관광지 상품을 생각해봤겠는가.

"아니, 대한민국 외교관이 그런 거 몰라? 관광 대국을 꿈꾼다며?"

"그건……. 그건 문화체육관광부 소관……."

"또 지들끼리 책임 돌리는 거 봐. 공무원들은 왜 그래?"

"아니, 관광은…… 이름부터 거기 써 있는데요?"

"노려봐?"

"아뇨. 아닙니다."

억울함을 토로해봤지만 별 소용이 없었다. 어차피 대화는 강혁이 이끄는 대로만 흘러갔다.

"아무튼, 그거 알아봐. 그 왜…… 그런 거 있잖아. 솜사탕 기계 같은 거. 그런 건 싸고 뭐 재료 수급이 어렵겠어? 관광객들도 하루 이틀은 사 먹을 수도 있지."

"아……."

"아는 개뿔이. 아이디어가 없네. 이런 거 좀 생각하라고."

"맥반석 오징어?"

"올라오다가 상하지. 생각이 없네."

"냉동차……."

"그럼 원가가 오르잖아."

"아."

단순히 대한민국에 있는 휴게소를 떠올렸는데, 생각해보니 그건 인프라가 쫙 깔린 대한민국에서도 물류 이동의 중심이 되는 고속도로에 있는 상점들 아닌가. 게다가 대한민국은 이미 소득 수준이 냉장차를 쓰든 냉동차를 쓰든 별 상관 안 해도 될 정도까지 오른 마당이었다. 이곳과는 여러모로 달랐다. 해서 뭔가 깨달았다는 얼굴로 입을 벌리고 있으려니, 강혁이 손가락질해대고 있는 것이 느껴졌다. 설마 이렇게 무례할까 해서 고개를 돌렸는데, 설마가 사람 잡는다는 말이 뭔지 바로 알아차릴 수 있었다.

"이거 이렇게 멍청해서 어디 쓸모가 있겠나."

"에이, 그래도 행정고시 붙은 사람이야. 똑똑해."

"공부머리랑 일머리랑 다르지. 리처드 봐. 븅신이었잖아. 그나마 내가 가르쳐서 그렇게 된 거지."

"그럼 뭐 이 친구도 백 교수가 좀 가르…… 아니, 아니다. 내가 괜한…….."

심지어 면전에 대고 멍청하다는 등의 인격 모독적인 말을 해대고 있었다. 더 상처가 된 것은 한유림이 딱히 열심히 변호할 생각이 없어 보인다는 점이었다. 심지어 마지막 말은 뭔가 해서는 안 될 말이었다는 느낌까지 받았다. 그리고 그 느낌이 사실이었다는 것이 얼마 지나지 않아 판명되었다.

"그래, 내가 가르쳐야겠다. 어차피 이거 다 전화로 할 수 있잖아. 다음 주까지 사무실 비워. 병원으로 출근해."

"네?"

강혁은 당황스러워하는 한석준을 남겨두고 사무실을 빠져나왔다. 임대료 아끼게 되었으니 잘됐다는 등의 헛소리를 해대면서였다.

"진짜 행정실 직원으로 써먹으려고?"

한석준이 이곳에서 계속 있지 못하리라는 것 정도는 한유림도 비행기 타기 전부터 알고 있었더랬다. 강혁은 자기가 부리는 이들이 어딘가로 분산되는 것을 싫어하는 사람 아닌가. 이유는 간단했다. 눈에 보이지 않으면 부림에서 멀어진다는 이론 때문이었다.

"그래야지. 똑똑한 사람이라며."

"방금 멍청하다고 하지 않았나."

"창의성이 없다, 이 말이지. 행정고시만 본 사람이 뭐 그렇지."

"그거 굉장히 편견 가득한 말 같은데……."

"그럼 창의성 있는 공무원 데려와봐요."

"어……."

한유림은 괜히 강혁의 말꼬리를 붙잡았구나 하고는 고개를 떨구었다. 생각해보니까 아이디어가 통통 튀는 공무원이 많지는 않아서였다. 애초에 그럴 수가 없는 업무 환경이었다. 공보다는 과를 중요시 여기는 한국 관료 문화에서 무언가를 진취적으로 해보겠다는 사람이 있는 게 더 이상한 일 아닌가. 아무리 일을 잘해놨다 하더라도, 하나만 삐끗하면 그대로 좌천이거나 책임지고 나가야만 했다. 한유림은 장관직에 오르고 나서야 비로소 왜 이렇게 보신주의가 만연한지 조금이나마 이해할 수 있었다.

'이런 얘기 해봐야 별 소용없겠지.'

강혁도 꽉 막힌 사람은 아니니 한번 설득해볼까도 싶었지만, 표정을 보아하니 이미 답을 정한 모양이었다. 이럴 때의 강혁은 막힌 정도가 아니라 그냥 벽돌 같은 놈이었기에 한유림은 입을 다물었다. 결론적으로 보면 잘한 일이었다.

"아무튼, 갑시다."

강혁이 바로 다른 얘기를 꺼냈기 때문이었다.

"어디로?"

무슨 얘기인지는 대번에 알아먹을 수가 없었다. 한구에 갈 때는 그래도 거기가 어떤 곳이니 가면 이러이러한 일을 할 거라는 걸 자세히 얘기해주었었는데, 이번엔 그렇지가 않았다.

'아, 안전하다니까.'

물어봐도 이따위 답만 돌아올 뿐이었다. 그 말을 들으면서 한편으로는 안심이 되기도 했지만 생각해보니까, 안전하다는 말에 좋아하는 자신이 정말 이상하게만 여겨졌다. 아무래도 강혁과 함께 오래 다니면서 영향을 꽤 많이 받은 모양이었다.

"나도 여기 지역 유지 좀 만나러 가야지."

"지역 유지……? 시장?"

"시장이 무슨 유지야."

"한구에서는 시장이 그래도 힘이 좀 셌는데?"

"이 양반 이거……. 우리 지금 대한민국 정부랑 일하는 사람들인데 이런 시골 시장이 무슨 영향이 있어. 우리나라에서 여기 해주는 게 얼만데."

"아무리 그래도 말을 그렇게 하나."

맞는 말이긴 했다. 물론 스리랑카가 그래도 내전이 끝난 다음에는 여기저기서 투자를 받을 수 있는 여건이 되는 건 사실이었다. 섬이라는 지리적 한계와 적은 인구수라는 제한이 있기는 했지만 그래도 정치, 외교 그리고 종교적 불안이 있는 파키스탄보다는 나은 상황이었다. 하지만 대한민국이라는 이미 완성되어가는 나라 입장에서 보면 도긴개긴이었다. 아니, 오히려 파키스탄이 더 나았다. 대한민국이 더 이상 보유하지 못한 자원, 저임금 노동자가 있었으니. 그러니 스리랑카 입장에서는 대한민국이 완전한 갑이란 얘기였다.

"맞지, 뭐. 그리고 그 양반은 이 지역에서는 별 힘도 없어."

"그럼 누…… 아……. 리프?"

"그래. 자본주의 사회에서 돈 가진 놈이 짱이지."

"하긴……. 그것도 그렇긴 하네."

리프만 얘기하고 있긴 했지만, 사실 세계적인 홍차 회사들 대부분이 이곳에 산지를 두고 있었다. 즉 그러한 회사들 전부가 이곳의 유지라, 이 말이었다. 하나씩 따로 떨어져 있으면 그나마 상대할 만하겠지만 각 회사들은 영리하게도 긴밀한 협조 관계를 구축한 지 오래였다.

"걔네들끼리 여기 이너서클을 형성하고 있어요. 호텔이고 뭐고 다 그놈들 거야. 예약할 때 봤죠? 동양인은 안 받는 호텔도 많다니까."

"유럽계 회사들이라서 그래? 인종차별로 걸면 안 걸리나? 요새 분위기가 그렇지가 않잖아."

"일단 여기까지 오는 동양인이 적지. 또 대놓고 안 받지는 않아요. 그냥 방이 없다고 하지. 대형 호텔 체인도 아니라, 딱히 눈치 볼 이유도 없어요. 그냥 여기 대대로 물려받아서 하는 놈들인데 뭔 상관이야. 어차피 장기 휴양 오는 애들이 자리 채워주는데."

"하긴……. 그것도 그렇네."

한유림은 그나마 콜롬보에서는 드문드문 보이던 동양인이 딱 누와라엘리야에 도착하자마자 씨가 말랐다는 것을 떠올렸다. 현지인들의 시선만 봐도 이곳에서 동양인이라는 존재가 얼마나 희소한지 알 수 있었다. 그나마 백인들은 오랫동안 이곳에서 지배 계층으로서 군림해오지 않았던가. 그러나 동양인은 그저 외부인이었다. 차별을 당하든, 뭘 당하든 철저한 무관심으로 일관하리란 것 정도는 쉬이 예상해야만 했다.

"근데…… 그런 사람들을 어떻게 만나?"

거기까지 생각이 미치자, 이너서클에 있는 백인들이 강혁을 만나주겠나 하는 생각이 들었다. 어쩌면 같은 사람이라고 생각하지 않을 수도 있었다. 만약 그랬다면 이곳 노동자들에 대한 처우가 지금 같지는 않을 터였다.

"아……. 만날 수밖에 없지."

"응? 만날 수밖에 없다고? 그게 대체 무슨……."

"있어봐요. 어, 오네."

대화를 나누고 있으려니, 지프차 하나가 요란한 소리를 내면서 다가왔다. 운전자 옆에 앉은 사람은 백인이었는데, 시가를 물고 있었다. 딱 봐도 이 지역에서 방귀깨나 뀌겠다 싶은 모습이었다. 한유림은 자신도 모르게 몸을 움츠렸을 지경이었다.

"잉."

하지만 가까이서 보니 리처드였다. 바람 빠지는 소리가 절로 나왔다.

"다 모아놨어?"

"네. 교수님."

강혁은 그런 한유림의 어깨를 툭 쳐주고는 리처드에게 다가갔다. 그사이 리처드는 아직 반도 채 태우지 못한 시가를 황급히 밟아 끄고는 답했다. 맞은 지 얼마 안 돼서 그런가 평소보다 훨씬 빠릿빠릿한 느낌이었다.

"근데 너 담배도 못 피우면서 웬 시가냐?"

"아니, 그냥 멋지잖아요."

"그런 것치고는 제법 피우던데. 기침도 안 하고. 이 새끼 설마 여기 와서 배웠나."

"어쩔 수가 없어요. 완전 올드 패션들이에요. 저는 무슨 남북 전쟁 시대로 온 줄 알았다니까요. 골프 치러 갈 때도 무슨 놈의 예의범절을 그리 따지는지……. 저는 무슨 증조할아버지랑 온 줄 알았어요."

올드 패션이라. 주어가 없었지만, 어떤 놈들이 그런 모습을 보이고 있는지는 명확했다. 남의 땅을 멋대로 점거한 주제에 아직도 제대로 돌려주지도 않고 군림하고 있는 자들. 국제사회의 감시망조차 빗나가는 무소불위의 권력을 부리고 있는 자들.

"지금 다 모였다고?"

"어……. 네. 근데 뭐 죽이러 가는 건 아니죠? 그건 안 됩니다, 진짜."

리처드는 강혁의 눈에 담긴 살기를 감지하고는 걱정스러운 얼굴로 물었다. 의사가 설마 그럴까 싶었지만, 강혁이라면 그럴 수도 있었다.

'몰래 처리하려고 하면……. 막을 수 있는 사람이 있을까?'

솔직히 군인이고 나발이고 다 소용없을 것 같았다. CIA에 배속된 이후 나름 훈련된 요원들도 봤지만 그중에서도 강혁과 같은 압박감을 주는 사람은 단 한 명도 없었다.

"이 새끼들은 걸핏하면 죽이지 말래. 너네 내가 사람 죽이는 거 봤어?"

리처드는 봤으면 목격잔데 가만히 뒀겠냐는 말이 목구멍까지 넘어오는 것을 애써 삼키고는 고개를 저었다. 강혁은 그런 리처드를 보며 어쩐지 안심했다는 표정을 지으며 말을 이었다.

"그래, 못 봤지? 그럴 줄 알았어."

조금 이상한 반응이었다. 하지만 여기서 그 이상함을 지적했다간 더 이상한 꼴을 당할 것 같았다. 뒤에 있던 한유림 또한 같은 느낌을 받았기에 가만히 있었다.

"아무튼, 가자고."

둘은 강혁이 재차 말을 꺼내기까지 침묵을 지키다, 강혁이 차에 타고 나서야 나직이 한숨을 내쉬었다.

'너도 느꼈지?'

'네, 더 조심합시다.'

'너만 조심하면 돼. 솔직히 넌 가끔 뒤질 것 같을 때가 있어.'

'그러니까……. 나는 왜 이럴까.'

그러곤 서로 눈을 마주치며 앞으로의 각오를 다졌다. 강혁은 말없이 둘의 대화를 해석하고 있다가, 이내 웃었다.

'븅신들.'

뭘 오해를 이렇게 한단 말인가. 누가 보면 강혁이 무슨 의사가 아니라 살인청부업잔 줄 알 수도 있을 것 같았다. 사실은 활인청부업자 아닌가. 누군가 살려달라고 하면 거의 반드시 살려내는.

이미 죽은 목숨이 아닌 이상에야 정말로 그랬다.

"어디쯤에 있지?"

강혁은 그런 생각을 하다가 입을 열었다. 생각해보니 한석준의 사무실 자체가 꽤 번화한 곳에 있지 않던가. 번화가라고 해봐야 음식점 몇 개 모여 있고, 호텔 좀 있는 지역에 불과했지만, 하여간 누와라엘리야의 일반 노동자들은 감히 올 생각도 못 하는 곳이었다. 아마 그들도 이 근처 어딘가에 있을 거란 생각이 들었다.

"멀지 않아요. 저기…… 저 위에 건물 보이세요?"

"어디. 아, 저거?"

과연 강혁의 짐작대로 리처드가 가리킨 건물은 가까이에 있었다. 직선 거리상으론 확실히 그랬으나, 막상 올라가려면 시간이 걸릴 것 같았다. 지나치다 싶을 정도로 높은 곳에 위치해서였다.

"뭐 하는 곳인데 저런 데 있어?"

오르내리는 것만 해도 일일 것 같았다.

"음."

리처드는 어쩐지 강혁의 말에 잠시 침묵을 지키다 입을 열었다. 강혁은 리처드의 말을 듣자마자 이놈이 왜 망설였는지 알 수 있었다.

"여기 옛 시장 관저였어요."

"옛 시장?"

"네, 식민지 시절에…… 영국에서 파견된 시장이 머물던 곳이래요."

"아……."

옛 시장이라. 이 말은 곧 조선총독부의 일본인 관리가 있던 자리라는 것과 다름없었다. 그제야 강혁은 저 위치에서 누와라엘리야를 보면 어떻게 보일지 상상해보았다. 발아래 펼쳐진, 노동자들의 희생으로 가꿔진 녹차밭을 한눈에 볼 수 있을 터였다. 그게 지금이라고 달라졌을까. 이곳의 풍경이 100년 전과 많이 달라졌을까.

"이런 개새끼들."

권력자의 시야는 영국이 스리랑카의 독립을 인정해준 후로도 바뀐 적이 한 번도 없었다. 그저 그 권력자가 영국인 관리에서 영국인 기업가로 바뀌었을 뿐이었다.

"죽이면 안 돼요……."

"안 죽여."

"죽일 것 같은 얼굴인데."

"죽이고 싶지만, 안 죽여."

이 순간 강혁은 스리랑카에 강한 동질감을 느꼈다. 아주 멀리 떨어져 있는 나라지만 어딘지 모르게 우리 대한민국과 많이 닮았지 않은가. 식민 통치와 그로 인해 촉발된 내전까지. 그래서 그랬을까, 진짜 화가 났다.

"아니, 그럴 얼굴이 아니라니까요?"

"안 죽여, 인마."

"날 죽이지 말라는 얘기가 아니고요……."

"아냐, 저 새끼들은 그렇게 대하면 안 돼."

얼마 지나지 않아 강혁의 얼굴에서 표정이 사라졌다. 그제야 리처드는 이게 진짜 강혁이 화났을 때 짓는 표정이라는 것을 알 수 있었다. 지금까지 으르렁댔던 것은 다 연기였다는 듯, 무거운 분위기가 숨 쉴 틈도 없이 흘러나왔다. 그에게는 다행스럽게도 그리 오래가지는 않았다.

"휴, 겨우 안정됐다. 내릴까?"

"어……. 아직 올라가려면 좀 남았는데?"

"머리 좀 식히게. 나 이대로 가? 안정됐다고 다 안정된 게 아닌데."

"아뇨, 아뇨. 내려요. 내립시다."

누와라엘리야는 고산 지대 아닌가. 평탄한 듯 보이는 곳마저 사실은 해발 1800미터를 훌쩍 넘어가는 곳이었다. 거기서 더 올라가는 길은, 그 길이 제아무리 그리 길지 않다 하더라도 쉬운 일은 아니었다.

"이거 굳이 내렸어야 하나."

특히 한유림에게는 그랬다. 리처드처럼 이곳에서 계속 있었던 것도 아니라 아직 몸이 적응하지 못한 것도 있었고, 제아무리 운동으로 단련하고 있다고 해도 나이는 어떻게 속일 수 있는 게 아니었기 때문이었다.

"한 교수님, 그냥 걸어요. 아까 그 얼굴로 들어갔으면……. 살인 나요."

리처드 또한 한유림에 대해서만큼은 어느 정도 동료 의식이 있었다. 하지만 이번만큼은 배려고 나발이고 할 수가 없었다.

'아까 백강혁 교수님 얼굴은…….'

츠요시가 언젠가 보여주었던 그림 한 점이 생각났다. 거의 무슨 악마의 형상이었는데, 자기가 탈레반이라고 주장하는 단체에 끌려갔을 때 강혁이 보여준 모습과 닮았다고 하면서였다. 그땐 이 새끼 또 오버하네, 했는데 이제 보니 아니었다.

'아, 그래 야차라고 했던가. 시벌······.'

원래는 불교라는 종교에 나오는, 심지어 불법을 수호하는 8부 중 하나라고 했던 것 같은데 워낙 무섭게 생겨서 그런가 리처드에게는 그저 그런 이미지만 남아 있었다.

"아, 하긴. 아까는 진짜······."

한유림 또한 강혁의 모습을 주의를 기울여 바라보고 있었기에 리처드와 별반 다르지 않은 반응을 보였다. 숨을 조금 헐떡이면서였기에 리처드는 안타깝다는 표정을 지으며 그의 등을 두드려주었다.

"진짜 고생이시네요."

"고생이지."

"왜 이렇게까지 하시는 거예요? 전직 장관이잖아요. 잘린 것도 아니고······. 한창 인기 좋을 때 나온 것 같던데."

"뒷조사했어?"

"교수님 조사는 뒷조사 같은 거 할 필요가 없어요. 네이버에 검색만 해도 주르륵 나와요. 나무위키에도 나오는데 뭐."

"아······. 하긴 내가 한국에서는 나름 팬들이 있지."

한유림은 딸 지영이 흥분한 얼굴로 보여준 인터넷 페이지를 기억했다. 다름 아닌 한유림의 팬들이 만들어준 페이지였는데,

사진도 이게 내가 맞나 싶을 정도로 잘 나온 사진을 골라놓았더 랬다. 뿐만 아니라 온갖 정보를 다 모아놔서, 한유림도 자기가 뭐 했었는지 헷갈릴 때는 그 페이지를 참고하고 있었다.

"아무튼, 지금 여기저기서 찾지 않아요?"

"그야 그렇지."

당장 이번에 한국에 들어갔을 때만 해도 그렇지 않던가. 후학 양성이니 뭐니 하면서 교수로 쓰겠다는 학교도 많았고, 정부 기관에서도 많이들 찾았다. 모나지 않은 성품에 넘치는 인맥 그리 고 현장 감각 등이 있으니 당연한 일이었다.

"근데 왜 여기 와서 고생이세요?"

리처드는 잠깐 강혁을 돌아보면서 물었다. 강혁은 라마즈 호 흡인지 뭔지를 하면서 따라오고 있었는데, 억지로 평화로운 표 정을 지으려 노력하고 있다는 것이 너무 티가 나서 오히려 더 무 서웠다.

"음."

잠깐 사이에 먼눈이 된 한유림이 입을 열었다. 근데 왜 여기 와서 고생이냐니. 너무 폐부를 찌르는 질문 아닌가. 어지간한 논 객들도 이만큼 날카로운 말을 던지진 않을 것 같았다. 하지만 그 저 그렇게 넋 놓고 있는 시간이 길지만은 않았다.

'이런 질문 많이 들을 거라고 했었지.'

이미 강혁에게 숱하게 들어온 질문이었기에 그랬다.

'강제로 끌려왔을 거라고 생각하겠지만……'

처음엔 그랬다. 한구에 갈 때만 해도 거의 반강제였다. 하지만 이번엔 아니었다. 충분히 빠져나갈 기회가 있었음에도 남았다.

"이보게, 리처드."

어느새 한유림은 자애로운 미소를 짓고 있었다. 라마즈 호흡이니 뭐니 하는 걸로 억지로 끌어낸 표정이 아니었다. 그렇기에 힘이 있었다.

"네?"

리처드는 자신도 모르게 한유림에게 고개를 기울였다.

"의사는 사람을 돕는 직업이지? 죽어가는 사람을 살리건……. 불편한 사람의 삶을 개선해주건."

"아……. 네, 그렇죠."

"근데 그거…… 얼마나 체감하면서 살고 있나?"

"네?"

"자네 군 병원에 있을 때, 매일 체감했나?"

"어……."

그러곤 한유림이 던지는 질문에 집중했다. 그저 당연하게만 느껴지는 단어의 나열이었다. 의사란 직업에 대한 정의 같은 것이었으니 그랬다. 심지어 한유림만의 철학이 담겨 있는 것 같지도 않았다. 누구라도 의사가 뭐 하는 사람이냐고 묻는다면 저리 말하지 않을까?

'체감했냐고?'

하지만 묻는 이가 한유림이고, 두 발을 딛고 선 땅이 누와라엘리야다보니 느낌이 달랐다. 그리고 듣는 이 또한 범상한 사람이 아니었다. 리처드는 이미 강혁과 함께 한구라는 오지에서 수많은, 자신과는 전혀 연이 없던 이들을 살린 바 있었다.

"무슨 소린지 완전히 다 와닿지는 않을 수 있어. 하지만 나는 그랬어. 적어도…… 한구에 있을 때 나는 정말 의사였네."

"대충은 알겠어요. 음."

"자네도 그런 생각을 해봐. 그럼 봉사가 마냥 힘들게만 느껴지진 않을걸. 뭐……. 나야 다 늙은 노인이라 이런 것일 수도 있겠지만."

"아뇨, 음. 생각해볼 만한 말입니다. 체감하고 있냐라……."

해서 한유림이 던진 질문을 더없이 진지하게 곱씹을 수 있었다.

이곳이 바뀔 수 있을까

"뭘 그렇게 종알종알거려?"

강혁이 다가오지만 않았다면 그랬을 터였다. 리처드는 그냥 뒤처져서 라마즈 호흡이나 하고 있지 왜 왔나 하는 얼굴로 뒤를 돌아보았다.

"뭐."

"아뇨."

물론 바로 눈을 깔고야 말았다. 아무리 화를 가라앉혔다고는 하지만 그래봐야 평소의 강혁 아닌가. 이 인간은 협박을 업으로 삼고 있었기에 표정이 늘 살벌한 편이었다. 강혁의 미소를 보고자 한다면 일단 죽도록 다친 다음에, 강혁에 의해 살아나야 했다. 그럼 아주 잠시라도 푸근한 미소를 볼 수 있었다. 리처드는 그런 적이 없었기에 당연히 기회도 없었다.

"여기야?"

"아……. 네. 차로 올 때랑은 또 느낌이 다르네. 대문이 왜 이렇게 커."

강혁은 고개 숙인 리처드를 지나 하얗게 칠해진 대문을 가리켰다. 질문에 빨리 답하지 않으면 혼날 게 뻔하지 않은가. 해서 리처드는 재빨리 아는 대로 답해주었다. 강혁의 내면을 대변하는 듯한 말까지 늘어놓았다.

"그러니까 말이야. 이 안으로 이거…… 정원이야?"

"네. 원래 차 타고도 한 5분 더 들어가요."

"진짜 큰 집이네."

"시장 관저니까요."

"지금 시장은 어디 사는데?"

"어……. 그냥 뭐, 저기 아래 어디 있는데 기억은 안 납니다."

"그렇군."

옛 시장의 관저와 현 시장의 집무실의 위치 차이만 봐도 힘의 구도가 어떻게 형성되어 있는지 대번에 알 수 있었다. 강혁은 잠시 대문 앞에 서서 발아래 펼쳐진 누와라엘리야의 전경을 내려다보았다. 아름답게 가꾸어진 차밭과 중앙에 위치한 호텔 거리의 조화가 참으로 좋았다.

"들어가지."

"아, 네. 잠깐만요."

리처드는 우두커니 서 있던 강혁이 대문을 다시 가리키자마자 벨을 눌렀다. 오래된 대문과는 전혀 어울리지 않게 현대식으로 만들어진 벨이었다. 아니, 인터폰이었다.

"누구십니까?"

얼마 안 있어 인도 억양이 진하게 섞여 있는 영어가 들려왔다. 아무래도 이 집에서 일하는 사람인 모양이었다.

"리처드 중령입니다."

아는 사람인지, 리처드는 앞뒤 다 빼고 이름과 계급만을 말해주었다. 그러자 바로 문이 열렸다.

"네, 어서 오십시오. 주인님께서 기다리고 계십니다."

환영 인사와 함께였다.

"주인님?"

"아……. 그냥 그렇게 부르는 것 같더라고요. 사실 이 집에서 같이 살면서 집안일을 도맡아 하고 있으니……. 메이드가 맞기는 하죠."

"흐음."

"다시 한번 말씀드리는데, 난동 부리면 안 됩니다. 이 사람들…… 솔직히 저도 마음에 들지는 않아요. 여기 올 때마다 무슨 18세기, 19세기로 돌아간 것 같다니까요. 진짜 기분 나쁘게 할지도 몰라요. 그래도……."

"알어, 인마. 내가 병신이냐. 뜬금없이 화 안 내."

"그……."

그런 인간이 아니니 걱정하는 거 아니냔 말이 목구멍 언저리까지 올라왔다. 내가 오버하는 건가 싶기도 해서 한유림을 돌아보았는데, 한 교수는 아예 강혁의 팔뚝을 잡고 있었다.

'인종차별 비슷한 말까지 들으면 눈깔 돌 것 같은데.'

장관직을 맡고 외국에 들락거린 경험이 많지 않은가. 장관 껍데기를 쓰고 있는 자리에서야 다들 점잖았지만 개인적으로 방문한 식당이나 길거리에서는 짜증 나는 일들이 좀 있었더랬다. 특히 미국 쪽보다는 유럽이 그랬다. 그네들이 자랑하는 민주주의나 박애주의는 그들만의 얘기라는 듯, 동양인에 대한 무시는 만연했다.

'하필 영국계 회사야 또. 다른 회사도 독일이고…….'

차라리 미국이면 나을 텐데. 그쪽은 속으로야 어떨지 몰라도 겉으로 내색하지 않는 데에는 익숙해진 지 오래 아닌가. 특히 뉴욕처럼 인종의 용광로라 할 수 있는 도시 출신들은 더더욱 세련된 매너를 갖추고 있었다.

"아니, 나 진짜 괜찮다니까. 다 각오하고 온 거야."

"각오?"

"각오라고요? 죽일 각오?"

"아니라고, 인마."

물론 강혁 또한 이들이 무례하게 나올 것이란 것 정도는 충분히 예상하고 있었다. 어차피 리프를 비롯한 홍차 회사에서 한국은 그리 중요한 시장도 아니지 않은가. 기껏해야 티백에 담긴 저렴한 라인이 조금 팔릴 뿐이었다. 같은 아시아라도 영국식 문화가 강하게 자리 잡은 홍콩과는 홍차 소비량 자체가 비교도 되지 않았다. 비즈니스적으로도 존중할 이유가 없다는 뜻이었다.

'뭐……. 지금 많이 까불어두라고 해야지.'

안타깝게도 강혁도 그리 신사적인 사람은 아니었다. 상대가 예의를 갖추고 있다면야 일부러 깽판 칠 이유가 없겠지만, 오늘 어떻게 나오느냐에 따라서 앞으로 강혁의 행보가 많이 달라질 터였다.

"아, 저기……. 저기 현관 보이네요."

"집이 진짜 크네? 심지어 돌로 지었어?"

"어……. 그렇더라고요."

"여기 어지간한 호텔들도 다 나무로 지었던데."

"잉. 그러고 보니까 그렇네요. 이 돌이 다 어디서 났지."

어디서 나긴 어디서 났겠는가. 저 밑에서부터 가지고 올라왔을 것이 뻔했다. 지금보다도 열악한 장비와 열악한 길을 뚫고서. 그 과정에서 얼마나 많은 사람들이 희생되었을지는 굳이 상상해 볼 필요도 없었다. 지금은 희미해지고 옅어져 흔적조차 없지만, 이 돌에도 수많은 사람들의 피가 묻어 있으리라. 강혁이 가만히 돌의 유래에 대해 생각하고 있을 때쯤, 굳게 닫혀 있던 나무문이 열렸다.

"아, 안녕하십니까. 중령님."

그리고 새카만 양복을 잘 차려입은 현지인 사내가 하나 나타났다. 차 서빙을 하던 중인지 한 손으로는 쟁반을 받쳐 들고 있었다.

"네, 안녕하세요. 헨리 안에 있습니까?"

"네. 안에 계십니다. 기다리고 계십니다. 코트 주시겠습니까?"

"아, 여기."

"이쪽 분들은?"

그런 와중에도 능숙하게 리처드의 코트까지 받아주었다. 상당히 숙련된 집사 또는 웨이터 같은 모습이었다. 그는 곧 강혁과 한유림에게도 시선을 돌렸다. 동양인은 높은 확률로 처음 보는 것일 텐데, 눈동자에 약간의 진동만 있었을 뿐 별다른 변화는 보이지 않았다.

"이분은 백강혁 교수님. 이분은 한유림 교수님입니다. 제가 두 분께 많은 신세를 지고 있습니다."

"아, 그렇습니까? 알겠습니다. 두 분 모두 코트를 주시죠. 안으로 모시겠습니다."

강혁은 코트를 맡기고 들어와 짙은 나무로 장식된 벽면을 지났다. 세월의 흔적은 묻어났지만 그렇다고 낡은 느낌은 전혀 없었다. 엄청나게 잘 관리한 모양이었다. 애초에 지을 때도 고급 자재를 사용했을 테고.

"올 때마다 느끼는 건데⋯⋯. 진짜 장난 아니네요."

리처드는 벽면에 달린 표범 머리를 가리키며 고개를 절레절레 저었다. 아무리 봐도 진짠데, 오래된 건 아닌 것 같았다. 기껏해야 1, 2년? 리처드야 긴가민가하겠지만, 강혁은 털의 부식 정도를 통해 정확하게 확인할 수 있었다.

'눈은 아예 호박을 세공해서 박았네. 어쩌다 한번 박제하는 걸로는 저만한 기술자 못 찾을 텐데.'

그 말은 이 집 주인이 노상 사냥을 다닌다는 얘기가 되었다. 표범 사냥이라는 게 실제로 존재할 수 있나 싶겠지만 누와라엘리야가 애초에 정글 위에 세워진 도시이지 않은가. 만약 사냥을 원한다면, 사냥터 잡는 것 자체는 그리 어려운 일이 아니었다.

복도를 지나자 널따란 공간이 모습을 드러냈다. 2층으로 향하는 계단이 좌우로 뻗은 일종의 로비였다. 원래 대다수의 시장 집무실은 딱 문을 열자마자 이런 로비가 보여야 하지만, 이곳만은 예외였다.

'영국이 여러 곳에서 나쁜 짓을 했지만……. 여기만큼 혹독하게 한 곳도 드물지.'

타지에서 끌고 온 것도 모자라 중노동을 시키지 않았던가. 그 과정에서 표범과 같은 들짐승에게 물려 죽고, 낭떠러지에서 떨어져 죽고, 영양 결핍으로 죽고, 아파서 죽은 사람들이 한가득이었다. 폭동을 예상치 못했다면 멍청한 일이었다. 로비라도 구석에 밀어 넣은 것이 일종의 방비책이 아닐까 싶었다.

"아, 중령님."

그런 생각을 하고 있으려니, 정장을 입고 시가를 물고 서 있던 이가 다가왔다.

"안녕하십니까, 미스터 러셀."

"이제는 그냥 편하게 다니엘이라고 하세요."

"제가 편해지면 그렇게 하겠습니다."

"좋을 대로 하시죠. 리처드, 당신은 중요한 손님이니까."

다니엘 러셀이라는 사람이었다. 강혁은 어렵지 않게 그가 여기서 제일 높은 사람이라는 걸 알아차렸다. 다른 사람들도 비슷한 차림새를 하고 있었으나 인사를 이 사람에게 양보한 것을 보면 쉬이 짐작 가능한 일이었다.

'이상하네. 이 사람 이름은 처음 듣는데.'

딱히 리프 홈페이지에도 나와 있지 않은 이름이었다. 전달받았던 자료에서도 찾아보긴 어려웠다.

'뭐, 이따 물어보면 되겠지.'

걱정할 만한 일은 아니었다. 강혁이 대체 누구랑 온 참이란 말인가. 정보력이라면 세계에서 둘째가라면 서러울 만한 집단, CIA 가 그와 함께하고 있었다.

"이쪽은……?"

다니엘은 리처드와 인사한 후에도 몇 마디 잡담을 나눈 다음 에야 강혁과 한유림을 바라보았다.

표정만 봐도 알 수 있었다. 애들이 왜 여길 왔나, 뭐 이런 생각 을 하고 있는 모양이었다. 노골적으로 위아래를 훑어보는 저 얼 굴. 유럽이나 미국에서도 보수적인 지역에 홀로 가면 어렵지 않 게 접할 수 있는 그런 종류의 얼굴이었다.

'백 교수, 참아.'

당연히 한유림도 기분이 나쁘긴 했다. 하지만 그보다는 일단 강혁이 걱정이었다. 이 자리에 있는 사람의 수가 적지 않고 또 체격도 건장한 데다, 몇몇은 아예 경호원으로 와 있는 모양이긴 했지만, 강혁이 공격하길 원한다면 100퍼센트 그렇게 될 터였다.

"아, 이분들은 대한민국 외교부에서 파견된 분들입니다."

"아……. 외교부?"

다행히 강혁은 별다른 움직임을 보이지 않았다. 또 리처드도 재빨리 말을 이었기에, 다니엘이 짓고 있던 예의 그 표정 또한 그리 오래가지는 않았다.

'넌 나중에 뒤졌다.'

그래봐야 날카로운 강혁의 눈에는 다 읽혔고, 뇌리에 박히기 까지 했지만. 하여간 지금 당장 무슨 사달이 나지는 않았다, 이 말이었다.

"네, 아시죠? 대한민국 정부가 스리랑카 정부와 협조해서 수도권 일대 개발에 나서지 않았습니까?"

"아……. 알고 있죠. 근데 그건 인프라 사업일 텐데?"

"그 일환 중 하나로 이곳에 병원 지원 사업을 하고 있습니다. 민간이 먼저 나서고, 외교부는 뒤에서 받쳐주는 형태죠. 제가 몇 번인가 얘기 드린 적이 있는데, 기억나십니까?"

"아, 네. 그러고 보니 기억이 나는군요."

그사이 다니엘과 리처드의 대화가 이어졌다. 다니엘은 말은 기억이 난다고 하지만, 딱히 신경 쓰지는 않았다는 투였다. 지극히 오만해 보였지만, 일견 어울리긴 했다. 타고나기를 거만하게 태어난 듯한 사람이 있지 않은가. 다니엘 러셀이 딱 그런 인간이었다.

"생각보다 대한민국 정부에서 이쪽을 신경 쓰고 있습니다. 이 분은 한유림 전 보건복지부 장관님입니다."

"오, 장관?"

"네. 바로 직전 장관이셨습니다. 영전하실 것을 제안받았으나, 거절하고 봉사 다니고 계십니다."

"훌륭하신 분이네, 하하."

심지어 장관이라는 말을 들었음에도 조금 움찔했을 뿐, 먼저 악수를 청하지도 않았다. 호스트 입장에서 이만한 무례도 드물었다. 원래 이런 인간이라고 생각하면 넘어가줄 수도 있겠지만 고작 중령일 뿐인 리처드에게 했던 태도를 떠올려 보면, 아주 의도적인 무례라고 볼 수 있었다.

'동양인이다, 이거지?'

한유림은 이놈이 이렇게 나오는 이유를 다른 곳에서 찾지 못했다.

'잘한다, 잘해. 아주 잘하고 있어.'

강혁 또한 그랬다. 그래서 웃었다.

'미쳤구나, 이 인간이 너무 화나서 미쳐버렸어.'

그 모습을 본 한유림은 정말인지 온몸에 소름이 돋았다. 너무 무섭지 않은가. 세상에, 누구라도 화가 날 만한 상황에서 백강혁이 웃다니. 조금 후에 눈앞에 있는 다니엘인지 나발인지 하는 놈이 찢어 발겨져도 이상할 것 하나 없을 듯했다.

"이쪽 분은……, 백강혁 교수님입니다. 제가 몇 번 말씀드린 적이 있죠? 제 스승님입니다."

리처드 또한 비슷한 생각을 하고 있었다. 그래서 그런지 저도 모르게 강혁을 가리킬 때는 허리까지 숙여가며 최선을 다했다. 그쯤 하면 사람이 좀 상황을 알아먹어야 할 텐데, 다니엘은 여전히 고자세였다.

"아, 그렇군요. 한 2년 배우셨다고?"

"네. 그동안 배운 게 정말 많습니다."

"동양인들이 손재주가 좋죠."

"아……."

심지어 편견 가득한 말까지 내뱉고야 말았다. 물론 할 수 있는 말이긴 했다. 어느 정도 사실이기도 했고. 하지만 이놈 입에서 나온 말이라 그런지, 기분이 좀 나빴다.

"인사는 이쯤 했으니, 차를 드시죠. 두 분도 이쪽으로."

다니엘은 무례를 만회도 하지 않은 채 중앙을 가리켰다. 리처드를 이끌고서였는데, 그러다보니 강혁과 한유림은 둘의 뒤를 따라 걸어야만 했다.

'이런 게 조마조마하다는 거구나.'

강혁이 생각보다 잘 참고 있기는 했다. 본인 예상보다 더 잘하고 있다는 말조차 모자랄 지경이었다. 거의 기적이라고 해도 좋을 지경이었다.

'백 교수 제발 참아…….'

여기까지 했으면 상대도 좀 눈치를 채줘야 하는데, 이 새끼는 그러기는커녕 계속 신경을 건드리고만 있지 않은가. 지금도 그랬다.

"맛을 아시려나 모르겠네. 어디 가서 쉽게 맛보지 못할 차긴 한데……."

"차 좋아합니다, 감사합니다."

"하하, 근데 별 차이를 못 느낄 수도 있습니다. 한국 음식이면… 김치? 맵고 짜던데, 그런 맛에 익숙하면 아무래도 이런 맛에는 둔감해지죠."

김치를 아는 놈이 왜 강혁은 모를까. 현시점에서 대한민국 내의 유명세를 따져보면 거의 비슷할 텐데. 한유림은 계속해서 무례 연타를 치고 있는 다니엘과 그것을 놀랍게도 웃어넘기고 있는 강혁을 번갈아 바라보았다.

'와……. 이걸 참네.'

리처드 또한 마찬가지였다. 한국인은 아니지만, 강혁의 영향으로 나름 한국 문화에 대한 애정이 생긴 참이라 본인도 열을 받았는데 강혁이 웃고 있다니. 이젠 저 웃음이 무엇을 의미하는 것일까 두려워질 지경이었다.

"흠."

반면 강혁은 화를 삭이고 있지도 않았다. 지금은 그저 입 안에 머금은 차향과 맛을 음미하고 있을 뿐이었다.

'좋은데?'

다니엘이 죄다 마음에 들지 않았지만, 차만큼은 제대로 고르고 또 우리는 모양이었다. 찻잎이 발효되면서 발생하는 달콤 쌉싸름한 맛이 이처럼 선명하면서 또 잘 어우러지는 차는 오랜만이었다. 아니, 이만한 차는 처음이라고 해도 좋았다. 확실히 산지에서, 그것도 주인이 자신이 마시려고 골라낸 차는 다른 모양이었다.

'이건 한국에서도 통하겠어. 뭐…… 커피랑 비할 바는 아니겠지만, 애호가라면 고가라도 충분히 지갑을 열겠어.'

커피와 차라는 기호품에 있어 세계는 양분되어 있다고 보면 쉬운데, 지금은 커피가 더 우세하다고 할 수 있었다. 흔히 커피를 선호하는 문화권은 변화가 빠르고 바쁜 시스템이고, 차를 선호하는 문화권은 조금은 느긋한 시스템이라고 말하기도 한다. 아무래도 초연결 사회에 접어든 21세기 지구촌에서는 전반적으로 너무 빠르게 변화하고 있기에 차보다는 커피가 각광 받을 수밖에 없었다.

'그래도 고정 수요층은 있지.'

만약 강혁이 리프처럼 큰 사업을 하겠다고 한다면 말도 안 되는 시점이었다. 하지만 이곳의 지역 사회 변화 정도만을 원하고 있다면 충분히 해볼 만했다. 리프를 비롯한 다국적 회사들이 가져가는 천문학적인 부를 사회에도 조금 나눠줄 생각이라고 하면 안 될 이유가 없었다.

'계속 웃네……. 약을 먹고 왔나?'

이런 생각을 하고 있다 보니 얼굴엔 연신 미소가 걸려 있었다.

"애써 맛있는 척하지 않으셔도 됩니다. 우유나 설탕을 듬뿍 넣어 먹어도 맛있어요. 여기 현지인들은 이 차를 그렇게 주로 먹죠. 팔지 못하는 잎으로도 잘 먹어요, 하하."

계속 시비를 털고 있음에도 그랬다. 하지만 강혁은 평온했다. 어차피 이곳에 오기 몇 달 전부터 마음의 준비를 했던 탓이었다.

'올드 패션이라는 말도 진짜 순화된 표현이지.'

리처드에게 전해 듣기 전에도 다 알고 있었다는 뜻이었다. 애초에 호텔부터가 유색 인종은 안 받는 곳들이 태반인 지역이지 않은가. 차별이 있을 거란 건 애초부터 각오하고 있었다.

'새끼들……. 정신머리를 뜯어고칠 필요도 없어.'

그 말은 곧 그때부터 계획을 짜고 있었다는 말이기도 했다. 다만 직접 겪어보니 더욱 독하게 해도 되겠단 생각이 들었다. 이놈들이 완전히 무너진다 해도 죄책감 따위는 없을 것 같았다. 오히려 웃을 수 있을 것 같았다. 아주 신나게.

'히히히.'

복수를 꿈꾸는 일은 달콤한 법이었다. 물론 복수의 과정 자체는 지난할 수 있었다. 하지만 군자의 복수는 10년도 늦지 않다는 말이 있지 않은가. 계획대로라면 10년은 무슨, 1년 안에도 가능한 것이 강혁의 징벌이었다. 덕분에 강혁은 계속 모욕을 듣고 있음에도 웃을 수 있었다. 동시에 리처드와 한유림은 가시밭길을 걷는 듯한 느낌만 받았다.

'뭘까 대체…….'

'존나 무섭네…….'

정작 무서워해야 할 다니엘만 별생각이 없었다. 여러모로 이상한 광경이었다.

재미는 없고 열만 받던 티 파티는 곧 끝이 났다. 원래 같았으면 리처드 정도는 저녁까지 먹고 나왔을 테지만, 오늘은 아니었다. 가뜩이나 강혁이 화가 났을 텐데 자신까지 돋울 필요는 없지 않은가. 해서 곧장 밖으로 나왔다.

"흠."

급하게 사라져가는 리처드 일행을 바라보던 다니엘이 고개를 갸웃거렸다.

'어떤 캐릭터인지 모르겠네.'

원래도 싸가지 없는 인간인 것은 맞았다. 하지만 오늘처럼 생각 없이 지르는 경우는 많지 않았다. 일부러 좀 더 건드렸다, 이 말이었다. 그러한 사정을 잘 알고 있는, 리프 스리랑카 지부의 지부장인 헨리가 말을 걸어왔다.

"저, 다니엘? 아까 왔던 동양인들 때문에 그러십니까?"

태도는 지극히 공손했다. 스리랑카 지부장이라면 꽤 높은 사람임에도 그랬다. 차 사업에서만큼은 지정학적인 위치보다, 스리랑카만 한 산지가 없다는 것이 훨씬 중요하지 않겠는가. 그 말은 곧 헨리가 리프가 보유한 여러 차 산지 중에서도 가장 고급 차가 나는 곳을 관리하고 있다는 뜻이었다.

"응? 아, 그렇지. 내가 달리 그럴 일이 있겠나."

그럼에도 불구하고 다니엘은 명백한 하대를 하고 있었다. 헨리뿐 아니라 나머지 모두도 그것을 당연시하고 있었고. 이는 실제 다니엘의 지위가 보이는 것보다 훨씬 높다는 것을 의미했다.

'최대 주주 가문의 일원…….'

이미 산업 혁명 이후 다시 한번 계급 사회가 도래했고, 그 계급 간 이동이 제한된 지 오래인 영국이 아니던가. 한번 위로 올라가면 내려오는 일이 거의 없고, 반대로 아래에서 위로 올라갈 일도 거의 없었다. 그중에서 다니엘 러셀은 타고나기를 금수저를 물고 태어난 사람이었다. 헨리가 제아무리 능력이 있다 해도 넘볼 수 없는 무언가를 가지고 있다는 뜻이었다.

"그렇군요. 마음에 들지 않으셨다면 대사관에 요청해볼까요? 무시하지는 못할 텐데요."

"응? 아니, 뭐 그럴 거 있나. 어차피 자주 볼 사이도 아닌데."

"그건…… 그렇습니다. 혹시 모임에 참여하려는 뜻이 있다거나 하면 저희 선에서 정리하겠습니다."

죽이겠다, 뭐 이런 얘기는 아니었다. 19세기였다면 얼마든지 가능했을 테지만 지금은 아니지 않은가. 제아무리 동양인이라 해도 죽이면 큰일이었다.

"그래, 자네들이 좀 놀아줘."

"네."

게다가 일반적인 동양인들도 아니었다. 대한민국 정부와 어떤 식으로든 연이 있는 이들이었다. 대한민국이 옛날처럼 변방의 소국 취급이나 받는 별 볼 일 없는 나라도 아니었다. 아직 경제 규모로는 영국에 비빌 수 없겠지만 가파른 상승세를 보이고 있었다. 심지어 칠성과 같은 거대 기업도 보유하고 있어, 국제사회에서 절대 무시할 수 없는 위치에 있었다. 그렇다면 어느 모임에는 끼워줘야 한다는 뜻이었다. 다행히 이곳에는 현지인들도 올 수 있는 모임이 있었다. 헨리는 그 모임에 두 자리 정도 더 만드는 건 일도 아니라 생각하며 고개를 끄덕였다.

"아, 거……. 되게 재수 없던데? 차라리 영어를 못 알아먹으면 어떨까 싶었네, 진짜."

애프터눈 티 모임이 파하고 해당 모임에 대해 이러쿵저러쿵 떠들기 시작한 것은 비단 다니엘이나 헨리뿐만인 것은 아니었다. 강혁 일행 또한 마찬가지였다. 제일 먼저 입을 연 것은 의외로 한유림이었다.

"그렇죠? 제가 말씀드렸잖습니까, 장난 아니에요. 나는 무슨 할아버지들인 줄 알았다니까요. 심지어 저도 좀 뭐라고 해야 하나……. 무시하는 게 있어요."

리처드가 질세라 그 말을 받았다. 일단 이렇게 우리끼리라도 욕을 한 바가지 해줘야 강혁이 화를 덜 낼 것 같았다. 원래 그렇지 않은가. 옆에서 욕을 해주면 화가 좀 수그러드는 법이었다.

"리처드도? 같은 백인인데?"

"미국인이다 이거죠. 뭐 원래 좀 그렇잖아요. 뿌리는 우리다, 문화적으로 우월하다, 뭐 이런 거……."

해서 한유림과 리처드는 최선을 다해 뒷담화를 하기 시작했다. 끊임없이 강혁의 눈치를 보면서였다. 다행한 것은 실제 이 둘도 열이 받을 대로 받았다는 점이었다. 그래서 그런지 욕이 아주 자연스럽게 튀어나왔다.

"섬나라 촌놈들이 뭐 잘난 게 있다고? 원래 거기 살던 놈들도 아니잖아?"

"그렇죠, 지금 사는 놈들이야 바이킹이랑 섞였으니 사실 상…… 그 뭐여. 한국말로 뭐라고 하죠?"

"시발놈?"

"아니, 아니……. 교수님……. 그…… 있잖아요."

"아, 상놈."

"네네. 상놈들이지."

둘은 한참을 시발놈이니 상놈이니 하면서 떠들며 강혁의 눈치를 보고 있었다. 이제 강혁이 부디 침묵을 끝내고 이 대화에 끼어들기를 바라면서였다. 아니면 한밤중에 몰래 빠져나가서 살인이라도 저지를 것 같았다.

"저, 교수님?"

"그래, 백 교수. 백 교수도 뭐라고 좀 해봐."

하지만 강혁은 차가 병원에 거의 다 도착할 때까지도 입을 다물고 있었다. 원래 조용한 인간이 이러고 있다면야 그냥 그런가 보다 할 텐데, 강혁 같은 사람이 이러고 있으니 공포 그 자체였다. 결국, 둘은 가슴속에서부터 들끓어오르는 공포심을 주체하지 못하고 말을 걸어왔다.

"응? 뭘 말해."

"그…… 그 새끼들 어땠는지."

"아, 둘이 잘 말하고 있던데, 뭐. 나까지 거들 거 있나."

"음……."

한데 반응이 어째 좀 뜨뜻미지근했다. 얼굴을 살펴보니 진심 같았다. 한유림은 또 다른 의문이 들었다.

"약 먹었어? 오진승 박사 만나고 왔나?"

사람이 갑자기 변하면 죽는다지 않는가. 그런데 강혁은 암만 봐도 곧 죽을 것 같은 인상은 아니었다. 사실 한유림이 그런 것을 굳이 바라고 있지도 않고. 해서 오진승을 의심했다.

'아니면 TMS(Transcranial Magnetic Stimulation, 경두개 자기 자극 치료)라도 때렸나?'

그랬을 수도 있었다. 멀쩡히 잘 있던 병원에서 나와 개원했다지 않는가. 하필 월세도 비싼 데 했으니 비용이 만만치 않을 터였다. 지인마다 불러서 진료 좀 보라고 부탁한다는 말이 한유림 귀에까지 들어올 지경이니, 그나마 이낙준을 통해 연이 있는 강혁은 한 번쯤 다녀왔을 법도 했다.

'뭐……. 스트레스가 장난 아니긴 할 거 아냐?'

생각해보면 강혁만큼 정신적으로 힘든 사람도 드물 터였다.

제일 사정이 열악한 곳만 돌아다니고, 온종일 그곳을 어떻게 하면 도울 수 있을까 골몰하는 인간 아닌가. 성격이 천사처럼 좋은 것도 아닌데 그러고 있으니 얼마나 힘들겠는가. 대체 뭐가 이 인간을 그쪽으로 이끄는지 궁금해질 지경이었다.

"뭔 개소리야. 오진승이 여기서 왜 나와."

"이럴 때 미리 좀 먹으라고 약 받아 온 거 아냐?"

"정신과 약을 상비약으로 받는다고? 그거 불법 아냐? 전직 보복부 장관이 이런 소리를 하고 앉았네."

"아니…… 불법이긴 하지만…… 해외 체류자들은 뭐 어떻게 받기는 하잖어."

외국에서 진료 보는 게 쉬울 턱이 없지 않은가. 게다가 정신과는 보다 예민한 부분이 있었다. 다른 과보다 환자와 의사 관계가 훨씬 단단하기도 하고, 원래 먹던 약을 계속 먹는 것이 환자에게 안심이 되기도 하고 예후에도 좋았다. 방금 한유림이 한 말이 아주 틀린 말은 아니란 얘기였다.

"내가 원래 먹던 사람이 아닌데, 그런 걸 왜 줘."

하지만 강혁에게만큼은 틀린 말이었다.

"아니, 근데 어떻게 이렇게 기분이 좋지?"

"나쁠 이유가 있나?"

"아니…… 방금 그렇게…… 그렇게 나쁜 놈을 만나고 왔는데 나쁠 이유가 있냐고?"

"하하."

강혁은 한유림의 말에 껄껄 웃었다. 어찌나 호탕하게 웃어젖히는지 한유림이나 리처드는 물론이거니와 운전하고 있던 병사까지 슬쩍 웃었을 지경이었다.

"나쁜 놈은 괴롭혀도 할 말이 없잖아. 탈레반 같은 놈들처럼 말야."

"아……."

그리고 강혁이 자신이 웃은 이유에 대해 말해준 다음에는 차마 더 웃지 못했다.

'뒤졌구나…….'

'하긴 백 교수님이 어떤 인간인데……. 그런 걸 그냥 넘겨.'

오직 강혁만이 계속 껄껄 웃고 있었다.

'어떻게 죽일까 고민하고 있던 거네.'

'그게 신나서 웃은 거네.'

둘은 그런 강혁을 보면서 눈을 마주쳤다. 딱히 어떻다 말을 안 해도 무슨 생각을 하고 있을지 뻔히 들여다보였다. 흔들리는 동공과 오소소 돋아난 팔뚝의 소름을 보면 알 수 있었다. 물론 강혁은 둘이 떨고 있게만 두지 않았다. 병원에 딱 도착하자마자 리처드의 어깨를 두드렸다.

"네? 어, 살려주세요."

리처드는 강혁이 또 미완성의 병원을 보자마자 화가 났나 싶어 일단 빌었다. 운전병은 자신이 존경해 마지않는 사람의 딱히 궁금하지 않았던 모습에 고개를 틀었다.

"뭐야, 뭘 살려줘."

"아……. 때리는 거 아니에요?"

"내가 널 왜 때리니."

"그……."

때릴 이유도 딱히 없었으면서 때려왔다는 얘긴가. 리처드가 억울함과 분함에 황망한 표정을 짓고 있는 사이, 강혁이 말을 이었다. 차에서 내려 리처드를 으슥한 곳으로 끌고 가면서였다. 안 때리겠다는 말을 들었음에도 몸 여기저기 오한이 들었다.

"다니엘 러셀에 대해 뭐 좀 아는 거 있어?"

다행히 진짜 때릴 생각은 없어 보였다. 하지만 그리 생산적인 답을 제공할 수 있는 주제도 아니었다.

"그냥 남들 아는 만큼요."

"너 CIA 아니냐? 왜 아는 게 없어."

"그게…… 저는 사실 작전 보조잖아요. 저한테 배정된 정보 요원도 없어요."

"원래 정보를 현장에서만 캐냐? 당연히 뒤로도 캐지. 뭐 연락되는 지부 없어? 여기면…… 소속 지부가 어디지?"

소속 지부라. 사실 별다른 생각이 없던 리처드였다. 실제 리처드는 거의 독립요원이나 다름없는 사람이고 또 요원보다는 군인에 더 가까운 사람이지 않은가. 해서 이 간단한 질문에 대한 답도 픽 오래 걸렸다.

"아, 콜카타에 하나 있죠."

"그럼 거기 요청해봐."

"아직 한 번도 안 해봤는데……."

"병신인가? 원래 다 안 해본 거 하면서 크는 거야. 해봐."

"알겠어요. 근데 뭐……. 제가 딱히 정보 접근 권한이 있지가 않던데……."

"진짜 그냥 구색 맞추기인가?"

"네? 방금 그건 좀 상처 되는데."

"맞는 말이니까 상처가 되는 게 아닐까."

강혁은 상처받았단 얼굴을 하고 있던 리처드의 상처를 한 번 더 후비고는 이내 병원으로 발걸음을 돌렸다.

"어, 어디 가요?"

"그나마 나은 요원한테요."

"설마, 데니스?"

"그래. 걔는 그래도 기본이 있더라고."

"와……."

"너무 그러지 마. 네가 무슨 요원이야."

"와……."

"넌 의사야. 사람 살리는."

"오."

물론 강혁은 사람을 들었다 놨다 할 줄 아는 사람 아니던가. 마지막 가서는 한번 흔들어주었다. 덕분에 내내 얻어맞고 또 구박까지 들었던 리처드는 살며시 미소까지 지을 수 있었다.

'그래도 백 교수님이 내 의사로서의 능력은 인정해주신다니까…….'

리처드가 '하여간 미워하려야 미워할 수 없는 인간이야'라는 생각을 하는 사이 강혁은 데니스를 마주했다. 그나마 오후 내내 강혁의 손아귀에서 벗어나 자유로운 시간을 즐기고 있던 데니스는 떨떠름한 얼굴로 강혁과 함께 밖으로 나왔다. 생전 처음 듣는 이름을 들어가면서였다.

"누구에 대해 모르면 죽는다고요?"

"다니엘 러셀."

데니스는 아직 마무리 공사가 한창인 병원 뒷마당에서 자신을 꼬나보는 강혁을 차마 마주 보지 못했다. 그저 고개를 애매한 곳으로 돌린 후, 방금 강혁이 말해준 이름을 되뇌었다.

'다니엘 러셀?'

하늘에 맹세코 처음 들어보는 이름이었다.

'스리랑카 주요 인물인가?'

조금 이상했다. 리처드야 야바위 비슷한 걸로 요원이 된 참이었지만, 데니스는 아니지 않은가. 랭리에서 제대로 뽑혀서 제대로 훈련받은 요원이었다. 다음 작전 지역이 결정되자마자 제일 먼저 반드시 알아야 할 명단을 뽑아서 죽 훑어보았더랬다. 하지만 다니엘 러셀이라는 이름은 없었다. 애초에 외국인 이름 아닌가.

"그…… 스리랑카 사람 맞아요?"

"영국인이야."

"아."

해서 물어보니 역시나 아니었다. 말을 하려면 제대로 해야지, 하는 생각이 잠시 들었다.

"뭐."

"아뇨."

하지만 강혁에게 대놓고 그런 말을 꺼내놓을 수는 없었다. 그렇지 않아도 오늘 리처드가 비 오는 날 먼지 나게 맞지 않았던가. 때린 대수로 치면야 그렇게 많지는 않았지만 아픈 정도로 치면 어마어마했을 터였다. 굳이 그런 경험을 나누고 싶진 않았다.

"아직은 모른다 이거지?"

"아, 네."

다행히 강혁은 답 없는 상황에서 시간만 질질 끄는 성격이 전혀 아니었다. 필요할 때만큼은 또 눈치가 비상한 사람 아니던가. 데니스가 아예 처음 듣는 이름이라는 것 정도는 척 보자마자 알아차렸다. 물론 여기서 데니스가 강혁을 속이고자 했다면, 그건 어쩌면 가능할는지도 몰랐지만.

'그럴 필요가 없는 상황이지.'

지금은 한구에서보다 둘의 이해관계가 일치하지 않는가. 강혁의 일이 잘 풀리면 무조건 데니스의 사업에 도움이 될 테고, 데니스의 사업이 잘되는 것이 강혁의 목표 중 하나이기도 했다.

"그럼 알아봐."

"언제까지요?"

"빠르면 빠를수록 좋은데……."

"좋은데요?"

"이왕이면 제대로 알아와. 약점 같은 거 있으면 더 좋고."

"아……."

해서 강혁은 그저 더 알아보라는 말만 했다. 그 대화 끝에 데니스는 역시 강혁이 다니엘 러셀이라는 사람에 대해 별로 좋은 감정이 있는 게 아니라는 걸 깨달았다.

'안됐네…….'

아직 알아본 적이 없으니 아예 모르는 사람이었다. 그럼에도 데니스는 어쩐지 그 사람의 말로가 그리 아름답진 않을 거란 생각이 들었다. 명복을 빌고 있으려니, 강혁이 심각해져 있던 표정을 풀고 다가와 어깨를 툭 하고 쳤다. 묵직하지 않은 것으로 미루어볼 때 정말 의례적으로 친 것이었다. 감정이 담겼다면 지금쯤 신음이 흘러나왔을 터였다.

"좋아, 그럼 밥이나 먹자. 팀 다 불러. 숙소에 있을 거 아냐."

"아, 네. 밥을 근데 어디서……."

데니스는 주변을 돌아보았다. 미리 정보를 받기는 했는데, 솔직히 말하면 그 정보라는 게 영 개판이었다. 딱히 지부가 있는 나라도 아닌데다가 지정학적으로 아직까지 미국의 관심을 받을 만한 나라도 아니지 않은가. 물론 최근 들어 중국이 이 근방에 해군 기지를 짓겠다고 나서고 있기는 한데, 인도 정부도 반대하고 있는 상황이었다. 동향 파악 정도는 해야겠지만 지금으로서는 둘이 어떻게 싸우나 강 건너 불구경 식으로 나가도 좋을 지경이다, 이 말이었다.

'그래도 그렇지……. 명색이 CIA라는 놈들이 관광 책자를 줘?'

데니스가 받아본 정보는 관광 책자를 짜깁기 한 것들이었다. 드론이라도 띄워서 좀 사진도 찍고 했으면 좋을 텐데, 굳이 그럴 거 있냐는 것이 정보국의 의견이었다. 무슨 첩보 작전을 가는 것도 아니고, 적이 있을 거라 예상이 되는 것도 아닌 데다가 심지어 데니스는 사업하러 온 참이니 필요 없을 거란 말도 덧붙여 주었다. 너무 맞는 말이라 할 말이 없어진 데니스는 그저 고맙단 말만 하고 나온 기억이 있었다.

"멍한 얼굴하고 있지 말고. 두리번거린다고 여기 갑자기 식당이 솟냐?"

"그, 그래서 말이에요. 어디서 먹어요."

"호텔 단지 가면 식당 진짜 많아. 거기 가서 먹을 거야. 생각보다 맛이 괜찮을걸."

"아……. 거기로……."

"아는 척하지 말고. 너 개뿔도 모르는 거 다 알아."

강혁은 고개를 절레절레 저으며 저 멀리 보이는 레이더를 바라보았다. 다른 사람들 눈에는 그저 커다란 나무처럼 보일 터였다. 실제로 그렇게 오인되도록 만들어놨으니까. 하지만 강혁의 극도로 예민한 눈은 카무플라주, 즉 위장 장치조차 쉬이 꿰뚫어 볼 수 있었다.

'여긴 오히려 CIA보다 군 쪽이 더 정보가 많을 것 같은데……. 걔들이 민간인 시찰에 나설 리는 없고. 레이더를 좀 운용할 수 있으면…….'

레이더라는 게 그냥 공중에서 왔다 갔다 하는 것들만 잡아내는 게 아니지 않은가. 현대 전쟁 기술이라는 건, 그야말로 날마다 발전을 거듭하고 있다고 보면 되었다. 위성과 결합된 레이더는 개미 새끼까지는 아니더라도 사람의 움직임 정도는 다 잡아낼 수 있었다.

'뭐……. 그건 나중에 구워삶도록 하고. 일단은 여기에 집중해야겠지.'

강혁은 아직 창문이 들어가지 않아, 을씨년스러운 인상을 풍기고 있는 병원을 올려다보았다. 이렇게 보면 대체 여기서 뭘 할 수 있겠나 싶겠지만 한구 병원에 비하면 비교하는 게 좀 미안할 지경이었다. 우선 이 병원은 지하도 있었다.

'CT랑 MRI에 진짜 돈 겁나 깨졌다…….'

그나마 장규선의 도움으로 2차 병원 중 폐업 처리하는 곳에서 중고로 싸게 매입을 한다고 했는데도 그랬다. 게다가 그냥 산다고 다가 아니었다. 여기까지 옮기고 또 제대로 돌아가도록 설치하는 것도 쉬운 일은 아니었다. 그나마 한유림이 현직 장관에게 도움을 요청해서 제조사에 연락이 닿아 망정이지, 그렇지 않았다면 아주 비싼 고물의 주인이 되는 데에 만족해야 할 뻔했다.

"음."

강혁은 만족스러운 얼굴로 고개를 끄덕이면서 병원 건물 안으로 들어섰다. 오늘은 이미 공사가 거의 다 끝나서 인부도 없었기에 누구도 제지하지 않았다. 아마 데니스가 모두를 끌고 오는 동안에는 홀로 다닐 수 있을 터였다.

'여기가 처치실이로구만.'

할 수 있다면 응급실도 병원 내에 마련하면 더 좋을 터였다. 하지만 그러자면 건물의 연면적이 너무 커져야 했다. 아무리 강혁이 많은 돈을 벌었다고는 하지만, 해발 1800미터에 그만한 건물을 짓는 건 도저히 무리였다. 지금 이 건물도 원래 있던 건물을 리모델링하고 확장시켜서 가능한 것인데, 응급실로 쓸 만한 공간을 확보하는 건 불가능한 일이었다. 다만 애초부터 지을 때 천막으로 된 응급실을 고려했기에 한구하고는 차원이 다른 모양새를 하고 있었다.

'저기가 천막으로 이어지는 통로구나. 그래, 저렇게 하면 굳이 로비 안 통하고 바로 들어올 수 있지.'

응급실은 천막으로 대체할 예정이었다. 어차피 가벼운 환자만 볼 곳인 데다가, 누와라엘리야가 제아무리 해발 1800미터라 해도 10도 밑으로 내려가는 일은 거의 없어 가능한 일이었다. 대신 그 천막에서 병원으로 곧장 통하는 통로가 무려 세 군데나 있었다. 두 곳은 처치실이었고, 다른 하나는 수술실로 통하는 복도였다.

'좋아. 아주 좋은데?'

강혁은 대한민국의 여러 전문가의 도움을 받은 설계가 현실로 이루어진 곳을 둘러보며 껄껄 웃었다. 아직 물건은 하나도 안 들어와 있었기에 웃음소리는 곧 증폭되어 밖으로 새어 나갔다.

"이게 뭔 소리냐……."

"모르겠는데요. 으스스한데."

데니스에게 불려 나온 한유림과 재원이 제일 먼저 그 소리를 들었다. 그렇지 않아도 저녁이 되자 날씨도 쌀쌀해지던 참이라 더 으스스하게만 들렸다.

"웃음소리 같지 않아요?"

장미의 추측에 허당이긴 하지만 또 한번 들은 것은 잘 잊지 않는 모범생 경원이 끼어들었다.

"여기서 사람 많이 죽었다고 하지 않았어요? 여기 뭐 무덤도 따로 없었다고 하던데……."

"야, 그런 소리 하지 마. 가뜩이나 깜깜해지는데."

한유림은 그야말로 가로등도 놓여 있지 않아 어둑해지고 있는 사방을 둘러보았다. 하필 병원은 흰색으로 마감을 해놓은 데다가, 창은 없어서 더럽게 무서웠다. 심지어 안에서는 창백한 흰빛이 새어 나오고 있었는데 거의 누가 공포영화용으로 연출하고 있나 싶을 지경이었다.

"하하하."

그 순간 명백한 웃음소리가 새어 나왔다. 모두들 몸을 움츠리며 모여들 수밖에 없었다. 그중에서도 특히 데니스가 잔뜩 쫄아 있었다. 의외로 심령 현상에 약한 탓이었다.

'시발, 시발.'

게다가 방금 경원에게 들은 대로 여긴 사람이 숱하게 죽어나간 곳 아니던가. 무덤이 딱히 정해져 있지 않았다는 말조차 맞는 말이었다. 정글을 개간하던 당시 죽은 사람들은 그저 낭떠러지 밑으로 내버려지거나, 나무가 뽑혀나간 자리에 묻혔다. 차밭 노동자가 된 이후라고 해서 크게 달라지는 것은 없었다. 자신이 평생 일했던 차밭의 차나무 밑에 묻힌다고 들었다. 거름이 된다 이 말인데, 곧 태어나서 죽을 때까지 아니, 죽고 나서도 차밭을 벗어나지 못했다.

'얼마나 화가 잔뜩 났겠냐고.'

심지어 주민번호도 부여받지 못해, 살아 있을 때조차 유령 취급을 받던 이들이었다. 도대체 얼마나 많은 원혼들이 있을지 감히 상상도 할 수 없었다. 그런 생각을 하고 있는데, 웃음소리가 점점 커져만 가고 있으니 온몸이 와들와들 떨려왔다. 요원이라는 체면이 있지 않았다면 지금쯤 다 때려치우고 도망가고 말았을 터였다.

"좋아. 수술방……, 공조 시설도 있고. 이거 전기만 잘 들어오면 짱인데……. 이거야 뭐 미군 쪽에서 알아서 한다고 했으니까 걱정 없을 거고."

강혁으로서는 계속 껄껄 웃을 수밖에 없는 상황이었다. 로비, 처치실, 외래 진료실, 수술실에 회복실까지. 1층이 거의 제대로 된 2차 병원급은 되어 보였기에 그랬다. 쏟아부은 돈과 막대한 연줄을 생각하면 이 정도야 뭐 당연한 거 아닌가 싶을 수도 있지만, 아무래도 얼마 전까지 있다가 온 곳이 한구 병원이다보니 감회가 새로웠다.

"2층도…… 아니다. 밥은 먹어야지."

생각 같아서는 싹 다 돌아보고 싶었지만 밥 먹자고 사람들 불러놓고 계속 여기서 시간 보내는 것도 이상한 일 아닌가. 예전의 강혁이었다면야 당연히 별생각 없었겠지만, 지금은 좀 달라진 마당이었다. 이게 민폐라는 것 정도는 알았다.

"거기 모여서 뭐 하냐. 깜깜하게. 병원 안에라도 들어오지."

해서 밖으로 나갔더니 일행이 모두 모여 벌벌 떨고 있었다. 특히 데니스는 안색이 창백해져 있었는데, 깜깜한 와중에도 알아볼 정도로 그 정도가 꽤 심했다.

"왜 그래?"

"여기 귀신 나오는 것 같아서요."

"귀신?"

"우, 웃지 말고요."

"어이없는 소리를 하는데 어떻게 안 웃냐."

"지, 진짜라니까요. 아까…… 아까 다들 들었죠?"

대화를 하다보니 데니스만 그런 게 아니라 다들 그랬다.

"어어, 그런 것 같은데."

"저도 듣기는 했어요."

"진짜 음산하게 웃던데……."

무서워하는 정도의 차이가 있을 뿐, 귀신이 있다고는 다들 믿는 것 같았다.

'븅신들인가.'

물론 강혁은 전혀 흔들림이 없었다. 아니, 오히려 이 경험을 이용할 생각이 들었다.

"진짜 귀신이 나와? 하긴 그럴 만도 한 곳이지. 못 들었지? 여기 병원이 원래는……."

"원래 뭐, 뭔데."

뭐였는지 어떻게 안단 말인가. 기록이 다 말소되어 이미 누가 주인인지조차 알 수가 없었는데. 하지만 그 말은 곧 지금 강혁이 말하는 대로 기록이 될 수 있다는 뜻이기도 했다.

"병원이기도 했지만, 사형 집행장이기도 했대. 생각해봐, 얼마나 개졌겠어. 근데 산이니까 뭐 죽인다고 누가 아나? 차 없이 내려갈 수 있는 것도 아니고."

"아니, 그런 데를 샀어?"

"그러니까."

"응?"

"귀신 나오는 곳을 비싸게 넘겼네. 내일 가서 환불이라도 받아야겠어."

"어……. 이거 사용권 넘겨준 곳이 여기 시…… 아냐?"

"그러니까."

"어……."

다행히 강혁이 시장에게 달려가는 일은 발생하지 않았다. 애초에 싼값도 아니고, 헐값에 땅을 넘겨받았단 사실을 리처드, 한유림을 비롯한 모두가 필사적으로 피력한 덕이었다. 강혁도 생각해보니 미군이랑 도매로 넘겨받은 거라 땅 자체에는 거의 돈을 들이지 않았다는 것을 떠올릴 수 있었기에 참사는 없었다.

"여긴 별천지네."

덕분에 일행은 조용히 호텔 단지로 들어설 수 있었다. 조경용으로 조성된 차밭에 둘러싸인 곳이었는데, 이곳만큼은 밤에도 환했다. 호텔마다 불이 들어오지 않은 곳이 없었고, 심지어 각종 조명으로 장식한 아름다운 식당과 카페들도 많았다. 하나같이 차밭이나, 근처 정글로 이루어진 낭떠러지가 내려다보이는 곳에 있었다. 낮에도 아름다웠지만, 밤에도 또 여간해서는 보기 어려운 풍광을 자랑했다. 한유림은 정신 나간 관광객처럼 연신 고개를 끄덕이다가, 다시 입을 열었다.

"아니, 근데 이만한 관광단지가 있는데……. 이 근방 사람들이 취직을 못 하나? 여기…… 여기 그래도 몇천 명은 일할 수 있을 것 같은데."

이름난 호텔만 수십 개는 되는 곳이지 않은가. 물론 우리가 흔히 떠올리는 호텔처럼 커다란 건물 대신 식민 통치 당시 지어진 목제 건물을 리모델링해서 사용하고 있는 만큼 규모가 어마어마하진 않지만. 그래도 개수도 많고 워낙에 놀러 오는 서양인들도 많았다. 지금 이 시간에도 식당들이 북적북적할 지경이었다.

"여기 사람들은 주민번호가 없습니다. 그래서…… 취직을 못 해요. 다 타지 사람들이에요. 현재 정권을 잡고 있는 싱할라족이 모든 일자리를 쥐고 있다고 보시면 됩니다."

여기 먼저 와 있던 외교부 직원 한석준이 답해주었다.

"아……. 그렇구나. 이거야 원…… 이래서 여기 바뀔 수 있겠나……."

파키스탄 한구도 이것저것 참 복잡하게 얽힌 게 많았는데, 여기도 막상 와보니 만만치 않은 곳이었다. 총탄이 날아다니지 않을 뿐, 얽히고설킨 갈등이 어마어마했다.

"하루 이틀에 될 일 아니니까, 신경 끄시고. 밥이나 드셔."

강혁은 순식간에 심각한 얼굴이 된 한유림을 잡아끌어다가 아까 미리 알아봐둔 식당 안으로 들어섰다. 인도 음식점이었는데 정말이지 딱 안으로 들어서자마자 커리 냄새가 확 하고 풍겼다.

어떻게 외국에서 이런 본토 냄새가 날까 하는 생각은 굳이 할 필요가 없었다. 스리랑카는 인도 동쪽에 위치한 섬으로, 비슷한 문화권에 속해 있었으니까. 주된 종교가 불교라는 점이나, 인도를 침탈자라 여기는 점에서 차이가 분명히 존재했으나 음식은 거의 비슷하다고 보면 되었다.

"오……."

"말 안 하면 숟가락이랑 포크 안 주니까 말해야 해. 영어는 기본적으로 다 통한다니까, 밥 먹는 건 어려움이 없을 거예요."

"그렇구만. 음……. 아, 저긴 양식집도 있네?"

"아예 종류별로 다 있을걸요? 잘 봐봐요. 영국 음식점도 있고 프랑스, 이탈리아 등등 나라별로 다 있어요. 여기가 싸고 경관이 좋아서 애들 엄청 온대."

"밥 먹기는 한구보단 한결 낫겠네."

"근데 비싸. 어지간하면 해 먹읍시다."

"비싸다고? 아까는 싸다더니?"

"놀러 오는 입장에서야 싸지. 근데 우린 아니잖아요. 자, 봐요. 한 끼에 무려 4000원이 넘어."

한유림은 이곳 병원에 막대한 돈을 쏟아부었음에도 여전히 한국 계좌에 수십억을 남겨 두고 있는 강혁이 4000원이라는 가격에 혀를 내두르는 광경을 마주한 채 생각했다.

'놀리는 건가?'

남들은 살면서 '봉사'나 '돈 버는 것' 둘 중에 하나도 건지기 어려운데, 이놈은 어찌 된 게 둘 다 잘하는 느낌 아닌가. 그런 주제에 뭐? 4000원이 비싸?

"비싸네요."

"그러니까요. 병원 밥보다 비싼데?"

그런 생각을 하고 있는데, 의외로 재원이나 경원 그리고 장미가 강혁을 거들고 나섰다. 생각해보면 당연한 일이었다. 나이만 먹었지, 사고방식은 레지던트 때 그대로지 않은가. 병원 밖으로 나갈 일이 없으니 물가도 잘 모르고.

'얘들아……. 세상은 그렇지가 않아! 서울에서 딸내미랑 밥 한 끼 먹으니까 4만 원이 훌쩍 깨지더라!'

거기다 대고 이런 말을 내지를 수도 없는 노릇이었다. 그랬다간 대번에 철없는 노인네 취급을 받게 될 것이 뻔했다. 애들은 그렇게 생각지 않을 수 있겠지만, 강혁이 분위기를 주도할 것이 뻔했다.

"그, 그렇네? 비싸네?"

해서 한유림도 결국, 강혁의 말에 동의하고 말았다. 강혁은 바로 그 말을 기다렸다는 듯 고개를 크게 끄덕였다.

"그래, 여긴 주말에나 옵시다."

"어……. 그래……."

"일단 오늘은 시키고. 내가 쏜다."

"오!"

속 모르는 한국대학교 병원 애들은 강혁이 산다는 말에 환호성을 질렀다. 하지만 한구에서 온 친구들은 그렇게까지 좋아하지 못했다.

'일단 거기서 해 먹는다고……. 딱히 직원이 없는데, 지금.'

'지금 이렇게 사준다는 건……. 우리를 개같이 부리겠다는 뜻이겠지?'

'뒤졌다……. 뒤졌어…….'

대한민국이라는 제도권에 묶이지 않은 날것 그대로의 강혁을 겪어본 탓이었다. 물론 강혁은 먹을 땐 개도 안 건드린단 말을 대부분 상황에서는 상기하고 있었기에 식사 시간만큼은 별말을 꺼내지 않았다.

"다 먹었나?"

"네, 맛있는데요?"

"인도 음식이 진짜 맛있네요."

"특히 이 난이 기가 막혀요. 아까 보니까 화덕에 붙여서 굽던데……."

그들이 다시 입을 연 것은 식사를 얼추 다 마치고 난 다음이었다. 한국대학교 병원 팀은 여전히 기분이 좋았다. 반쯤은 봉사가 아니라 놀러 온 느낌이라 그랬을 터였다. 재원 한 명 정도만 '이곳에서 과연 내가 무엇을 할 수 있을까' 고민할 뿐, 아직 나머지 둘은 별생각이 없었다. 당연한 일이었다. 대학 병원에 있다 보면, 특히 중증외상 센터에서 일하다 보면 거기를 벗어나는 것만으로도 뭔가 인생을 즐기고 있다는 느낌이 들 테니까.

'미안하지만…….'

강혁도 될 수 있으면 이대로 두고 싶었다. 하지만 여기도 의료진의 손길이 필요한 곳이지 않은가. 아니, 오히려 여기가 더 필요한 곳이었다.

"자, 그럼 일단 내일 할 일을 좀 알려줄게."

"내일이요? 아직 병원 다 안 지었던데요?"

"어, 그렇긴 한데 뭐 창틀 말고는 거의 다 끝났잖아. 아까 들어가보니까 전기 공사도 다 했던데. 전등만 끼워 넣으면 돼."

"아……."

해서 강혁은 이들의 혹독한 일정을 읊어대기 시작했다.

"우선 짐이 좀 올 거야. 병원에 넣을 각종 기구들. 원래 CT랑 MRI가 제일 큰일인데, 이건 애초에 건설 당시에 설치해놔서 신경 안 써도 돼."

"휴."

몇 번인가 원룸 이사를 해본 적 있는 장미가 한숨을 내쉬었다. 재원이 제아무리 돈을 안 쓰고 산다지만, 집만큼은 부모님이 도와주지 않았던가. 새로 장만한 오피스텔에 들어간다고 가구도 죄다 사준 탓에 재원은 이사가 고생이라는 걸 몰랐다. 경원 또한 허당이라 이사는 무조건 포장 이사였다. 오직 장미만이 이 어려움을 이해하고 있었다.

"대신 비품은 우리가 넣어야 해. 그거 다 넣고 연락하면 MRI 제조사에서 직접 와서 가동해주기로 했어. 알고 있겠지만, 그거 끄는 놈은 뒤지는 거야. 한번 껐다가 재가동하는 게 얼마나 큰일인지 알지? 비상 전력도 우선적으로 MRI실이랑 중환자실에 넣을 거니까 알고 있으라고."

"네, 네."

"지하 1층은 CT실이랑 MRI실이랑…… 소독실이랑 행정실이 있어. 행정실은 한석준이, 네가 쓸 곳이니까 책임지고 옮기고."

"어……. 네?"

"네 사무실이야. 임대료 안 받으니까 공짜로 써. 인심 죽인다, 진짜."

"어……."

"뭐, 죽인다고."

"아뇨. 네, 네."

죽인다는 말에는 참 여러 가지 뜻이 있지 않은가. 참 좋다는 뜻으로 쓰일 때도 있지만, 문자 그대로의 뜻으로 쓰일 때도 있었다. 한석준은 한국말이 참 어렵다는 말을 하면서 필사적으로 고개를 끄덕였다. 강혁이 잠시 자리를 비운 동안 한유림에게 강혁에 대한 집중 과외를 받은 덕이었다. 주로 개기면 죽는다든지, 까불면 죽는다든지, 하여간 죽는다는 내용을 들은 탓에 의식하지 않아도 저절로 고개가 막 끄덕여졌다.

"다음은 장미랑 데니스."

"네? 저희 둘이 같이 묶여요?"

"데니스 너는 병원에 대해 개뿔도 모르잖아. 그렇지?"

"어……. 그렇죠."

"그래서 한 팀이야. 장미가 남 가르치는 거 잘하거든. 이것저것 시키는 대로 날라. 너는 그것만 기억하고 있으면 돼."

"아……."

강혁은 괜히 뭔가 물어봤다가 뼈나 맞고 조용해진 데니스 대

신 장미를 바라보았다. 장미는 이미 잔뜩 긴장한 얼굴로 강혁을
마주하고 있었다.

"너네는 수술방, 처치실 용품 날라. 미군 측에서 우리 진료 개
시하면 간호장교들도 파견 보낸다고 했는데, 어차피 장미 취향
이 중요하니까……. 네가 너 편한 대로 배치해. 내가 최대한 내
부는 한국대학교 병원하고 비슷하게 만들어놨어."

"네!"

장미는 씩씩하게 답했다. 식당 여기저기에서 쳐다봤을 지경이
었다. 애초에 동양인이 희귀한 곳이다 보니 더더욱 그랬다.

"다음은…… 병실인데. 침대가 대부분이야. 여긴 우리가 하자
고. 나, 리처드, 재원이, 경원이."

"나는?"

마지막까지 이름이 불리지 않은 한유림이 손을 들었다. 노인
네라 쉬어도 되겠다 싶을 텐데도 굳이 끼려고 했다. 물론 강혁도
그럴 생각이었더랬다.

"한유림 교수님이 생각보다 그 뭐냐……. 그거 잘하잖아."

"뭘 잘해."

"천막."

"아……. 나 딴 거 하면 안 될까? 그거 너무 중노동인데."

"군인들이랑 같이 할 거예요. 혼자 그걸 어떻게 하려고."

"아."

"고맙다고 안 하나."

"고, 고맙다……."

"그래, 대강 이렇게 하자고. 내일 진짜 바쁠 테니까, 일찍 자라고. 어차피 불 끄면 어두워서 뭐 하지도 못해, 여기는."

강혁은 아직 8시밖에 안 됐는데 칠흑 같은 어둠 속에 휩싸인 병원 쪽을 바라보았다. 여전히 불야성을 뽐내고 있는 이곳과는 다른 세상 같아 보였다. 언젠가는 저곳의 사람들에게도 전등이 있는 삶을 살게 할 수 있을까? 강혁은 아직은 잘 모르겠다는 얼굴로 그쪽을 한참이나 응시했다. 얼굴도 이름도 모르는 현지인들을 떠올리면서였다.

*

부르르릉. 해가 어슴푸레하게 밝아오기 시작할 무렵부터 병원으로 커다란 차들이 올라왔다. 저마다 짐을 한가득 싣고서였는데, 그중에는 지역 공무원들에게 선물로 갈 물건들도 있어서 양이 굉장히 많았다.

"밥솥……? 저걸 왜 그렇게 찾는 거야?"

특히 한유림의 눈길을 끈 물건은 다름 아닌 밥솥이었다. 정수기나 세탁기 같은 것들은 왜 선호하는지 딱 보자마자 이해가 갔다. 양이 적더라도 비가 자주 오는 곳이라 식수 문제가 심각한 곳은 아니었지만, 그렇다고 해서 정수가 된 물만큼 안전한 것은 아니었다. 다행히 날씨가 서늘해서 대량 감염으로 이어지는 경우는 적었으나, 심심치 않게 수인성 감염을 볼 수 있었다.

'세탁기도 뭐……. 물이 부족한 곳은 아니니 충분히 돌릴 수

있지.'

"밥솥이요? 모르는구나? 우리나라 기술력 쩔잖아."

"아니, 뭐 우리나라 밥솥 유명한 거야 알지. 근데 이쪽 쌀은 좀 다르지 않나?"

"이제 그것도 기가 막히게 짓는대."

"진짜?"

"그렇다니까. 설정만 맞춰놓으면 된대요. 말레이시아 같은 곳에서는 없어서 못 구한다던데. 여기서는 좀 고가지. 뇌물로 이만한 놈이 없다는 말씀."

동남아는 다 같은 동남아 아닌가 싶을 수도 있겠지만, 한국 사람이 동북아시아는 다 같은 동북아시아 아니냔 말을 들었을 때 열 받는 것처럼 이쪽도 그랬다. 말레이시아는 국민 소득이 무려 1만 달러에 달하는 중진국이었다. 그에 비해 스리랑카는 상당히 열악한 편이었고. 특히 만성적인 저임금 문제가 실로 심각했다. 공무원들이야 일반적인 노동자들에 비하면 조금 나은 수준이긴 했지만, 그렇다고 해서 생활하기에 충분한 돈을 받는 건 아니었다.

"오······. 역시 한국인은 밥심이로구먼. 그럼 이 칠성 마크를 좋아한다는 건가?"

"환장하지. 여기서 이미지는 완전 프리미엄이래요. 콜롬보에서 봤잖아. 대로변에 떡하니 칠성 마크 박혀 있는 거."

"하긴, 그렇긴 하더라."

뉴욕하고 콜롬보를 비교하긴 좀 그렇지만, 하여간 타임스퀘어라고 할 수 있는 곳에 칠성 마크가 거의 떡칠이 되어 있다고 보면 되었다. 어쩌다 다른 기업 로고가 보인다 싶으면, 그것 또한 대한민국 기업이었다. 기업 로고가 아니라 사람 사진이 있다 하면 한국 연예인이었다. 이미지가 나쁘려야 나쁠 수가 없다는 얘기였다.

그건 기분 좋은 얘기긴 했다. 하지만 한국에서 고위 공직자 노릇을 짧게나마 했던 한유림 입장에서 뇌물은 아무래도 좀 꺼림칙한 것이었다. 적어도 21세기 대한민국에서는 이런 식의 뇌물은 거의 사장되었다고 할 수 있었다. 매장되는 지름길이지 않은가. 더군다나 비밀이 없는 사회였다. 뇌물은 잘못된 일이라는 인식도 모두의 머릿속에 깊숙이 박혀 있었고. 하지만 강혁은 생각이 좀 달랐다.

"근데 꼭 이렇게 뇌물을 줘야 하나……."

"남들 다 주는데 안 주면 모난 놈 되지."

"나쁜 짓하러 온 것도 아닌데? 리프 놈들은 준대?"

"걔들도 주기는 줄걸. 입장이 좀 달라서 액수가 다르겠지만."

"우리는 봉사하러 온 건데 줘야 된단 말야?"

"이런저런 편의 봐주는 거 생각하면 어쩔 수가 없어요. 그리고 어떻게 생각하면 이게 투명해."

"투명하다고?"

뇌물은 불투명한 사회의 척도 같은 것 아닌가. 한유림은 이 자식이 또 무슨 개소리를 늘어놓나 하는 얼굴이 되어 강혁을 바라보았다. 강혁은 그런 한유림을 꽤나 진중한 얼굴로 마주했다.

'윽.'

이럴 때의 강혁은 필요 이상으로 멋졌다. 한유림은 이미 진 기분으로 강혁의 답변을 들어야만 했다.

"얘네들이 무분별하게 뜯는 게 아니래요. 다 룰이 있어. 받은 만큼 해준대. 그렇다고 정말 해서는 안 될 일을 하게 해주지도 않고……. 그냥 뭐라고 해야 하나. 비용 같은 거지."

"그런 얘기는 또 어디서 들었어."

"어디서 듣긴. 저거 후원해준 기업한테 들었지."

"칠성? 저거 산 게 아냐?"

"외교의 일환으로 온 건데 저런 걸 왜 우리 돈으로 사? 칠성 광고해주는 거 아냐. 공짜로 해주면 감사할 일이지."

"음."

하다 하다 이제 대기업 삥도 뜯는구나 싶었다. 하지만 마냥 그런 생각만 하고 있을 수는 없었다. 비용이라는 말이 인상적이지 않은가. 칠성도 이쪽에서 사업할 때는 관행으로 여기고 있다는 뜻이었다.

"그럼 칠성에서도 뇌물을 주나?"

"그것만 전담하는 직원도 있대요. 어쩔 수가 없대. 안 그럼 일이 안 되니까. 대신 돈을 받으면 무조건 된대."

"허……. 요술 방망이구나."

"그렇지. 그나마 여긴 싸게 먹히는 거예요. 저거 세트 하나면 우리 병원 활동하는 데 무조건 협조한다니까. 중간중간에는 그냥 약으로 약 치면 돼."

"약을 쳐?"

"약이 귀한 곳이잖아. 여기서 약국 본 적 있어요?"

"음."

약국이라. 그러고 보니 번화가에서도 본 적이 없는 것 같았다. 현지인들이 주로 거주하는 곳에 가면 있을까? 차도 들어가기 어려울 만큼 진창인 곳에? 있으면 그게 더 이상한 일일 것 같았다.

"우리는 대량으로 실어 올 텐데……. 그중에 진통제 같은 것만 줘도 환장할 거야. 호텔 쪽은 상비약을 가지고 있는 모양인데……. 개들이 뭐 여기 공무원들 챙겨주겠어요?"

"하긴……. 인종차별을 그렇게 하는데……."

"일부러 서빙하는 직원들은 다 현지인으로 쓰잖아. 정확히 말하면 여기 사람은 아니고 싱할라인들이긴 하지만, 하여간. 뭔가 식민 통치하던 시절의 향수를 느끼려고 하는 것 같다니까?"

"너무 색안경 낀 거 아냐?"

"어제 그 새끼들을 보고도 그런 말이 나와요?"

"음."

너무한 말인 것 같긴 하지만 그렇다고 또 반박할 말을 찾자니 마땅치도 않았다. 진짜 그런 것 같기도 했다. 복색하며 말투하며 18세기 또는 19세기 영국에 간 기분이 들었을 지경이었으니까.

"하여간 저건 한석준이가 다 나눠주기로 했어요. 우린 짐이나 나릅시다."

"저걸 다? 어유, 보통 일이 아닐 텐데?"

"할 일이 그건데. 나랏밥 먹는 사람이 그런 거 하는 거지."

"남의 나라 공무원한테 뇌물 주는 게 대한민국 공무원이 할 일이야?"

"애국하는 길이야, 그게."

"거참."

이렇게 낯부끄러운 애국도 있단 말인가. 한유림은 잠시 그런 생각을 하며 고개를 털었다. 하지만 한석준은 딱히 부끄럽지는 않은 모양이었다. 오히려 지역 공무원들과 안면 트는 일이, 특히 이렇게 좋은 일로 찾아가는 일이 기꺼워 보였다.

"그럼 다녀오겠습니다."

"그래."

강혁은 웃는 낯으로 사라져가는 한석준을 보다가, 한유림을 돌아보았다.

"적성에 맞는 모양인데."

"그게…… 그렇게 좋게 들리진 않는데?"

"집안 어른이 좋게 봐줘야지. 왜 그래?"

"아니……."

"아무튼, 일이나 해요. 뺀질거리지 말고. 가서 천막 치라고."

"알았어. 근데 어젯밤에 보니까 꽤 춥던데……. 10도 밑으로 내려가는 거 아냐? 천막으로 되나, 이게?"

"너무 안 좋아 보이면 병실로 올려야지. 경상자들은 여기서 보고. 그리고 천막 좀 두꺼운 거예요. 뭘 생각하고 있었는지 모르겠는데 막상 쳐보면 다를걸."

"응?"

한유림은 강혁에게 몇 가지 더 물어보고 싶은 게 있었으나, 강혁이 침대 하나를 끄는 것도 아니고 들고 사라지는 바람에 차마 입을 열지 못했다.

"닥터 한?"

그사이 리처드와 친해 보이던 상사가 인사를 걸어왔다. 그때 분명히 이름을 들었는데 가물가물했다. 새로운 현장에 오는 바람에 신경을 기울이지 못한 탓이었다. 상사는 꽤 눈치가 빠른 사람인지, 곧장 자기소개를 다시 했다.

"라인 상사라고 불러주시면 됩니다."

"아, 맞아요. 네, 네."

"자재 왔습니다. 지시를 받기는 했는데…… 같이해주시면 좋겠습니다. 의료용 천막은 처음이라서요."

"아, 네."

한유림은 라인 상사가 가리킨 곳을 향해 고개를 돌렸다. 그러곤 곧 한숨을 내쉬었다.

'미친놈이 가죽 천막을 준비했어?'

싸고 좋은 비닐 천막이 얼마나 많은데, 무거운 가죽을 준비해?

"저희가 쓰던 것보다 훨씬 무겁더라고요. 허허. 집으로 써도 되겠던데요."

상사도 비슷한 생각을 했는지 어이가 없다는 얼굴로 웃었다. 당장 때려치우고 들어가서 네가 하라고 하고 싶었지만, 그렇다고 또 침대를 들고 나를 자신은 없었다.

"이왕이면 튼튼하고 따뜻한 게…… 좋죠."

해서 한유림은 도살장에 끌려가는 소라도 된 듯한 얼굴로 터덜터덜 발걸음을 옮겼다. 다행한 것은 군인들 체격이 꽤 좋다는 점이었다. 물론 한구에서 작전 수행하던 이들 같지는 않았지만, 후방 작전에 투입되는 이들도 체력 단련을 게을리하지는 않는 모양이었다.

"아니, 아니. 그걸 이렇게 들라고. 이렇게."

"이걸 어떻게 든 거예요."

다만 한유림만큼 힘이 센 사람은 없었다. 한국에 있는 동안, 쉬면 근손실 온다고 하면서 그렇게 사람을 굴려대더니만, 효과가 있기는 한 모양이었다.

"그냥 되는데."

"교수님이 힘이 장사시네. 약 하시나?"

"응?"

"아니, 아닙니다."

덕분에 진행은 꽤 빨랐다. 강혁이 직접 가세한 병실 쪽은 말할 것도 없었다. 데니스 또한 장미의 지시에 따라 착착 움직였고, 빠르게 배달을 마치고 돌아온 한석준도 본인이 맡은 바 일을 모자람 없이 해내었다.

'노예는 한씨가 제격인가.'

강혁이 이런 생각까지 하게 되었을 지경이었다.

"자 다들 고생 많았어. 이렇게 해놓으니까 그럴싸하네, 그치?"

"네, 그렇네요."

"음……. 한구 병원보단 확실히 좋네."

창문이 달리고 마무리 정리까지 되니 어엿한 병원으로 보였다. 옆으로 늘어선 천막이 좀 낯설긴 했지만, 그것도 가죽으로 만든 덕에 없어 보인다기보다는 특이한 느낌을 주는 정도였다. 드디어 진료 볼 준비가 다 되었다는 얘기였다.

"아, 네."

강혁의 시선을 받은 한석준이 바로 앞으로 나섰다. 서류 하나를 들고서였다.

"오늘 진료 볼 곳은 이곳입니다. 버스 출발했습니다."

"그래도 어떻게 협조를 구하긴 했네?"

"공짜로 진료 보는 데다가, 사측에 아무 요구가 없으니……. 사실 그들로서는 땡큐죠. 비용도 없이 노동자 관리가 되니까요."

"하긴 그렇겠지."

강혁은 맨 밑에 단체 진료를 허가한다는 뜻의 서명란을 바라보았다. 다니엘 러셀이 아닌 다른 이름이 적혀 있었다. 표면적인 리프의 책임자였다.

'이제부터 시작이야. 우선은……. 우선은 진료에 최선을 다하자.'

*

누와라엘리야 병원은 한구 병원의 거의 두 배가 넘는 규모를 자랑했다. 응급실의 천막을 제외하고서도 그러했는데, 덕분에 진료실도 무려 5개가 갖춰져 있었다. 물론 그만한 설비를 다 돌리려면 지금보다 의료진이 훨씬 더 많아져야 할 테지만, 누구도 그것에 대해 걱정하지 않았다.

'백 교수가 알아서 하겠지.'

'교수님이 알아서 하겠지…….'

그저 강혁을 바라보고 있을 뿐이었다. 이쯤 되면 부담이 될 만
도 할 텐데, 강혁은 그저 담담하게 그 기대를 받아내고 있었다.
너무 오래전부터 홀로 지탱해온 탓에 힘들어하는 법조차 잊어버
렸다. 더군다나 예전에 비하면 지금은 감히 비교도 하기 어려울
만큼이나 상황이 좋아진 마당이었다.

'한 교수님이랑 리처드, 샘, 데니스는 알아서 하겠지.'

우선 한구에서부터 따라온 팀원들은 정말이지 딱 보기만 해도
든든해지는 인간들이었다.

'재원이는 벌써 감 잡은 것 같고……. 장미야 워낙에 똑 부러
지는 애니까 됐고. 의외로 경원이가 좀 허당인데, 중증외상센터
짬밥 어디 안 갈 거야.'

한국대학교 병원 중증외상센터에서 온 사람들이라 해서 어디
가 좀 처지거나 하는 건 아니지 않은가. 오히려 수술 실력만 놓
고 본다면 우열을 가리기 어려울 지경이었다. 특히 재원은 그간
강혁에게 배운 한유림이나 리처드보다도 더 나을 터였다. 그저
예상이 아니었다.

'그때…… 단기로 왔을 때만 해도 그래. 확실히 재원이 실력이
더 좋아. 한유림이나 리처드가 아무리 늘었다 해봐야……. 그 정
도는 안 돼.'

강혁이 한없이 냉정한 기준으로 팀원들의 실력을 재평가하

고 있을 때쯤, 부르릉 소리와 함께 미니버스 3대가 병원 앞마당으로 들어왔다. 앞마당이라고 해봐야 제인처럼 가드닝에 취미가 있는 사람이 없었기에 그저 공터라는 말이 더 어울리는 공간이었다. 아무것도 없을 때보다 오히려 미니버스 3대가 들어찬 이후가 더 볼만할 지경이었다.

"왔네요."

물끄러미 그 광경을 보고 있자니, 장미가 말을 걸어왔다. 이미 다 약속이 된 마당이었기에 놀라움은 없었다. 수술이 생기면 장미가 들어가겠지만, 그 전까지는 한석준, 데니스, 미군 측에서 파견 나와준 간호장교들 그리고 병사들이 함께 환자 정리를 맡아줄 터였다. 장미가 올라운더이기에 가능한 일이었다.

"응. 근데 저거 한 차에 얼마나 타 있는 거지? 왜 이렇게…… 차가 기우뚱거려? 분명히 멈췄는데."

"네? 아……. 그러고 보니까 저 버스…… 20인승이라고 들었는데?"

20인승이라고 하는 것도 가운데 보조 의사를 다 펴서 앉았을 경우를 뜻하는 것이었다. 쾌적한 승차감을 원한다면 14명 정도가 적당했다. 그나마도 워낙 작게 나온 모델이다보니 사실 14명이 탄다 해도 버거울 게 뻔했다. 그런데 지금 저 버스 안에 탄 인원은 20명도 훌쩍 넘어 보였다.

"와……. 무슨 기네스 기록 세우려고 그러나."

아니나 다를까. 한 차에서 내린 인원만 35명이었다. 대체 어떻게 끼여서 왔는지 감히 상상조차 하기 어려운 상황이었다. 단기가 아닌 장기 봉사는 처음이라 긴장하고 있던 재원의 입에서 '헐'이란 말이 나올 지경이었다.

"그만큼 절실한 거야. 아픈 데가 얼마나 많겠냐."

강혁은 그런 재원의 어깨를 탁 치고서는 병원 안으로 들어갔다. 다른 버스라고 저거보다 적을 리가 없지 않은가. 게다가 이건 시작에 불과했다. 미니버스는 오전에만 적으면 한 번, 많으면 두 번 더 왕복해야 했다. 그렇게 되면 여기 있는 강혁, 재원, 한유림, 리처드, 박경원이 300명도 넘는 환자를 봐야 했다. 문제는 수술이라도 터지면 최소 2명은 빠져야 한다는 점이었다. 최대한 빨리, 많은 환자를 효율적으로 봐야 했다.

"자, 다들 주목."

해서 강혁은 모두들 바로 각자 배정된 진료실로 보내는 대신, 복도에 불러 모았다.

"네."

"응, 백 교수."

다들 상황을 충분히 인지하고 있었기에 누구 하나 빠지는 사람은 없었다. 그저 집중하고 있을 뿐이었다. 방금 저 작은 버스들에서 몰려나온 사람들을 봤기에 더더욱 그럴 수밖에 없었다.

"처음부터 다 해결해주려고 하지 마. 오늘은 통계를 보는 거야. 다들 알다시피 여기는 대체 무슨 병들을 앓는지, 주로 어디를 어떻게 아파하는지도 알려진 것이 없어."

아무도 신경 쓰지 않는 땅이었다. 리프를 위시한 여러 다국적 기업들의 로비를 통해 스리랑카는 국제사회에 이들의 비극을 철저히 숨기고 있었다. 아니, 숨기고 있다기보다 방조하고 있다고 봐야 했다. 스리랑카 사람도 아니고 인도 타밀들이었다. 내전은 끝났지만, 여전히 종족 간 갈등이 첨예하게 남아 있는 상황에서 다수당인 싱할라가 이들을 신경 쓰길 바라는 건 무리한 요구였다.

"그러니까 일단 검진을 철저히 해. 아프다고 하는 곳만 딱 보지 말고. 예를 들어 눈을 본다, 그러면 황달이 있는지 봐. 예방접종이고 나발이고 없는 곳이야. 만성 간염 쌔고 쌨을걸."

"그, 그렇겠지."

이미 몇 번이나 들었던 사항이기는 했다. 하지만 워낙에 중요한 얘기였기에 반복해서 들어도 딱히 지겹다거나 하는 생각은 들지 않았다.

"그리고 백내장. 지내면서 보니까…… 낮에는 해가 꽤 따갑던데, 선글라스 끼는 사람이 아무도 없더라고. 뭐 관광객들이나 서양인들은 다들 끼고 있는데……. 노동자들 얘기니까, 지금은."

"확실히 그렇더라고. 선글라스로 구분이 될 정도야."

대한민국도 아직 선글라스가 보편화되진 않은 상황이기는 했다. 하지만 한국은 선글라스 대신 양산을 쓰고 다니는 사람들이 많았다. 애초에 야외 활동 자체를 많이 하는 사람도 적었다. 오죽하면 비타민D가 어부, 농부 그리고 군인을 제외한 모든 직업군에서 부족하게 나오겠는가. 하지만 여긴 달랐다. 모든 노동자들은 밖으로 내몰려 하루 종일 뙤약볕 아래서 일해야만 했다.

"내 생각인데 마흔부터는 거의 다 백내장 있을걸. 실제로 쉰만 넘으면 차밭 노동자로 쓰이지도 못한다고 들었어."

대한민국에서라면 은퇴를 의미하겠으나, 여기서 쓸모를 다한 몸뚱어리는 그저 폐품 취급만 받을 뿐이었다. 젊은 사람들조차 하루 벌어 하루 먹고살기도 힘든 실정 아닌가. 누군가를, 그것도 이제 늙어 죽을 날이 가까워오는 사람을 챙기는 것은 만용이었다. 제대로 된 통계는 없으나, 일부 뜻 있는 봉사자들이 예측하기로 이곳에 사는 타밀족의 평균 수명이 50세 부근에 그치는 것이 우연은 아닐 터였다.

"소리도 잘 봐. 보청기는 워낙 고가라…… 어떻게 될지 모르겠지만 그래도 봐. 일단 아프다는 건 당연히 해결해주고, 만성 질환 위주로 진찰하라는 얘기야."

"네."

"뭐……, 다들 프로니까 알아서 잘하리라 믿고……. 그럼 점심 때 보자고."

"네!"

강혁은 며칠째 반복해서 했던 얘기를 다시 한번 끝마친 후에야 진료실로 들어섰다. 일부러 창을 마당 쪽으로 내어두었기에 한눈에 환자 대기 상태를 알 수 있었다. 100명을 훌쩍 넘는 환자가 보였다.

"자, 이쪽. 이쪽으로요!"

주로 환자들과 직접 의사소통하는 것은 스리랑카 대사관에서 나온 직원들이었다. 스리랑카는 영국 식민 통치를 꽤 오래 받아온 탓에 영어가 기본적으로 잘 통하는 국가지만, 이들에게만큼은 예외였기에 그랬다. 오랫동안 해발 1800미터 산지에 영국인들에 의해 고립된 채 지내온 이들은 여전히 남인도 부근에 살던 때 사용하던 타밀어를 썼다.

"자, 줄 서요. 20명씩! 20명!"

그나마 다행인 것은 이들이 또 남의 말을 듣는 데 있어 굉장히 익숙하다는 점이었다. 아니, 익숙한 정도가 아니라 지나치다 싶을 정도로 굴종적이었다. 이미 식민 통치는 끝났지만, 산 위의 왕들은 그 누구도 떠나지 않고 여전히 군림하고 있었기에 그랬다. 금세 분위기를 읽은 환자들은 강혁 팀이 외치는 한국말을 듣고서도 몸을 이리저리 움직였다.

"자, 여기 문진표 있어요. 최대한 자세하게 체크해야 합니다!"

스리랑카 대사관은 대한민국 정부가 베푸는 호의에 최대한 성의를 표하고 있었다. 강혁이 영어로 작성해준 문진표를 직접 타밀어로 번역했을뿐더러, 문진표 작성을 도와줄 대학생 봉사자들까지 지원해주었다. 듣자니 매번 이렇게까지 인력을 동원하긴 어렵겠지만, 드물게라도 보낼 것 같았다.

'돈이 무섭긴 무서워.'

강혁이 스리랑카 정부라 해도 다른 수가 없었을 것 같기는 했다. 인프라를 깔아주고 있는 사람 말을 들어야지, 어쩌겠는가. 특히 중국의 일대일로 때문에 위태롭게 된 지금에 와서는 더더욱 남의 도움이 절실해진 마당이었다.

'중국이 여기에 기지 세우려고 아주 난리도 아니던데.'

중국이야 근처 나라들하고 죄 사이가 안 좋은 나라 아닌가. 동쪽에 위치한 대한민국 입장에서야 당연히 중국과 외국과의 관계

하면 미국이나 러시아, 북한을 떠올리기 쉽지만, 사실 서쪽으로 가면 더더욱 골치가 아팠다. 파키스탄, 인도, 아프가니스탄, 타지키스탄 등등 인구 많고 핵까지 보유한 나라들과 국경을 접하고, 심지어 분쟁까지 벌이고 있었다. 그중에서 제일 골칫거리라 하면 당연히 인도인데 하필 스리랑카가 인도에 딱 붙은 섬이지 않은가.

'이제 겨우 내전 끝나고, 쓰나미 극복하고 발전하냐 마냐 기로에 있는 나란데 여기 기지 생기면…….'

가장 가까운 나라이자 인구 10억이 넘는 대국 인도와 각을 세우게 생긴 마당이었다. 국제사회와의 협력이 급한 와중에 손을 내밀어준 것이 대한민국이다, 이 말이었다.

"자, 그럼 들어갑시다. 번호표 드렸죠? 각 조마다 1번 나와서 1조는 1번 방, 2조는 2번 방, 3조 3번, 4조 4번, 5조 5번으로 들어가면 됩니다!"

그러니 얼마나 고맙고 귀한 인연으로 느껴지겠는가. 최선을 다해 돕는 것도 무리는 아니었다.

"들어갑니다, 교수님."

"네, 들어오세요."

강혁은 그런 생각을 잠시 머리 저편으로 치워두었다. 윗선에서야 그런 정치공학적 계산이 당연히 들어갔겠지만, 현장에 있는 사람들마저 똑같이 행할 필요는 없지 않은가.

"음."

문이 열리고 환자 하나가 쭈뼛거리며 안으로 들어왔다. 얼굴에 주름이 자글자글한 여자 환자였다.

'이건 다행이네.'

파키스탄이었으면, 그러니까 무슬림이었다면 아무리 세속주의 이슬람이라 해도 이렇게 남녀가 마주하기가 어렵지 않겠는가. 그에 비하면 스리랑카의 주류를 이루는 불교나 힌두교는 참 자유로운 편이었다. 심지어 이 나라의 무슬림들도 그쪽 같지는 않았다.

"어디 좀 볼까요?"

강혁은 그런 생각을 하면서 문진표를 받아 들었다. 어차피 말로 물어봐야 원하는 답을 얻기는 어렵지 않겠는가. 낭비할 시간에 정성껏 작성했을 문진표나 한 번 더 들여다보는 게 의사와 환자 모두에게 이득이었다.

'흠……'

문진표를 보던 강혁의 눈썹이 휘어졌다.

'나이가 38세…… 동생이었어?'

다들 알다시피, 강혁은 지극히 날카로운 눈을 지닌 사람이지 않은가. 비단 수술방 안에서만 그런 것이 아니라 일상에서 마주할 수 있는 대부분의 상황에서도 그러했다. 한 번 보면 상대의 키, 몸무게, 근육량과 지방량뿐만 아니라 나이도 얼추 짐작이 가능했다. 노화란 것은 얼굴 생김새뿐만 아니라 피부의 주름, 눈, 입술의 색, 손가락이나 발가락 심지어 귀와 같은 말단 조직의 변화와 머리카락이나 눈썹과 같은 털의 변화에도 영향을 미치지 않던가. 원하지 않아도 그런 게 다 눈에 들어오는 강혁이었기에,

의학 지식과 경험이 충분히 쌓인 다음엔 유추가 틀린 적이 거의 없었다.

'다시 봐도 38세라고 쓰여 있네.'

나이를 속여서 무슨 유익이 있을까. 강혁은 외국에서 온 의사 아니던가.

'신체 나이는 거의 50대라고 해도 이상하지 않을 지경인데…….'

지방량이 꽤 적기는 했지만, 근육량은 더 적었다. 무엇보다 피부의 노화와 말단 조직의 변화가 극심했다. 안티에이징이 한창 유행인 대한민국에서는 60대로 보는 사람도 있을 것 같았다.

"자, 일단 시력 검사를 한번 해봅시다. 한쪽 눈 가려주시고……. 저기 보고 제가 가리키는 게 뭔지 말하라고 해주세요."

충격이었지만, 하염없이 입만 벌리고 앉아 있을 순 없는 노릇이었다. 강혁은 여기에 일하러 온 몸이지, 탄식이나 하러 온 것은 아니지 않은가.

"아, 네."

강혁의 말에 앳되어 보이는 대학생이 고개를 끄덕인 후, 환자가 강혁이 지시한 사항을 정확히 따를 수 있도록 도왔다.

'증상은 없다고 했어.'

설문지에는 분명 눈에는 크게 문제가 없다고 쓰여 있었다. 하지만 환자의 두 눈에는 육안으로도 확인 가능할 정도로 선명한 변화가 있었다. 아마도 천천히 진행되었기에, 본인은 불편감을 느끼지 못했을 가능성이 클 거라 강혁은 판단했다.

"안 보여요."

"이건?"

"음……. 모르겠는데."

"모르겠다?"

해서 시력 검사를 진행하는데, 예상치 못한 암초에 걸려버렸다. 환자는 아라비아 숫자에도 그리 익숙하지가 못했고 알파벳은 아예 단 한 글자도 알지 못했다.

"어……."

"학교를 다녀본 적이 없다고 하더니, 진짜 이렇구나."

처음엔 이 환자가 뭐 하나 했던 대학생도 자초지종을 알게 된 후로는 차마 뭐라 말을 잇지 못했다.

그 또한 타밀족으로서 이런저런 차별을 받았으나 이 정도의 일은 감히 상상도 못 했기에 그랬다.

"소아용으로 하면 돼. 자, 이걸로."

"아……. 네, 그런데……."

"일단 이 얘기는 나중에."

"네."

강혁에게도 놀라운 광경이기는 했다. 대한민국은 선진국들 사이에서도 문맹률이 압도적으로 낮은 나라이기 때문이었다. 한글이라고 하는 직관적인 문자가 이를 가능케 했는데, 그렇지 못한 나라들이 생각보다 정말 많다는 것을 종종 잊어버렸다.

"네, 이거 뭐죠?"

"나비요."

"잘했습니다. 이건?"

"안 보여요."

"이건?"

"그것도."

하여간 강혁은 애써 안타까운 감정을 뒤로한 채 검진을 이어 나갔다. 시력은 양측 모두 0.1 수준. 노안이 오거나 할 나이는 아니었으니 오로지 백내장의 영향이라고 보면 되었다. 어떻게, 벌써, 라는 생각을 할 필요는 없었다. 태어나 말을 이해할 수 있는 나이가 되면 땡볕으로 내몰려 주 6일 내내 하루 종일 아무 보호 장치도 없이 일하다보면 누구나 이렇게 될 수 있었다.

"아, 해보세요."

"네."

"음."

치아도 개판이었다. 강혁은 저도 모르게 한구 병원으로 봉사 왔던 부정선 원장의 말을 떠올렸다.

'제가 새터민 진료 봉사하거든요. 제일 큰 차이가 뭔지 알아요? 우리 대한민국 국민들하고 새터민들이요. 바로 치아예요. 그거 하나만 봐도 바로 식별이 돼요.'

치과 진료는 어느 정도 삶의 질이 개선된 이후에나 수요가 생기는 형태의 진료 서비스이지 않은가. 당장 먹고살기 바쁜 상황에서는 치과보다는 죽고 사는 문제에 더 매달리기 마련이었다. 게다가 한국에서는 더 이상 이를 악물고 일해야 하는 생업 종사자들이 많지 않았다. 여전히 어부들이 많은 지역에서는 젊은 나이에도 이가 나가는 경우가 많고, 그 때문에 치과들이 상대적으로 몰려 있는 지역들이 있기는 하지만, 예외적인 경우였다.

'내가 봐도……. 임플란트 해야 될 이가 한두 개가 아냐. 애초에 교합도 개판이고…….'

이 사람도 예외적인 경우에 해당할까? 저녁 무렵 차밭에서 지배인이 있는 건물로 귀환하던 노동자들을 떠올려보면, 아닐 것 같았다. 초등학생 하나 정도는 들어갈 만큼 커다란 광주리에 가득한 찻잎의 무게를 견뎌야 하지 않던가. 아무리 머리로, 목으로, 허리로 무게를 지탱한다고 하지만 애초에 기립근에 힘을 최대한 주려면 이를 물어야 했다.

'오케이, 역시 치과랑 안과는 필수.'

강혁은 새롭게 모집해야 할 노예 명단에 두 개 과를 추가한 채, 검진을 이어나갔다. 아무래도 영양이 부실한데 계속해서 무리한 노동에 시달렸다 보니, 근골격계도 문제가 한두 가지가 아니었다. 어깨 관절은 이미 다 닳아서 손을 일정 수준 이상 올리지도 못했다. 무릎 또한 슬개골이 툭 하고 불거져 나와 있었다.

"여기가 아파요."

환자는 그곳을 가리키며 얼굴을 찡그려 보였다. 아직 타밀어를 익히지 못했지만, 표정만 봐도 알 수 있었다.

'이런 망할.'

적어도 당장 죽음으로 이르게 할 만한 병은 없어 보였다. 물론 내시경과 같은 검진을 해보면 조금 얘기가 다를 수 있겠지만. 글쎄. 이 지역의 사람들이 과연 암을 두려워할까? 주로 노년층의 환자에게나 발생하는 암이 여기서도 공포의 존재일까? 전혀 아닐 것 같았다. 이들은 당장 오늘이, 그리고 내일이 두려울 뿐이었다.

"일단은 약을 좀 처방해드릴게요. 그리고 영양제 받아가세요. 한 달 치."

"아……. 그럼 좀 안 아플까요?"

환자의 말에 강혁은 잠시 입을 다물었다. 제약 기술은 날이 갈수록 진일보하고 있었다. 그중에서도 진통제는 정말이지 비약적인 발전을 거듭해온 마당이었다. 안전하면서도 확실한 진통 효과를 지닌 약을 우리는 당연하게 여기지만, 불과 한 세기 전만해도 그것은 기적이었다.

'기적처럼 느껴질 거야. 하지만……'

이 환자에게 진통제는 기적이면서 동시에 거짓말이었다. 실제치료할 수 있는 종류의 질환이 많지 않았다. 무릎은 관절 치환술을 시행한다면 지금보다 훨씬 나아지기는 하겠지만, 아직 생업이 해결되지 않은 상황에서 오랜 기간 재활이 필요한 수술을 권할 수는 없는 노릇이었다.

"네. 안 아플 겁니다. 하지만 한 달 뒤에 또 오셔야 해요."

강혁은 뭐라 말해야 할까 고민하다가, 이내 환자가 듣고 싶어 할 만한 말을 꺼냈다.

"감사…… 감사합니다."

예상했던 대로 환자는 고개를 연신 숙인 후 대학생 봉사자의 손에 이끌려 밖으로 나갔다. 그다음 환자라고 해서 딱히 상황이 다르진 않았다. 20대 초반 정도의 어린 환자들이나 아직 만성 질환에 시달리지 않을 뿐, 서른만 넘어도 도저히 돌이킬 수 없을 정도로 진행된 사람들이 대부분이었다.

"어땠어?"

그래서 그럴까. 점심시간에 다시 모인 의료진들의 얼굴은 어둡기 그지없었다. 질문에 답이 없자 한유림이 재차 물었다.

"어땠냐고. 나만 그랬는지 궁금해서 그래."

"한 교수님은 어땠는데요?"

강혁은 답변을 해주는 대신 질문으로 응수했다. 평소 같았으면 역시 넌 싸가지가 없다는 식으로 나왔겠지만 오늘은 아니었다. 이미 뭔가 기를 빨린 느낌이었다. 각오는 하고 왔지만, 그래도 한구보다는 낫겠지 하고 내심 생각했던 참이었다.

'한구보다 낫기는 시발……. 이럴 줄은 꿈에도 몰랐네, 진짜.'

하지만 한구는 그저 위험했을 뿐, 거기 있는 환자들의 상태가 전반적으로 이렇지는 않았다. 오히려 만성적인 실업이 문제인 곳이지 않은가. 그때까지만 해도 그게 제일 커다란 문제라고만 생각했다. 뭐라도 일자리가 있으면 생업이 해결될 테니 훨씬 낫겠거니 하고 있었다는 얘기였다.

"장난…… 아니던데? 20명 봤는데 그거만 봤는데 시간 다 갔어. 환자들 상태가 너무 안 좋아……. 근데 딱히 지금 뭘 해줘야 될지 모르겠어. 그냥 뭐라고 해야 되나……."

"머리끝부터 발끝까지 싹 고쳐줘야 될 것 같죠? 최소 3개월은 요양하고."

"어어, 그래. 아니……. 밥을 뭘 먹고 다니는지 모르겠는데 다들 너무 엉망이야. 피 검사 결과 보기가 두려워."

"저도 그래요. 역시 내과는 하나 있어야겠어. 아니면 가정의학과나."

만성 질환에 있어 내과 의사의 존재는 천군만마나 다름없을 터였다. 비록 여기 있는 의료진 전부가 평균을 훨씬 웃도는 실력을 지니고야 있지만, 그렇다고 해도 한 환자를 오래 본 경험이 많지는 않았다. 그에 비해 내과는 그것이 일상이었다. 그 말은 곧 이미 망가져버린 환자를, 당장 시급하게 해결해야 할 문제가 있는 환자가 아니라 오랫동안 시간을 들여 고쳐야 하는 환자들을 다루는 법 또한 잘 알고 있다는 뜻이었다.

"역시 저만 그런 게 아니었네요……."

다음으로 입을 연 것은 재원이었다. 입맛도 좀 떨어졌는지, 밥을 앞에 두고도 숟가락을 깨작거리고 있었다. 애초에 쌀도 좀 날아다니는 형태라 양껏 푸기 어려운 마당인지라 더더욱 망설이는 것처럼 보였다.

"너도 그랬어?"

"네. 저는 근데 수술할 케이스가 하나 있더라고요. 오후에 하려고 잡아놨습니다."

"오, 무슨?"

"탈장이요. 서혜부 탈장. 아주 심각한 형태는 아닌데……. 너무 오래 방치해놔서 약간 괴사가 있어요. 물어보니까 이 증상 보이다가 죽은 동료도 있다던데, 이건……."

"음."

탈장으로 사람이 죽다니. 21세기에도 이런 일이 있나 싶을 지경이었다. 특히 재원이나 경원 그리고 장미가 그런 생각을 하고 있었다. 대한민국의 의료 체계가 완벽한 것은 아니지만, 그래도 세계 최고의 의료 접근성을 보유하고 있지 않은가. 최근 미국에서 시도되는, 즉 최신 의료 기술은 보험 체계 때문에 빨리 빨리 도입이 되지는 않지만, 또 이 보험 체계 덕에 보편적 의료 기술은 그야말로 전 국민이 누릴 수 있었다. 그런 곳에서 온 이들에게 탈장으로 인한 죽음은 정말이지 낯설 수밖에 없었다.

"교육이 필요하겠지. 근데 보니까…… 아예 문맹들이 많아."

"네. 맞아요. 보니까 설문지도 못 읽어서 대학생들이 대신 읽어주고 작성한 사람들이 거의 태반이던데……."

"단정 지어 말할 수는 없지만, 문맹인 경우 종합적인 학습 능력이 떨어질 수밖에 없어. 여기는……."

과거 여러 왕조들에서 괜히 일반 국민들이 문자 익히는 것을 막았겠는가. 인류가 지금까지 발명해온 것들 중에 획기적이었던 것을 뽑으라 한다면 여러 가지가 있겠으나, 문자가 빠지지는 않을 터였다. 문자야 말로 인류가 세대를 거듭하며 쌓은 지식의 누수를 막고, 오히려 축적될 수 있도록 도와준 최고의 수단 아닌가. 그것이 거세된 지역이었다. 순전히 다른 이들의 이익을 위해.

"진짜 뭐부터 해야 될지 모르겠네요."

"총체적 난국이라 이건데……."

강혁은 쯧 하고 혀를 차고는 다시금 도착해오는 버스 차량을 바라보았다. 이런 상황이 처음이라고 하면 무척 당황스럽거나 또는 무서울 수도 있을 터였다. 하지만 이미 강혁은 이보다 더한 것도 해결해본 경험이 있지 않은가.

'그래도 한국보다는 나아. 거기 중증외상센터는 정말……. 거길 해결했다면 여기도 가능해. 나는…… 할 수 있어.'

오후 일정은 더 바빴다. 환자들이 오전보다도 더 많이 몰려오고 있었다. 생각해보면 당연한 일이었다. 저들에게 오늘 이 진료는 어쩌면 마지막이 될 수도 있는 진료이지 않은가.

'한국에서 온 의사들인가 본데……. 뭐 얼마나 버틸 수 있겠어.'

실제 리프를 비롯한 거대 기업의 인물들은 죄 이런 생각을 하고 있을 터였다. 지금까지 그래왔으니 앞으로도 그럴 거라 기대하는 게 딱히 무리스러운 일은 아니지 않은가. 제아무리 숭고한 뜻을 가지고 온 사람들이라 해도, 아무런 후원도 도움도 주어지지 않는 환경에서, 심지어 방해가 이어지는 곳에서 봉사를 이어나가기란 여간 어려운 일이 아니었다.

"저도, 저도 좀 봐주세요."

"여기도!"

"제발……."

그러한 뉘앙스는 노동자들에게도 가감 없이 전해진 모양이었다. 심지어 오전에 진료 보고 온 이들의 증언이 오후 환자들에게 간절함을 더했다.

'이 약 먹으니까 진짜 안 아파. 싹 나았어.'

'이렇게…… 이렇게 어깨 돌려보는 게 얼마 만인지 모르겠어.'

이곳과는 비할 수 없을 만큼 여건이 좋은 대한민국에서도 근 골격계 질환이 일용직들의 생계를 위협하는 일 정도는 쉬이 찾 아볼 수 있지 않은가. 스리랑카, 그중에서도 누와라엘리야는 어 떻겠는가. 입에 풀칠이라도 할 수 있는 일이나마 없어지면 그걸 로 끝이었다. 사회적 안전망은커녕 사망으로 가는 길이 아가리 를 떡 벌리고 서 있었다. 즉 이들에게 통증으로부터의 해방은 곧 수명 연장이었다.

"어쩌죠?"

가뜩이나 환자가 더 많이 몰려왔는데, 수술로 인해 인원이 둘 이나 줄어든 마당이었다. 콜롬보 대학에서 타밀계 동아리를 이 끌고 있는, 올해 4학년인 셀바라사가 앞뜰을 가득 메운 환자들 을 보다가 강혁을 돌아보았다. 방금도 한참이나 환자를 보다가 내보낸 참이었다. 얼핏 보기에도 강혁은 지쳐 있었다. 몸이 힘들 어 보이진 않았는데, 어쩐지 그런 기색이 느껴졌다. 잘못 본 것 은 아니었다.

'앞으로 얼마나 이런 환자를 봐야 하나.'

강혁은 눈앞의 환자만 생각하고 있는 게 아니라, 그 뒤에 있는 10만 명이 넘는 타밀족을 생각하고 있었다.

"백 교수님?"

"응?"

해서 잠시 넋을 놓고 있으려니, 셀바라사가 재차 강혁을 불렀다.

"어쩌죠? 지금 마당에 있는 환자들……. 수가 거의 400명이 넘습니다."

"미니버스가 그만큼 못 실어 왔을 텐데?"

원래 생각했던 것보다 훨씬 많은 사람들이 타고 오기는 했지만 그렇다고 해도 한계는 있는 법이었다. 설마하니 버스 한 대당 100명씩 타고 왔겠는가. 그랬다간 저 버스 모두 여기 어딘가에 처박혀 있었을 터였다.

"걸어…… 걸어서 오고 있어요. 해당 농장에서 딱 오늘 하루만 진료 볼 수 있도록 허용한 모양인데……. 처음엔 뜨뜻미지근하다가…… 지금 더 몰려오고 있어요."

"아, 걸어서."

대단한 일이었다. 농장에서 여기까지 얼마나 먼지 누구보다 강혁이 더 잘 알고 있었다.

'아무리 개간이 됐다고 해도 산길을 10km도 넘게 걸어오고 있다, 이건가.'

온다고 해서 반드시 진료를 볼 수 있다는 보장이 있는 것도 아니었다. 아니, 오히려 못 볼 거란 두려움이 더 클 것이었다. 이미 여기 있는 이들은 한차례 절망을 맛본 사람들이 대부분이었으니까.

'이전에 여기서 봉사했던 사람도 한국 사람이었지.'

강혁이 누와라엘리야라는 지명을 알게 되기도 훨씬 전에 벌써 이곳에 왔던 사람들이 있었다. 대한민국의 역사와 스리랑카의 역사가 크게 닮은 까닭 때문일까? 그들 또한 한국인들이 주축을 이루고 있었다.

'실패하고 다른 곳으로 향했다고 들었는데…….'

그들의 열심을 의심할 생각은 없었다. 다만 쓰나미와 내전 그리고 아직 역량이 부족했던 대한민국 정부에 그들마저 끌어들이지 못한 봉사 팀의 태생적 한계 때문이라 여기는 것이 훨씬 합리적일 터였다. 비록 실패만 거듭하고 돌아갔던 그들이지만, 노력만은 다방면으로 해놓은 모양이었다. 심지어 이곳에 있는 타밀족들의 시민권 획득을 위해서도 각고의 노력을 기울였던 바 있었다. 물론 지금도 이곳에 거주하는 대부분의 타밀족들이 스리랑카 시민권을 갖지 못했다는 것을 상기해보면 결과와 과정이 얼마나 처참했을지는 쉬이 짐작 가능했다.

"봐야지."

"역시 돌려…… 네?"

"봐야지. 앞으로는 농장당 진료 시간을 좀 더 여유롭게 잡아야겠어. 그 새끼들, 보고했던 것보다 훨씬 많은 환자들이 오잖아."

"어……. 저거 다 보려면 밤이 될 텐데요."

밤이 된다고 해서 다 볼 수 있을까? 어느 정도의 고생이야 각오하고 왔다지만, 이만할 줄은 꿈에도 몰랐던 것이 셀바라사였다. 타밀도 아닌 외국인이 감수하기엔 너무 거대한 희생 아닌가 했는데, 강혁에게는 그렇지도 않은 듯했다.

"괜찮아. 어차피 봉사하러 온 건데. 그렇게 알려. 대신…… 여기서 더는 못 받아. 오토바이 하나 있으니까, 농장으로 가서 더 오진 말라고 해줘."

"아……."

"왜, 힘들어?"

"아뇨, 아닙니다. 가겠습니다."

셀바라사는 이쯤은 아무것도 아니라는 강혁의 얼굴을 보고 있다가, 이내 고개를 끄덕였다. 다른 이들도 아니고 타밀을 위한 일이 아니던가. 비록 인도 타밀이긴 해도 뿌리는 같은 사람들이었다. 해서 셀바라사는 다른 이에게 강혁의 진료실을 맡긴 채 밖으로 향했다. 부두두두. 곧 적막을 깨고 병원을 뛰쳐나가는 오토바이 소리가 울렸다.

'너네도 이번 기회에 개고생을 해봐야…… 오히려 계속 올 생각이 들지.'

강혁은 그 모습을 보면서 속으로 웃었다. 처음 대한민국 대사관에서 수배했다는, 콜롬보 대학교 학생과 통화했을 때가 떠올라서였다. 하필 이름이 셀바라사라니. 내전 당시 타밀 타이거의 대변인 노릇을 자처했던 이의 이름 아니던가. 탄압받을 것이 뻔한데 굳이 그 이름을 쓰고 있다는 건 그만큼 강경파라는 얘기였다. 동족의 비참한 현실을 외면할 수 있을 리가 없었다.

'어지간하면 우리끼리 하겠는데, 해보니까 안 되겠어.'

문맹이라니. 문맹률이 전 세계에서 제일 낮은 나라인 대한민국에서 나고 자란 강혁으로서는 쉬이 예상할 수 없던 문제였다. 시민권이 없어 의료 서비스는커녕 학교 교육도 받지 못했을 거란 것 정도는 예측했어야 하지 않나 싶기도 했지만 여기에 오기 전에는 실감하지 못했더랬다.

'괜찮아, 다 방법은 있지.'

의외의 일이라고 해서 해결책이 없는 건 아니었다. 강혁의 뛰어난 머리와 집착은 곧 어떻게든 방법을 내놓을 터였다.

"다음 환자 부를까요?"

"아, 그렇게 해줘요. 빨리 봐야겠는데."

"네. 그럼 부르겠습니다."

물론 지금은 아니었다. 당장은 들어오는 환자들에게 신경을 쏟아야만 했다. 거의 다 만성 질환자들이라고 하지만 간혹 그렇지 않은 사람들도 있기 때문이었다.

"음."

방금 들어온 이 환자가 그랬다.

'42세.'

겉보기엔, 아니, 전반적인 노화 수준은 거의 60세에 가까워 보이는 사내였다. 강혁과 동년배라 칭해도 무리가 없는 나이였지만, 강혁이 또 워낙에 어려 보이는 사람 아닌가. 둘이 같이 서 있으면 아버지와 아들이라 해도 전혀 과장이 아닐 듯했다. 어쩌면 손주를 좀 빨리 봤나 싶을 수도 있었다.

"언제부터 이랬습니까?"

"2…… 2주요."

"2주라. 아프다고 알렸나요?"

강혁은 진료실 한 켠에 설치해둔 캠을 돌아보고는 말을 이었다. 작은 불빛이 번쩍이고 있었다. 잘 돌아가고 있다는 뜻이었다.

"네? 아, 네."

"뭐라고 하던가요?"

"일단 참으라고 했습니다."

"약은 줬나요?"

"네? 약…… 이요?"

"아닙니다."

약이란 단어에 생경하다는 표정을 지어보이는 환자를 보며 강혁을 고개를 가로저었다.

'올드 패션이라더니, 미친놈들인가.'

과거 영국이 이곳을 식민지로 통치할 당시에는 아마 약이 정말로 구하기 어려운 물품이었을 것이다. 우리가 지금 약국, 심지어 편의점에서 쉬이 살 수 있게 된 이 안전하고 효과 좋은 약들이 대량 생산되기 시작한 것은 불과 반백 년도 되지 않았으니까. 하지만 이젠 아니었다. 세계 각국 어디에서건 기본적인 약을 구하기란 그리 어려운 일이 아니게 되었다. 심지어 이곳은 세계에서 가장 많은 불법적 카피 약품이 생산되고 있는 인도의 바로 옆나라 아닌가.

'근데 약을 안 줘?'

물론 약을 먹었다 하더라도 질병의 경과를 막을 수는 없었을 터였다.

"약은 못 드셨군요?"

"아, 네. 그…… 네."

"자, 여기 한번 누워보세요. 다리 굽히시고…… 조금 아플 수 있어요. 아프면 말씀하세요."

"네네."

강혁은 씁쓸한 표정을 굳이 숨기지 않고 환자를 침대 위에 눕

혔다. 침대를 비롯한 거의 모든 설비들이 새것이거나, 새것과 다름없는 물건들이라는 것 정도가 위안이 되었다.

"음."

강혁이 환자의 옷을 들춰내자, 환자도 강혁도 아닌 통역 때문에 들어와 있던 대학생의 입에서 신음이 흘러나왔다. 진료 보는 데 적절한 태도라 할 수는 없었으나, 그렇다고 뭐라고 할 생각이 들지는 않았다.

'이런 미친놈들이.'

환자의 배 가운데에 무언가가 불거져 나와 있었다. 그냥 툭 튀어나온 게 아니라 붉게 변해 있기도 했다. 만져보니 뜨끈했다.

'이 부위는 썩었어.'

강혁은 굳이 눌러보는 대신 환자의 얼굴을 올려다보았다. 병색이 완연하다는 표현이 그야말로 잘 어울리는 외양이었다. 가뜩이나 마른 얼굴에 눈 밑까지 시커멓게 죽어 있는 데다가, 고열에 입술까지 바싹 말라버려서 그런가 곧 죽을 사람으로 보이기도 했다.

'그런데도 고칠 생각은 안 했다 이건가. 다른 환자들도 그렇긴 했지. 그게 합리적이라고 했어.'

이 환자를 사람으로 보지 않았다면 그럴 수도 있겠다 싶었다. 단지 노후화된 기계라고 생각한다면, 고치려면 수도까지 가야하고 또 고친다 해도 얼마나 더 쓸지 알 수 없는 싼 기계……. 그 정도는 버리는 게 나을 터였다. 하지만 눈앞의 이 노동자는 분명 사람이었다. 만인의 생명은 평등하다는 말과 함께 생명을 존중해야만 한다는 말은 분명 서구권에서 나온 것 아니었던가.

'개새끼들.'

강혁은 지독한 모순에 치를 떨다가, 이내 환자를 돌아보았다. 애써 미소를 지으면서였다.

"환자분은 약으로는 안 돼요. 수술을 해야 합니다."

"수술이요?"

"네. 한 5일은 일을 못 할 텐데……. 괜찮겠습니까?"

"아, 안 돼……. 안 되는데."

"손해는 저희가 보전하겠습니다."

강혁은 미군에서 작전 명목으로 주겠다는 월급을 병원 법인에 쏟아붓겠다고 한 것을 떠올렸다. 원래는 설비를 더 업그레이드 하고 인력을 뽑고, 약을 비롯한 소모성 제품을 구매하는 데 쓰려 던 돈이었지만. 그걸 위해 눈앞의 환자를 포기하는 것은 본말전 도였다.

"그……."

"괜찮아요."

게다가 그리 큰돈도 아니지 않은가. 5일분이라고 해봐야 5달 러였다.

"자, 그럼 수술방으로 가지. 앞선 수술 대강 마무리됐으 면……. 박경원 선생 2번 방으로 오라고 해줘요. 별거 아닌 수술 이어야 하는데, 너무 방치했어."

"아, 네."

강혁의 예상대로 앞서 있던 탈장 수술은 마무리된 후였다. 인성도 흠잡을 데 없는 녀석들이지만, 실력만 따지자면 정말이지 최고인 놈들로 가려 뽑은 마당 아닌가. 제아무리 일반적인 탈장 수술이 아니었어도, 금방 끝내는 것이 당연한 일이었다.

"어땠어?"

"썩기 시작해서…… 잘라내고 장루 뽑았습니다. 교육하는 게 더 큰일이에요. 일단 무조건 복귀를 해야 한다고 합니다. 회사 측에서도 그걸 원하고요. 아니면 다른 사람으로 채우겠다고 하는데, 그런 법이 있냐고 하니까 관행이라고 하네요."

해서 2번 방으로 들어와 또 다른 수술의 마취 준비를 시작한 경원에게 강혁은 진행 상황을 물었다. 생각보다 경원은 많은 것을 알고 있었다.

"어떻게 그렇게까지 들었어?"

"같이 온 대학생 덕분이죠. 엄청 화를 내던데……. 그래봐야 할 수 있는 게 없어요. 법이라는 게…… 일단 사람이 아니라 국민을 보호하기 위해 만들어져 있어서요."

"난민이라 이거지?"

"엄밀히 말하면 난민도 아니래요."

"그것도 맞는 말이네. 처맞는 말."

난민이란 인종, 종교 또는 정치적, 사상적 차이로 인한 박해를 피해 외국이나 다른 지방으로 탈출하는 사람을 뜻하지 않는가. 즉 회사 측의 말이 틀린 건 또 아니란 얘기였다. 그 어디에서도 이 사람들을 보호해줄 만한 법적 근거는 찾기 어려웠다. 여기 들어와 있는 대부분의 다국적 기업들이 인도주의를 실천한다는 명목으로 이곳저곳을 후원하고 있다는 걸 생각하면 정말이지 얄궂은 일이었다.

어딘가에서 희망이

"이 환자도 탈장이네요."

경원은 후 하고 한숨을 쉬더니, 수술대 위에 누워 잔뜩 긴장한 얼굴로 두리번거리고 있는 환자를 내려다보았다. 누가 보면 수술받으러 온 게 아니라 죽으러 온 줄 알겠단 말이 나올 만큼이나 몸이 잔뜩 굳어 있었다. 이상한 일도 아니었다. 수술실 전경은 누구에게나 낯설고 무섭게까지 느껴질 수 있는 법이니까.

"어, 아무래도 뭐……. 그럴 수밖에 없지."

"네. 오늘 보니까 가벼운 탈장은 진짜 많더라고요. 특히 여자들은 뭐……."

"응. 부인과 질환도 엄청날걸. 우리가 볼 수 없어서 그렇지."

"산부인과가 역시 필수겠어요. 여기 모성 사망률이 얼마나 될까요?"

"장난 아닐 거야. 하지만 일단은…… 이런 환자들부터 보자고. 너무 욕심내면 오히려 한 발자국도 못 나가."

복부 탈장은 생각보다 아주 다양한 곳에 생길 수 있었다. 서혜부나 배꼽 또는 횡격막처럼 원래 구멍이 있는 곳이 넓어지면서 비집고 들어갈 수도 있었고, 지금 이 환자처럼 복부 근육이 약화되면서 그 틈을 통해 탈장이 생기는 수도 있었다. 몸이 쇠약해져 있는 상태에서 지나치게 무거운 것을 들게 되면 복압이 올라가는데, 그때 생기는 질환이라고 보면 되었다. 이곳의 환자들은 그야말로 이 질환에 가장 취약한 계층이라고 볼 수 있었다. 영양은 부실한 데 반해 단 하루도 쉬지 못하고 노동에 시달려야 하지 않은가.

"자, 이제 주무실 겁니다. 이는 약한 곳…… 어휴, 수두룩 빽빽 이네."

경원은 강혁의 말을 들으면서 고개를 주억거리다가 한숨을 쉬었다. 아까도 그러더니 이 환자도 치아가 엉망이었다.

"너는 잘 넣잖아. 안 부러지게 잘 해봐."

"그게 말처럼 쉬운 일이 아닌데……."

"에이, 한구에서 보니까 츠요시도 그렇고 댄도 그렇고 다들 잘 하더라."

"거기가 여기보단 나은 것 같은데요?"

"그건 그렇긴 해."

모든 물자가 터무니없을 정도로 모자라게 배급되는 시스템이긴 했으나 딱 하나, 막 퍼다주는 음식이 있기는 했다. 바로 홍차. 여기가 산지인 데다가, 아예 차밭에서 일하는 사람들이라 가능한 일이었다. 물론 어디 팔아먹기엔 좀 질이 떨어지는 것들을 아무렇게나 끓여다주는 것이긴 하지만, 하여간에 이곳 노동자들은 차를 무지하게 마셨다.

"홍차를 달고 사니까요."

"아까도 보니까 앞에서 나눠주더라. 대학생들이 가져왔나봐? 우리는 준비 안 했는데."

"근데 이게 차를 마시는 건지 설탕물을 마시는 건지 모르겠어
요."

"뭐……. 너무 써서 그렇겠지. 또 설탕물을 먹으면 힘이 날 거
아냐."

"거참."

그냥 먹이지는 않았다. 우유와 설탕을 엄청나게 타서 먹였다.
그것만으로 열량은 부족함이 없을 것 같다는 느낌이 들 정도로
많이 탔다. 그 두 가지는 또 어디서 나나 싶었지만, 애초에 스리
랑카 전역의 차 문화가 이래놓으니 오고 가는 물류 중에 설탕과
우유는 빠지지 않았다. 아니, 우유는 이곳에서도 났다. 개간은 해
놨는데 차나무를 심을 정도로 토지가 비옥하지 않은 곳은 목초
지로 쓰고 있었기에 그랬다.

"웃차……. 일단 들어갔어요. 와, 근데 진짜 까딱 잘못하면 이
몽땅 나가게 생겼어요."

경원은 대화를 나누는 와중에도, 잠든 환자의 입안에 튜브를
그리 어렵지 않게 쑤셔 넣었다. 강혁도 놀랄 정도였다.

"오, 너 더 늘었다?"

"워낙에 어려운 케이스가 많이 오니까요. 빽하면 경추 부상이
의심되니……. 오히려 정자세로 넣는 게 더 어려울 것 같아요."

"하긴. 한국대학교 중증외상센터가 만만한 곳은 아니지."

한강 이남의 서울과 수도권 전역을 거의 다 커버하고 있는 곳
이지 않은가. 인구로 따지면 물경 천만에 가까운 사람들이 다치
면 그곳으로 향했다.

"네, 뭐. 아무튼, 다 됐습니다. 기저질환은…… 모르시죠?"

"모르지. 혈액 검사한 거 보니까 당뇨랑 고혈압은 있어. 아예 관리 안 했고. 다행히 신장은 괜찮던데."

"네, 주의하겠습니다."

"감염병이 있을 수도 있으니까……. 그건 주의해."

"교수님이 더 조심하셔야죠. 전 피 튈 일이 없어요."

"너 말고 간호장교한테 한 말인데."

"아."

강혁의 말에 한창 밑에서 약물 조절하고 있던 경원이 고개를 들었다. 그러자 벌써 소독에 들어간 강혁과 간호장교가 눈에 들어왔다. 원래 같으면 장미가 들어와야 했으나, 환자가 너무 많지 않은가. 지금도 겨우겨우 통제가 되는데 장미가 현장에서 빠지면 될 일도 안 될 게 뻔했다.

"옳지, 잘하네. 원래 어디 있었지?"

"아, 저는 이라크에 있다가 왔습니다."

"이라크. 좋은 곳이지."

"아, 네……."

그렇다고 딱히 문제가 있거나 하진 않았다. 미군에서 나름 인력 배분에 최선을 다해준 까닭이었다. 전원 현장 경험이 아주 많은 이들로 이루어져 있었다.

'뭐, 거의 공짜로 교육해주고, 병사들 살려줄 텐데 이 정도는 해야지.'

강혁은 그런 생각을 하면서 손을 닦고 가우닝을 마쳤다. 간호장교도 마찬가지였다. 둘은 어느새 갈색 베타딘으로 칠해진 환자의 배를 내려다보았다. 그래봐야 붉게 물들어버린, 아마도 염증이 가득 차 있을 부위는 가려지지 않았지만 하여간 수술할 준비는 된 셈이었다.

"남자 42세, 복부 탈장 복구 및 장 괴사 절제, 장루 형성 시작합니다."

"확인했습니다."

"네."

강혁은 대학생까지 해봐야 딸랑 넷 밖에 안 되는 인원임에도 기본 사항은 지켰다. 보통은 부위 확인 및 수술명 확인을 통해 사고를 최소화하기 위해 시행하는 것인데, 강혁은 주로 각오를 다지기 위한 방편으로 이용했다.

'복부 탈장 복구 및 장 괴사 절제, 장루 형성.'

또 수술 계획을 다잡기 위한 방법이기도 했다. 남들에게는 그저 한 번의 읊조림일 뿐 그 이상도 이하도 아니겠지만, 강혁은 그 말 한마디로 수술의 처음부터 끝까지 시뮬레이션을 해볼 수 있는 인간이었다.

"칼."

"네."

"좌우로 당겨줘. 그냥 중앙으로 바로 들어간다."

"아……. 네."

탈장이 된 것도 모자라 틈새에 끼인 장들이 괴사되었는데 곧장 들어가겠다니, 자칫 잘못하면 큰일 날 수도 있는 수술이었다.

'천재…… 라고 했지.'

하지만 간호장교는 굳이 지적하고 나서지 않았다. 이미 강혁에 대해 들은 게 있어서였다. 그저 윗선에서 말만 잘 들으라는 식으로 성의 없게 내려온 공문이 아니었다. 실제 강혁과 호흡을 맞춰본 각지 간호장교들의 증언이 있었다.

'눈앞에서 보게 생겼구나.'

그들 중 누구도 영상을 보여주지는 못했다. 어떤 것은 아예 기밀이라 얘기조차 자세히 해주지 못할 지경이었다.

지이익. 그래서 간호장교는 강혁의 손길을 더욱 집중해서 바라보았다. 이미 이런 수준은 옛날 옛적에 지났다고 여기고 있는 데다가, 여기로 온 것도 수련 목적이 아니라 도움을 위해 온 것임에도 그랬다.

"당길 거."

"아, 네."

"위로…… 위로 걸어서 당겨. 바로 밑이 장이야."

"네."

하지만 수술이 진행되면 될수록 자신이 상상하고 있던 천재의 모습과 강혁의 그것이 많이 다르다는 걸 깨달을 수 있었다.

'미친……. 벌써 괴사 부위가 잘려나갔어.'

환자가 진술한 것보다도 훨씬 더 오래된 병변이었다. 그럴 수밖에 없었다. 탈장이란 건, 증상을 일으키기 아주 오래전부터 진행되는 병이기 때문이었다. 더군다나 이렇게 끼인 장이 썩어 문드러지려면 제법 오랜 시간이 필요했다. 이 환자가 다른 노동자들보다도 더 말라 있었던 것도 우연은 아니라는 말이었다.

'거의 흐물거리고 있었는데……. 그걸 어떻게…….'

살릴 수 있는 부분은 살리고, 그렇지 못한 부분은 잘라내는 데 이보다 더 신속할 수가 없을 것 같았다. 어디 논문이나 교과서에 나와 있는 방법인가 하면 그것도 아니었다. 주류 의학에서 말하는 기본기를 주축으로 하지만, 임기응변으로 이루어지는 술식도 아주 많았다.

'대체 얼마나 경험이 많으면 이렇게 되지.'

어느새 썩은 장은 수술대가 아니라 기구대 위에 놓여 있었다. 그리고 멀쩡한 장이 장루로 끌려 나왔다.

"정신 차려."

"아, 네."

"간단한 수술이잖아. 다행히 끼인 장도 그리 길진 않았고."

"아……. 네."

"수술 후 처치가 더 중요할 거야. 염증이 너무 심해."

수술은 잘되고 있다는 말도 부족할 지경이었다. 그 누구도 상상하기 어려울 만큼 빨랐고, 또 정확했다. 정말이지 누군가의 머릿속에서나 벌어질 만한 일이 눈앞에서 실제로 벌어지고 있었다. 하지만 강혁은 전혀 호들갑을 떨지 않았다. 착 가라앉은 눈으로, 벌어진 뱃가죽을 내려다볼 뿐이었다.

'하긴……. 염증이 너무 심해.'

살가죽에 메스를 대고 그을 때 피 대신 고름이 주르륵 흘러나왔을 지경이었다. 썩은 장과 바로 맞닿은 채로 몇 날 며칠을 있었을 테니 그럴 수밖에 없었다.

"환자는 당뇨까지 있어. 이거…… 장루만 닫고, 이쪽은 복막만 닫는 게 낫겠어."

"아."

"역시 그렇습니까?"

어찌하나 하고 있는데, 강혁은 이미 계획이 다 선 모양이었다. 경원 또한 별반 다르지 않아 보였다. 고개를 시원스레 끄덕이고 있었다.

"응, 음압 걸고 소킹 드레싱 매일 세 번 정도 해야지."

"오랜만이네요."

"아, 한국대학교 병원에서는 그렇겠네. 한구에서는 케이스 자체는 꽤 있었어. 첨엔 석션이 없어서……."

"한유림 교수님한테 들었어요. 익숙해질 때도 됐는데 또 토할 것 같네요."

"보통 토할 것 같다는 말을 그렇게 아무렇지도 않게 하나?"

"전 원래 그래요."

경원은 정말로 아무렇지 않다는 얼굴로 구역질을 해대고 있었다.

"우웩."

국어책이라도 읽은 것처럼 또박또박한 우웩이라니.

'내가 그때는 진짜 바빴나보다.'

한국대학교 병원에 있을 때 경원의 이런 면을 알았더라면 그때보단 훨씬 더 많이 갈굴 수 있었을 텐데. 강혁에게 갈굼이란 곧 에너지 충전이요, 갈취였다. 그렇게 모은 에너지를 헛되이 쓰는 인간이라면 욕을 먹어도 쌌지만, 강혁은 온전히 사람 살리는 데에만 쓰는 사람이었다.

"우웩. 교수님, 나갈까요?"

"어, 나갈까."

"아……. 나갑니까?"

"그래요. 중환자실에서 한…… 이틀 재운다고 생각하지. 그 안에 소킹 드레싱 빡세게 해서 봉합하는 걸 목표로."

"아, 네. 알겠습니다."

"자, 그럼 나가자."

경원은 연신 우웩거리면서도 할 일은 전혀 놓치지 않았다. 덕분에 일행은 곧 수술실에서 빠져나와 바로 옆에 마련된 엘리베이터를 타고 2층에 위치한 중환자실로 향할 수 있었다. 덜컥. 한구 병원처럼 임시방편으로 만든 시설이 아니었다. 여느 중환자실처럼 출입문은 자동문으로 되어 있었고, 무려 아이디 카드를 가져다 대야 열리는 시설까지 갖춰져 있었다. 한구에 비하면 이곳은 정말이지 제대로 된 병원이었다.

"어, 교수님. 벌써 오셨어요?"

중환자실로 들어가자, 샘과 재원이 보였다. 아까 수술하고 아직 나가지 못한 모양이었다. 그러니까 이미 중환자실에 환자까지 더해 셋이나 있다는 얘긴데, 그럼에도 전혀 복작댄다는 느낌이 없었다. 2층의 무려 절반을 중환자실에 할애한 덕이었다.

"벌써는 무슨. 기껏해야 탈장인데."

"그런 것치고는……."

재원은 벌어져 있는 환자의 배를 바라보았다. 붉은 복막은 닫혀 있었지만 피부는 열려 있었다. 얇디얇은 복부 지방층에서는 연신 고름이 흘러나오고 있어 왜 이런 선택을 했는지 정도는 쉽게 짐작 가능했다.

"미친놈들이 아프다고 했는데 2주를 깔아뭉갰어. 아마 그전부터 아팠겠지."

"아……. 이 환자도 그랬어요. 다행히 범위가 작아서 그냥 잘라서 없애버렸는데. 장루가 문제예요."

"음."

장루라. 강혁은 방금 자신이 수술한 환자에게도 달려 있는 그것을 돌아보았다. 항문 대신 쓰라고 만들어놓은 것인데, 관리가 여간 어려운 것이 아니었다. 오죽하면 대학 병원에는 장루 관리 전담 간호사들까지 있을까.

"이게 여기서 관리가 될까요?"

"관리가 되게 만들어야지."

"어떻게 가르치죠? 아까 보니까 우리 만들어놓은 책자는 거의 무용지물이던데……."

재원은 근심 걱정이 가득한 얼굴이었다. 그럴 수밖에 없었다. 기껏 한국에서 스리랑카 대사관 도움을 받아 만들어둔 타밀어로 된 각종 책자가 아무짝에도 쓸모없게 되지 않았던가. 암만 훌륭한 책자라고 해도 상대가 까막눈이라는데 뭐 어쩌겠는가. 누와라엘리야 병원은 의사가 가지고 있는 가장 강력한 교육 방법을 잃어버린 셈이 되고야 말았다.

"음……."

그에 반해 강혁은 그리 걱정스럽지만은 않다는 얼굴이었다. 누군가를 떠올리고 있기에 그랬다.

"왜 웃어요? 이 타이밍에?"

"조폭 있잖아. 남 가르치는 덴 천부적인 재능이 있지."

"아……. 설마 환자들을……?"

"안 그러면 죽을 텐데 어떡해. 그렇다고 여기서 하염없이 붙잡고 있을래? 일터로 돌아가긴 해야 돼. 그래야 다른 환자들도 우리한테 몸을 맡긴다고."

근시안적으로 생각하면 오늘 수술한 2명 정도는 병원에서 먹여 살릴 수 있다. 어차피 병원에서도 곧 채용 공고를 낼 참이기도 했고. 모든 인원을 봉사자로 돌리기엔 예산도, 인원도 너무 부족했다. 뿐만 아니라 양질의 일자리라는 것이 어떤 것인지 현지인들에게 보여줄 필요도 있었다. 실제 많은 NGO 단체에서 사용하고 있는 방법이기도 했다. 하지만 강혁은 이 지역 전체를 염두에 두고 있었다. 오늘 진료한 것은 수많은 밭 중 하나일 뿐이었다.

"하긴……. 음. 그래요, 장미라면 가능할지도 모르겠어요."

"일단은 일로 와봐. 경원이는 환자 벤틸레이터 조정하고. 넌 나랑 소킹 드레싱 만들자."

"아니……. 안에서 하고 나오시지."

"포터블 석션은 없어."

"아."

하긴 이 깡촌 오지에 석션이 있는 게 더 놀라운 일이었다. 그 진화판이라고 할 수 있는 포터블 석션까지 바라는 것은 과한 욕심이었다.

"어, 거기 그렇게 자르고."

"더 잘라야 되지 않아요? 압력 걸릴 것 같은데?"

"내가 이 안쪽으로 후벼놔서 괜찮아."

"후벼……? 아, 박리했다고. 아, 그렇네. 알겠어요."

해서 재원은 강혁과 함께 드레싱에 나섰다. 둘 다 어디 가서 빠질 만한 실력이 아니지 않은가. 아니, 명실상부한 세계 최고와 두 번째 가는 의사들이었다. 소킹 드레싱이라는 게 꽤 까다로운 술기라지만 그래봐야 드레싱 레벨에서의 얘기였다.

"오케이……. 걸어봐."

"네. 와, 쭉 나오네. 와……. 완전 썩었네. 안티 뭐 들어가요?"

"세 개 써야지, 뭐. 말 그대로 썩었는데."

"그러니까요. 이 사람은……."

치료받지 않았다면 100퍼센트 죽었을 터였다. 그럴 만한 병이었냐고 하면 고개가 절로 저어졌다. 적어도 대한민국이었다면 이까짓 탈장으로 인한 장 괴사로 사망에 이르는 경우는 극히 드물다고 단언할 수 있었다. 하지만 이곳에서는 치명적인 질환이었다. 제대로 된 통계조차 없기는 하지만 하루 만에 같은 케이스가 둘이나 되지 않았는가.

"죽을 사람 살린 거야."

"그럴 만한 사람은 아닌데요."

"아냐. 여기선 죽어. 수술이나 질환의 종류를 계산하지 마. 그거 대한민국에서나 통하는 거라고."

"음."

"뭐, 어차피 일하다보면 자연스레 익히게 될 거야."

재원은 황망한 기분이 들었다. 그가 몸담고 있던 중증외상센터도 물론 죽을 사람들이 와서 살아나는, 말하자면 기적의 센터이긴 했다. 하지만 그 사람들은 정말로 그곳이 아니면 죽을 수밖에 없는 이들이었다. 여기서 본 환자들하고는 달랐다.

'이 사람들…… 우리가 수술하지 않았으면 죽었어.'

별다른 이유가 있어서는 아니었다. 그저 의료 서비스를 아예 받을 수 없는 곳이었고, 이들을 고용한 사람은 이들의 생명을 전혀 존중하지 않았다. 정말 오래된 기계 정도로나 생각하는 듯했다. 아니, 그 정도도 아닐 수 있었다. 기계라면 망가졌을 때 고쳐야 하지 않는가.

'폐품 취급했어. 살아나면 좋고, 죽으면 할 수 없는…….'

열악한 환경에서 그런 취급이라니. 살아난다면 그것이 기적이었다. 만약 병원 완공이 조금이라도 늦었다면 이 둘은 산 사람이 아니었을 거란 얘기였다.

'왜 그렇게 지랄을 해대나 했더니…….'

재원은 강혁이 리처드를 몇 대 팼던 것을 기억했다. 객관적인 시선에서나 몇 대지, 맞는 사람 입장에서는 죽도록 맞은 느낌일 터였다. 강혁의 주먹은 그랬다. 해서 이 사람이 좀 너무하네, 스트레스를 이렇게 푸네 했는데 이제 보니 딱히 그런 이유만 있었던 건 아닌 모양이었다.

"샘."

"네."

억지로 끌려온 샘도 조금은 표정이 달라져 있었다. 한구와는 또 느낌이 달랐기 때문이었다. 그곳은 그저 열악하고 또 가난할 뿐이었다면, 이곳의 사람들은 착취당하고 있었다. 샘이 상상 가능한 범위도 아니었다. 같은 사람이라면 도저히 저지를 수 없을 것 같은 만행이었다.

'노예…… 같잖아?'

그래, 노예로 여긴다면 설명이 가능하겠다 싶을 정도의 취급이었다.

"환자 잘 보고 있어. 어차피 바이털은 안정적일 거야. 수술은 잘됐어. 다만……."

"감염이 문제죠?"

"응. 균이 내성균일 리는 없어. 항생제는 잘 들을 거야. 그래도 뭐, 만에 하나 모르는 거니까 패혈증으로 가는지 안 가는지만 잘 봐줘."

"네. 교수님. 그렇게 하겠습니다."

샘은 결연한 얼굴이 되어 고개를 숙였다. 처음 이곳에 오기 전과는 확연히 다른 표정이었다. 다른 사람들이라면 모르겠으나 강혁은 절대 사소한 변화를 놓치지 않았다.

'좋아. 재원이 다음은 샘.'

특별한 일은 아니었다. 현장은 그런 힘이 있었다. '나는 그렇지 않아'라고 생각하겠지만 누구나 편견이 있는 법이었다. 모든 사람은 자신이 살아온 환경과 지금 처한 환경을 바탕으로 상대를 바라보았다. 이 사람들이 이렇게 사는 건 게을러서가 아닐까? 충분히 노력했다면 벗어날 수 있지 않았을까? 하지만 일단 현장에 오면 그따위 가정은 아무 의미가 없다는 걸 빠르든, 천천히든 깨닫기 마련이었다. 여전히 세상엔 희망이 없는 곳이 있었다.

"좋아. 그럼 또 환자 보러 가자고. 노…… 아니, 재원아."

"응?"

"뭐."

"아……. 아뇨, 가야죠."

뭔가 새출발이란 생각이 들었다. 그렇다보니 재원에 대한 호칭도 헷갈리기 시작했는데, 이건 재원도 눈치챌 수 있을 만큼이나 노골적이었다.

'설마……. 이제 와서 노예 1호가 되지는 않겠지.'

생각만으로도 팔뚝에 소름이 오소소 돋았다. 이제 나이도 실력도 심지어 직급도 노예와는 거리가 멀지 않은가.

'아니, 아니지! 그때도……. 아니, 사람은 노예가 되면 안 돼! 이 사람들 봐!'

재원은 미친놈인가 하는 얼굴로 앞서가는 강혁의 등짝을 바라보았다. 사람임에도 사람으로서 존중받지 못하고 노예로 살아가는 사람들을 위해 이곳에 와놓고, 같이 온 사람은 노예 취급하려고 하다니. 그건 정말이지 말도 안 되는 얘기 아닌가.

'아니…… 아냐. 방심해서는 안 돼. 이 인간은 충분히 그럴 수 있어.'

상식선에서 생각하면 불가능한 일이었으나 강혁이라는 필터를 껴보면 또 딱히 그렇지만도 않았다. 이 사람은 상식 밖에 있는 사람 정도가 아니라, 사람이 아닐 수도 있었다.

"어휴, 아직도 많네. 뭐 하고 서 있어. 외래 튀어 가."

"어…… 네."

"2…… 아니, 경원이도 외래로."

"네?"

"외래."

"아, 네."

강혁의 말에 모두들 진료실로 복귀했다. 강혁 또한 마찬가지였는데, 농장으로 가 소식을 전했던 셀바라사 또한 돌아와 있었다. 깔끔했던 바지에 온통 진흙이 튀어 있었다. 오가는 길이 역시나 만만치 않은 모양이었다.

"잘하고 온 건가?"

"아, 네. 아쉬워하는 사람들이 있기는 한데……. 그렇다고 농장에 있는 모든 사람들이 다 올 수는 없어서요."

"그렇지. 다 어딘가 아프긴 하겠지만."

아무리 생각해도 제대로 된 노동이 아니었다. 하필 차나무가 사람 키만큼 커다란 것도 아니지 않은가. 새 찻잎을 따서 담아야 하는데, 그러려면 고개를 숙여야만 했다. 또 어떤 상황에서는 오히려 손을 높이 올려야 하기도 했다.

"농장으로 간 거야, 아니면 숙소로 간 거야?"

강혁은 창밖에 보이는, 여전히 줄지어 서 있는 환자들 대신 콜롬보 대학교 타밀계 동아리 대표인 셸바라사를 바라보았다. 가명인지 뭔지는 모르겠지만, 하여간 스리랑카 정부에서 나름대로 지명수배까지 했던 사람의 이름이었다. 같은 뿌리를 공유하는 타밀족의 고통을 외면할 수 있을 것 같지 않았다.

"숙소로…… 갔습니다."

"롱하우스?"

"아, 그게 그런 이름이군요."

롱하우스라고 하면 어쩐지 좀 운치 있어 보이겠지만 실상은 컨테이너 박스의 연속이었다. 그 안에 수많은 노동자들이 한데 엉켜 살았다. 사생활 보호 따위는 그 어디에서도 찾아보기 어려웠다. 다국적 차 기업들이 이 지역 노동자들을 어떻게 생각하고 있는지 단편적으로 보여주는 증거라고 할 수 있었다.

"그래, 이름도 있어. 어땠어?"

"처참하던데요. 저는……."

"정글이랑 비교하면 어떨까. 내전 끝났다는 거 알고 있으니까 뭐 따로 변명할 필요는 없어."

타밀 타이거로 대표되는 타밀족 군벌은 주로 스리랑카 북부에 위치한 정글을 활동 무대로 삼았다. 전투 양상은 필연적으로 게릴라전을 띨 수밖에 없었고, 당시 정글에서 생활했던 타밀 타이거 측의 일상은 안온한 삶과는 거리가 있었다. 셸바라사야 그 당시 그곳에 있지는 않았지만 수없이 많은 증언을 들었고 또 테이프를 본 바 있었다. 그걸 보면서 복수심을 불태웠던 적도 있었다.

'오늘 본 건……. 그건…….'

하지만 이렇게 비참하지는 않았다. 정글에서의 삶은 고단했을 지언정 서로에 대한 존중은 있었다. 애초에 내전의 원인이 싱할라족에 대한 타밀족의 저항과 지위 복권 등이 아니었던가. 물론 그 과정에서 각종 테러를 일으키는 등 잘못을 저지르기는 했지만 적어도 동족끼리 그런 짓을 저지르지는 않았다.

"오히려 더했을 거야. 그래도 타밀 타이거는 뭘 좀 받았잖아?"

강혁은 셸바라사의 참혹해진 속내를 훤히 들여다보면서 말을 이었다. 셸바라사는 그런 강혁의 말에 뼈가 있어서 놀랐다. 스리랑카의 주류 부족은 싱할라족이었지만 전 세계적으로 보면 딱히 그렇지가 않아서 여기저기에 위치한 타밀들이 타밀 타이거를 후원하지 않았던가. 그 때문에 수적으로 터무니없을 정도로 열세였던 타밀이 어느 정도 우위를 점했던 적도 있었다. 심지어 콜롬보에 전격적인 폭탄 테러까지 진행했던 때도 있을 지경이었다.

"그렇…… 그렇습니다. 전 이런 정도인지 몰랐어요."

"몰랐겠지. 이런 줄 알았다면 그냥 두지는 않았겠지."

"백 교수님."

셸바라사는 어느새 콧잔등까지 우스꽝스럽게 내려앉아 있던 안경을 제자리에 맞춰놓으며 강혁을 불렀다.

'셸바라사 디아디니. 현재 스리랑카 내 타밀계 정치인 중 가장 유력 인사인 벨라유담 디아디니의 아들이라고 했던가.'

강혁은 대사관에서 섭외했다는 소식을 들었을 때부터 행했던 뒷조사의 결과를 떠올렸다. 다른 학생들 중에도 물론 이력이 좀 특이한 친구들이 있기는 했지만 이 녀석만 한 놈은 없었다.

'자기 아버지와는 완전히 다른 행보를 걸으려고 한다지.'

벨라유담 디아디니는 한때 타밀 타이거의 간부이자 주요 지도자 중 하나임을 자처했을 정도로 극단적인 종족주의자였다. 수천의 저항군과 함께 투항한 데다가, 어느 정도 정보까지 흘려 당시 수뇌였던 벨루필라이 프라바카란의 위치까지 넘겨준 공으로 현재 지위를 획득하긴 했으나 타밀족의 독립까지 주장했을 정도로 급진적인 면이 있었다. 하지만 그 아들은 전혀 달랐다.

'이 녀석은 온건주의자야. 부잣집 도련님으로 컸으니 그럴 수밖에 없지.'

"왜."

"저희가 계속 이 활동을 돕고 싶습니다. 어떻게 하면 될까요?"

"아르바이트 비용……. 후하게 주기가 어려운데. 한 번 오면 보통 1주일은 있어야 하잖아?"

"숙식만 해결해주시면 동아리 활동으로 어떻게 해결해보겠습니다."

"숙식이라……."

강혁은 짐짓 곤란하다는 표정을 지으며 창밖으로 시선을 던졌다. 깜깜해진 와중에도 이리저리 뛰어다니는 학생들이 보였다. 설문지를 읽어주고 또 그들의 말을 의료진에게 제대로 된 영어로 통역해주기 위함이었다. 진료에 있어 필수적인 역할을 하고 있다, 이 말이었다.

'없으면 돈 주고 고용이라도 해야 할 판이야.'

그런데 숙식만 주면 오겠다? 그렇다면 땡큐였다. 하지만 여기서 덥석 받으면 또 수상히 여길 수도 있었다.

"오늘 보니까…… 아무래도 학생들이라 그런지 어설퍼."

"그건……."

"한 번 오면 오늘 온 것보다 두 배는 와야 될 것 같은데. 지금도 보라고. 뭘 해야 될지 모르고 뛰어다니기만 하잖아."

강혁은 속으로 미안하다고 되뇌면서, 아마도 저녁도 못 먹고 뛰어다니고 있을 학생 하나를 가리켰다. 실은 우왕좌왕하는 게 아니라, 급한 질환이 있음을 의미하는 질문에 그렇다고 답해서 앞으로 빼는 와중이었으나 지금 중요한 것은 그게 아니었다.

'큰 그림을 그리고 있거든.'

대를 위한 소의 희생이라는 말처럼 의사가 쓰기에 위험한 말도 없다고 생각하는 바이지만, 그럼에도 강혁은 필수 불가결한 일일 때가 있다고도 여기는 편이었다.

"그건…… 몇 번 반복을 하면……."

"이봐, 동아리 회장. 우리 여기 1년을 반납하고 온 거야. 아니지. 나랑 몇몇은 이곳에서 계속 이런 식의 진료를 하려고 온 거라고. 그런 말랑말랑한 생각으로 온 게 아냐. 성과를 내야 해."

"그……."

"저런 식이면 오늘의 두 배는 와야 해."

강혁은 필사적으로 불만이라는 표정을 지으며 말을 이었다. 원래 연기력이 뛰어난 인간 아닌가. 제아무리 뼈대 있는 가문 출신이고 또 원대한 꿈을 꾸고 있다고 해봐야 셀바라사는 애였다. 이제 겨우 스물두 살 애송이. 속이려고 작정하고 덤비는 강혁을 당해낼 수는 없었다. 상대가 너무 나빴다.

"그거 숙식 다 대려면 힘들어. 그렇다고 학생들한테 회비를 걷을 수는 없고…….."

"회비요?"

"오가는 것도 다 뭐 회장 돈으로 하려고? 그게 되겠어? 여기서 콜롬보가 얼마나 먼데. 이번에야 대사관에서 대절해줬지만……. 매번 기대할 수는 없어."

대한민국 대사관은 정말이지 바쁜 몸인데다가, 한석준이라는 직원까지 내어준 참이었다. 여기서 해보니까 안 되겠다고 버스 매주 달라고 하면 어떻게 나올까. 그래봐야 찍어 누르면 되기는 하겠지만, 아직 그런 카드를 쓸 때는 아니었다.

'언제 또 뭐가 필요할지 모르지.'

몇 번 못 쓸 카드는 슬쩍 내비칠 때가 무섭지, 막상 내려놓으면 속만 후련해질 뿐이었다.

"오가는 건 저희가…… 저희가 해결하겠습니다. 학생들 중에 아마 이런 쪽으로 인맥이 있는 사람이 있을 거예요."

"그래?"

"네. 하지만 숙식은……. 아시다시피 저희가 학생이라 너무 큰 돈은 마련하기가 어렵습니다."

"그건……. 그건 내가 어떻게 해볼게. 혹시 의료계 쪽 학생이 있으면 와서 뭔가 배우는 것도 가능해. 수술방이라든지. 아니면 병동 일이라든지."

딱 지금만큼의 인원이 오면 당연히 그건 무리였다. 환자 정리하는 것만 해도 뒤지겠는데 무슨 놈의 다른 일을 한단 말인가. 하지만 두 배가 온다면 절반은 어떻게 굴리든 강혁의 자유였다. 달리 말하면 수술실 들어가서 당기거나 병동에서 환자 나르는 등의 잡무를 시킬 수 있다, 이 말이었다. 어떻게 보면 의료법 위반일 수도 있겠으나, 애초에 의료인이 턱없이 부족하거나 없는 상황인데 어찌 의업을 의료인에게만 맡긴단 말인가.

"오……. 그것도 됩니까?"

"뭐 원한다면……. 학생들이니까 그 정도는 해줄 수 있지."

사실은 이쪽에서 빌어야 마땅한 일이었다. 하지만 강혁은 원래 상대가 상황을 헷갈리도록 만드는 데 대가이지 않은가. 셀바라사가 도리어 굽신거리고 있었다.

'뭐……. 그 꼴을 보고 왔으니 어찌 보면 당연하지.'

눈을 떠도 감아도 아까 보았던 참혹한 광경이 자꾸만 아른거렸다. 환자로 병원에 이렇게 많이 몰려온 것만 해도 충격인데, 그들이 삶의 터전으로 삼고 있는 곳의 광경은 도를 지나쳤다.

"제가 모집하겠습니다. 생각보다 의료 쪽으로도 학생들이 꽤 많이 있습니다."

"그래? 그건 잘된 일인데."

"네, 최선을 다하겠습니다. 부디 허락해주십쇼."

"일단……. 내가 어떻다 말할 수 있는 부분은 아냐. 봐서 알겠지만, 의사만 다섯이고 더 충원될 거야. 이곳을 변화시키길 원하는 건 너뿐만이 아니라 우리도 마찬가지야."

"어……, 어째서 그렇게까지 해주십니까?"

강혁은 우리나라도 받았거든 같은 말이나, 의사로서 당연히 해야 하는 일이라거나 하는 낯 뜨거운 말을 꺼내지 않았다. 대신 그냥 웃으며 말을 이었다.

"노력하면 좀 변할 것 같아서. 자신 있거든."

"아……."

"아무튼, 나가봐. 여기도 진료 봐야지."

"아, 네. 꼭 좀 긍정적으로 생각해주십쇼. 숙식 해결 안 되더라도…… 소수라도 오도록 하겠습니다."

"알겠으니까, 나가보라고. 진료 봐야지. 저 사람들 밤새게 놔둘 거야?"

"아, 아닙니다. 네."

강혁은 셸바라사의 곧은 심지를 바로 읽어낼 수 있었다.

'완전히 넘어왔네.'

당연한 일이었다. 무려 탈레반 놈들이나 CIA도 부려대는 것이 강혁이지 않은가. 조금 똑똑하다고 해봐야 어디까지나 학생일 뿐인 녀석을 휘어잡는 건 일도 아니었다.

'좋아. 더 가까이 갔다.'

*

"어우……."

한유림이 기지개를 켜며 신음을 흘렸다. 칠흑같이 어두운, 별과 달만이 반짝이고 있는 하늘 아래 선 채였다.

"뒤지겠다······."

나이 많은 한유림만 그러고 서 있는 게 아니었다. 재원 또한 비슷한 얼굴로 역시나 비슷한 말을 읊조렸다. 경원이나 리처드, 장미나 샘 등도 마찬가지였다.

'이제 좀 쉬고 싶다······.'

휴식이 간절했다. 그럴 수밖에 없는 것이, 아침부터 시작된 진료가 새벽 1시가 다 되어서야 끝난 참이었다. 수술이 아니라 진료만으로 이렇게까지 늘어졌기에 피로감이 더했다. 수술이 더 힘들지 않나? 싶을 수도 있겠지만, 외래 진료라는 건 계속해서 새로운 질환을 탐색하고 고민해야 하는 과정인 동시에 아예 모르던 환자와 관계를 쌓아나가는 과정의 연속이었다. 그에 비하면 수술은 고도화된 치료의 일종일 뿐이지 않은가. 둘 사이에는 도무지 메우기 어려운 간극이 있었다.

"첫날인데 어땠냐?"

강혁은 그런 이들 모두의 마음에 돌덩어리를 하나씩 얹어놓았다. 체감상 이제 한 달쯤 됐나 싶은데, 첫날이라니. 한구에서의 경험 덕에 제법 봉사에는 이골이 붙었다 할 수 있는 한유림조차 한숨이 절로 나오는 상황이었다.

"아, 첫날이지."

"어땠냐고."

"힘들지······. 뒤질 것 같아······. 외래만 이렇게 본 건 또 처음이네."

　재원이나 리처드, 강혁은 하나 아니면 두 개씩 간단한 수술이
라도 했지만 한유림만은 하루 온종일 외래만 본 참이었다.

　"좀 다르죠?"

　"어. 달라. 한구랑은 완전히 달라. 이 사람들은…… 그냥 지나
가는 사람 아무나 붙잡아 와서 어디 아프냐고 해도 다 만성 질환
자들일 것 같은데."

　그래서 더 느낀 바가 있었다. 한구와는 질적으로 다른 곳이었
다. 그냥 가난하기만 한 게 아니라, 착취당하고 있었다. 한 세기
도 더 전에 다 끝났을 거라 생각했던 노예제가 눈앞에 펼쳐져 있
었다.

　"내 생각하고도 달랐어요. 여기 진짜 만만치가 않은데."

　한유림의 엄살이 아니었다. 무려 강혁 또한 비슷한 생각을 하
고 있었다. 각오는 하고 온 참이었다. 강혁은 이미 이 지역에 대
한 사전 정보를 어느 정도 듣고 오지 않았던가. 이러이러한 작업
들을 하고 있으니 근골격계 질환들이 있겠다, 환경이 이러니 눈
이 안 좋겠다 등의 예상은 가능했다는 말이었다.

　'그뿐만이 아냐.'

　하지만 인간의 몸은 유기적으로 연결되어 있다는 것을 잠시
잊었다. 지나친 수준의 근골격계 질환에 영양 결핍이 더해진 상
태로 아무런 관리가 이루어지지 않는 상황이 지속되면 그 외에
도 아주 많은 문제들이 발생했다.

　'고혈압에 당뇨……. 거의 기본으로 깔고 있어.'

농장주들이 체감할 정도로 문제가 불거져 나오지 않은 것은, 너무 짧은 수명 탓이었다. 이 두 질환은 실제로 최종 질환을, 그러니까 뇌졸중이나 신부전증, 실명, 당뇨성 족부 괴사 등을 일으키기까지 시간이 오래 걸리지 않던가. 그 전에 죽어버리면 별다른 이상을 알아차리기 어려웠다.

"치아가 진짜 개판이던데."

"아냐, 아냐. 눈이 진짜 급해."

"귀 안 들리는 사람들도 많던데요? 아니……. 내가 보니까 고막이 없는 사람이 왜 이렇게 많아?"

"간도 그래. 여긴 간염이 창궐하나봐."

문제는 그뿐만이 아니었다. 외래에 참여했던 모든 이들이 자기가 보기에 제일 심각했던 문제들을 하나씩 꺼내놓기 시작했는데, 그것만으로도 한가득했다. 근골격계 질환 같은 건 그냥 저리 치워 두고서도 그랬다.

"그럼 일단 내과 하나 데려오고."

강혁은 그들의 말을 들으며 손가락을 하나 접었다.

"음."

그 순간 분위기가 바뀌었다. 분명 손가락만 접은 것 같은데, 누군가의 인생이 접힌 듯한 느낌이라고 해야 할까? 한유림은 이름 모를 내과 의사의 명복을 빌어주었다. 강혁은 당연하게도 멈출 생각이 없었다.

"안과랑 이비인후과, 치과는 데려올 놈 있으면 데려오는데 정안 되면 단기로라도 끌고 오고."

"음."

이제 접힌 손가락은 네 개. 아직도 여섯 개가 남아 있었다.

"부인성 질환을 앓고 있는 환자도 많아 보이던데요?"

한유림은 입을 다문 지 한참이었지만 경원은 그러지 않았다. 남들이 끌려와서 무슨 일을 하게 되든 말든 그게 대체 무슨 상관이란 말인가. 눈앞의 참상이 너무 했다. 특히나 경원에게는 더더욱 강하게 다가왔다. 아무리 중증외상센터에서 올라운더로 뛰었다고 해도 마취과는 마취과이지 않은가. 이곳에서처럼 환자와 가까운 거리에서 호흡을 맞춰본 경험은 없었다.

"아, 그래. 산부인과. 콜."

강혁은 손가락 다섯 개를 접고는 다른 손을 들었다.

"아파하는 환자들도 너무 많지 않던? 약으로 그게 되겠어? 주사도 좀 놓고 해야 될 것 같은데."

벌써 손가락 하나를 접으면서였다.

"네?"

"통증의학과 하나 불러. 네가 책임지고 찾아라, 이건. 요새 기술 좋다며. 주사 하나 놓으면 확 좋아진다던데?"

"아……. 요새 통증 장난 아니긴 하죠."

"그러니까, 동기 하나 불러와."

"아, 네. 그렇게 하겠습니다. 확실히…… 여기서는 통증 관리가 제일 중요할 것 같긴 해요."

눈이고 나발이고 아파서 허리를 못 펴거나 주춤주춤 걷는 이들이 태반인 곳 아니던가. 그게 제일 급해 보인다, 이 말이었다. 일상이 지옥과 동의어로 쓰일 수 있을 지경이니 당연한 일이었다.

"소아과 아는 놈 있어?"

강혁은 또 하나의 손가락을 접었다. 그제야 나머지 인원은 오늘 본 환자들 중에 소아는 단 하나도 없었다는 것을 깨달았다. 어른들도 죽어 나가는 현장에서 아이들에게 과연 인권이라는 것이 있을까. 예방 접종은 맞고 있을까? 절대 그럴 리가 없었다.

"아……. 저요."

"1…… 아니, 재원이?"

"네. 소아과 친구들 있죠. 개원 준비하는 애 있는데 지금 시간 좀 있을걸요."

"오케이, 그럼 소아과는 됐고."

강혁은 소아과까지 해결됐다는 말에 씨익 웃으며 장미를 돌아보았다. 평소와는 달리 풀 죽은 것처럼 보였다. 실상 제일 고생한 사람 중 하나이기에 그랬다. 교육에 일가견이 있다는 이유로 복용법부터 장루 관리까지 모두 가르친 탓이었다.

"간호사 쪽은 어때?"

"뭐……. 샘이 있고 간호장교들도 있어서 인력 문제는 별로 없어요."

"타밀어가 문제 되지는 않고?"

"문제 되죠."

확실히 간호사는 강혁의 강력한 요구 덕에 미군에서 지원을 해줬기에 인력이 부족하진 않았다. 오히려 병원 규모에 비하면 인력이 과하다고도 할 수 있을 지경이었다. 하지만 타밀어 구사가 가능한 사람이 없지 않은가. 처음엔 대강 영어로 극복할 수 있지 않을까 싶었다. 어차피 스리랑카도 영국의 식민지였을뿐더러 공식 언어로 영어가 채택되어 공공기관에서는 모두 영어로 소통했기 때문이었다.

"오케이, 그럼 타밀어 강사랑 현지 간호사."

강혁은 장미의 얼굴을 보면서 손가락 두 개를 접었다. 이제 남은 것은 하나뿐이었다. 처음엔 열 명이나 인생을 조질 셈인가 싶었는데, 막상 여기까지 오자 딱 하나 남았다는 사실이 조금 아쉽기도 했다. 생각해보면 이곳엔 아무리 많은 사람들이 와도 부족할 것 같아서였다. 그야말로 아무것도 없는 곳이지 않은가. 아니, 없는 것을 넘어 마이너스인 지역이었다.

"어, 왜 그냥 접어?"

정형외과를 불러야 하나, 아니면 재활의학과를 불러야 하나, 아니면 정신과를 불러야 하나. 한참 고민하고 있던 한유림은 말도 없이 접혀버린 강혁의 손가락을 황망한 얼굴로 들여다보았다. 강혁은 그런 한유림을 돌아보며 씩 웃었다.

"이미 정한 게 있거든."

"뭐…… 뭘?"

"잠깐 고민했어. 이 사람들 언어를 한글로 표기하도록 할까. 실제로 그런 사례도 있잖아요?"

"아……."

누누이 얘기했듯 문자는 인류가 발명한 여러 도구 중 가장 강력한 것이라 볼 수 있었다. 고유 문자 체계가 있는 언어권의 민족들은 그렇지 못한 민족들에 비해 으레 더 강력한 문명을 향유하기 마련이었다. 말에서 말로 이어지는 지식보다 문자로 이어지는 지식이 더 방대할 수 있을 뿐더러 영속성 측면에서도 훨씬 우월했기에 그랬다. 같은 이유로 고유 문자 체계가 없는 언어를 가진 민족들은, 그 민족의 정체성이라 할 수 있는 언어 자체가 사멸할 위기에 처해 있었다. 그러한 언어들의 문자로 한글이 쓰이고 있었다. 그 어떤 문자 체계보다 직관적이기에 그랬다.

"근데 대학생들한테 물어보니까, 타밀어는 문자가 있더라고. 더럽게 어려워 보이긴 하지만…… 어찌 됐건 이 사람들도 나중에는 여기서 벗어날 수 있어야 할 거 아니겠어요?"

"그야 그렇지. 언제까지 여기에 있겠어."

물론 한유림은 강혁이 이곳의 노동 환경 자체를 뒤바꿔버리길 원한다는 것 정도는 알고 있었다. 일개 의사가, 그것도 기껏해야 봉사 온 입장에서 그런 큰 꿈을 꾸는 게 말이나 되나 싶겠지만, 백강혁은 달랐다. 이 인간은 다른 의미에서 답 없던 한구를 탈바꿈시켜버리고 여기에 온 참이었다.

"그래서 좀 가르칠 수 있게 학교를 만들어보려고. 지금 다 늙어버린 사람들이야 어쩔 수 없을 텐데…… 그나마 알아보니까 어린애들까지 차밭에 데리고 가진 않더라고. 이 새끼들이야 철저히 비용 효과로 움직이니까."

"아……. 비용 효과."

한유림은 인도주의가 그래도 남아 있나 했다가 뒤통수를 맞은 얼굴로 고개를 끄덕였다. 그럼 그렇지 하면서였다. 하여간 개새끼들이었다. 사람이 같은 사람에게 어찌 이럴 수 있을까.

'지들은 더없이 호화스러운 생활을 하면서 말야.'

여전히 농장주들과 회사 관련자들이 모여 있던, 전 가버너 저택의 전경이 선명하게 떠올랐다. 고급 시가에 보르도 와인이 놓여 있던 광경이라니. 거기에 고풍스러운 가구와 도자기 그리고 박제된 들짐승들까지. 무엇 하나 이곳 서민들의 삶과 연관이 있어 보이는 물건이 없었다. 그야말로 귀족적이었고, 그래서 더 보기가 싫었다. 그들의 부가 어디서부터 흘러왔는지가 한눈에 보여서였다.

"근데 그거 가르칠 만한 사람이 있나? 타밀어……. 문자가 어렵다면서? 한구에서야 무슬림 학자 한 명 정도만 섭외하면 됐었지만 여기는 그게 아니잖아."

"쟤들 있잖아요."

한유림의 걱정스러운 표정과는 달리, 강혁은 여유가 넘쳤다. 턱으로 지금도 분주히 움직이고 있는 콜롬보 대학생들을 가리키면서였다.

"저 사람들? 아니, 학생들인데 시간이 되나?"

"된대요."

"벌써 얘기가 됐어? 하긴 없으면 안 될 것 같긴 한데……. 아르바이트비라도 주나?"

"아니, 숙식만 제공."

"숙식만? 그건……, 그건 너무……. 백 교수 또 후려친 거야?"

"후려치긴. 자기네 민족 일인데, 자기네들이 알아서 해야지.

당연한 거 아냐? 심지어 우리가 메인이고 쟤들은 보조잖아요."

"그 뭐……. 그렇긴 하네, 또."

열 개의 손가락이 접히고 얼마 지나지 않아 일행 모두 숙소로 돌아갔다. 오늘만 날이 아니지 않은가. 당장 내일도 다른 농장이 예약되어 있었다. 서로 다른 차밭이 천 개 이상 갈라져 있다 보니 그럴 수밖에 없었다.

'그나마 내일은…… 좀 작은 농장이라고 했지.'

강혁은 침대에 홀로 누운 채, 아직 커튼을 치지 않아 무엇 하나 가리는 것이 없는 밤하늘을 올려다보았다. 가로등 불빛 하나 찾아보기 어려운 곳이라 그런지 별이 많았다.

'고작해야 200명짜리 농장이라. 음.'

그렇다면 오후에 다른 농장을 수배할 수도 있겠지만 굳이 그러진 않았다. 오늘은 어떻게 넘어가긴 했으나 아직 자리 잡지 못한 병원이지 않은가. 아무리 다들 베테랑들이라 해도 합을 맞춰 보는 건 또 완전히 다른 얘기였다. 게다가 누와라엘리야에 대한 봉사는 마라톤보다도 더 긴 장거리 달리기가 될 터였다. 초장에 모든 힘을 소진할 필요는 전혀 없었다.

'좋아, 잘까.'

해서 강혁은 아쉬움을 애써 뒤로하고 잠자리에 들었다. 이제는 1인씩 각방을 쓰게 된, 옆방에 있던 한유림 또한 마찬가지였다.

'힘들었다……. 외래만 줄곧 보는 거……. 이거 만만히 볼 일이 아니네…….'

아니, 모든 이들이 그랬다. 원래 현장에서의 첫날밤에 바로 잠들기란 그리 쉬운 일이 아니었다. 강혁이나 한유림은 이미 한구에서의 혹독한 수련을 받았는데도 이러고 있지 않은가. 단기 경험만 있을 뿐, 장기 봉사를 위해 현장으로 온 것은 처음인 한국대학교 병원 팀들은 더더욱 생각이 많았다.

'이럴 줄 알았으면 나도 통증 좀 배워놓고 올 것을…….'

'내가 여기서도 훈련 잘 시킬 수 있을까? 솔직히 영어…… 백 교수님처럼 할 자신은 없는데.'

'확실히 달라. 한국대학교 병원하고는 또 다른 차원으로 빡센 느낌이야……. 음.'

경원은 더 철저히 준비해오지 못한 데에 대한 반성을 했고, 장미는 누구라도 더 열심히 가르치기 위한 각오를 다졌다. 재원은 누가 노예 1호 아니랄까봐 새로운, 그러니까 지금껏 겪어보지 못한 고생길에 설렘을 느꼈다.

'아싸, 이제 혼자다.'

기쁨에 들뜬 것은 리처드뿐이었다. 그는 누와라엘리야에서는 1인실을 쓸 거란 얘기를 듣자마자 준비했던 태블릿 PC를 꺼내 시간을 보내고 있었다. 누군가 중간에 들어오게 된다면 매우 곤란한 지경에 이르게 되겠지만 야심한 밤인데 대체 누가 들어오겠는가.

'샘 눈치 본다고……. 어휴…….'

리처드는 안심한 얼굴로 혼자만의 시간을 즐기고 있었다. 벌컥. 누군가 문을 열고 들어와 화석처럼 굳기 전까지는 그랬다.

"주, 중령…… 중령…… 중령님……."

자신을 존경해 마지않는다고 했던 운전병이었다.

"뭐, 뭐야!"

리처드는 일단 이불을 뒤집어쓰고는 물었다. 운전병은 바로 말을 잇지 못했다.

'뭐냐고? 내가 할 말인데요?'

마법의 주문이라도 알았다면 속으로 이 황당함을 조금이나마 달랠 수 있었을 텐데, 안타깝게도 운전병에게는 한국인 친구가 없었다. 물론 리처드가 몇 번인가 강혁과 통화하면서 시발거리긴 했지만, 이게 감정이 통하지 않으면 절대로 이해할 수 없는 말 아니던가. 해서 그저 당황한 얼굴로 갈 곳 잃은 눈동자만 굴려대고 있었다.

"뭐, 뭐냐고."

그사이 어느 정도 진정한 리처드가 다시 물었다. 속옷을 입은 후였는데, 사실 이제 와 무게를 잡아봐야 무슨 소용이 있겠는가. 사람이 다른 사람에게 보여주기 가장 부끄러울 만한 모습을 보여준 참 아니던가. 리처드의 나이를 고려하면 더더욱 그러했다.

"그…… 출동 명령입니다."

하지만 운전병은 불타는 애국심으로 감정을 추슬렀다.

"응? 출동?"

어렵게 꺼낸 그 말에 리처드는 아까보다도 더 놀란 얼굴이 되었다. 출동이라니. 작전이 있으면 먼저 이곳에 알려주기로 하지 않았던가. 아니, 애초에 아직 수련받기로 한 군의관도 오지 않은 상황이었다.

"자세한 것은 저도 모릅니다. 하지만 중령님하고 백강혁 교수님 두 분을 호출해달라는 지시가 있었습니다. 지금쯤 백 교수님도……."

여전히 자리에 누워 '출동이라고?'만 몇 번인가 되뇌고 있으려니, 강혁이 병사를 밀치고 안으로 들어왔다.

"이 새끼 이거, 출동이라는데 군인이라는 새끼가 처 누워 있네 아주."

역시나 리처드를 갈구기 위함이었다. 오늘 하루 정말 힘들었을 텐데, 방금 리처드를 갈궈서 그런가 기운이 넘쳐 보였다.

"아니, 교수님. 이상하잖아요. 갑자기 출동이라니?"

"응급이 원래 그렇지. 아 오늘 이상한데, 이러다가 사고 나냐?"

"작전 시 발생하는 부상에만 투입되는 거 아니에요?"

"아냐, 인마. 그런 조건으로 이런 병원이 가능하겠냐? 숙소동만 봐도 얼마나 좋냐. 멍청아, 달라는 대로 다 줬어."

"저도 당사자인데, 저는 모르게요?"

"넌 미군이잖아. 미군 쪽에서 얘기 못 들었어? 왜 한국인인 나한테 그래."

"아."

듣고 보니 역시나 맞는 말이었다.

"안 일어나냐?"

"일어, 일어났습니다."

"다른 게 먼저 일어났는데? 이상한데? 호르몬 레벨이…… 네가 이럴 정도가 아닌데? 잘 때는 그냥 죽어 있어도 이상하지 않은데?"

"네? 아, 이거요. 하하."

리처드는 즉시 몸을 일으키고는 강혁의 생각지도 못한 지적에 다시 허리를 숙였다. 그래봐야 별 소용이 있거나 하지는 않았다. 강혁의 날카로운 눈은 온도조차 가늠할 수 있었다.

"태블릿 PC 화면만 꺼졌네? 소리는 나는 것 같은데. 환자가 내는 신음 같지는 않고……."

귀도 밝았다. 리처드로서는 발가벗겨지는 듯한 기분이었다. 애초에 벌거벗은 영상을 보고 있었으니 억울할 것도 없다 싶기도 했다.

"미친놈이 첫날부터 이 지랄이네. 넌 그냥 남들이랑 같은 방 써. 샘이라도 불러다 써. 이게 뭐야, 이게. 주체가 안 되니?"

"저, 병사도 듣고 있는데……."

"병사는 듣는 게 아니라 본 것 같구만, 뭐."

"그게……."

딱히 틀린 말은 아니지 않은가. 리처드는 이런 면에서는 또 양심이 있는 편이라 차마 뭐라 변명을 생각해내지 못했다. 대신 이 순간을 빨리 모면하기 위해 옷부터 입었다. 작전에 나서면 설마 이따위 얘기가 안 나오지 않겠나 싶어서였다.

"늦은 시간에 죄송합니다."

밖으로 나가자 라인 상사가 서 있었다. 어지간한 중령보다 귀하다는 미군 상사는, 뒤편에 대기 중인 지프차를 가리켰다. 온통 진창이나 다름없는 누와라엘리야의 일반적인 도로와는 달리, 지나치다 싶을 정도로 쭉 뻗은 도로 위에 서 있었다. 미군이 작전 수행을 위해 만든 비행장으로 통하는 도로였다.

"아뇨, 약속된 사항인데요. 근데 환자는 어떤 환자입니까?"

역시나 작전에 임하자, 강혁은 리처드에 관한 관심을 거두었다. 대신 환자에 대해 캐묻기 시작했다. 라인 상사는 자연스레 강혁과 리처드를 차량에 탑승시킨 후, 자신도 조수석에 오른 채 입을 열었다.

"지금 모가디슈 인근 해역이 개판인 건 알고 계실 겁니다."

"아, 그때."

강혁은 시에라리온 광산 이권을 두고 소말리아 해적 탈을 쓴 국정 불명의 PMC(Private Military Company, 민간 군사 기업)가 끼어들었던 것을 떠올렸다. 강혁 입장에서 보면 별로 중요한 일이 아니라 신경 쓰지 않고 있었지만 그 해역 인근에서는 그보다 중요한 사건도 드물었다. 아마 시에라리온이 아프리카 대륙 서쪽이 아니라 동쪽에 있었다면 전쟁이 벌어져도 이상하지 않았을 정도였다. 모든 개발에서 소외되고 있는 아프리카는 한 줌도 안 되는 관광 수요와 광산을 제외하면 그리 돈 될 만한 것이 없는 땅이지 않은가. 그중 근간이 되는 광산이 흔들렸으니, 그 와중에 미군과 한국군 등 연합군의 일원들이 죽거나 다쳤으니 난리가 날 수밖에 없었다.

"대대적인 해적 소탕 작전이 진행 중입니다."

"상대가 되지 않을 텐데."

강혁은 누와라엘리야까지 올라오던 길에 비하면 너무나 평탄

해서 마치 구름 위를 달리는 듯한 느낌을 받으며 질문을 이었다.

"그 와중에 반격이 있었나?"

"네. 말씀하신 대로 대부분은 초계함조차 버티지 못합니다. 아무리…… 해적들이 군벌들의 후원을 받거나 혹은 군벌 그 자체로 이루어졌다고 해도 그렇습니다."

소말리아의 군벌에게 무기를 넘기는 사람들은 미국인들이거나 미군 기업에서 무기를 사서 넘기는 중개인들 아니던가. 그렇게 넘어가는 무기는 다들 구형 무기였다. 아무리 무기 제조업체들이 국회에 로비를 하고 있다고 해도, 신형 무기를 정부의 승인도 없이 제삼 세계로 넘기는 것은 중범죄였다. 온갖 신형 무기로 떡칠한 미군 함대와 구형 무기, 그것도 한정된 수량만 가지고 있는 해적들이 싸우면 누가 이길지는 자명한 일이었다. 게다가 미군의 보복은 혹독하지 않은가. 그것이 두려워서라도 알아서 기었다.

"근데 어떤 미친놈이 덤비지?"

"알샤바브입니다."

"아."

알샤바브라면 충분히 그럴 수 있었다. 아프리카 동부를 주요 활동 무대로 삼는 이슬람 무장 단체. 광신주의만 해도 모든 것을 무릅쓰게 만드는 데 족함이 없는데, 이들은 거기에 더해 마약까지 쓰는 이들이었다. 마약에 취한 채 자동소총이나 RPG-7 등을 쏘아대는 이들은 미군 입장에서도 충분히 골칫거리가 될 만했다. 보복을 하려 해도 쉽지가 않았다. 종교가 섞여 들어간 집단은 민간인과 무장한 적이 쉬이 구분되지 않아서였다. 천진무구한 얼굴을 한 어린아이가 폭탄 조끼를 입고 달려드는 일은 이제 미군 교범에도 쓰여 있을 지경이었다.

"어떻게 하다가 다쳤지?"

"배에서 다친 건 아닙니다."

"그렇겠지."

미친놈들이 쏘는 총탄이라고 해서 위력이 올라가는 건 아니지 않은가. 달리는 배 위에서 갈기는 눈먼 총탄에 마구 다칠 정도로 기강이 해이한 군대도 아니었고.

"모가디슈 항에 기항한 상태에서 당했습니다. 거기 국경없는 의사회도 있는데……."

"NGO 단체도 건드렸다고?"

"그런 걸 신경 쓰는 놈들인가요?"

"아니지."

자기네 나라 사람들 고쳐주러 온 사람들의 목을 자르고, 돈을 요구하는 놈들이었다. 그나마 유서 깊은 NGO 단체들은 자체적으로 조심을 하는데다가, 용병도 고용하고 또 생각이 트인 군벌에게 보호를 받지만, 미친놈들의 방식은 일반인들로서는 예상이 어려웠다. 작정하고 덤벼들었다면 방법이 별로 없었을 터였다.

"폭탄이 터지고 2차로 총격이 있었습니다."

이제 일행은 비행기에 타 있었다. 에어 앰뷸런스였는데, 당연하게도 최신 기종이었다. 의료진 이송에도 꽤 신경을 썼기에 나일론 시트가 아니라 제대로 된 의자에 앉을 수 있었다.

"환자는 어떻게 다친 거지?"

"폭탄에 휩쓸린 이들은 전멸입니다. 총격에 휘말린 사람들은 치료 중입니다. 함대 군의관들과 국경없는의사회 소속 이들이 모두 동원되었는데, 국경없는의사회 측도 부상자가 많아서 치료가 더딥니다."

"그럼 우리 행선지는?"

"모가디슈에서 남남동으로 50km가량 떨어진 곳에 정지 기동하고 있는 함선입니다. 거기에 환자가 있습니다."

"오케이."

강혁의 답을 신호라고 여겼는지, 기장은 곧장 비행기를 출발시켰다.

*

모가디슈. 소말리아의 수도. 믿기지 않겠지만, 동아프리카와 인도를 잇는 항로에 위치한 데다가 경관이 좋아 한때 상당히 잘나갔던 항구 도시였다. 물론 지금은 전혀 그렇지 못했다.

"근데 거기……. 거기 요새는 좀 낫다고 하지 않았나?"

모가디슈는 현재 소말리아 해적들이 횡행하는 지역 중 하나이기도 하고, 또 그런 해적에게서 무역함을 보호하는 연합 함대 그리고 미 5함대 등이 주요 기항지로 삼는 곳이기도 했다. 미군에서 강혁과 리처드에게 제시했던 작전 지역 중 하나이기도 했다. 때문에 리처드는 관련 보고서를 꽤 읽어본 바 있었다. 그에 따르면 그나마 1990년대나 2000년대보다는 지금이 훨씬 사정이 낫다고 쓰여 있었다.

"뭐…… 인터넷도 되고, 나름 민간인 단체들도 있고요. 특히 유엔군이 주둔하면서 그 일대는 안전해진 것이 맞습니다."

라인 상사는 그런 리처드의 말에 팔뚝을 쓰다듬으며 입을 열었다. 습관인 듯했는데, 강혁은 왜 그런 습관이 생겼는지 알 것 같았다. 세월이 지났음에도 불구하고 긴 상처가 선명히 남아 있었다. 총탄 자국이었다.

"음."

리처드와는 달리 진짜 군인이란 얘기였다.

"하지만 여전히 항구에서 유엔군 기지나 민간인 부촌 지대로 가는 길목은 위험천만합니다. 주로 타깃이 되는 이들은 국경없는의사회와 같은 NGO 단체들입니다. 아무래도 봉사를 하다보니 안전지대에만 있지 않고 돌아다니거든요."

강혁은 라인의 말이 일정 부분 이해가 되지 않았다. 자연스러운 일이었다. 왜 군이 그 위험한 곳에 간단 말인가. 30년 넘게 내전이 진행 중인 곳이었고, 심심하면 폭탄이 터지고 총알이 날아드는 곳이기도 했다.

"그럼 미군은 이동하다 다친 건가?"

강혁은 잠시 라인의 눈을 바라보다가 입을 열었다. 그 말에 라인은 침음을 삼키고는 대답했다.

"네. 간혹…… 항구로 NGO 물자가 도착하는 경우가 있어요. 지금 모가디슈에 가 있는 국경없는의사회 소속 팀장이 미국인인데, 호위 요청이 있었습니다."

"호위 요청? 그런 것도 들어주나?"

"보통은 그렇지 않죠. 하지만 도움을 주고받는 사이라 들었습니다."

"아, 그럴 수 있지."

단지 다친 미군을 국경없는의사회 소속 인원들이 고쳐주거나 하는 일을 뜻하지는 않을 터였다. 그럴 이유도 없지 않은가. 미군은, 특히 함대를 끼고 있는 미군은 언제 어디서건 최상의 의료 서비스를 향유할 수 있었다.

'한구보다도 적과 민간인의 경계가 더 모호한 지역이지.'

아프리카 소년병 문제는 지금도 현재진행형이었다. 유니세프에서 가장 중점 사업으로 두고 있는 소년병은, 아주 어린 시절부터 마약과 폭력으로 길들여진 이들이었다. 군벌은 마을 하나를 초토화시키고, 해당 지역에 살고 있던 어린아이들을 군사화시키는 값싸고 효과적인 방법에 취해 있었다.

'보통은 구제 활동이나 치료 활동에서 걸리게 돼.'

아이들 앞에서는 아무래도 경계심을 풀게 되는 법이었다. 특히 미군처럼 이런저런 경험이 많은 군대가 아닌 민간인들은 더더욱 그랬다. 군벌은 이러한 점 때문에 더더욱 소년병을 악용했는데, 제아무리 약과 폭력에 길든 아이들이라 해도 아이들은 아이들이었다. 특히 또래 아이들과 있을 땐 순수함에 기반한 고백이 나올 수밖에 없었다. 울면서 잘못했다고 소리치는 아이들도 나왔고, 꽃이나 나무, 동물을 그려야 할 도화지에 시체나 총을 그리는 아이들도 많았다.

'구호 단체에서야 당연히 아이들을 즉시 격리하고 다른 곳으로 이송하지만…….'

군에서는 그 아이들에게서 습득한 정보를 이용해 군벌 토벌에 나섰다. 이 또한 아이들을 이용하는 것처럼 보일 수 있었지만, 더 많은 아이들을 보호하기 위한 방책이었다. 아프리카 대륙에서 군벌은 그저 악이었다.

"경계를 게을리하지는 않은 것 같습니다. 다만…… 놈들이 준비가 철저했어요. 아무래도 국경없는의사회 쪽이 미움을 단단히 산 모양이에요."

"사람들이 희망을 갖기 시작했나?"

"그건 모르겠지만, 군벌에 대한 두려움이 희석됐을 겁니다. 놈들이 제일 꺼리는 일이죠."

제아무리 총을 든 군벌이라고 해서 모든 지역을 실제로 통제하는 건 불가능했다. 이는 사실 문명사회에서도 마찬가지였다. 대한민국이 세계적으로 치안이 좋은 나라라고 하지만, 실제 모든 시간, 모든 지역에 경찰이 깔려 있는 건 아니지 않은가. 다만 뭔가 잘못했을 때 잡힐 수 있을 거라는 두려움 또는 믿음이 이를 통제하고 있을 뿐이었다. 군벌이 제대로 된 경찰력보다 나을 수는 없으니, 보다 이것에 기대고 있을 수밖에 없었다. 두려움이 희석된다는 말은 곧 군벌의 해체를 의미하게 된다는 뜻이었다.

"잔인하게 나왔겠는데……."

"네. 폭탄이 터졌습니다."

라인은, 누와라엘리야 레이더 기지에 있는 라인 상사는 아까 전달받았던 사진을 떠올렸다. 놈들이 노린 게 미군이 아닌 것은 확실했다. 그건 부담이었을 터였다. 하지만 휘말리기는 했다.

"호위 차량 뒤로 따라오던 화물 트럭은 아예 흔적도 찾기 어려워요."

"지뢰인가?"

"반응식은 아닙니다."

"보고 있었구나. 아, 아까 총도 쐈다고 했지."

"네. 곧장 대응 사격에 들어갔지만 이미 퇴로가 막혀서 상대하기 어려웠을 겁니다. 다행히 뒤따르던 부대에서 지원을 나가서 망정이지, 그렇지 않았다면 전멸했을 수도 있습니다."

"국경없는의사회 소속 인원들은?"

강혁은 이제 더 이상 국경없는의사회 소속은 아니었다. 하지만 그 단체가 얼마나 열심인지는 알고 있었다. 모가디슈에 있던 이들도 제인과 같은 마음이지 않겠는가. 그런 이들이 죽거나 다치는 것은 가슴 아픈 일이었다.

"파악 중에 있습니다만, 아마 많이 죽었을 겁니다. 대부분은 현지인들이죠."

"아, 그렇군. 아무래도⋯⋯."

"네. 주요 인사들은 병원에 있어야 하니까요. 로컬 직원들이 많이 죽었습니다."

"치료는 어떻게 하고 있지?"

강혁의 눈이 반짝였다. 대답 여하에 따라 미군에 대한 평가가 달라질 터였다. 라인은 그 눈빛을 받으면서 아까 전달받았던 사안 중 하나를 떠올렸다.

'백 교수, 나쁘면서 좋은 사람이야. 이렇게 답하도록 해.'

듣고 꽤 놀랐더랬다. 무조건 자국민 우선주의를 고수하고 있는 게 미군 아니던가. 단 한 번도 나쁘단 생각을 해본 적은 없다. 다른 사람을 챙길 수 있을 만한 환경이 아니니까.

"시신 수습은 이미 끝났고, 살아남은 이들 중 위독한 사람들은 함대에서 치료하고 있습니다."

"미 함대에서?"

"네."

"전혀 상관없는 사람들 아닌가? 국경없는의사회 소속이라고 해봐야 현지인들일 텐데."

"저도 현장에 있지는 않아서 잘 모르겠지만, 이렇게 들었습니다. 우선 살아 있는 사람은 모두 살려야 한다고."

"그래, 그렇단 말이지."

강혁은 고개를 끄덕이면서, 이번 작전의 대가로 요구하려 했던 바를 머릿속에서 지워버렸다.

'똑똑한 놈들이네.'

아마도 스미스의 조언이 있거나, 아예 그의 입에서 나온 말일 수도 있을 터였다. 강혁의 반응을 예상하고 한 일이겠지. 하지만 그럼 또 어떻단 말인가. 모든 일은 결국, 결과가 중요한 법이었다.

'너희들이 대가 없이 했으니, 나도 대가 없이 해야겠지.'

라인은 말없이 번지는 강혁의 미소를 보며 대체 이 사람이 어떤 사람이기에 사소한 감정 하나까지 위에서 신경을 쓰고 있나 싶었다.

"관제탑 신호 들어옵니다. 곧 착륙합니다."

한참 대화를 나누다보니, 어느새 도착이었다. 일반적인 에어 앰뷸런스, 즉 헬기 형태가 아니라 비행기였기에 가능한 일이었다. 어지간한 민간 항공기보다도 더 빠른 속도를 자랑하는 기종이었다. 그러면서도 감압 장치를 비롯한 기체 안전성도 최고였다.

'가격도 민간 항공기만큼 나간다고 했지.'

수백억을 호가한다는 얘기였다. 그걸 의료 작전을 위한답시고 떡하니 한 대 갖다놓다니. 확실히 미군은 통이 컸고, 또 의료에 대한 생각이 달랐다. 아무래도 계속되는 전투를 겪고 있는 데다가, 그로 인한 부상병들을 사회에서 목도하고 있기에 그런 듯했다. 아직까지 전투 부상의 후유증까지 어떻게 처리할 수 있는 수준은 아니지만, 뭐가 되었건 간에 최선을 다하고 있었다. 상이군인에 대한 예우와 관리가 향후 군 전체의 사기에 미치는 영향은 돈 따위로 계산할 수 없었다.

드드드드. 곧 비행기가 항공모함 위에 내려앉았다. 5함대의 주축을 이루는 USS 나미츠호. 우리가 흔히 항공모함이라고 하면 떠올릴 수 있는, 아주 거대한 배였다.

"와……."

"진짜 존나 크네."

리처드뿐 아니라 강혁도 처음 보는 크기의 배였다. 리처드에게는 강혁의 놀란 얼굴이 생소했다. 언제나 무심하거나 또는 그저 그렇단 반응 아니었던가.

"교수님도 처음 보세요?"

"너희들이랑 일하면서 보는 건 거의 다 처음 보는 거야, 나도. 이 비행기라고 전에 타봤겠냐? 이게 얼마짜린데. 세상에 있는지도 몰랐어."

"그래요? 아니, 근데 표정은 왜 그랬어요?"

"뭐, 뭐 인마."

"아뇨. 아닙니다."

"환자 볼 준비나 해. 놀러 온 거 아냐."

놀러 온 거라면 좋겠다 싶을 만큼이나 거대한 배였다. 마침 해가 떠오르고 있어 풍광도 아름답기 그지없었다. 저 멀리 아스라이 보이는 육지가 아마도 모가디슈 근방일 터였다. 가까이 가면 비극도 그런 비극이 없겠으나, 50km가량 떨어진 곳에서 보이는 모가디슈는 그저 평화로웠다.

"자, 내리시죠."

"그래, 갈까."

"갑시다."

비행기가 완전히 멈춰 서자마자 입구가 열렸다. 내려가 보니 군 의료진들이 기다리고 있었다.

"안녕하십니까, 리처드 중령, 백 교수님. 잭슨 소령입니다."

이미 5함대에는 강혁과 리처드가 참여하는 작전이 통보된 지 오래였다. 그래서 그런가 거부감이 있어 보이진 않았다. 아니, 오히려 환영하는 느낌이었다. 아무래도 강혁의 실력을 전해 들은 모양이었다.

"잭슨 소령. 어디에 있죠, 환자는?"

"수술방에 있습니다."

"수술 들어간 건 얼마나 됐죠?"

"1차로 들어갔다가…… 출혈을 잡지 못하고 나왔습니다. 지금 다시 시도 중인데……."

"안 되고 있군요."

"네."

"바로 들어가겠습니다. 영상은 가서 확인하죠."

"네."

"리처드, 너도 빨리 와."

"네."

'첫 출동이야. 반드시 살린다.'

강혁은 기적이라 불려도 좋을 정도의 실력을 보여주고 있는 자신의 손을 내려다보았다. 그것을 가능케 하는 날카롭기 그지없는 눈을 이용해서였다. 그 순간 리처드는 직감했다.

'환자는…… 살겠군. 지금 죽지만 않았으면, 살겠어.'

다다다. 강혁보다 앞장서 있던 군 의료진들은 모두 선실을 향해 뛰고 있었다. 강혁과 리처드 또한 그들의 뒤를 따라 달렸다.

'진동이 거의 없어. 바다가 고요해.'

원체 거대한 배이긴 했다. 배라기보다는 성이란 말이 훨씬 더 잘 어울릴 것 같을 정도로. 하지만 그럼에도 바다 위에 떠 있으면 얼마간 흔들리기 마련이었다. 전투기가 이착륙해야 하는 항공모함의 특성상 어느 정도는 보정이 가능하게끔 건조가 되어 있지만, 정도껏이라는 게 있었다.

'다행이야. 하늘이 돕는다.'

그런데 지금은 발을 통해 전달되는 흔들림이 거의 없었다. 강혁처럼 예민한 사람이 아니라면 이게 지상인지 어딘지 알 수 없을 정도였다.

"여기, 이 안쪽입니다."

선실 안으로 들어오고 얼마 지나지 않아, 의료진 하나가 문 쪽을 가리켰다. 공간이 협소할 수밖에 없는 배임에도 불구하고 상당히 거대한 문이 보였다.

"오."

해서 강혁은 그로서는 실로 드물게 놀란 표정을 지어 보였다. 일전에 5함대에서 보았던 것보다도 훨씬 거대해서였다.

"모함급은 원래 이렇습니다."

그리 드문 반응은 아닌 모양이었다. 앞서가던 의료진이 아이디 카드를 갖다대 문을 열면서 답해주었다.

"어지간한 병원이랑 다를 게 없네."

"그렇죠. 안에 영상 촬영 장치까지 있으니까요."

"역시. 천조국인가."

"네?"

"아냐. 1번 방인가?"

"네."

영상 장치라고 하는 게 무슨 X-ray 따위를 말하는 건 아닐 터였다. 적어도 미군에서 X-ray는 자랑할 만한 장비가 아니었으니까. 이놈들은 중동 사막에서 작전할 때도 텐트에 공조 시설까지 싹 마련하는 변태들 아닌가. 전투에 임할 때는 한없이 혹독해지는 놈들이지만, 그 외에는 절대적인 편의를 제공했다.

"오케이. 그럼 바로 손 닦고 들어가지."

강혁은 벌써 걸치고 왔던 재킷을 벗어 던지고 있었다. 리처드는 바닥에 떨어진, 가죽 소재의 재킷과 그 안에 숨겨져 있던 수술복 차림의 강혁을 바라보았다.

'이 인간은…… 숙소에서 잘 때도 수술복을 입고 자나?'

인턴, 레지던트도 아니고. 솔직히 나이도 마흔을 넘지 않았던가. 근데 왜 이러고 사는 걸까.

"네? 미리 안 보고요?"

"그럴 필요가 있나? 너도 빨리 벗어. 뭐야, 잠옷 입고 왔어? 잠옷 입냐?"

사람이 그럼 잘 때 잠옷 입지, 무슨 옷을 입어야 한단 말인가. 리처드는 퉁명스럽게 대꾸하고 싶었지만, 그러기도 쉽지 않았다. 어쩐지 주변에 있던 의료진들, 그러니까 원래 같았으면 같은 편을 들어줘야 할, 같은 미군들이 힐난하는 듯한 눈빛을 보내고 있어서였다.

'대체 왜 그러냐…….'

무리는 아니었다. 애초에 리처드가 이 작전의 총책임자이지 않은가. 365일 24시간 응급 콜이 있을 거란 것 정도는 다 숙지하고 있어야 한다, 이 말이었다. 그런데 이렇게 실크 잠옷까지 갖취 입고 자다 왔어? 심지어 위아래 색이 달랐다. 다른 짓을 하다 온 것은 아닌지 심히 의심 가는 정황이었다.

'아냐, 그런 거. 그건 진짜 아냐.'

리처드로서는 심히 억울했다. 그쪽으로는 특히나 그랬다.

"뭘 눈시울을 붉히고 있어, 미쳤어? 빨랑 튀어가서 옷이나 갈아입고 와."

"아…… 네."

해서 씰룩거리고 있으려니 아니나 다를까 강혁의 타박이 이어졌다. 등쌀에 못 이겨 자리를 비우자마자 강혁은 손을 부리나케 씻었다.

'총상. 이만한 설비가 갖추어진 곳에서…… 미군 군의관들이 해결 못 한 총상이라.'

어지간한 대학 병원 뺨치는 시설이었다. 솔직히 여기 오기 전까지만 해도 누와라엘리야 병원에 심히 만족스러웠는데, 딱 내리자마자 그런 마음이 싹 사라질 정도였다. 게다가 미군 군의관들의 외상 처치 실력은 대체로 알아주지 않는가. 지금이야 백강혁 때문에 세계 최고의 외상 외과 의사 타이틀을 잠시 넘겨주고 있지만, 집단으로 따지면 여전히 이쪽이 최고였다. 대체 뭔 놈의 총알을 어디에 맞았길래 이럴까. 드르륵. 강혁은 손끝에서 팔꿈치를 따라 뚝뚝 떨어지는 물줄기와 함께 수술실 안으로 들어갔다. 그리고 곧장 이놈들이 왜 자신을 불렀는지 알 수 있었다.

'가슴하고 목이라.'

용케 안 죽었다 싶었다. 목도 목인데, 특히 가슴은 치명상이었다. 총알이 왼쪽 가슴을 헤집고 지나간 모양이었다. 흉하게 벌어진 수술 부위는 어디라 할 것 없이 엉망이었다. 그나마 인상적인 것은 어떻게 지혈은 또 되어 있다는 점이었다. 여기까지 했으면 그냥 수술을 진행해도 될 터였다. 과정이 그렇다는 게 아니라, 이만큼 할 수 있는 사람은 나머지도 할 수 있었다.

'뭐야, 비밀 병기라도 키우나?'

강혁이 이런 생각까지 했을 지경이었다. 딱 봐도 심장에 부상이 있었다. 구멍이라고 해도 좋을 만큼 깊은 부상이었다. 하지만 피가 흘러나오지 않았다. 심지어 봉합 자국도 없었다.

'봉합이 아냐……? 아, 설마 그게 나왔나.'

마법사라도 있는 건가 하는, 말도 안 되는 생각이 스쳐 지나갈 때쯤, 보다 설득력 있는 기억이 떠올랐다. 2년인가 전에 온라인 학회에서 봤던 내용이었다.

"매트릭스 생체 겔 접착제인가?"

오래된 일이었고 스쳐가듯 본 내용이었지만 강혁의 우수한 두뇌는, 적어도 의학적인 내용에 있어서는 잊는 법이 없었다.

"어……. 네."

그 말을 들은, 방금 전까지 환자 목에서 출혈 부위를 찾고 있던 외과 의사가 고개를 끄덕였다. 대체 어떻게 알았나 하는 얼굴을 하고서였다.

"이거 아직 시판된 물건이 아닐 텐데?"

"네, 아직 시판 전입니다. 하지만 임상적으로 어느 정도 입증된 바가 있어서…… 따로 들여오고 있습니다."

"음, 그래. 그렇군."

중증외상센터에서 출혈은 가장 중요한 과제였다. 이 출혈을 얼마나 빨리, 효과적으로 처리하느냐에 따라 환자 예후가 달라졌다. 때문에 의학계에서는 의사 실력을 높이기 위한 노력만 기울인 것이 아니라 출혈을 막기 위한 물질을 개발하는 데 열을 올렸다. 그 과도기에서 쓰였던 것이 시아노아크릴레이트, 즉 순간 접착제였다. 수술에 본드를 쓴다고 하면 미친 거 아닌가 싶기도 하겠지만 실제 수많은 사람들이 본드로 되살아났다.

"이건 인체에 유해하진 않나……? 오래가진 않을 것 같은데."

"네, 일시적입니다. 바로 다른 처치를 해야 하는데……."

"그게 안 되겠군."

"네."

세포 독성이 있다는 것이 문제였다. 당장 죽게 생긴 마당에 그 따위 세포 독성이 문제인가 하고 쓰는 것도 하루 이틀이지 않겠는가. 해서 개선을 위해 여러 연구가 진행 중인데, 그 성과 중 하나가 바로 방금 강혁이 언급했던 매트릭스 생체 겔 접착제이었다. 갈라진 돼지 심장을 바로 붙여버리는 다소 충격적인 영상을 광고 영상으로 채택하고 있는 이 제품은 수많은 외상 외과 의사들이 기다리고 있는 제품이었다. 하지만 완벽하지는 않았다.

"이거 언제 발랐지?"

"가슴 열자마자……. 파열이 임박해 있어서 일단 뿌렸습니다. 그것 외에는 방법이 없었어요."

"음."

1차 수술 때 뿌렸다는 얘기였다. 그 말은 곧 서너 시간은 족히 지났다는 뜻. 곧 유효 기간이 다 될 터였다.

"봉합은…… 시도했구나."

"네. 근데…… 그 주변부 조직이 다 뭉개져 있어서 봉합이 안 됩니다. 오히려 그 때문에 죽을 뻔했어요."

"그래, 그렇지."

다행히 총알에 심장이 직접 관통당한 것은 아니었다. 총알은 심장을 비스듬히 비켜 나갔다. 스쳤다, 이 말인데 그것만으로도 심각한 부상을 입힐 수 있었다. 상처로 인해 얇아진 심장은 한 번 뛸 때마다 파열을 향해 달려갔을 터였다. 지금은 본드로 어느 정도 지연을 시키고 있는 셈이었는데, 그래봐야 일시적이었다. 심장 파열은 만만한 부상이 아니었다.

"일단 내가 한번 해보지."

"네? 봉합을……요? 저희 판단에는 근막 이식을 통해……."

"그것도 봉합이 된 다음의 얘기지."

"아니, 근데 봉합은……."

외상 외과의는 저어하는 얼굴이었다. 그럴 수밖에 없었다. 아까 봉합을 시도했던 것이 다름 아닌 자기 자신이었으니. 어찌나 부상이 심한지 바늘이 들어가는 족족 오히려 근섬유가 찢겨 나왔다. 회전 손상과 열 손상을 모두 입은 탓이었다.

"이봐."

강혁은 우려로 가득한 외과의를 불렀다. 방금까지와는 달리, 아주 낮은 목소리였다. 누구라도 집중할 수밖에 없도록 만드는 기운을 품고 있었다.

"네?"

"이런 것 시키려고 나 부른 거 아냐? 네가 할 수 있는 거면 뭐 하러 불러."

"아……."

강혁은 즉각 외과의를 배제시켰다. 그러곤 방금 항모에 비치되어 있던 수술복을 입고 들어온 리처드를 돌아보았다.

"리처드."

"네."

"보조해."

"네."

에어 앰뷸런스 내에서의 모습을 생각하면 안 될 일이었다. 리처드 또한 강혁이 인정한 제자 아니던가. 임박한 심장 파열을 마주하자마자 분위기가 변했다. 리처드는 즉시 강혁의 맞은편으로 이동해 자리를 잡았다.

"메인 상처는 내가 맡을 거야. 너는 이 뒤에…… 여기 보여?"

"네."

"약해진 부위만 단단하게 잡아놔."

"네."

어려운 술기였다. 눈만이 아니라 손과 경험 그리고 해부학적 지식 등을 총동원해야만 했다. 하지만 못하겠단 말 따위는 나오지 않았다. 그저 고개를 끄덕일 뿐이었다.

'잘하겠지.'

강혁 또한 그런 리처드를 신뢰했다. 강혁에게는 저 술기가 너무 쉬워서 착각하는 것만은 아니었다.

'이제 이놈도 꽤 괜찮은 외과 의사잖아?'

그간 쌓인 경험이 적지 않았다. 그 사실을 누구보다 잘 아는 것이 바로 강혁이었다. 눈앞의 리처드를 훈련시키고 굴린 것이 강혁이기에 그랬다.

"음."

해서 강혁은 즉시 눈앞의 상처에 집중했다. 지금은 본드에 의해 엉겨 붙어 있는 상처였다. 얼핏 보면 이대로 괜찮은 거 아닌가 싶을 수도 있겠지만, 심장은 그렇게 만만한 조직이 아니었다. 지금도 강혁의 눈에는 본드가 장력을 이기지 못하고 벌어지고 있는 게 보였다. 한시라도 빨리 봉합해야만 했다.

'흠.'

강혁은 봉합 기구를 집어 든 채, 아까 미군 측 군의관이 헤집었던 부위를 바라보았다. 다행히 한두 번 시도하고 말았기에 망정이지, 안 그랬다면 강혁 또한 시도조차 못 해볼 뻔했다. 이미 약해진 근육에 바늘을 꽂아 넣은 바람에 상처가 늘어나 있었다.

'아주 없진 않아. 살 수 있는 길이 있어.'

강혁은 그 상처를 제외한 봉합선을 그려 보았다. 거의 유일하다 할 수 있는 선들이 기적적으로 이어지고 있었다. 아직 튼튼하면서 동시에 봉합했을 때 지금 벌어진 상처를 효과적으로 닫을 수 있는 길이 딱 하나 있었다. 그 말은 절대, 정말이지 단 한 번이라도 실수해서는 안 된단 뜻이었다. 원래 수술이라는 게 사람

몸을 대상으로 하는 것이니만큼, 실수가 용납되지 않았지만 지금은 특히 더했다. 중압감에 짓눌릴 만도 할 텐데, 강혁은 그러지 않았다. 푹. 그저 담담한 얼굴로 그리 느리지도, 그렇다고 너무 서두르지도 않는 손길로 바늘을 찔러 넣었다. 언제나 눈앞의 환자에 최선을 다하고 동시에 그 뒤까지 바라보던 그 아니던가. 이만한 중압감은 여상한 것이었다.

푹. 강혁은 쉬지 않고 바늘을 찔러댔다.

잠재력 너머

'어떻게…… 저런 게 가능하지.'

아까 심장에 설익은 봉합을 시도했던 군의관은 마스크를 썼는데도 가려지지 않을 만큼 입을 크게 벌리고 강혁의 봉합을 내려다보았다. 그냥 보면 일반적인 봉합하고 별로 다를 바 없어 보였다. 하지만 부위가 심장이지 않은가. 게다가 그냥 심장도 아니고 다친 심장이었다. 총알이 바로 곁을 스치고 지나갔으니 조직 손상이 얼마나 심할까. 그 누구보다 봉합을 시도했던 군의관이 제일 잘 알았다. 푹. 하지만 강혁의 바늘은 귀신같이 단단한 부위만 찌르고 들어갔다가 반대편의 단단한 부위를 찌르고 나왔다.

"컷."

"네."

군의관은 어느새 그런 봉합의 보조가 되어 있었다. 벌렁거리는 심장에 대고 만든 매듭을 자르는 일이라, 보조라 해도 우습게 볼 만한 일은 아니었다. 게다가 눈앞에서 거의 기적이라 해도 좋을 만한 술기가 펼쳐지고 있는 마당 아닌가. 불평불만은커녕 집중 또 집중이었다.

"잘 돼가?"

오히려 강혁이 여유 있었다. 아까 본 선은 그대로였고, 아주 잘 따라가고 있었다. 자세히 보면 본드가 쩍쩍 벌어지고 있긴 했으나 예상 범위 내였다. 딱 계획한 대로만 봉합하면 그사이에 터지거나 하는 일은 없을 터였다. 다른 사람이 아닌 강혁의 계획이었다.

"아, 네."

해서 강혁은 잠시 눈을 떼고 리처드에게 맡긴 부위를 돌아볼수 있었다. 그래봐야 같은 심장이라 눈알을 조금 굴린 수준에 불과하지만, 그것만으로도 대단한 일이었다.

'뭐가 이래……'

군의관은 수술실이 아니었다면 입이라도 틀어막았을 거란 생각이 들었다. 반면 리처드는 그저 담담했다.

'이 사람도 잘하나?'

백강혁의 명성이야 익히 들어 알고 있긴 했다. 적어도 외상 외과 학회 내에서는 전 세계적으로 인정받는 사람 아니던가. 하지만 리처드는 어떨까. 인정은커녕 존재 자체도 잘 알지 못했다. 이번에도 백강혁이랑 같이 일했다, 뭐 이런 식의 얘기가 돌아서 부른 거지 리처드 자체의 명성은 하잘것없었다.

'허……'

하지만 고개를 딱 틀자마자 군의관은 리처드가 괜히 강혁과 함께 다닐 수 있는 게 아니란 것을 깨달았다.

"흠, 잘했네."

"그렇게 어렵지는 않아요."

"그래야지. 그래, 그렇게 해."

"네."

저쪽은 총알이 스쳐 지나간 부위의 후방이었다. 총알에 직접적인 손상을 입지는 않았단 얘기. 하지만 심장은 계속해서 뛰는 조직이었고, 그 때문에 손상이 진행되기도 했다. 바로 후방이 그랬는데, 그 탓에 이미 좀 얇아져 있었다. 강혁이 손댄 부위보다는 덜해도 꽤 성긴 조직이 되었다는 얘기였다. 그 부위를 리처드는 마치 정상 조직 꿰매듯 단단하게 당겨주고 있었다.

'저렇게 하면…… 심장이 조금 작아지긴 할 거야.'

멀쩡한 부위의 심장을 강제로 당겨 꿰매는 방식이었다. 심장이 과하게 커진 경우, 이를 보상하기 위해 시행하는 바티스타 술식과 닮아 있었다. 바티스타 술식은 칼로 저미고 봉합해야 하니 그 난도가 비교가 안 될 만큼 높았지만, 하여간 그 술식을 응용한 것으로 보였다.

'아까 그냥 꿰매라고만 했는데…… 그걸 저렇게 알아먹다니. 이 사람들 심장 전문인가……? 아니잖아.'

원래 있던 술식을 그대로 따라 하는 것도 사실 어려운 일이었다. 특히 외상 외과처럼 워낙에 많은 부위를 수술해야 하는 입장에서는 더더욱 그랬다. 하물며 그 술식을 응용해 전혀 다른 술식으로 바꾸어내는 건 어떻겠는가. 부위라도 익숙한 복강이라면 또 모르겠는데, 리처드는 심장을 꿰매고 있었다.

'리처드 중령……. 괜히 쾌속 진급하는 게 아니구나……. 이런 사람은 처음 봐. 아니…… 백강혁이 있으니 그건 아닌가.'

군의관은 이제 백강혁이 아니라 리처드의 손놀림을 보고 있었다. 강혁의 봉합이 보다 미스터리한 느낌이라면, 이쪽은 납득이 간다고 해야 할까? 아무튼, 지금은 무리더라도 나중엔 따라 할 수도 있겠단 생각이 들었다.

"컷."

"아, 네."

하지만 지금은 빨리 움직여야 할 타이밍이었다. 가뜩이나 심장 수술 중인데 보조가 굼떠서야 되겠는가. 그냥 심장도 아니고 심장 파열이었다. 워낙 급한 나머지 체외 순환 장치도 돌리지 못하고 그대로 수술 중인 마당이었다.

"컷."

"네."

해서 군의관은 한동안 강혁과 리처드의 컷 주문만 번갈아 받았다. 완벽 그 자체라 할 수 있을 만한 봉합의 향연이었다.

"오케이, 끝."

"저도 끝입니다."

꽤 오랜 시간이 지난 느낌이었는데, 막상 시계를 보니 봉합은 기껏해야 10분 남짓한 시간밖에 안 걸린 상황이었다. 군의관은 허 하는 소리와 함께 시계를 한번 보고는 강혁의 봉합을 내려다보았다. 총알에 다치는 바람에 제멋대로 갈라져 터져가고 있던 심장이 온전히 붙어 있었다. 쉬이 이해가 가지 않는 상황이었다. 어떻게 봉합만으로 이게 가능할까. 무언가 덧댈 필요도 없어 보이는데, 대체 이게 무슨 일이란 말인가.

"이봐."

"아, 네."

군의관 혼자서만 이런 생각을 하고 있었다면, 강혁도 군이 입을 열지 않았을 터였다. 하지만 리처드도 비슷한 얼굴을 하고 있었다. 이해가 안 가는 일은 아니었다. 원래 같았으면 강혁도 불가능했을 테니까. 하지만 이곳에서 마주한 문명의 이기가 이를 가능케 했다.

"잘 봐, 내가 만든 봉합선이 어디를 지나가고 있지?"

"네?"

"아……. 이거…… 이거 그냥 단단한 곳만 지나는 게 아니라……."

강혁의 말에 군의관은 멍한 얼굴이 되었다. 단지 그뿐, 별다른 말을 더 이어가지 못했다. 하지만 리처드는 달랐다. 녀석은 눈을 빛내며 벌렁거리는 심장을 내려다보고 있었다.

'설마 개뿔도 모르면서 저 지랄하는 건 아니겠지.'

뭘 모르면서 이런 반응을 보일 수 있다면 그것도 인정해줘야겠다는 생각이 들 만큼이나 격정적이었다. 주변을 둘러보니, 다들 이게 무슨 일인가 하는 얼굴이었다. 나쁜 반응은 아니었다.

'그래, 첫 출동에 나만 강한 인상을 남기는 건 좀 그렇지?'

그러니까 그저 연기일 뿐이더라도 한 번은 봐주자, 뭐 이런 생각을 하고 있었다.

"본드에 장력이 가해지는 곳을 커버하고 있어요. 봉합이……그걸 강화하는 거예요. 그래서…… 그래서 이렇게 딱 붙어버렸구나."

그런데 말을 들어보니, 연기가 아니었다. 많이 갈궜다 싶었는데 그래도 꽤 많이 성장한 모양이었다. 흐뭇한 감정이 휘몰아쳤다.

　'몰랐으면 더 혼냈을 텐데.'

　물론 강혁은 정상적인 사람이 아니지 않은가. 동시에 섭섭한 감정도 휘몰아쳤다. 어떻게 된 게 조금 지나니 섭섭한 감정이 더 커졌다. 스스로 생각해도 '나는 좀 미친놈이구나'라고 되뇌면서 강혁은 입을 열었다.

　"그래, 맞아. 이 매트릭스 생체 겔……. 접착력이 순간접착제보다 세더라고. 순간접착제만 해도 어지간히 봉합이 되는데, 이건 그럼 어떻겠냐?"

　심지어 순간접착제에서 세포 독성을 일으키는, 동시에 접착력을 강화시키는 성분을 제거한 제품도 응급실에서 봉합에 쓰이는 마당이었다. '내 상처에 본드를 부어?'란 생각이 들 수도 있겠지만. 얇은 상처에는 도리어 봉합사에 의한 2차 상처가 발생하지 않기에 흉터를 극단적으로 예방할 수 있었다. 특히 얼굴에 많이 쓰였다.

　"장난 아니겠죠. 장력이 계속 가해진다면 떨어지겠지만……. 그걸 봉합사로 보완하면……. 와, 이거 그냥 이걸로 되나요?"

　"그래. 더 신경 쓸 필요 없어."

　자만심이나 과신은 아니었다. 강혁은 봉합을 마친 이래 계속 봉합선을 내려다보고 있었다. 혹 본드에 장력이 계속 가해지지는 않는지, 그래서 벌어지는 부위가 있지는 않은지 여부를 확인하기 위함이었다. 미세한 변화도 없었다.

'됐어. 여기는 괜찮아. 리처드가 꿰매놓은 곳 덕분에 더 단단해져서……. 걱정할 거 없겠어.'

단단 그 자체였다. 여기다 뭘 더 덧대는 건 불필요한 일일뿐더러 오히려 쓸데없는 상처를 더하는 일일 뿐이었다.

"자, 그럼 심장은 끝. 폐는…… 아, 여긴 이미 절제했구나."

"네, 절제했습니다, 도저히 복구가 불가해서요."

"뒤는? 관통이네?"

"네. 주요 신경은 피했는데…… 날개뼈가 다쳤습니다. 이건……."

군의관은 환자 대신 옆에 있던 모니터를 바라보았다. 간호장교 중 하나가 재빨리 모니터에 환자 영상을 띄웠다. 다쳐서 오자마자 대충 바이털만 잡고 냅다 머리부터 배까지 CT를 돌린 모양이었다. 당시 상황에서 적절한 조치였는지는 모르겠지만 뒤늦게 온 입장에서는 편했다.

"조각났네."

"네. 아마도 2차로……."

날개뼈는 3조각이 나 있었다. 커다란 조각이 이렇다는 얘기니, 막상 열어보면 더 많이 깨져 있을 터였다. 팔을 움직이기 위해 필수적이라 할 수 있는 근육들이 붙는 뼈 아닌가. 복구해주지 않으면 심대한 장애가 생길 터였다. 여기서 말하는 복구란 제대로 된 복구를 의미했으므로, 군의관은 여기서 생명을 건지고 나면 후방 병원으로 이송해서 해당과 전문의의 수술을 받게 해야겠다고 결심한 바 있었다. 강혁도 고개를 끄덕이길래 같은 생각인 줄 알았다.

"이 자세에서는 못 해."

"네?"

"이따 목까지 다 끝나고…… 시간 남으면 저기도 해줄게. 어설프게 건드리면 나중에 팔 못 든다, 저거."

"아……. 저희도 정형외과 전문의가 있습니다. 후방에…… 이미 연락이……."

"내가 해준다고 해. 그럼 그러라고 할걸."

"그……."

아마 방금 심장 수술을 보지 못한 상황이라면 안 된다고 했을 터였다. 외상 외과 학계에서 제아무리 명성이 있는 사람이라고 해도, 다른 과 수술을 잘할 수 있냐고 하면 그건 완전히 다른 얘기이기 때문이었다. 외상 외과는 주로 출혈을 막고, 장기의 치명적인 손상을 막아 사람을 살리는 과이지, 그 이후의 처치는 다른 과들이 맡아주는 게 보통이었다.

"그래도 이건……."

"뭐 시간 있으니까, 좀 더 보라고. 여기는 알아서 닫고."

"제가…… 제가 닫습니까?"

"목 봐야지, 나는. 리처드, 올라와."

강혁은 군의관에게 가슴을 가리키고는, 리처드에게 턱짓을 했다. 그러자 리처드는 지체없이 위로 올라왔다. 목도 관통상이었다. 그 와중에 재수가 좋다고 해야 할지, 안 좋다고 해야 할지 경동맥은 무사했다. 옆에 있던 경정맥은 터져 있었는데, 이미 묶어놔서 피가 튀어나오고 있지는 않았다. 다만 그 때문인지 환자의 얼굴이 좀 부어 있었다.

"울혈이 있네요."

"두 군데로 내려가다가 하나로만 내려가니까, 그럴 수밖에 없지."

"우회로 만들어줄까요?"

"만들긴 해야지. 근데 그보다…… 얘가 더 급해."

"아. 뭉개졌네……. 아니, 동맥도……?"

"응. 여기도 파열 임박이야. 재수가 좋은 거야, 없는 거야, 이거."

보아하니 정면 피격이 아니라, 사선에서, 그것도 약간 위에서 아래로 피격당한 모양이었다. 총탄에 의한 상흔을 보면 대강 짐작이 가능했다. 이럴 수 있다는 게 대단한 일이긴 했지만 지금은 으스댈 때가 아니었다.

"인조혈관 줘. 두 개."

"두…… 개요?"

"그래. 여기 동맥이랑 정맥 다 대체해야 해."

"아, 그럼 제가 올라……."

"뭘 올라와. 거기서 가위질이나 해."

"네?"

"내가 동맥, 얘가 정맥할 거야. 이거 하는 데에 뭘 보조씩이나 받나."

"어……."

혈관 우회술. 인조혈관이 개발된 이래 이 술식의 난이도는 꾸준히 내려오고 있었다. 아무래도 인체의 다른 부위에서 떼 온 혈관이나 혹은 그 부위의 혈관을 이용하는 것보다는 인조혈관이 훨씬 유용했기에 그랬다.

'이걸 혼자……? 각각 하나씩 하겠다고?'

그렇다고 절대적인 난이도가 쉬워진 것은 결코 아니었다. 너무 어려웠던 것이 좀 어려운 수준으로 내려왔을 뿐이었다. 심지어 암이나 기타 다른 종양 또는 염증 질환으로 인한 혈관 절제가 아닌, 부상에 의한 혈관 절제가 필요한 상황이라면 개발되기 전이나 개발된 후나 도긴개긴이었다. 그 어려운 술식을 강혁은 동맥, 리처드는 정맥을 각자 하겠다고 나선 마당이었다. 말투가 너무 평이해서, 군의관은 무슨 편도라도 하나씩 떼겠다는 건가 싶었을 지경이었다.

'음, 왜 동맥을 하시겠다고 하지?'

반면 리처드는 그런 게 궁금하진 않았다. 마음만 먹으면 동맥이고 정맥이고 충분히 할 수 있지 않은가. 리처드도 아직 혼자서는 좀 힘들긴 했지만, 강혁이 같이 들어와 있는 상황에서라면 얼마든지 해볼 만한 술기라 여겼다. 다만 통상적으로 동맥이 더 쉬운데, 그걸 굳이 강혁이 가져간 것이 이상했다.

"뭘 그렇게 봐?"

리처드는 속내를 숨기는 데 별로 재능이 없는 사람이지 않은가. 강혁은 원할 때면 언제고 상대의 속마음을 캐낼 수 있는 사람이고. 잠시 가졌던 의문은 바로 까발려지고야 말았다.

"아…… 아니, 동맥은 보통 저 주시지 않았어요?"

다행히 어디 얻어맞을 만한 의문은 아니었더랬다. 게다가 강혁은 이제 감히 주변을 생각할 수 있는 사람이 된 지 오래였다.

'여기서 화내면 당장은 시원할지 몰라도…….'

리처드가 병신이 되면 결국, 강혁도 비슷한 취급을 받게 될 터였다. 뭐가 되었건 이 작전은 강혁과 리처드, 둘의 작전이기에 그랬다. 너무 급하거나 없어선 안 될 것 같다면야 한유림이나 재원, 심지어 경원이나 장미도 서슴없이 데려올 용의가 물론 있기야 했지만, 어지간하면 둘이 해결하려고 노력할 생각이었다. 해서 강혁은 억지웃음을, 그러나 남들에게는 환한 미소로만 보이는 표정을 지으며 입을 열었다.

"잘 봐. 총알이 위에서 아래로 사선으로 지나갔잖아."

"네?"

리처드는 그런 강혁의 마음을 아는지 모르는지 평소처럼 어벙한 얼굴이었다.

'이 새끼는 실력 좋으면서 이럴 땐 또…….'

확 때려버릴까 싶었으나, 강혁은 간신히 참았다.

"이 경로를 봐. 근섬유 다친 방향만 봐도…… 그렇잖아?"

"아, 그렇네요. 오……. 확실히…… 위에서 아래로 긁었어요."

참기를 잘했단 생각이 들었다. 근섬유 다친 방향이라는 말이 좀 모호한 거 아닌가 싶었는데, 용케 알아듣지 않았는가. 이게 별거 아닌 것 같아 보여도 실은 대단한 일이었다. 실제로 아래서 정리된 흉부 상처를 닫고 있던 군의관은 여전히 고개를 갸웃거리고 있었다. 피격 방향이 위에서 아래로 이루어졌을 거란 강혁의 말에 의문을 품은 건 아니었다. 그건 들어서 알고 있었으니까. 다만 그걸 어떻게 알았는지가 궁금했다. 방금 이유를 듣기는 했지만, 두 눈을 아무리 끔뻑거려도 군의관의 눈에는 뭐가 잘 보이지 않았다.

"동맥은 바이퍼케이션 되는 곳이 다쳤어. 그냥 보면 모르겠지만……. 잘 보면 부상이 있어. 이거 이대로 두면 터져. 이 부위는 특히 약해지기 쉽다고."

바이퍼케이션(bifurcation)이란 분기를 뜻하는 영어 단어 아닌가. 그 말은 곧 경동맥이 외경동맥과 내경동맥으로 갈라지는 부위를 다쳤단 것을 의미했다.

"아……. 이런. 그건 저한테는 무리예요."

"그래, 그래서 내가 이거 하는 거야."

"네, 그럼 정맥 하겠습니다."

"그래, 빨리해봐."

"네."

통짜로 된 혈관을 복구하는 것과 분지로 갈라지는 부위를 복구하는 건 정말이지 하늘과 땅 차이였다. 원래 쉬운 술기였어도 어려워진다는 얘긴데, 이건 원래도 어려운 수술이었다.

'대체 어떻게 하겠다는 거지.'

리처드마저도 감이 안 잡힐 지경이었다. 그저 강혁이 어떻게 하려나 보고 싶은 마음이 굴뚝같이 솟았다. 하지만 그랬다간 마주하고 있는 환자가 죽고 말 터였다.

'첫 작전이야……'

뭐든지 첫 단추가 중요한 법이었다. 게다가 이 작전은 내부에서도 반발이 좀 있지 않았던가. 그나마 중국에서 스리랑카에 해군 기지를 짓느니 마느니 하는 바람에 어차피 레이더 기지 지을 거 여기다 짓자고 나서서 설득이 되기는 했으나, 여전히 위에 있는 많은 이들은 과연 이 작전이 효용이 있을까 의심하고 있었다.

'그리고 이 환자…… 아직 너무 어려.'

작전을 거쳐 환자의 얼굴까지 떠올린 리처드는 부리나케 손을 움직였다. 이미 잘라놓은 참이라 솔직히 말하면 부담이 좀 덜했다. 타이 된 곳 위를 클램프로 집고, 하단을 잘라서 혈관을 이어주면 되었다. 아직 잘라놓기는커녕 겉으로 볼 땐 멀쩡한, 심지어 너무 오래 틀어막게 되면 뇌에 손상이 갈 게 뻔한 경동맥보다는 여러모로 쉬웠다.

"아."

"왜."

"아뇨, 아닙니다."

그제야 리처드는 강혁이 아까 말한 이유 외에도 경정맥을 자신에게 준 이유가 있었다는 걸 알아차릴 수 있었다. 지금 이 시점에서 경동맥 복구는 경정맥의 그것과는 아예 비할 수 없을 만한 난이도를 자랑했다.

'배려…… 배려한 건가, 설마?'

리처드는 이 인간이 그럴 수도 있는 인간인가 하는 생각이 들었다. 아마 조금만 더 오래 그 생각을 끌었다면 들켰을 텐데, 다행히 경정맥 복구도 그리 만만한 건 아니라 집중해야만 했다.

"흠."

그렇게 리처드가 술기를 시작하게 된 사이, 강혁도 움직였다.

'그래, 이렇게 하면 되겠어. 제한 시간은…… 3분. 적어도 내경동맥은 그 안에 이어야 해. 그러려면…….'

머리로 가는 혈관이 뻗어 나올 내경동맥의 중요성은 일일이 말할 필요도 없었다. 정말이지 자르자마자 바로 이어줘야만 했다. 그러자면 그 술기를 시작하기 전에, 딱 그 술기만 하면 피가 가도록 만들어야 되지 않겠는가.

"인조혈관…… 아까 나온 거 줘봐요."

"네."

해서 강혁은 일단 인조혈관의 모양을 뚝딱뚝딱 조형하기 시작했다. 가위로 자르고 봉합하고.

'뭔 짓이지……. 저 비싼 걸…….'

미군이 아무리 돈이 썩어나는 것처럼 보이는 집단이라지만, 그럼에도 부담이 될 정도로 인조혈관은 값비싼 물건이었다. 그걸 막 가위로 자르고 있으니 당연히 뭔 짓인가 싶었을 터였다.

'허.'

하지만 잠시 후 모두의 의문은 경탄으로 탈바꿈했다. 강혁의 간단한 손놀림이 끝났을 무렵, 통짜 혈관 형태를 띠고 있던 인조혈관은 그 끝이 둘로 갈라지는 형태로 완전히 바뀌어 있었다. 봉합사도 얇디얇은 것을 써서 그런가 원래 그런 것처럼 보였다. 밑그림 따위는 없었던 것 같은데, 단 한 번의 가위질로 이렇게 디자인할 수 있었다는 게 놀라울 따름이었다.

"클램프. 아니, 네 개. 네 개 줘."

"어…… 네."

클램프라는 말에 세 개를 건네주던 간호장교는 조금 당황했다. 대체 왜 네 개인지 선뜻 이해가 가지 않아서였다. 하지만 강혁이 수술실에 들어온 이래 보여준 모습은 그야말로 압도적인 것이었다. 심장에 했던 처치는 두 눈으로 보면서도 가히 믿기지가 않을 지경이었고, 방금 했던 것도 그랬다. 모든 것이 불가해한 수준에 이르러 있었다. 끼릭. 끼릭. 강혁은 그렇게 받아 든 클램프를 손상받은 부위를 피해 드륵드륵 집었다. 하나는 방금 디자인한 인조혈관에도 달았다. 지금은 왜 저러나 싶을 뿐이었으나 그 누구도 입을 열지는 못했다. 그거 왜 그렇게 하냐고 하기엔 강혁의 실력이 너무 뛰어났다. 뭔가 이유가 있겠거니 하고 닥치고 있는 게 여러모로 볼 때 자연스러웠다.

"멧잼."

"네."

강혁은 모두의 침묵 속에서 멧잼바움으로 방금 자신이 물어둔 클램프 주변을 슥슥 잘라내었다. 그러곤 우선 아래쪽 절단면에 인조혈관의 통짜 부분을 가져다 대고는 손바닥을 내밀었다.

"아까 쓰던 거. 봉합 기구. 끊기지 않게, 하나 더 준비해. 3분이야. 제한 시간 3분 안에 봉합해야 해."

"어…… 네!"

3분이라. 그냥 뜯어진 살 꿰매는 것도 아니고 혈관이지 않은

가. 제아무리 인조혈관의 개발로 훨씬 수월해졌고, 또 동맥은 혈관벽 내의 근육 덕에 봉합이 좀 쉬운 편이라고 하지만 3분은 너무 짧았다. 하지만 그렇다고 그 이상 시간을 끌기엔 머리가 문제였다. 이론적으로는 3분이 적당했다. 그 이상 피가 올라가지 않는다면 어떻게든 뇌에 합병증이 남을 터였다. 푹. 강혁은 봉합사를 받아드는 것과 동시에 인조혈관과 경동맥의 밑둥을 이어 붙여나갔다. 푹. 심장을 봉합할 때와는 다른 사람 같았다. 그땐 망막에 점멸하는 유일한 길을 따라가기 위해 애를 썼다면, 지금은 그저 빠르게 봉합하기 위해 애쓰고 있었다. 푹. 보다 거칠었고, 비할 수 없을 만큼 빨랐다. 손이 제대로 보이지 않을 지경이었는데, 팔꿈치만은 강혁의 몸통과 수술대에 고정되어 있었다. 흔들림을 최소화하기 위한 방편이었다.

'미친.'

군의관은 강혁의 컷 신호에 맞춰 실을 한 번 자르곤 욕설을 내뱉었다. 아마 이곳이 수술실이란 사실을, 그리고 환자 상태가 그리 좋지 못하다는 사실을 계속 상기하고 있지 않았다면 입 밖으로 튀어나왔을 터였다. 저렇게 거칠고 빠른 손놀림 끝에 맺어진 매듭이 너무 단단하고 또 아름다워서였다.

'이게 어떻게…… 아니지. 심장도 그랬어. 이 사람은……'

딱 한 번만 그렇게 할 수 있었다면, 그건 기적이라 불러야 할 터였다. 특히나 현대 의학에서 이해할 수 있는 범주를 넘어가 있다면 더더욱 그래야 했다. 하지만 그 기적이란 것이 자꾸만 반복되고 있다면 실력이라 불러야 하지 않겠는가.

'이 사람은 진짜…… 진짜야. 괴물……. 아니, 신이라고 해야 되나?'

강혁은 군의관의 놀라움을 뒤로한 채 밑동의 연결을 끝마쳤다. 걸린 시간은 기껏해야 1분여. 실로 어마어마한 속도였는데, 그럼에도 얼굴이 밝지는 못했다.

'위가 더 어려울 텐데……'

범위 자체는 아래가 더 넓지만, 저긴 갈라지는 형태 아닌가. 아무래도 손에 걸리는 부분이 있을 수밖에 없었다. 걸리적거리는 와중에 튼튼한 봉합을 하려면 조금 무리를 해야만 했다.

"흡."

해서 강혁은 대부분의 술기를 호흡을 정지한 채로 하기로 마음먹었다. 총을 쏴본 사람은 이유를 알 터였다. 생각보다 사람의 호흡은 몸을 뒤흔들기 마련 아닌가. 보다 안정적인 움직임을 위해선 호흡을 멈추는 것이 좋았다. 그 상태에서 봉합이 가능한가는 또 다른 문제였지만. 푹. 강혁은 예외였다. 푹. 그는 가능했다. 놀랍도록 빠른 속도로 봉합을 이어나가는가 싶더니, 어느새 클램프를 쥐고 있었다.

"풉니다."

"네? 아, 네."

어찌나 빨랐던지 내내 보조에 나섰던 군의관도 미처 눈치를 채지 못했을 지경이었다. 그야말로 무아지경에 가까운 상태로 가위질만 하고 있었더랬다.

착. 양쪽의 클램프를 풀자마자 피가 쭉 하고 내경동맥 쪽으로 달려나갔다. 한동안 비어 있던 뇌조직에 단비를 적셔주고 있을 터였다.

"새는 곳은 없고. 자, 그럼 여기 할게요. 리처드, 얼마나 했냐?"

"어······."

"서둘러. 너만 서두르면 어깨뼈도 해줄 수 있겠다."

"아······. 네."

강혁은 리처드를 채근한 후 자신이 맡은 부위를 정리했다. 남들이 볼 때는 그저 완벽해 보이겠지만, 강혁에게는 뭔가 할 일이 더 남아 있었다. 최대한 원래 모습처럼 만들어두는 일이었다.

'참 신기하단 말이지.'

사람의 몸이란 정말이지 잘 설계되어 있었다. 이게 왜 여기 있지 싶다가도, 위치가 바뀌면 사소한 문제라도 일어나기 마련이었다. 일반인에게는 아마 장기보다 근골격계의 뒤틀림을 생각하면 이해가 더 쉬울 터였다. 태어날 때는 대개 대칭이었던 몸이 자세나 습관에 의해 서서히 틀어지는데, 그게 장기화되면 결국엔 심대한 문제를 일으키곤 한다. 장기도 비슷했다.

'경동맥동(Carotid sinus)······.'

강혁은 분기 부분이 다친 와중에도 간신히 살려낸 경동맥동을 바라보았다. 내경동맥이 총경동맥에서 분지되는 부위를 자세히 보면, 부풀어 오른 듯한 부위가 있는데 이게 바로 경동맥동이었다. 이거 때문에 인조혈관 디자인도 복잡해졌을뿐더러 봉합은 수배 이상 어려웠던 참이었다. 그냥 잘라버렸어도 될 것 같이 생긴 놈을 왜 살렸을까. 다 이유가 있었다.

'혈압에 이것만큼 예민하게 반응하는 놈도 잘 없지.'

해부에 강혁만큼 능통하게 되고, 동시에 강혁과 같은 신체 능력이 있다면 대인전에서 엄청난 위력을 발휘할 수 있었다. 인체의 다양한 약점을 이용할 수 있기 때문인데, 이 경동맥동도 그랬다. 이곳은 원래 혈압을 감지해 너무 지나치게 올라간다 싶으면 혈압을 하강시키는 역할을 하는 곳인데, 밖에서 꾹 하고 눌러도 작동했다. 실신을 유발할 수 있다는 뜻이었다.

'엉뚱한 곳에 놓으면 지 스스로 눌릴 거라 이 말이지.'

그뿐만 아니라 원래 있던 자리가 아닌 다른 곳에 잘못 끼어 들어가면 앞으로의 삶에 있어서 상당한 애로 사항을 유발할 게 뻔했다. 해서 강혁은 부상으로 인해 발생한 변화를 감안하여 가장 합리적인 곳에 혈관을 두고 고정시켰다.

"후."

그제야 리처드의 봉합이 끝이 났다. 이쪽은 경동맥처럼 고려해야 할 것이 많지는 않아서 그냥 이대로 끝을 내도 좋았다.

"자, 그럼 근육을 좀 닫아볼까."

"네. 근데 이거 괜찮을까요? 뒤에가 완전히…… 뜯어 먹힌 것처럼 됐는데."

"어쩔 수 없지. 한동안 지탱하기 어려울 수도 있겠지만……. 그건 재활원에서 해줄 일이야. 우리 일은 아냐."

"그거야…… 그렇긴 하네요."

제아무리 강혁이라고 해도 다친 부분을 완전히 원상 복구하는 건 무리였다. 그게 되는 종류의 부상이 있고 아닌 종류의 부상이 있는데, 대개 전투로 인해 발생한 부상은 후자에 속했다. 애초에 상대를 죽이려고 만든 무기들 아닌가. 살상력이 어마어마했다.

"오케이, 다 닫았고……. 어이, 가슴은 다 닫아가? 여긴 이제 피부만 닫으면 되는데."

그렇다 해도 강혁을 만나게 된 건 행운이었다. 꼼짝없이 죽거나 엄청난 후유 장애가 예상되었던 환자였는데, 지금은 그저 좀 불편한 수준에 머무를 것 같았다. 머리와 심장이라는 인체에서 가장 중요한 장기를 다친 걸 감안한다면 엄청난 일이었다.

'왜 이렇게 담담하냐고.'

그런 일을 작년에 한 것도 아니고 방금 하지 않았던가. 아니, 어찌 보면 하고 있는 와중이었다. 그럼에도 강혁은 대수롭지 않다는 얼굴을 하고 있었다. 심지어 옆에 있는 리처드 또한 그랬다. 동시에 왜 넌 못하고 있냐는 표정도 짓고 있었다.

'환장하겠네.'

강혁이나 리처드가 워낙 대단한 술기들을 하고 있어서 그렇지, 지금 이 군의관이 해낸 일도 그리 쉬운 건 아니었다. 우선 지금까지 지혈을 통해 생명의 끈을 붙잡아두었을 뿐만 아니라 폐엽은 일부 절제술까지 시행한 마당이었다. 스스로 자랑스럽게 여겨도 누구도 뭐라 할 수 없는 위업이었는데, 이상하게도 부끄러웠다.

"아, 아뇨. 아직…… 아직입니다."

"거참. 되게 느리네. 리처드."

"어……. 제가, 제가 할……."

"할 수 있지. 누가 못 한대? 근데 리처드가 더 빨라. 우리 그러라고 온 거야."

"아……."

아득한 실력 차가 느껴져서였다. 원래 이따위 말을 면전에서 들으면 응당 화가 나야 할 텐데, 화는커녕 그저 납득만 될 뿐이었다. 그게 더 싫었다.

"잠깐 비켜요."

"아, 네."

또 한마디도 대들지 못하고 옆으로 비켜서야 하는 게 한심했다. 더 환장할 일은 실제로 리처드의 봉합이 자신의 것보다 훨씬 빠르면서도 또 정확하다는 점이었다. 비켜선 지 얼마 되지도 않은 것 같은데 상처가 거의 다 닫혀가고 있었다. 강혁이 맡은 부위는 말할 것도 없었다. 목은 이미 닫혀 있었다.

"다행히 호흡기는 다치지 않아서 옮길 필요는 없을 것 같고."

강혁은 목에서 환자의 등 뒤로 시선을 돌렸다. 제아무리 강혁이라 해도 투시하는 능력까지는 없었기에 직접 보는 것은 무리였다. 해서 강혁은 모니터를 들여다보고 있었다.

"대략 1시간이면 될 것 같은데. 환자 바이털이 어떻지?"

1시간이란 말에 군의관의 고개가 확 하고 돌아갔다. 모니터엔 조각난 어깨뼈가 선명히 떠 있었다. 마우스를 이리 굴려도, 저리 굴려도 그랬다. 어떻게 봐도 더럽게 어렵게만 보였다. 근데 1시간이라고? 미쳤나?

"음……. 1시간이라면 충분히 견딜 수 있습니다. 사실 지금 목

하고 가슴이 제가 예상했던 시간의 절반도 안 걸려서요."

외과 군의관에 비해 마취과 군의관은 진지한 얼굴로 강혁의 말에 대꾸하고 있었다. 말도 안 된다는 말은 어디에도 없었다. 너무한 얘기는 아니었다. 마취과 군의관에게도 눈은 있지 않은가. 지금까지 본 바에 따르면, 강혁의 실력은 상식을 벗어나 있었다. 그러면서도 동시에 한 말은 반드시 지키고 있었다.

"포지션 변경은? 엎드리게 할 필요는 없고…… 옆으로 눕히긴 해야 할 텐데. 그건 괜찮나?"

"수술한 부위는 어떻습니까?"

"그건 괜찮아. 내가 했으니까."

마취과 군의관의 우려 섞인 말에 강혁은 상처를 돌아보지도 않고 대꾸했다. 그런데도 오만하게 느껴지는 게 아니라, 그저 그럴 만하다고만 생각되었다. 그리 길지 않은 시간 동안 강혁이 남긴 인상이 너무도 대단해서였다.

"음……. 그럼 제가 삽관한 것만 잘 보고 있으면 되겠습니다. 별문제 없을 겁니다."

"오케이, 좋아. 리처드."

"네. 다 닫았어요. 근데……."

강혁의 말에 리처드는 당연하다는 듯 봉합이 끝난 가슴을 가리켰다. 이미 봉합 기구는 내려놓은 지 오래였다.

"근데 뭐."

"정형외과적 술식인데…… 이걸 지금 해야 할 필요가 있을까요? 이것도 재활원에서……."

대신 강혁의 말을 바로 받아들이진 않았다. 리처드는 환자의 목을 가리키면서 의문을 표했다. 이 또한 건방지다기보다는 합당하게 느껴졌다. 강혁에 비하면 한참 처지겠지만, 리처드 또한 이 안에 있는 의사들에 비하면 아득히 높은 곳에 있었다. 강혁도 인정할 정도였다.

'그래, 오늘 잘했어. 잘했으니까…… 봐주자.'

게다가 오늘은 다른 꿍꿍이속도 있지 않은가. 해서 강혁은 화를 내는 대신 성심성의껏 답을 해주기로 마음먹었다.

"아냐. 저건 누가 언제 해도 달라질 게 없어."

"이건요?"

"빨리하면 빨리할수록 좋지. 뼈가 조각났다고 근육도 가만히 있냐? 엄청 당겨지고 있는데, 이거 나중에는 맞추기 어려워."

"아……. 하긴 그렇긴 하겠네요."

"그리고 그걸 진짜 제대로 할 수 있는 사람은 나밖에 없어."

강혁은 턱 끝을 세운 채 말을 이었다. 사람이 이렇게까지 건방질 수 있나 싶을 지경이었다. 하지만 리처드를 포함한 모두는 그런 강혁에게 뭐라 할 수가 없었다.

'뭐……. 틀린 말은 아니겠지.'

오늘 이 수술만 해도 그렇지 않은가. 강혁은 대체 불가한 사람이었다. 미군에서 괜히 이 난리 부르스를 쳐가며 작전에 투입시킨 게 아니란 얘기였다.

"알겠습니다."

해서 리처드는 선선히 고개를 끄덕였다. 그걸로 수술 속행이었다. 간호장교는 때아닌 정형외과 수술에 필요한 기구를 꺼냈고, 마취과 의사는 강혁과 리처드 그리고 외과 군의관과 함께 환자의 자세를 변경시켰다. 그냥 옆으로 누이는 거 아닌가 싶었다면 오산이었다. 환자는 의식이 없으며, 근이완제까지 맞은 마당 아닌가. 등이 아닌 다른 부위가 바닥에 닿는 상황이라면 최대한 무게가 한곳으로 쏠리지 않도록 해주어야만 했다.

"거기, 목. 목도 잘 받쳐놔. 가뜩이나 근육 날아갔는데…… 그러다 디스크 생긴다."

"네, 네."

"탈구 생긴다고. 쉽게 생각하면 안 돼. 너 전에 내가 보여준 케이스 봤지?"

"아, 그거요? 그건 근데…… 애들이잖아요."

"그래서 이건 괜찮다고?"

"아, 아닙니다. 보세요, 받치고 있잖아요."

심지어 고개를 너무 돌려놔도 문제였다. 실제로 이비인후과에서 귀 수술을 할 때는 고개를 바짝 돌려야 하는데, 드릴을 이용하기에 머리가 흔들리지 않도록 테이프로 고정도 해놓는 편이었다. 경험 없는 사람이 할 때는 무작정 세게 할 생각만 하는데, 그러다가 목뼈가 빠지는 수도 있었다. 불필요하면서도 심대한 장애가 발생할 수 있다, 이 말이었다. 그래서 늘 수술 시 환자 포지셔닝을 할 때는 주의를 기울여야만 했다. 일반적이지 않은 자세일수록 그랬다.

"됐다."

"휴."

물론 강혁이 함께라면 걱정할 이유는 없었다. 수술만 완벽한 게 아니라, 그냥 그에 관련한 모든 것이 완벽했으니까. 무엇보다 마음가짐이 그랬다. 절대로 환자에게 해를 가해서는 안 된다는, 오랜 스승의 가르침을 언제나 가슴속에 새겨두고 있었다.

"별문제 없지?"

"아, 네. 바이털 약간 흔들렸는데…… 지금은 좋습니다."

"오케이. 수술 기구는 준비됐나? 드릴, 플레이트, 볼트만 있으면 되긴 해."

"네. 나왔습니다."

"좋아."

강혁은 배에 있는 수술실에 무려 이런 것도 구비되어 있다는 것이 퍽 놀라웠지만 내색하진 않았다. 속으로 한 가지 생각만 했다.

'원래 대가를 바라지 않으려 했는데…… 본드는 좀 구해 가자.'

욕심나는 물건이야 너무도 많았다. 하지만 다른 것들은 어떻게든 구할 수 있을 터였다. 돈이야 또 불리면 되고, 통관은 인맥으로 해결 가능하니까. 하지만 아직 FDA에 승인받지 못한, 그러니까 시제품이 나오지도 않은 걸 들여오는 것은 강혁에게도 무리였다.

"좋아……. 칼."

"네."

물론 지금 중요한 건 본드가 아니라 이 환자였다. 죽고 사는 문제는 이미 해결됐지만, 한쪽 팔의 움직임은 앞으로의 삶에 있어 결정적일 터였다. 조금 느슨해져 있던 수술실 분위기가 다시금 팽팽하게 당겨졌다.

*

"정말…… 정말 대단했습니다."

수술 처음부터 끝까지 참관했던 외과 군의관이 강혁에게 고개를 숙였다. 그럴 수밖에 없었다. 터지기 직전이었던 심장은 신묘한 봉합술로 인해 서로 달라붙었고, 끊어질 운명에 처해 있던 목의 혈관들은 거의 완전한 모습으로 복구되었다. 여기까지만 해주었어도 부른 보람이 차고 넘친다 할 텐데, 심지어 어깨까지 완벽하게 처치가 된 상황이었다.

'조각 나 있던 뼈들이 그냥 붙기만 한 게 아니야……'

엄밀히 말하면 다치기 전의 날개뼈와 지금의 날개뼈의 모습이 완전히 같지는 않았다. 아마 수술 영상만 봤다면 아무리 강혁이라도 그건 무리구나 싶었을 것이다. 하지만 외과 군의관과 그 방에 있던 모두는 실시간 강의를 들은 마당이었다.

'근육이 다쳤지? 이거 그냥 예쁘게만 만들어준다고 움직일 수 있는 게 아냐. 이렇게 만들어줘야…… 잘 봐.'

어쩐지 소독을 손끝까지 다 하라고 하더니만, 강혁은 환자의 팔을 조심스럽게 움직이면서 근육과 뼈의 움직임을 한참 들여다보았다. 강혁의 입장에서만 한참이 아니었다. 남들이 느끼기에도 그랬다. 무려 10분을 그렇게 보냈다. 1시간 안에 끝내겠다고 호언장담했던 사람이 이래도 되나 싶을 무렵, 강혁은 갑자기 고개를 크게 끄덕이고는 팔을 내려놓았다.

'자, 이제 파악했어. 드릴 줘봐.'

그러곤 드릴로 구멍을 쭉쭉 뚫어놓더니만 플레이트를 대고 볼트를 조였다. 그러자 아무리 봐도 원래의 날개뼈와는 꽤 다른 모양의 날개뼈가 완성되었다. 솔직히 말하면 실패작인 줄 알았더랬다.

'이제 봐라. 어떻게 움직이나.'

하지만 강혁이 다시금 환자의 팔을 집어 들고 이리저리 움직이기 시작하자, 그 자리에 있던 모두가 숨을 멈추었다. 그럴 수밖에 없었다. 심대한 손상 끝에 어떤 식으로든 후유증이 남을 거라 여겼던 팔이 그 어떤 삐걱거림도 없이 움직이고 있었다.

'음, 역시 원래대로는 안 되나. 약간 제한이 있어. 뭐 그래도…… 농구나 야구 같은 운동할 거 아니면 괜찮겠지.'

그럼에도 강혁은 잠시 불만 어린 표정을 짓다가 팔을 내려놓았다. 사실 그만한 움직임의 제한은 어느 정도 나이가 있는 사람에게는 흔하게 있을 텐데도 그랬다. 아마 농구나 야구를 취미로 즐기는 사람도 저 정도 제한은 있을 터였다. 하지만 외과 군의관은 강혁이 지나치단 생각이 들진 않았다. 그는 이해할 수 없는 수준의 사람이었다. 그야말로 불가해한 실력. 평범한 의사가 그에게 취할 수 있는 자세는 그저 감사뿐이었다.

"대단은 무슨. 여기서 최대한 안정 취하고 후방으로 이송해도 될 거야. 수술은 잘되었으니까."

"네, 네. 그럴 것 같습니다."

"내과 군의관 있지? 없으면 지금 보내고."

"있습니다."

"그래. 여기 이 환자뿐인가?"

강혁은 중환자실에서 나오며 물었다. 배 안에 병실이 많을 것 같진 않았다. 제아무리 항공모함이 작은 도시를 방불케 할 만한 규모를 자랑하고 있다고 해도 그랬다. 한 바퀴 돌아본다고 해도 시간이 그리 많이 걸리진 않을 터였다.

'뭐…… 한유림 교수님이 있으니 별문제는 없겠지.'

드림팀이라 할 수 있는 인원을 누와라엘리야에 박아두기는 했다. 하지만 현장에서만큼은 그들도 초보자였다. 그나마 누와라엘리야는 한구에 비하면 주의해야 할 점이 훨씬 적었으나, 그래도 현장은 현장이었다. 언제나 돌발 변수는 생길 수 있었다.

'그래도 최대한 빨리 돌아가기는 해야지. 이제 이틀째인데.'

해서 강혁은 후딱 둘러보고 돌아갈 생각이었다.

"아, 아뇨. 6명이 더 있습니다. 그중 4명은 국경없는의사회 소속 현지 직원이고……. 나머지 하나는 지원 나갔던 군인입니다."

"아하."

예상대로 환자는 그리 많지 않았다. 특히 더 마음에 든 것은 미국인이 아닌 사람들도 이 배에 탑승하고 있다는 점이었다. 그 냥 민간 함선도 아니고 군함인데 이런 배려를 해주다니. 단순히 인도주의적 차원에서 벌인 일은 아닐 터였다. 강혁은 확실히 스미스가 일을 잘한다고 생각하면서 병실 문을 열었다. 6인실이 아니라 3인실이었다. 안에 있는 이들은 모두 현지인들이었다. 이런 사고가 아니었어도 위험에 노출되어 있는 이들. 그럼에도 남을 돕겠다고 나선 이들.

"음."

다행히 다들 경상이었다. 사고 규모를 보면 이럴 리가 없는데도 그랬다. 강혁의 표정을 읽어낸 군의관이 입을 열었다.

"각 함선에서 나누어 받았습니다. 진짜 급한 이들은 국경없는 의사회 소속 병원에서 데려가기도 했고요."

"그렇군. 아주 좋아요."

강혁은 혹 처치가 잘못되었거나 놓친 것이 있나 훑어보았다. 그것만으로도 충분했다. 강혁의 눈은 남들이 못 보는 것까지 볼 수 있었으니.

'최선을 다했다고 하기는 그래도…….'

급한 처치는 다 받은 마당이었다. 여기서 뭘 더 해야 할 필요는 전혀 없었다. 해서 강혁은 다른 방으로 향했고, 거기서도 비슷한 상황을 목격했다.

"좋군."

"여긴 병사입니다. 다리를 잘라야만 했습니다."

"음."

"이미 올 때부터 그랬습니다."

외과 군의관은 어쩐지 변명하는 듯한 표정으로 급히 말을 늘어놓았다. 아무리 생각해도 자신의 처치에 딱히 이상은 없었던 것 같지만. 그럼에도 강혁 앞에서는 뭔가 책잡힐 만한 것이 있지 않을까 싶어서였다. 실로 오랜만에 레지던트 때 심정을 느끼고 있었다.

"뭐, 절단은 어쩔 수 없지. 그걸 어떻게 하겠어."

"네."

다행인지 불행인지 강혁은 별다른 반응을 보이지 않았다. 그저 환자를 유심히 바라볼 뿐이었다. 수술받은 다른 부위는 괜찮은지부터 해서 감염의 징후는 없는지 등을 살폈다.

"좋아. 그럼 우리는 돌아가야겠는데."

"아, 네. 오늘 정말 감사했습니다. 덕분에…… 병사가 살았습니다."

"앞으로도 이런 일이 있으면 기탄없이 불러. 위에서 어땠냐고 물어보면 성심성의껏 답해주고. 어차피 다 찍었지?"

"아, 네……. 찍었습니다. 동의를 구하지 못해 죄송합니다."

"아냐, 뭐 대단한 수술이라고 그걸 숨기나. 다 공유해. 저작권 없으니."

"네, 교수님."

그 수술이 대단한 수술이 아니면 세상에 과연 대단한 수술이라 할 만한 수술이 있을까? 군의관은 '이 사람이 잘난 척하는 건가?' 이런 생각까지 했다. 물론 잠시뿐이었다. 강혁의 술기를 복기해보면, 오늘 수술 정도는 그에게 대수로울 것 없는 일일지도 몰랐다.

'이 작전은 무조건 이어져야 해. 오늘이야 좀 늦었지만…….

더 빨리 불렀다면……. 아예 그 현장에 도착했다면…….'

이 괴물이 거기에 갔다면 어땠을까. 적어도 서넛은 더 살았을 것 같았다. 보기 전에는 확신이 없었으나, 보고 난 후에는 전에 없던 확신이 섰다. 이 사람, 백강혁은 인간의 범주를 벗어나 있었다.

"리처드, 가자."

"아, 네. 아……. 졸려. 자다가 불려 나와서 이게 뭔 일이래."

"오면서 잤잖아."

"그거 3시간인가 잔 게 다잖아요."

"새끼, 그 정도면 됐지. 그럼 더 자라고 일부러 천천히 오냐?"

"그건…… 그건 안 되긴 하죠. 기껏 비싼 기종 샀는데."

그 백강혁은 제자인 리처드와 티격태격해대며 비행기에 올랐다. 어지간한 전투기만큼 비싼 기종이었다. 전세기만 한 공간을 확보하면서 동시에 그 공간을 의료 장비로 채운 탓이었다. 심지어 최대 속력 또한 민간기보다 더 빨랐다. 기름도 엄청나게 먹는단 뜻이었는데, 외과 군의관에게 오늘 출동에 소모한 기름은 단한 방울도 아깝지 않을 것 같았다.

'덕분에 하나가 살았어.'

앞으로는 어떻겠는가. 더더욱 도움이 될 것이 뻔했다. 강혁은 존경심이 뚝뚝 떨어지는 외과 군의관과 일별하고, 좌석에 앉은 후 리처드를 돌아보았다. 방금 전까지 의도적으로 짓고 있던 여유로운 미소는 사라진 상태였다. 빈자리는 짓궂음이 차지한 지 오래였다.

"새끼. 좀 하네?"

"네? 아니……. 저 이제 실력 좋다니까요? 미군 중에 저만큼 할 수 있는 사람이 있겠어요?"

"없겠지. 없어야지, 인마. 처음 봤을 때 너는 진짜……."

"진짜 뭐요. 와, 저 재능 있어서 뽑았다고 해놓고?"

"내가 그랬나?"

"그때 그랬잖아요. 한구에서!"

"아, 그거."

강혁은 당시 상황을 떠올렸다. 가뜩이나 손 없어 죽겠는데 리처드가 멘탈이 터져 나갔을 때였다.

'병신이라도 하나 더 있어야 해서 구라 친 거라고 하면 어떻게 나올까? 이제는 괜찮으려나?'

강혁은 물끄러미 리처드를 바라보았다. 그때에 비하면 아예 다른 사람이 된 수준이었다. 그래, 한유림이 열나고 무아지경에 빠진 이래 천천히 그 벽을 깬 것처럼 이 녀석도 그랬다고 봐야 할 지경이었다.

"왜 그런 눈으로 봐요, 불안하게."

하지만 인간으로서의 성장이 있었냐고 묻는다면 글쎄올시다였다. 지금도 멘탈은 약하기 그지없었다. 아마 지금 그런 말을 하면 저기 보이는 출입문을 뚫고 뛰어내릴 가능성도 있었다.

'에휴. 내가 진짜 거짓말 못 하는 사람인데.'

해서 강혁은 자신이 생각하기엔 약점이라 할 수 있는 거짓부렁을 또 한 번 늘어놓기로 했다. 누가 봐도 천부적인 재능이 있는 분야인데, 어쩐지 인정하기가 싫었다.

"내가 뭐 제자를 그럼 막 뽑냐. 당연히 재능이야 있지."

"그렇죠? 난 또 시발 아니라고 할까봐 가슴 졸였잖아?"

사실 리처드를 가르치면서 느낀 게 있다면, 재능이 있는 건 역시 강혁 자신이라는 것이었다. 어찌 된 게 그냥 수술만 잘하는 게 아니라 가르치는 데도 재능이 미친 모양이었다. 그렇지 않고서야 범재 조금 벗어난 놈을 이렇게 키울 수 있었겠는가.

"근데 재능이랑 실력이랑 같은 말이야? 재능은 어디까지나 잠재력이라고."

"아……. 그땐 제가 제 잠재력을 충분히 깨우치지 못했군요."

근데 눈앞에서 이딴 소리를 하고 있으니 한 대 패고 싶었다. 잠재력이 있기는 개털이나 있단 말인가. 없는 거 억지로 쥐어짜 내고 퍼먹여 가면서 키운 마당이었다.

"그래, 그랬지."

하지만 한 손이라도 아까운 건 지금도 마찬가지였다. 심지어 그때보다도 더했다. 그 옛날의 리처드는 그저 그런 의사였지만, 지금은 아니지 않은가. 오늘만 해도 이 어려운 수술에서조차 당당히 1인분을 해낸 마당이었다. 이제 와서 한번 놀리겠답시고 이 아까운 놈을 털어먹을 수는 없었다.

"자자, 자."

"갑자기요? 기면증이세요?"

"졸리다며!"

"이륙은 하고 자야지."

"아, 몰라. 난 잘 거야."

강혁은 눈을 감았다.

'좋은 일을 크게 하려니까 진짜 별짓을 다 하게 되는구만.'

예전 같았으면 부족한 손이고 뭐고 그냥 성질대로 했을 텐데, 지금은 참고 또 참아야만 했다. 이럴 때면 늘 한 사람이 떠올랐다.

'딱 저 같은 제자 놈 받으라더니……. 그보다 더한 놈들만 받고 있지 않습니까.'

이미 수술은 완성되어 있었던 강혁이 유일하게 스승으로 인정하는 사람이었다. 비록 유명한 사람은 아니지만 그야말로 진짜 의사가 아닐까, 그렇게 생각하고 있었다.

강혁이 꿈결에 추억을 헤맬 동안 비행기는 빠르게 인도양을 지나 스리랑카로 향했다.

＊

"아니, 이 인간들은 자다가 어딜 갔대?"

투덜거리고 있는 이는 다름 아닌 장미였다. 원래 같았으면 리처드가 아침 식사 당번인지라 여유 있게 나왔더니만 아예 숙소에도 없었던 것이다. 장유유서가 뿌리 깊게 박힌 사람들이라 감히 한유림을 시킬 수는 없었다. 그래서 장미가 양재원, 박경원과 함께 준비 중이었는데, 아무래도 문제가 좀 많았다. 다들 요리에는 재능도 없을뿐더러 노력도 기울인 적이 없어서였다.

"에그, 다 타네. 아니, 계란후라이를 못해요? 그래 가지고 무슨 수술을 한다는 건지…….”

“수술이랑 이게 뭔 상관이야. 그리고 아까 넌 우유 딴답시고 엎었잖아.”

“음.”

방금 계란후라이가 아니라 계란 튀김을 완성해낸 양재원에게 타박을 했더니만, 역으로 공격이 들어왔다. 딱히 할 말이 있지는 않았다. 아직도 바닥엔 장미가 만들어놓은 참상이 떡하니 자리하고 있었으니까.

“좀만 기다려봐. 내가 볶음밥 해줄게.”

언제나 친절하고 또 한결같은 박경원의 말도 이번엔 그리 위로가 되진 않았다. 세상에 무슨 놈의 볶음밥에 물을 붓는단 말인가.

“흠.”

눈치 빠른 한유림은 이미 시리얼을 꺼내 온 참이었다.

‘차라리 내가 한다니까……. 그걸 왜 말려가지고.’

불만 어린 눈을 하고서였다. 미친놈들이 저따위로 음식을 할 거였으면 왜 못 하게 한단 말인가. 신종 고문인가 싶을 지경이었다.

“일단 이거라도 마시고 하세요.”

“아, 오. 좋다.”

그나마 데니스가 내린 커피는 한구에서 먹던 맛과 향 그대로라 다행이었다. 이미 한구 지역에 자리 잡은 그의 사업체에서 직접 보내온 원두를 심혈을 기울여 블렌딩 해 내렸으니 당연한 얘기였다.

“그래, 이 맛에 살지.”

"그나저나…… 이 둘은 출동 간 거겠죠?"

"그럴 거야. 아니……. 온 지 하루 만에 가네. 이거 이렇게 되면……."

커피를 입에 머금고 있던 한유림의 눈빛이 가늘어졌다. 여기 오기 전에 강혁이 했던 말이 떠올라서였다.

'1호가 실력이 썩 좋기는 한데, 현장은 처음이잖아요. 한 교수님이 잘 이끌어줘야 해요.'

거기다 대고 너는 뭐 하고 내가 이끄냐고 했더니만 자기는 자리를 좀 비울 수도 있다고 했더랬다. 그래봐야 한두 번일 테니 걱정 말라는 말도 했었는데. 이렇게 첫날부터 비우면 나는 어쩌란 말인가.

"힘내십쇼."

"왜?"

"백 교수님이 교수님 도우라고 하시던데요."

"하……. 이 새끼 이거."

"조심해요."

"왜."

한유림의 욕설에 데니스가 목소리를 낮추었다.

"백 교수님이면 여기 뭐라도 달아났을 수도 있어요."

"어? 어어? 에이, 설마."

그놈도 의산데 그럴 리가 있나, 뭐 이런 생각을 했지만 자기도 모르게 주변을 둘러보게 되었다. 종잡을 수 없는 놈이라 그랬다.

"교수님."

그때 한석준이 부엌으로 들어왔다. 눈치 빠른 한씨의 후예답게 대강 빵으로 때운 모양이었다. 하긴 누구라도 물에 젖은 볶음밥과 까만 계란 튀김 따위를 먹고 싶지는 않았을 테니.

"응?"

"이제 버스 출발해서요, 40분 내로 도착할 것 같습니다."

"아……. 예상 인원은 얼마나 되지? 어제 그거 소문 번졌으면 많을 것 같은데."

"여긴 딱히 농장별로 소문이 돌지는 않는 것 같습니다. 딱 예약된 인원만 온다고 합니다."

"아……. 그럴 만한 환경이 아닌가."

"네. 파악한 결과로는 그렇습니다."

"그래."

대부분의 노동자는 자신이 태어난 농장에서 평생 일하다가 거기서 죽고 차나무 밑에 묻힌다지 않던. 딱히 농장끼리 교류도 하지 않는 모양이었다. 생각해보면 당연한 일이었다. 교류는 연대로 번질 수도 있으니까. 여기서만의 일이 아니었다. 남의 역사가 아니라 대한민국의 역사 속에서도 그런 일이 있지 않았던가.

"그럼 후딱 먹어야겠네."

"네."

"근데……. 근데 말야."

"네."

"농장에서 그래도 진료 보는 건 되게 잘 도와주네? 모이는 걸 그리 좋아하진 않을 텐데."

"철저히 농장별로 오니까요. 그리고 뭐……, 지금 그쪽에서도 생산성에 대한 고민이 있다고 들었습니다."

"생산성? 미쳤나?"

거의 돈을 안 들이고 생산하고 있는 거 아닌가. 근데 여기서 더 어떻게 생산성을 높일 수 있을까. 한유림이 볼 때는 반쯤은 불로소득 같은 일이라 느껴질 지경이었기에 그저 어이가 없을 뿐이었다.

"제가 그렇다는 게 아니라요."

"어, 미안."

"아무튼…… 곧 온다고 합니다. 슬슬 준비를 하셔야 될 것 같아요. 저건…… 저건 버리죠."

한석준은 한유림을 채근한 후, 도저히 못 쓸 것이 되어버린 음식들을 바라보았다. 이제 양재원도 박경원도 슬슬 자신들이 벌인 일이 뭔지 깨달았는지 생산을 중단한 참이었다.

"선생님들, 그냥 오늘은 시리얼로 때우시죠. 점심은 저희랑 계약한 식당에서 배달 온다고 하니까……. 너무 걱정 마시고요."

"아, 네. 다행……."

"감사합니다."

다들 아무 미련 없이 시리얼로 달려들었다. 차라리 잘된 일이라 할 수 있었다. 이건 먹기도 빨리 먹을 수 있을뿐더러 뒷정리에도 별로 시간이 들지 않았으니까. 덕분에 그들은 버스가 도착하기 전에 만반의 준비를 마칠 수 있었다. 비록 강혁과 리처드 두 에이스가 빠진 상황이기는 하지만, 어제에 비하면 환자 수가 반도 안 되니 할 만할 것 같았다.

한유림은 하나둘 도착하는 버스를 곁눈질로 확인하면서 입을 열었다. 강혁이 자신에게 맡기지 않았다 하더라도 연장자 아닌가. 데니스와 샘이 끼어 있긴 하지만 나머진 유교의 자식들이었다. 별말이 없는 상황에서는 자동적으로 한유림에게 주목했다.

"자, 백 교수랑 리처드 없다고 너무 걱정 말고. 오늘 환자 수가 적으니까 충분히 볼 수 있을 거야. 대신 수술 들어갈 때는 다른 방에도 다 알려주자고. 어제처럼, 알았지? 그래야 남은 방 개수도 대강 가늠할 수 있으니까."

"네, 교수님."

"만약 수술 들어갈 일 있으면 나한테는 그때까지 본 환자 수도 알려줘. 오늘 오전에 100명 정도라 뭐 여유가 있기야 하겠는데. 그래도 알려줘야 대비를 하지."

"네, 교수님."

"좋아. 그럼 가보자고. 혹 돌발 변수 생겨도 너무 걱정 말고. 원래 그래."

"네!"

한유림은 아무래도 한구에서 계속 있어서 그런지 현장에 대한 이해도가 있었다. 무슨 일이든 생길 수 있는 곳이지 않은가. 자원은 한정되어 있는데 사고는 꾸준히 터지는 곳이었다. 그나마 다행한 일이라면 여긴 총기 사고가 전혀 없다고 할 정도로 치안이 좋다는 점이었다. 심지어 그토록 오래, 치열하게 이루어졌던 내전에서도 이곳 누와라엘리야는 비켜나 있었다. 철저한 무관심 때문에 도리어 노동자들은, 타밀족들은 버림받은 사람이 되었을 지경이었다.

"환자 볼게요."

한유림 덕에 조금이나마 머릿속을 정리할 수 있었던 재원은 진료실에 앉아 자원봉사 나온 학생에게 진료 시작을 알렸다. 학생은 그러마 하고 밖으로 나갔다가, 어쩐지 창백해진 얼굴로 돌아왔다.

"왜…… 그러세요?"

재원이 그저 평범한 의사였다면 그냥 그런가 보다 할 수도 있었을 터였다. 하지만 오랫동안 중증외상센터에서 근무해온 의사에게는 뭔가 감이라는 게 생기는 법이었다. 재원은 두근거리는 가슴을 안고 몸을 일으켰다.

"그…… 지금 진료 보려고 했던 환자가 쓰러져 있어요."

"응?"

재원은 쓰러졌다는 말을 듣자마자 밖으로 뛰어나갔다. 학생의 말처럼 환자 하나가 쓰러져 있었다. 50대로 보이는 환자였는데, 주변에 있던 환자들이 근처에 모여들었다. 재원은 빠르게 사람들을 헤치고 들어가 쓰러진 환자를 자세히 살펴보았다. 습관처럼 환자의 옷가지를 벗기고, 기도를 확보하는 등의 처치를 해가면서였다. 옆을 돌아보니, 어느새 다가온 장미가 라인을 잡고 있었다.

"혈관 수축해 있어요. 혈압이 낮을 겁니다."

"응, 창백해. 맥은 잡히긴 하는데……. 음. 피부 표면은 차고."

재원은 목 뒤에 두르고 있던 청진기를 환자의 가슴에 가져다 댔다. 그러자 심하게 그륵거리는 소리가 들려왔다. 호흡음이 엉망이었다. 원인은 뭘까. 아주 높은 확률로 폐렴일 것이었다.

"크랙클이 있어. 심부 온도는 어떻지?"

"잠시만요."

이미 재원의 표정을 보고 어떤 소리를 들었을지 짐작한 장미는 걸치고 있던 가운으로 다른 이들의 시야를 가리며 환자의 항문에 체온계를 집어넣었다.

"38도. 발열이 있어요."

"이런 제기랄. 이건……."

"패혈증이겠죠?"

"응. 그뿐만이 아니라…… 농양이 있어. 흉부 농양이야."

"바로 처치실로 가죠."

"응."

그 말에 대기 중이던 데니스와 샘이 환자를 번쩍 안아 들었다.

"설문지 조사했던 거 있나?"

그사이에 재원은 학생에게 환자가 작성해야 했을 설문지를 요청했다.

"아, 여깄습니다."

"아까 왔을 땐 뭐 이상한 점 없었어요?"

"그냥…… 숨을 좀 헐떡이고……. 음……. 많이 힘들어 보였습니다."

많이 힘들어 보였다라. 그리 도움이 될 만한 말은 아니었지만, 그 이상을 기대하긴 어려운 일이었다. 의대생이 아니지 않은가.

'여기저기 쑤시기 시작한 게 10일 전. 치료는 못 받았고……. 어제부터는 기침과 함께 숨쉬기도 힘들었다……. 음. 다친 적은…… 딱히 다친 적은 없어?'

재원은 설문지를 내려다보았다. 그러다 같이 온 환자들도 바라보았다. 비슷한 증상을 보이는 사람은 단 하나도 없었다. 이상한 일일 수도 있지만, 그렇다고 해서 또 아예 불가능한 일은 아니었다. 만성 질환자들에 대한 관리는커녕 진단도 되지 않는 곳이지 않은가. 심지어 식습관 때문에라도 당뇨가 많은 지역이기도 했다.

'면역 결핍이라면 특별한 원인이 필요 없지.'

강혁이 있었더라면 뭔가 더 정확한 원인을 알아냈을 수도 있을 터였다. 하지만 지금 재원이 해야 할 일은 어쭙잖은 강혁 흉내가 아니라 우선 환자를 살리는 일이었다.

"산소포화도 70입니다."

"산소 풀로 주는 게 별로 의미가 없겠지. 일단 삽관할게요."

"네. 진정제 줄까요?"

"음. 케타민이 좋겠어. 혈압이 너무 낮아."

"네."

대다수 진정제는 혈압을 떨어뜨리기 마련이었다. 하지만 케타민만은 부작용이 오히려 혈압을 올리는 것이라 중환자에게 많이 쓰였다. 재원은 순식간에 삽관을 완료하고 샘이 찍은 심전도를

확인했다. 약간의 부정맥이 보이긴 하지만 뭐가 되었건 경색이
나 다른 심각한 상황이 있는 건 아니었다.

"수액 너무 많이 주진 맙시다. 폐가 엉망이라."

"네."

"일단 승압제만으로도 혈압 오르니까…… 사진이나 찍어보자
고."

"CT까지 찍을까요?"

"랩 나왔나?"

"아뇨, 아직. 아까 나가서요."

"음……."

재원은 고개를 갸웃거리다 문득 환자의 소변줄을 바라보았다.
샘이 꽂아둔 것이었는데, 낮은 혈압을 감안하면 그래도 꽤 잘 나
오는 편이라 할 수 있었다. 반드시 그렇다고 볼 수는 없겠으나,
신장이 나간 것 같진 않았다.

"찍지. 죽이 되든 밥이 되든 뭐가 문젠지 확인은 해야지."

"네."

곧 환자를 태운 엘리베이터가 지하로 향했다. 그 누구도 한유
림이 했던 말을 떠올리지 못했을 정도로 급한 상황이었다. 그러
니까, 아무도 한유림에게 지금 재원의 외래가 중단됐고, 밖에 있
던 간호사들 중 절반가량이 처치에 매달리게 되었다는 걸 알리
지 않았다는 얘기였다.

"응? 환자가 아직도 그렇게 많다고?"

"네. 많은데요?"

심지어 학생들끼리도 대화가 잘 전달되지 않은 상황이었다. 응급 상황이지 않은가. 그렇지 않아도 의식도 흐린데 의사소통이라도 잘 돼야 했다. 해서 재원의 방에 들어가 있던 학생은 지금 지하 1층 CT실에 있었다.

"아니, 이놈이 안에서 수술을 하나."

"그러게요."

"아무튼, 봅시다. 우리라도 빨리 봐야지."

"네네."

한유림은 외래에 다시 집중하기 시작했다. 그 시각 재원은 지하 1층 CT실 안에 들어가 있었다. 원래 같으면 방사선사가 있어야 할 곳이었다. 하지만 이곳 누와라엘리야에서 일할 방사선사를 구하는 건 정말이지 하늘의 별 따기였다. 울며 겨자 먹기로 이 중에 누군가가 배워 올 수밖에 없었다.

"내가 할 거예요. 세팅은 그냥 딱 정해진 것만 가능하니까……. 나중에 해상도 가지고 뭐라고 하지 마요."

그나마 젊고 머리가 빠릿빠릿한 장미가 주인공이었다.

"네, 아니, 응."

장미의 지휘 아래 환자는 곧 CT 기기로 옮겨졌다. 포지션도 취하게 되었는데, 이건 그나마 중증외상센터 의사들에게는 익숙한 일이었다. 거의 언제나 의식이 없는 환자들을 촬영한 덕이었다. 매일같이 방사선사와 함께 호흡을 맞추다 보니 자연스레 배우게 되었다.

"옳지, 잘하네."

"잘하지 그럼."

"슛하면 여기서 이거 들어갈 거예요. 어차피 선생님이 앰부 짤 거니까…… 들어가는 곳도 잘 봐요. 일 나면 바로 처치해야 해."

"하."

"웬 한숨이에요."

"이 나이에 납복 입고 들어와봤어? 안 들어와봤으면 말도 마."

"음."

장미는 잠시 무거운 납복을 걸치고 서 있는 재원을 바라보았다. 혹시나 하는 마음에 목도 가리고 있었는데, 너무 열심히 가려서 그런가 더 처량해 보였다. 누가 봐도 센터장까지는 아니더라도 교수급은 되어 보이는 얼굴인데 하는 일은 인턴이라니. 장미조차도 뭐라 할 말이 없어질 지경이었다.

"힘내요."

"후."

장미는 그냥 힘내란 말만 하고 촬영실로 향했다. 데니스도 샘도 마찬가지였다. 순식간에 환자와 둘만 남게 된 재원은 그야말로 착잡했다. 삐삐삐. 모니터에서는 계속해서 알람이 울려 오고 있었다. 당연한 일이었다. 혈압이 올랐다 해도 정상은 아니지 않은가. 항생제야 당연히 쓰기 시작했으나, 보통 효과를 보려면 하루에서 이틀은 필요했다. 그사이에 잘못되는 건 약으로 피할 수 없는 일이었다.

"자, 그럼 찍습니다."

누와라엘리야 병원은 나름대로 설비가 좋은 편이었다. 무려 천장에 달린 스피커를 통해 장미의 목소리가 들려왔다.

'여기에…… 거의 50억 부었나?'

후원금이 아니라 그냥 강혁의 사재였다. 여기저기 투자를 잘도 한다 싶더니만 털 때는 한순간이었다. 그래도 남은 돈이 더 많다는 것이 충격이었지만. 하여간 그 돈이 스르륵 나갈 땐 내 돈도 아닌데 마음이 쓰라릴 지경이었다. 재원이 하염없이 줄어들기만 하던 강혁의 돈을 떠올리는 사이 기기가 돌았다. 딴생각하면서도 기계처럼 앰부를 짜고 있었기에 전혀 문제는 없었다.

"자, 이제 조영제 들어갑니다."

"네."

그리고 조영제가 들어갈 때는 또 귀신같이 집중해서 환자의 팔뚝을 응시했다. 혈압이 낮아 죄 숨어 있던 혈관에 박힌 라인을 따라 조영제가 들어가기 시작했다. 만약 라인 잡는 데 실수가 있었다면 이때 꽤 문제가 생길 수 있는데, 장미가 잡아서 그런가 전혀 문제없었다.

'역시 장미.'

이미 파트장, 그러니까 수간호사라 사실상 인력 관리가 주업이 된 지 오래였다. 발로 뛰진 않아도 된다, 이 말인데 성격이 저래놔서 그런가 아니면 아직 젊어서 그런가 그 어떤 시니어보다 의욕적으로 뛰고 있었다. 그러다 애들 관리가 안 되면 어쩌나 하는 걱정은 필요 없었다. 감히 장미에게 개길 수 있는 사람은 없었다. 그 누구보다 일을 잘하는데 또 누구보다 열심히 하고 동시에 제일 오래된 1인, 즉 개국공신이지 않은가.

"자, 끝났습니다."

장미 덕에 재원이 센터장도 해먹고 있는 셈이었다. 물러터진 재원의 성격에 험악한 일들만 주로 일어나는 센터를 이만치 이 끌어가는 건 정말이지 장미가 있어서였다.

"어때?"

재원은 속으로 감사를 되뇌면서 장미에게 물었다. 판독 결과를 간호사에게 묻는 게 좀 낯설 수 있겠지만 중증외상센터에서는 그리 드문 일이 아니었다. 특히 장미가 상대라면 더더욱 그랬다.

"예상한 대로예요. 흉강에 농이 가득해요. 누워 있어가지고 지 금은 등 쪽으로 깔렸는데…… 이따 앉혀서 할 거죠?"

"그래야지."

"그럼 뭐……. 아, 여기 초음파도 있지. 그걸로 보면서 하시면 될 것 같은데요?"

"아, 맞네. 여기 별의별 게 다 있지."

한구 병원에 갔을 땐 있어야 될 게 하나도 없어서 고생시키더 니, 여긴 어지간한 2차 병원급은 되었다. 그게 다 강혁의 호주머 니에서 나온 것이라는 걸 누구보다도 잘 알고 있는 재원은, 이번 에는 강혁의 됨됨이를 떠올렸다.

'아직도 좋은 사람인지 나쁜 놈인지 헷갈린단 말야.'

한유림은 어떻게 생각하고 있을까. 시간 되면 한번 물어봐야 지 싶었다. 이런저런 생각을 하면서, 동시에 앰부를 짜면서 처치 실로 돌아오니 영상이 완전히 넘어와 있었다. 주요 소견이야 장 미도 놓치지 않았겠지만 아무래도 복부는 얘기가 좀 달랐다. 아주 숙달된 의사들도 보기 어려워하는 부위이지 않은가. 해서 재원은 그 영상을 집중해서 살펴보았다.

'음······. 이쪽으로 임파선들이 좀 부었네. 하긴 오래된 염증이면 그럴 수 있지?'

CT 부위라는 게 흉부면 딱 흉부만 보이는 게 아니었다. 목의 일부와 복부의 일부도 걸쳐 보였다. 지금은 아예 흉부와 복부를 싹 찍은 참이라 재원은 목부터 사타구니 언저리까지 확인할 수 있었다. 대부분의 곳에서 임파선 비대가 관찰됐는데 경부도 그랬다. 흔한 일이었다. 생각보다 임파선이 몰려 있는 부위이니까.

'폐는······ 하이고······. 엉망이네. 이거······ 흡인성 폐렴인가? 왜 아래쪽이 더 심하지? 특히 우측 하 폐엽의 상부가 그래. 음.'

흡인성 폐렴이란 이물질이 폐로 넘어가면서 발생하는 폐렴을 의미했다. 당연히 일반적인 폐렴보다는 이상한 균들이 자랄 가능성이 컸고, 예후도 별로였다. 일단 흡인성 폐렴 자체가 더 독하기도 했지만, 애초에 흡인이 되었다는 것 또한 환자의 컨디션이 별로라는 것을 의미해서였다. 특히 노인에게 발생했을 경우엔 치명적일 가능성이 컸다.

'이 환자는······ 생긴 거야 일흔도 넘은 것 같지만 설문지 보니까 50대던데······. 음.'

이를테면 재원의 아버지보다 한참 동생이라는 얘기였다. 근데 이 지경이 되어 있을 줄이야. 재원은 착잡한 심정을 애써 억누르며 영상을 계속해서 살폈다. 다행히 신장 쪽에 물이 차 있거나 하진 않았다. 신부전은 없다는 뜻이었다. 패혈증에서 제일 무서운 합병증은 피했단 의미인지라, 재원의 얼굴이 눈에 띄게 밝아졌다.

"여기요. 침대 올릴까요?"

그사이 장미가 샘의 보조를 받아 초음파와 흉관 삽입할 기구를 가져왔다. 보조를 위한 차림까지 마친 채였다.

"어? 어. 그럼 좋지."

"네. 샘, 부탁해요."

"네."

언제부터인지는 모르겠는데 이미 샘은 장미를 윗사람으로 대우하고 있었다. 왜냐는 말은 필요 없었다. 장미의 카리스마는 직종을 가리지 않으니까.

"데니스, 거기 도와요."

"네."

명색이 CIA 요원이라는 데니스까지 이렇게 될 줄은 몰랐지만.

"오케이⋯⋯. 이야, 이거 좋은 거네."

"1억도 넘는 걸 가져다냈네요. 여기 사람들이 보는 눈 있으면 훔쳐가겠어."

"그러니까."

재원은 그렇게 자세를 취하게 된 환자의 등 쪽에 초음파를 가져다 댔다. 그러자 내부 구조물이 모니터에 떴다. 그냥 이렇게만 보면 좀 헷갈릴 수도 있었겠지만. 방금 CT까지 본 참이지 않은가.

게다가 재원의 해부학적 지식과 여러 술기에 대한 경험치는 그야말로 대단한 것이어서 별 어려움을 느끼지 못했다. 푹. 메스가 작은 상처를 내나 싶더니만 곧장 튜브가 박히고, 튜브를 통해 싯누런 고름이 쏟아져 나오기 시작했다.

"읍."

"와……."

일반적인 균에 의한 고름도 냄새가 고약하기 마련인데, 이 환자는 흡인성 폐렴이었다. 별의별 잡균들이 다 섞여 있을 거란 얘기였고 그만큼 냄새도 끔찍했다. 비의료인인 데니스는 물론이거니와, 환자 포지션 때문에 고개를 숙이고 있던 샘의 입에서도 비명 비슷한 것이 터져 나왔다. 재원 또한 냄새가 역하기는 마찬가지였다. 하지만 둘보다는 익숙하기도 하고, 아무래도 자기가 빼낸 농은 느낌이 좀 달랐다. 원래 귀지 파거나 딱지 떼는 것도 묘한 쾌감이 있지 않은가. 이것도 그랬다.

'이거면 됐어. 항생제도 들어가고……. 농이 이만큼이나 빠졌으면 환자는 좋아질 거야.'

검사 결과에 따라 당뇨가 있으면 조절을 하면서 봐야 하긴 하겠지만 일단 신장 기능이 좋은 걸로 볼 때, 당뇨가 없을 수도 있고, 있다고 하더라도 아주 심하진 않을 수도 있었다. 희망적인 상황이란 얘기였다.

"수고했어요."

"아니, 뭐."

장미가 보기에도 그랬다. 이런 게 몸 안에 있었나 싶을 만큼이나 끔찍한 양의 농이 쏟아져 나온 참이지 않은가. 이렇게 되면 무조건 좋아져야 정상이었다. 하지만 시간이 지나도, 그러니까 재원과 한유림이 뒤늦게 외래를 끝마치고 나온 후에도 환자의 상태는 지지부진했다. 아니, 더 안 좋아져 있었다.

"이런 게 있었으면 얘기를 해야지."

"아, 죄송합니다."

"아냐, 뭐…… 처음이니까. 그럴 수 있지. 근데 얘기했으면 점심 먹었을 거 아냐. 굶고 오후 진료는 어찌 보려고."

한유림은 그 환자를 보다가 재원을 돌아보았다. 다들 알았으면 환자를 좀 나눠서 봤을 거고, 그랬다면 다들 조금씩만 밀려서 밥은 먹을 수 있었을 텐데. 지금 재원은 혼자 남은 환자를 처리하느라 시리얼로 또 끼니를 때우고 있었다. 이게 보람이 있으려면 환자가 확 좋아져야 할 텐데 그렇지도 않았다.

'농은…… 와, 저렇게 나오고 있는데……. 내성균이 있을 리도 없고?'

흉관을 통해 나오는 농은 어마어마했다. 항생제도 잘 들어가고 있었다. 영 꽝인 항생제일 가능성은 없다는 얘기였다. 좀 더 기다려봐야 하는 게 정석이긴 했지만, 그건 약만 썼을 때의 얘기 아닌가.

"근데 이상하네. 왜 안 좋아지지?"

"그러니까요. 이게 대체……."

"음……."

*

    모든 의료진이 모여 골몰하고 있으려니, 어디선가 지프차 소리가 들려왔다. 강혁과 리처드가 돌아왔나? 했는데 역시나 둘이 차에서 내렸다. 그러곤 처치실로 들어와 환자를 마주했다.

    "뭐야."

    강혁의 첫마디는 이러했다.

    "네?"

    재원은 강혁의 말에 흠칫 놀랐다. 그렇지 않아도 적절한 처치를 다 한 것 같은데 왜 이럴까 싶은 상황 아니던가. 상당한 양의 고름을 제거했고 또 제거하는 중인데도 환자는 여전히 인사불성이었다. 딱히 진정제를 주지도 않았는데 그랬다.

    "환자 뭐냐고."

    "아. 네."

    뭔가 비난하려고 그러나 했는데 그냥 질문이었다. 해서 재원은 긴장을 애써 덜어낸 후, 환자를 처음 봤을 때부터 지금까지 해온 처치를 대강 설명해주었다.

    "복도에서 쓰러졌다고?"

    "네. 근데 심장 문제는 아니에요. 혹시 몰라서 랩도 나갔는데 괜찮아요. 효소 약간 뜨기는 했는데……. 그거야 뭐 감염병에서도 충분히 뜰 수 있는 수준이었어요."

    "어디 봐봐."

    강혁은 서두르기보다는 그저 확인하겠단 차원에서 손을 흔들었다. 어차피 재원이 괜찮다고 하는데 설마 틀렸겠는가. 적어도 심장 문젠 아닐 터였다.

"여기요."

"음, 괜찮네. 심전도도 그렇고."

"네. 그래도 히스토리가 불안해서 2번 찍었는데…… 뭐 변화는 없어요. 그냥 좀 빠를 뿐이에요."

"빠른 거야…… 그럴 수밖에 없겠지."

강혁은 환자의 차트를 내려다보았다. 익숙한 필체, 그러니까 장미의 필체로 쓰여 있는 온도는 무려 38.8도였다. 발열이 있는 정도가 아니라 고열이라고 봐야 할 정도였다. 이만큼의 열이 있으면 피부 표면의 혈관은 점차 확장되기 마련이었고, 그걸 채우기 위해서는 심장이 빨리 뛰어야만 했다.

"그나마 아깐 표면 온도가 떨어져 있었어요. 혈압도 흔들렸고. 중심정맥관 잡고, 수액이랑 약 주면서 좀 나아진 거예요."

"저거…… 저기선 얼마나 나왔냐?"

"거의 300ml?"

"300?"

"네. 양쪽 다 해서요."

"고름 속에서 숨 쉬고 있었구면."

강혁은 후 하고 한숨을 쉬고는 환자를 내려다보았다. 차트 기록상 쓰러지자마자 처치실로 옮기고 혈압을 비롯한 바이털 잡고, 흉관 삽입하기까지 걸린 시간은 기껏해야 30분도 채 안 걸렸다.

'이 새끼들…… 많이 늘었네.'

강혁은 환자에게서 눈을 돌려 재원과 장미를 향했다. 확실히 베테랑이라는 말이 아니, 최고라는 말이 어울리는 녀석들이었다. 이 둘이 아니었다면 환자는 지금쯤 황천길 건너고 있을 것 같았다.

'하지만 아직 멀었어. 뭐, 이건…… 나 아니면 확인할 수 없을 것 같긴 하지만…… 그래도 이만큼 경험이 쌓였으면 할 수 있지 않나.'

강혁은 흐뭇해하는 얼굴을 하고 있다가 이내 환자를 내려다보았다. 어느새 표정이 심각해져 있었다. 환자가 확 좋아져야 하는데 아직도 지지부진한 이유가 없을 리가 있겠는가. 모든 일에는 이유가 있는 법이었다. 사람이 죽어가는 데 이유가 없을 리가 없었다. 다만 우리가 못 찾아냈을 뿐이었다. 아니, 재원을 비롯한 다른 팀원들이 못 찾아냈을 뿐이었다.

"1호."

"응?"

"1호. 삽관 언제 한 거지?"

해서 강혁은 환자의 얼굴 가까이로 다가갔다. 예민한 후각 탓에 이렇게만 해도 이질적인 냄새가 느껴졌다.

'1호…… 1호라고 한 거지?'

반면 재원은 아예 다른 이유로 얼굴이 굳었다. 뭔가 누와라엘리야에 온 이후, 강혁이 자신을 대하는 태도가 조금 달라진 것 같다는 느낌이 들기는 했더랬다. 그래도 한국에서 볼 때는 센터장이자 수제자로서 존중하는 느낌이 있었다고 한다면 여기서는 일꾼 취급이라고 해야 할까?

'에이 설마…….'

이제 와서 그럴 리가 있나 하고 있었는데, 자꾸만 1호라고 하니 불안해졌다. 저 앞에 붙을 수식어가 제자일까? 아닐 것 같았다.

"여기 오자마자 했죠. 처치실에 도착하자마자……."

"그렇군. 입안 확인할 생각은 안 했어?"

"네? 확인…… 확인했는데요? 숨길이니까요."

"기본적인 건 했다……. 이거지?"

"네? 그렇죠. 근데…… 왜요?"

"CT는 봤냐?"

강혁은 흐음 하는 소리와 함께 환자가 베고 있던 낮은 베개를 치웠다. 누가 봐도 뭔가 처치를 하려는 손짓이었다. 그게 아니라면 왜 저런 짓을 하겠는가.

"어……. 봤죠."

재원은 마른침을 꿀꺽 삼킨 후 답했다. 처치실 안에 들어와 있던 다른 이들 또한 숨소리조차 크게 내지 못했다. 강혁이 질문을 시작한 이래로 처치실 분위기가 묘하게 돌아간다 싶더니, 강혁이 딱 환자 옆에 자리를 잡고부터는 무겁게 가라앉은 덕이었다.

'괜히 들어와서…….'

한유림은 그냥 나가 있을걸, 하는 후회와 함께 강혁의 손끝을 바라보았다. 강혁은 지금 다른 곳이 아니라 환자의 목을 만지고 있었다. 손끝을 세운 채였는데, 지나는 경로가 그래서 그런가 마치 칼날처럼 보였다.

'기관절개술을 하려는 건가? 이상하네……. 산소포화도 자체는 괜찮은데? 기도에 무슨 문제가 있나?'

그걸 보고 있다보니 도망갈까 하던 생각은 금세 사라졌다. 그저 저놈이 또 뭔 짓을 하려고 저러고 있나 하는 호기심이 일 뿐이었다. 동시에 저놈의 눈에는 대체 뭐가 보일까도 궁금해졌다.

"경부 임파선이 엄청 드글드글한데, 이거 왜 그런 것 같냐."

"어……. 감염 때문이겠죠?"

"흉부 감염 때문에 여기가 이렇게 됐어?"

"어……."

그 와중에도 강혁은 질문을 이어나갔다. 시선은 환자의 목에 고정한 채였다. 재원을 노려봤다면 더 무서웠겠지만, 어차피 정도의 차이가 있을 뿐이었다. 지금도 무서웠다.

"이 환자 CT 사진 보면 전형적인 흡인성 폐렴이잖아. 그게 어디서 넘어왔을 것 같아."

"음식……?"

"내가 어디냐고 물었지, 뭐냐고 물었냐?"

"아……."

정말 오랜만이었다. 교수가 된 지도 오래됐지만, 센터장이 된 지도 꽤 지나지 않았던가. 심지어 병원에서 수고했다고 안식년까지 보내줄 정도였다. 근데 여기서 혼나고 있었다.

"어…… 구강, 구강이요."

그럼에도 기분이 나쁘거나 하진 않았다. 안 그래도 찜찜해하던 구석이 있지 않았던가. 강혁의 질문은 딱 그 지점을 후비고 있었다.

"그래. 구강에서 넘어왔겠지. 왜 넘어왔을까."

"만성 질환…… 때문 아니었을까요?"

"무슨 만성 질환이 있어야 흡인성 폐렴을 일으키지? 50대 남자에게서?"

"어…….'

70대 이상의 노인에서는 다른 병이 없어도 생길 수 있기는 했다. 노화는 신체의 모든 기능을 저하시키는데, 섭취 또한 어려워지기에 그랬다. 생각보다 우리가 음식을 씹고 제대로 위장기관으로 넘기기 위해서는 복잡한 과정이 필요하기에 더더욱 그럴 수밖에 없었다. 하지만 이 환자는 50대. 아무리 근골격계가 상했다 하더라도, 안쪽의 장기 나이까지 심하게 차이가 나기는 어려웠다.

"뇌졸중 같은 뇌 병변이 있어야 하는데…….'

"이 환자에게서 그런 증거를 찾을 수가 있나?"

"아뇨."

운동기능이 손상된 부위의 근육은 필연적으로 퇴화되기 마련이었다. 하지만 이 환자의 양쪽 팔다리의 굵기에는 전혀 차이가 없었다. 재원은 그러한 점을 근거로 들어 강혁에게 대꾸했다. 이미 장미의 보조를 받아 기관절개술에 돌입한 강혁은, 칼질을 해대며 물었다.

"그럼 뭐가 있어야 흡인성 폐렴을 야기할 수 있지?"

"어……."

아까까지는 경험 많은 의사라면 어려워도 답은 할 수 있는 종류의 질문이었다. 하지만 지금부터 이어질 질문은 두경부 쪽을 주로 봤거나 또는 이미 이쪽 질환을 의심하고 있어야 답하는 것이 가능했다. 재원은 둘 중 어느 것도 아니었기에 답을 할 수 없었고, 강혁은 그 사실을 아주 잘 알고 있었다.

"무언가 끊임없이 넘어가고 있다면 어떨 것 같아."

해서 질문을 하나 더 던졌다. 질문이라기보다는 어느 정도 힌트에 가까웠다.

"끊임없이 넘어가……? 코 같은 걸 얘기하시는 거예요?"

"아니, 내가 설마 코 얘기하겠냐? 그리고 콧물은 원래도 넘어가는데 그게 흡인성 폐렴을 일으킬 정도면 아까 네가 말했던 뇌졸중과 같은 질환이 있었어야지."

"어……."

재원은 아득해지는 기분이 들었다.

'이상하네. 나 센터장인데…….'

왜 좆도 모르는 거지? 질문 던지는 투로 봐서는 별거 아닌 것 같은데. 해서 나만 이러나 하는 얼굴로 사방을 둘러보았다.

'다들 좆도 모르는구나.'

다행인지 불행인지 한유림도 박경원도 멍한 얼굴을 하고 있었다. 강혁과 같이 출동 나갔다 온 리처드는 아예 눈을 감고 있었다. 가르침이고 나발이고 졸린 모양이었다. 저러다 맞을 텐데 싶었지만, 일단은 남의 일이었다. 지금은 질문에 집중해야만 했다.

하지만 별 소용은 없었다. 아무리 머리를 굴려봐도 모르는 건 모르는 것이었다.

"깊은 경부감염. 이게 있으면 어떨 것 같아."

그때 강혁이 재차 입을 열었다. 기관절개술을 마치고, 원래 들어가 있던 플라스틱 관 대신 캐뉼라를 박아 넣으면서였다. 어찌나 물 흐르듯 이루어지는지 그 흔한 기침 반응도 없었다. 석션을 들고 대기 중이던 장미의 손이 민망하게 느껴질 지경이었다.

"아······. 깊은 경부감염······ 그거면······ 그거면 고름이······ 계속 넘어가겠네요?"

"의문문으로 끝내지 말고. 제대로 답해, 1호."

"어······."

1호라고 하지 말라고 하고 싶은데. 지금 그런 말을 했다가는 이런 것도 모르는 놈이 1호지 그럼 뭐냐고 할 것 같았다.

'내가 의학적인 지식보다도 백강혁에 대한 지식이 더 많거든······.'

서글픈 일이지만 진실이었다. 해서 그저 닥치고 말에 따랐다.

"넘어갈 것 같습니다."

"그래. 그럴 거야. 자, 이제 구강이 제대로 보이겠네. 한번 안에 들여다봐. 기도만 보지 말고······ 구석구석 잘 봐봐."

"어······. 네."

강혁은 살짝 몸을 비켜주었다. 옆에 있던 라이트로 환자의 입 안을 비춰주면서였다. 아무래도 삽관을 위해 후두경만 집어넣었을 때와는 느낌이 많이 달랐다. 후두경은 애초에 딱 기도만 확인하기 위해 만들어진 물건 아닌가. 심지어 삽관을 위한 기구라 덩치도 거대했다. 그걸 집어넣은 상태에서는 제아무리 강혁이라 해도 구강을 비롯한 여러 기관을 자세히 관찰할 수는 없다.

"어……."

"보이냐?"

"네, 저거…… 저거 뭐죠?"

그에 반해 설압자로 혀를 누르고 라이트를 비추자 한눈에 구강이 들어왔다. 그중 제일 인상적인 것은 편도로부터 삐죽 튀어나와 있는 가시였다.

"생선 가시. 보통은 걸려도 그냥 부러지거나 염증 반응 없이 넘어가기도 하지만……. 이 환자는 당뇨가 있잖아. 그냥 넘어갈리가 없지. 이제 그 위를 봐. 편도 위."

"아……. 농양이…… 여기서 터져서 넘어갔구나."

"그래. 그래서 폐가 저렇게 된 거야. 그냥 음식으로는 절대 저렇게 안 돼. 고름 정도는 넘어가야 이렇게 되지."

"그럼…… 그럼 어쩌죠?"

"어쩌긴. 내가 이거 왜 했겠어."

강혁은 방금 자신이 시행한 기관 절개 부위를 가리켰다. 그러자 장미는 말없이 편도 절제술 세트를 꺼내왔다. 강혁은 그런 장미가 대견하다는 듯 껄껄 웃었다.

"좋아, 우리 파트장. 후딱 가시 빼고 째자고."

"네."

"1호, 너는 중환자실 세팅해놔. 나머지는 오후 외래 가고. 누가

보면 아주 큰일 난 줄 알겠어? 별일도 아닌데 우르르 몰려와가

지고."

우리가 할 수 있는 일

오후 진료는 평이했다. 어제보다 환자 수가 압도적으로 적은 데다가, 강혁과 리처드가 합류한 덕이었다. 물론 리처드의 합류가 아주 평화롭지만은 않았다. 리처드는 이렇게 환자가 적으면 자신은 좀 자도 되는 거 아니냔 말을 꺼냈다가, 강혁에게 영원히 자고 싶냐는 말을 들었다. 이게 그냥 아무한테나 들은 말이라면 야 그저 웃어넘길 수도 있겠지만 상대가 강혁 아닌가. 구체적으로 실현될 수 있는 일이란 얘기였다.

"시발."

리처드는 나지막한 욕설을 남기고 진료실로 튀었고, 그 바람에 장미는 강혁이 편도 농양 절제술을 하다 말고 뛰어가려는 것을 말려야만 했다.

"환자, 환자 죽어요! 피 나잖아요!"

"하."

"이따 죽여요, 쟤는."

"그래. 제깟 놈이 어딜 가겠어."

다행히 설득은 쉬웠다. 일단 리처드가 독 안에 든 쥐 신세라는 걸 강혁이 아주 잘 알고 있기도 했고, 환자의 목 안에서 정말이지 피가 철철 나는 와중이었기 때문이기도 했다. 그렇지 않아도 피가 많이 나는 곳인데 지금은 농양까지 잡혀 있어서 더더욱 그랬다. 우연찮게 고름이 살짝 터지면서 염증이 덜 심해진 상황이기는 했지만, 그렇다고 만만한 수술은 아니었다.

"오케이. 여긴 그냥 이렇게 열어놔야겠다."

"아으, 냄새."

"약 들어가면 금방 마를 거야. 스테로이드 못 쓰는 게 좀 아쉽네."

"당뇨라서 그런 거죠?"

"그렇지."

건강한 성인에게 편도와 농양이 있을 때, 무언가 급한 일 때문에 빨리 증상 호전을 꾀해야 할 때는 일단 째는 게 답이었다. 거기에 더해 적절한 항생제와 스테로이드까지 쓰면 환자 입장에서는 그야말로 기적이라고까지 느껴지는 회복을 겪을 수 있었다. 스테로이드는 그 자체가 강력한 부기 억제제이지 않은가. 장기간 사용하면 비가역적인 부기를 야기한다는 게 역설적이기는 하지만, 하여간 이걸 단기적으로 쓰면 고름이 진짜 쭉쭉 말랐다.

"할 수 없죠. 여긴 일단 그…… 홍차 문화 좀 어떻게 해야겠어요. 그거 때문에 이도 다 썩고, 당뇨에 좋은 게 없네."

"그러니까. 개새끼들이 지들은 좋은 거 먹고 이 사람들한테는 떫은 잎을 주니까 할 수 없이 그렇게 된 거긴 한데."

"아, 그 새끼들이요?"

장미는 강혁의 입에서 나온 개새끼들이라는 게 누군지 대번에 알아먹었다. 여기 오기 전에도 꾸준히 교육을 받아왔고, 와서는 직접 그 참상을 목도한 덕이었다. 사람이 다른 사람을 사람 취급하지 않는다는 게 얼마나 비극적인 일로 이어질 수 있는지를 21세기 지구촌에서 가장 명확히 지켜볼 수 있는 지역 중하나이기에 그랬다.

"응."

"그 자식들은 어떻게 못 할까요?"

"어떻게 하고 싶어?"

"당연하죠."

장미는 호전적인 사람이지 않은가. 사람이 보통 나이를 먹으면 조금씩 부드러워진다는데, 장미는 그렇지가 않았다. 애초에 한국대학교 병원 중증외상센터를 이끌어나간다는 게 만만한 일이 아니지 않은가. 게다가 센터장이라는 놈이 양재원이어서 더더욱 그랬다. 짠한 리더십을 발휘한다고는 하지만, 솔직히 짠한 리더십이 뭐 얼마나 효과적일까. 장미의 카리스마가 더해지지 않으면 그저 엉망이 될 뿐이었다. 지금도 장미의 호전성은 가라앉기는커녕 오히려 치솟고 있었다. 강혁은 그것을 다행이라 여기며 말을 이었다.

"그럼 어떻게 해야지."

"오? 진짜요? 불이라도 지르나?"

"아니, 아니. 미쳤냐."

끝까지 다행이라고 여기진 못했다. 장미의 과격함은 강혁조차 따라가지 못할 때가 있었다. 특히 강혁이 이런저런 일로 인해 부드러워진 지금에 이르러서는 더더욱 그랬다.

"그럼 뭐예요."

"사람 죽일 수는 없잖아. 나쁜 놈들이라도 사람은 사람이야."

"죽이고 싶던데?"

"어허."

강혁은 방금 수술한 환자를 중환자실에 있는 다른 간호장교에게 인계하고는 헛기침을 해댔다. 한국어로 떠들어대긴 했지만 그래도 민망한 것이 어디 가지는 않았다.

"사례들렸어요?"

"아니. 그게 아니라. 하여간."

장미는 그런 강혁을 빤히 바라보고 있었다. 네가 하기 어려우면 내가 하겠다, 뭐 이런 뜻이 느껴졌다. 아닌 게 아니라 진짜 그럴 것 같았다. 해서 강혁은 장미를 끌고 1층으로 다시 내려왔다. 어제는 그렇게 복작대더니, 오늘은 한결 나았다. 벌써 어느 정도 정리가 되어가고 있었다.

*

"데니스. 이리 와봐."

"아, 네."

몇몇 인원은 심지어 여유까지 부리고 있었다. 강혁은 그중 하나인 데니스를 불러다 끌고 나왔다. 뒤뜰을 향해서였는데, 병원 뒤뜰은 앞뜰과 완전히 분리가 되어 있어서 한적하다는 느낌마저 주었다. 애초에 울타리가 앞에는 없고 이쪽에만 있어서 더더욱 그랬다.

"앉아, 일단 앉아."

"네네."

"아니, 뭔 얘기를 하려고요. 아……. 암살……?"

"미친 소리 좀 그만하고. 애가 중증외상센터 오래 있어서 그런가 좀 이상해졌네."

강혁은 미리 가져다둔 원형 테이블에 앉고는 장미를 바라보았다.

'내 잘못인가?'

앞길 창창하던 애를 자기가 괜히 중증외상센터로 끌어들이는 바람에 이렇게 됐나 싶어서였다. 하지만 옛 기억을 떠올려보니 딱히 그런 것 같지도 않았다.

'아니지. 애 나 처음 본 날 공격했잖아. 괜히 조폭이 아니지.'

아마 중증외상센터가 아니었더라도 다른 어디선가 자신의 재능과 본능을 뽐내고 있지 않을까? 그러느니 차라리 사람 살리는 데 최선을 다하고 있는 게 좋을 것 같았다.

"데니스, 너 영상 좀 배웠지?"

"아……. 네. 배우라고 하셔서 배웠죠. 근데 그래봐야……."

"잘하지?"

"그……."

"잘하지? 잘해야지. 나 이용해서 광고 찍을 때는 잘만 하더구먼."

"그…… 그렇죠."

여기서 못 한다고 하면 어떻게 될까? 대상이 리처드나 양재원이라면 궁금했을 텐데, 당사자가 되다 보니 굳이 미련하게 호기심을 해결하고 싶은 생각은 없었다. 해서 데니스는 마지못해 고개를 끄덕였다.

"장미는 편집 좀 하지?"

"네?"

장미는 강혁이 왜 이런 말을 하나 하는 얼굴이었다. 무언가 집히는 구석이 있기는 했으나, 이 사람이 설마 그것도 알려나 싶었다. 하지만 강혁에게 '설마'란 단어를 쓰는 건 지나치게 위험한 일이었다. 이 인간은 언제고 상식을 뛰어넘을 수 있었다. 지금도 그랬다.

"왜 너 유튜브 운영했었잖아."

"어…… 아뇨? 제가 언제요."

"가면 쓰고 했잖아. 미녀 간호사의 하루인가 뭔가. 나는 그거 보자마자 망할 것 같더라고. 세상에 가면 쓰고 미녀라고 주장하면 대체 누가 믿냐."

한숨이 절로 나오는 순간이었다. 다들 그러하듯, 장미도 언젠가 한번 슬럼프에 빠진 적이 있었다. 분명 중증외상센터는 자리를 잡아가고 있는데 정작 스스로는 너무 힘들기만 한 그럴 때. 뭔가 다른 취미가 있어야겠다는 생각이 들었는데, 그때 눈에 들어온 것이 브이로그 채널들이었다. 특이하거나 궁금한 직업을 가진 이들의 채널이 인기가 있었다. 그래서 자신이 있었다.

'세상에 중증외상센터 간호사만큼 고된 직업이 있을까?'

틀린 생각은 아니었더랬다. 대학 병원만큼 숨 쉴 틈 없이 돌아가면서 동시에 실수를 용납하지 않는 비인간적인 직장은 드물지 않은가. 중증외상센터는 그중에서도 험하디험한 곳이었다. 해서 만들었는데, 막상 찍어서 올리자니 얼굴 노출하는 게 마음에 걸렸다. 간단한 해결책 같아서 가면을 썼는데, 그래서인지 채널은 쫄딱 망했다. 닫을 때까지 구독자가 12명이었나. 심지어 그중 한 놈은 맨날 이상한 댓글이나 다는 놈이었다. 만나면 죽여버려야지 하고 있으려니 강혁이 말을 이었다.

"뭘 그러고 있어. 너 맞잖아. 미녀 간호사."

"그…… 저 아닌데요?"

"아니긴 뭐가 아냐. 내 눈썰미 모르냐? 다른 건 몰라도 내 눈은 못 속여."

"그……."

"가면 써서 그렇지, 편집은 잘하더라고. 내가 그거 다 봤는데."

내내 발뺌하고 있던 장미는 다 봤다는 말에 그만 기함하고 말았다.

"다 봤다고요?"

"응. 열 개밖에 안 되는 거 왜 못 봐. 오프라인으로 다 저장도 해놨어."

"뭐라고요? 이 미친놈이."

"아니라며. 역시 너 맞지?"

"하……. 안 돼……."

이 인간이 그걸 왜 봤단 말인가. 아니, 그것도 모자라 저장해

났다고? 대체 그걸 어디에 쓰려고 그랬을까, 하는 얼굴로 강혁을 봤다가 딱히 고민할 필요는 없었단 생각이 들었다. 어디에 쓰긴 뭘 어디에 쓴단 말인가. 뻔하지.

"편집자 하자. 내가 돈도 줄게. 그거 하면 영상도 다 지울게."

"와……. 이……."

"개당 50. 어때. 나쁘지 않은데."

"저도 돈 많거든요?"

"그럼 개당 50에 내 투자 소스 공유. 어때."

"음."

투자 소스라. 백강혁의 투자 소스라고 하면 구미가 당기긴 했다. 대체 어떻게 했는지 몰라도, 한구 그 깡촌에 가 있는 동안 자산이 수배로 불지 않았던가. 세상에서 재원이 제일 부러워하는 게 강혁일 정도였다.

"콜?"

"코…… 콜."

"좋아. 그럼 데니스는 찍고, 넌 편집해."

"근데 뭘 어떻게 할 건데요?"

"여기서 벌어지는 일을 세상이 알게 되면 어떻게 되겠냐?"

장미의 물음에 강혁은 질문으로 응수했다. 고개를 돌려, 앞뜰 쪽을 가리키면서였다. 오늘은 환자가 거의 없어서 그런가 벌써 미니버스들이 떠나고 있었다.

"아……. 뒤집어질 것 같은데요?"

"그렇지? 뭐 당장 어떻게 되진 않을 거야. 그래도 타격이 있기는 할걸?"

"그렇겠죠. 그럼…… 어……. 고발 유튜브예요?"

"처음부터 그렇게 해서 뭐 관심이 있겠냐? 누와라엘리야가 어딘지도 모를 텐데. 내 친구가 그러는데 유튜브는 일단 재미가 있어야 된대."

"친구? 아, 그……. 이비인후과 선생님이요?"

"응."

장미는 강혁이 말한 친구 채널을 떠올렸다.

'그래, 뭐 조언해줄 만한 채널이기는 하지.'

해보기 전에는 몰랐는데 해보고 나니 대단하단 생각이 들었다. 장미도 유튜브 시작할 땐 그 채널 정도는 쉽게 갈 줄 알지 않았던가. 어려운 일이었다. 생판 모르는 사람들의 관심을 끄는 건.

"그래서 말인데, 일단 내 브이로그를 찍어보자."

"네? 교수님 브이로그요?"

"응. 뭐 스리랑카에 간 천재 의사 백강혁?! 이런 제목 어때?"

강혁이 제목을 말하자마자 장미는 아주 오랜만에 강혁의 나이를 떠올릴 수 있었다. 세상에 이따위 제목이라니.

"구려요."

"구리니?"

"네. 엄청 구린데…… 그것보다는 뭔가 좀. 확 끄는 게 좋죠."

"어떻게 해야 하는데."

"중증외상센터 의사가 스리랑카엔 왜 갔을까? 딱 궁금하지 않아요?"

"난 모르겠는데."

"섬네일에 교수님이 어그로 좀 끌면 돼요."

"어그로? 어그로는 또 뭐야."

이번 강혁의 말에는 데니스가 한숨을 쉬었다.

"아무것도 모르면서 채널을 하시려고 하네."

"어…….'

한숨을 쉬고 있자니 장미가 몸을 일으켰다. 어쩐지 잘됐다는 얼굴을 하고서였다.

"일단 시키는 대로 해봐요. 일로 와봐요."

"응? 어딜 가. 저녁은 먹어야지."

"유트브가 장난인 줄 아시나. 이거 언제 올리고 싶은데요."

"내일?"

"미치셨네. 그럼 밤새도 못 해요. 다음 주 목표로 찍읍시다. 당장 지금부터."

"어……?"

강혁은 황당하다는 눈으로 데니스와 장미를 바라보았다. 둘 중에서도 굳이 꼽으라면 장미 쪽을 뚫어져라 보는 중이었다.

'미쳤나.'

대체 왜 저렇게 신났단 말인가.

'나는 분명히 새로운 일을 준 건데……?'

연기하는 건가 싶기도 했지만 강혁의 눈은 많은 것을 꿰뚫어 볼 수 있지 않은가. 분명 지금 장미가 보여주고 있는 반응은 순도 100퍼센트 들뜸이었다.

"그래요, 거기 서봐요. 섬네일부터 찍게."

"섬네일이 그…… 앞에 나오는 거야?"

"네. 앞에 나오는 거. 아니, 그래도 친구가 나름 유명 유튜버던데 이런 것도 몰라요?"

"내가 걔랑 뭐 이런 얘기를 하나……."

기껏해야 투자 소스 빼먹거나, 필요한 술기 같은 거 있으면 그런 거나 물어볼 따름이었다. 그럴 거면 그 사람은 왜 강혁이랑 친하게 지내는 거냐고, 누군가 물어본 적이 있었다. 듣기 전까지는 한 번도 생각해본 적이 없었는데 듣고 나니 궁금해져서 물었더랬다.

'나도 원래 외과 지망생이었잖아. 환자 테이블데스 한 날 기억나냐? 그날 집도하신 교수님이 불 꺼진 수술방에서 주저앉아서 나가질 못하더라고……. 그거 보는데 아, 나는 못하겠다 싶었어. 근데 넌 하고 있잖아. 강혁아, 난 너한테 늘 빚진 것 같은 마음이 들어.'

그 후로도 꽤 장황한 이유가 이어졌지만 요약하자면 부채감이 있다, 이 말이었다.

"오, 방금 그 미소 좋은데? 뭔가 즐겁다기보다 좀 처연해 보였어요."

"뭔 소리야, 너는 또."

친구를 떠올리고 있으려니 장미가 계속 떠들어댔다. 데니스가 어디선가 들고 온 카메라 화면을 들여다보면서였다.

"근데 이게 해가 지고 있어서, 빨리 찍어야겠다. 조명 세트까지는 못 챙겨 와서."

데니스는 강혁 때문에 나름 영상에 대한 강좌도 들은 참이었다. 한구에서 광고 찍을 때만 해도 진짜 주먹구구식으로 했다면, 이젠 정말 제대로 된 카메라에 렌즈도 적재적소에 맞춰 쓸 수 있는 능력자가 되어 있었다.

"아, 그래요? 하긴 이거 뭐⋯⋯ 짐이 이렇게 많은데 조명을 언제 챙겨."

"사진은 그냥 막 찍으면 안 되냐?"

"막 찍다뇨. 유튜브 무시하시네. 섬네일하고 제목이 기본인데. 일단 거기, 그래요. 병원 입구에 서 봐요. 아니⋯⋯. 너무 편안하게 말고. 좀 힘들어 보이게. 아니, 하루 종일 일한 사람이 얼굴이 왜 이렇게 빽빽해?"

"빽빽하다니. 스승한테 못하는 소리가 없네."

"일 시켰으면 제대로 하게 해줘야지. 음⋯⋯. 재원샘?"

촬영은 꽤 소란스럽게 진행 중이었다. 애초에 강혁이란 인간은 원하지 않아도 주목받게끔 생기지 않았던가. 키만 멀대처럼 큰 게 아니라 체격도 좋은 데다가, 얼굴은 아무리 잘생겨도 저렇게 잘생겼나 싶을 정도였다. 자연히 병원 내에 있던 모든 이가 강혁을 보고 있었다. 한국대학교 팀뿐 아니라, 미군에서 파견 온 간호장교들과 콜롬보 대학교 학생들도 그랬다. 장미는 그중 재원을 불렀다.

"응? 왜?"

"검댕 좀 묻혀봐요."

"검댕을요? 여기 광산 아니고 병원인데."

"아니, 그래도 좀 고생한 티가 나야지. 땀 대신 물도 좀 뿌리고. 아니다, 옷을 좀 벗겨요."

"옷을……?"

"가운까지 벗으면 좀 그러니까 안에 옷을 벗겨봐요."

"미쳤냐?"

강혁이야 당연히 어이가 없다는 식으로 나왔고 재원 또한 당황스러움을 감추지 못했다. 봉사 활동 왔는데 왜 벗긴단 말인가.

"조회 수 첫 영상부터 10만 넘길 거예요. 내가 장담한다."

"으음."

하지만 조회 수 10만은 아주 달달한 미끼였다. 강혁도 유튜브 하는 친구에게 조회 수 나오는 게 얼마나 어려운 일인지 다 전해 들었기 때문이었다. 구독자 수가 아무리 많아봐야 조회 수 안 나오면 말짱 꽝인데, 그래서 걱정이라는 말도 들었다. 구독자 수 대비 조회 수가 너무 줄었는데, 그래도 퀄리티는 구독자 수에 맞춰 나와야 하기에 영상 대부분이 적자라는 얘기도 들었더랬다. 그놈이 말하기를 평균 조회 수 10만만 되면 이슈가 될 거라 했다.

"얼마나 벗지?"

해서 강혁은 땀 대신 물을 뿌리고 있는 재원에게 일단 가운을 건네주며 물었다.

"일단 웃통은 까요."

"알았어."

"운동은…… 운동은 계속 하셨구나."

"그렇지. 운동은 쉬면 안 돼. 죽을 때까지 해야지."

"잘됐죠. 야, 무슨 의사가 몸이 저래. 좋아요, 지금."

장미와 데니스의 얼굴뿐만 아니라 모여들었던 사람들 대부분의 얼굴이 밝아졌다. 조명이고 나발이고 다 필요 없을 것 같았다. 모델이 사진을 캐리할 수도 있다는 말이 이래서 나왔나 싶을 지경이었다. 덕분에 데니스는 대강대강 찍었고, 장미는 대강대강 골랐다. 그냥 이거 박아놓고 제목만 적어두면 어그로 끌 수 있을 것 같았다. 백강혁이 한국을 떠난 지 좀 돼서 위상이 예전만큼은 못하다지만, 그래도 유명인사 아니던가.

"어때요?"

"난 모르겠는데."

"잘 나오지 않았어요?"

"화장실 거울 앞에 서면 이거보다 낫던데."

"그……."

장미는 고른 사진을 보여주다가 화가 났다. 하지만 곰곰이 생각해보니 강혁은 심드렁할 수도 있겠다 싶었다. 다른 사람 얼굴이나 몸이 아니라 그냥 자기 거 아닌가. 새삼 뭐가 그리 놀랍겠는가.

"자, 그럼 영상을 찍어야 해요."

"영상……? 사진 찍고 나니까 딱 귀찮은데."

"아니, 이걸로 뭐 여기 변화시킨다고 하지 않았어요?"

"그렇긴 하지……. 음……."

사실 사진 찍고 영상 찍는 거 자체가 귀찮다거나 힘든 건 아니었다. 그것보다 강혁을 당황케 하는 건 장미의 반응이었다. 이런 말 하면 좀 그렇지만 강혁은 좀 이상한 사람이지 않은가. 다른 사람이 힘들어하는 모습을 자양분 삼아 힘을 얻어왔더랬다. 분명 귀찮은 일을 시켰는데 왜 이렇게 좋아한단 말인가. 강혁은 도통 그게 이해가 가지 않았다.

"그럼 제가 대강 콘티 짤 테니까, 밥이나 먹죠. 밤에 난 이거나 좀 해야겠네."

"안 쉬고?"

"오늘 널널했어요. 응급 수술 터진 것도 아닌데 뭐가 힘들겠어요."

"아까 수술하지 않았나?"

"배 정도는 갈라야 수술이지. 목 안에 깨작거린 게 뭐 대수라고."

"음."

내 친구가 들으면 되게 섭섭하겠는데, 하는 생각이 들었다. 그 친구는 이비인후과 의사니 허구한 날 목 안을 들여다보지 않는가. 자기도 외과 의사라고 부심 대단하던데.

'둘이 볼 일은 없겠지.'

강혁은 어깨를 으쓱해 보이곤 저녁 먹으러 숙소동으로 향했다. 부엌이 마련되어 있기는 하지만 아직 식자재를 대량으로 구매할 루트를 뚫지 못했기에, 음식이 배달되어 있었다. 다행히 근처 식당 중 저렴한 가격으로 계약되는 곳이 있어 당분간 직접 요리해 먹을 필요는 없을 것 같았다.

'안 돼, 우리끼리는 절대 안 돼.'

특히 아까 한유림에게 들었던 바를 생각하면 더더욱 그랬다. 음식이 아니라 지옥도가 펼쳐졌다지 않은가. 생각해보면 한국대학교 팀 녀석들은 하나같이 요리 같은 거 해본 일이 없을 터였다. 있는 집 자식들이라서 그런 게 아니라, 원래 병원에서 일하다보면 그럴 수밖에 없었다. 삼시 세끼 다 병원에서 먹어야만 하고, 또 삼시 세끼가 다 나오는 환경이라 그랬다.

"그래, 그래. 이게 음식이지. 아유, 아침에는 내가 진짜……."

들어가니 한유림은 벌써 허겁지겁 밥숟가락을 뜨고 있었다. 연신 아침에 있던 일을 구시렁거리면서였다.

"그렇게 심했어요?"

"심했지. 나 진짜……. 와……. 그 계란은 그거. 아니, 양 선생 어떻게 만든 거야? 대체 어떻게 계란이 새카매져?"

한유림은 강혁의 말에 고개를 한참이나 젓다가 재원 쪽을 바라보았다. 오히려 재원은 심드렁한 표정이었다.

"가끔 그러던데요?"

"평생 그러면 안 되는 거야, 계란은."

"아닌데. 이게…… 진짜 그렇게 되던데."

"센터장 됐다고 말대답을 막 하네."

"아니……."

"하여간 안 돼. 이놈들은…… 안 돼."

한유림은 재원의 그 뻔뻔한 얼굴과 경원의 응원하는 듯한 얼굴 그리고 장미를 보면서 혀를 찼다.

"음."

그때였다. 강혁이 갑자기 진공청소기처럼 밥을 빨아들이기 시작한 것은. 상당히 뚱딴지같은 일이었지만, 이 안에 있는 이들은 모두 강혁과 함께한 시간이 적지 않았다. 누가 먼저랄 것도 없이 일단 오늘의 당직부터 떠올렸다.

"나, 난 갔다 왔어!"

리처드가 제일 먼저 빠졌다.

"아…….. 저는 어제였네요."

다음은 양재원이었다.

"아, 씨."

남은 건 한유림이었다.

"빨리 먹어요. 환자 오고 있으니까."

"무슨 환잔데?"

"그거까지 내가 어떻게 알아. 근데 꽤 급한 것 같아. 여기 길도 거친데…… 속도를 엄청 내는데?"

"어디 쪽이야?"

"노동자들 있는 쪽은 아니에요."

강혁은 호텔 단지 쪽을 바라보았다. 제법 멀리 떨어져 있었지만, 그럼에도 그쪽은 밝다는 게 느껴졌다. 상주인구만 따지면 열 배도 훌쩍 넘길 것이 뻔한 농장 쪽과는 아예 다른 지역 같았다. 끼이이익. 그쪽에서 차가 하나 달려오고 있었다.

"얼마나 가까워?"

"2분? 1분?"

"에이, 망할."

"조폭, 2…… 아니, 경원아, 너도 빨리 먹어라. 후딱 먹어야 해."

"네. 교수님."

"네."

1분, 2분이라는 말에 한유림과 경원은 우걱우걱 음식을 욱여넣기 시작했다. 살기 위해 먹는다는 게 뭔지 본격적으로 보여주는 느낌이었다. 할 수 없었다. 빈속으로 수술실에 들어가는 건 고통이니까.

"내가 먼저 나가 있을게."

이미 그릇을 싹 비운 강혁이 밖으로 향했다. 그러다 갑자기 뒤를 돌아보았다. 문을 반쯤 열어둔 채였다.

"아, 데니스."

"네?"

"너도 따라와."

"어……. 여기는 간호장교들도 많고…… 어……."

"아니, 카메라 들고 오라고. 나 브이로그 찍는다며. 환자 안 나오게. 나만 앵글에 잡아."

"아……. 이렇게 밤에요?"

"봉사가 낮 밤이 어딨어."

"이건…… 이건…….."

"안 오냐? 계속 밤이고 싶어?"

"아, 아닙니다."

계속 밤이라니. 그건 안 될 일이었다. 해서 데니스는 급하게 강혁을 따라나섰다.

"아, 교수님. 그렇지 않아도······."

나와보니 한석준이 달려오고 있었다. 휴대폰을 들고 있었는데, 지금도 통화 중인 듯했다.

"환자 온다고?"

"아, 네. 말씀하신 대로 호텔 단지 쪽 환자들······. 외상 환자 발생하면 보내달라고 했거든요."

호텔 단지 쪽 환자들은 거의 외국인이라고 보면 되었다. 그중에서도 누와라엘리야까지 와서 휴양을 즐길 정도면 돈깨나 있는 인간들일 터였다. 보상을 바랄 수 없는 이들에게 계속 치료를 베풀려면, 이렇게 한 번씩 보상해줄 만한 이들도 치료를 해야만 했다. 다른 것들도 그렇겠지만 의료에 있어서 가장 중요한 것은 역시 지속성이기 때문이었다.

"어떻대, 상태는?"

"차가 낭떠러지로 굴렀다고 합니다. 다행히 저 밑에서 그런 건 아니고, 단지 가까이에요. 두어 바퀴 구른 모양입니다."

"아······. 1명이 아닌가, 그럼?"

"네. 4명이라고 들었습니다."

"4명이라."

강혁은 아까 당직 아니라고 좋아했던 이들의 얼굴을 떠올렸다. 대형 재난이지 않은가. 당직이고 나발이고가 중요한 게 아니었다.

"다 나오라고 해."

"아……."

"아……."

한유림과 재원, 리처드 그리고 샘 등은 누가 먼저랄 것도 없이 한숨을 내쉬었다. 거의 퐁당퐁당 시스템으로 굴러가는 병원인데 당직이 아닌데도 나왔으니 그럴 만도 했다.

"시끄러, 너희 여기 봉사하러 온 거야. 놀러 온 거 아니라."

"안식년 대신해서 온 거잖아요……."

"영원히 안식하고 싶냐?"

"그건 아닙니다."

강혁은 그런 일행을 자기 방식으로 격려한 후, 병원으로 향했다. 저 멀리서 불빛이 번쩍이는 것이 보였다. 자가용이 아니라 픽업트럭이었다. 호텔 차량인 것 같은데, 투숙객이 다쳐서 그런가 아주 서두르고 있었다.

'뒤에 다 실려 있군. 오면서도 손상이 좀 있었겠는데.'

앰뷸런스 침대가 괜히 좁은 게 아니었다. 물론 차체가 좁아서 최대한 나머지 공간을 넓게 빼려는 의도도 있기는 하지만, 차가 흔들리는 와중에도 환자는 최대한 흔들리지 않게 묶어두기 위해서였다. 대한민국 서울처럼 도로가 쭉쭉 뻗은 곳에서는 사실 크게 의미가 없을 수 있지만, 현장에서 빠져나올 때는 결정적일 수 있었다.

끼이익. 차량은 곧 병원 앞뜰에 멈추어 섰다. 농장 진료 때문에 세워놓은 천막 바로 앞에 멈춰선 차에서 직원으로 보이는 사람 둘이 황급히 뛰어내렸다. 하나는 백인이었고, 하나는 현지인이었다. 둘 다 언어는 영어를 썼다.

"여기 의사 있습니까?"

먼저 일행에게 다가온 것은 백인 직원이었다. 딱 봐도 좀 높아 보이는 차림새였는데, 진땀을 줄줄 흘리고 있었다.

"접니다."

"아······. 네, 그."

시선은 리처드를 향하고 있었는데, 의외로 강혁이 손을 들자 좀 더 당황한 얼굴이 되었다.

'이 새끼도 이러네.'

"이봐, 어디 봐. 환자 데리고 온 거 아냐?"

당연하게도 강혁의 말투가 거칠어졌다. 그사이 재원과 한유림, 장미, 리처드, 샘 등은 환자들에게로 달려갔다. 강혁 또한 그쪽으로 향하며 말을 이었다.

"어떻게 다친 거지? 빨리 대답해, 여기 책임자는 나니까."

분위기라는 게 있지 않은가. 직원은 즉시 강혁의 말이 사실임을 확인할 수 있었다. 그렇지 않고서는 이런 느낌을 줄 수 없을 터였다.

'하긴, 연락이 왔던 것도······ 한국 대사관 직원이었지?'

그러고 보니 이 근처에 병원을 운영할 거라고 알려왔던 것도 한국 사람이었던 것 같았다. 해서 직원은 쓸데없는 의심을 거두고 성실히 답을 해나가기 시작했다.

"아······. 그, 원래 이 시간에 통행이 안 되는데."

"어떻게 다친 거냐고 물었지, 다른 걸 물은 게 아닌데."

"아……. 네. 그, 여기서…… 2km 정도 떨어진 곳에 폭포가 하나 있지 않습니까?"

폭포라. 책자에서 본 기억이 있었다. 그 근처에도 차 농장들이 있는데, 농장에서 폭포를 내려다보며 차를 마실 수 있는 관광 코스가 있다고 쓰여 있었다. 밤에도 불을 켜놔 절경이라고 들었는데, 거길 갔다 온 모양이었다.

"알고 있지."

"차량 렌트해서 오신 분들이었는데……. 거기서 돌아오다가 그만 낭떠러지를 굴렀습니다. 운전자가 의식이 있어서 바로 호텔에 연락을 취했고요."

"그게 언제지?"

"연락받은 게 30분 전입니다."

"현장 도착했을 때, 넷 다 차 안에 있었나?"

"아……. 아뇨. 아이 하나는 밖에 있었습니다. 그……."

강혁은 한숨과 함께 픽업트럭 쪽으로 달렸다.

'30분 전, 낭떠러지로 굴렀고, 운전자는 의식이 있었고, 아이는 차 밖에.'

중요한 정보를 다시 한번 되새기면서였다. 이미 발 빠른 동료들이 환자를 하나하나 들것에 싣고 병원 안으로 달리고 있었다. 마지막에 남아 있던 것은 한유림이었는데, 그가 자신들이 파악한 바를 강혁에게 알렸다. 밥 먹다 말고 환자가 와서 힘드네 어쩌네 했던 모습과는 거리가 있었다.

"운전자는 42세 남자고 지병은 없어. 핸들에 가슴을 세게 부덮쳤는데……. 아직 의식은 있지만 숨을 심하게 몰아쉬고 있어."

"텐션?"

"아마도? 지금 재원이가 보고 있으니까 걱정할 거 없을 거야."

"오케이, 다른 환자들은?"

강혁은 아직 트럭 위에 남겨져 있던 아이를 안아서 들것에 옮기며 물었다. 기껏해야 여덟 살이나 되었을까 한 아이였는데, 아마도 이 아이가 밖으로 튕겨 나간 것 같았다. 팔이 이상한 각도로 꺾여 있었고, 혼절한 지 오래였다.

"조수석에는 여자가 있었는데, 의식이 없어. 유리창에 머리를 부딪쳤는지……. 열상이 있고, 아무래도 배도 앞쪽에 부딪친 모양이야."

"복부 팽만은 없고?"

"어두워서 그런 것까지는 확인이 어려워. 리처드가 보고 있는데……. 바이털 괜찮으면 머리부터 CT 싹 긁어야 될 것 같은데."

"그래."

보지는 않았지만 얘기만 들어도 대강 상황이 그려졌다. 게다가 한유림, 재원, 리처드가 내린 결정 아닌가. 십중팔구 확실할 터였다.

"또?"

"12세 남아. 걘…… 안전벨트를 잘하고 있었던 모양이야. 체구도 커서 뭐 카시트 필요 없는 키. 거의 나만 하던데?"

"다친 곳은?"

"단순 타박상 정도로만 보이긴 하는데, 알 수 없지. 일단 처치실로 갔어. 저기 넷이 틈틈이 환자 보면서 보기로 했어."

"오케이."

교통사고 중에서도 in car TA, 그러니까 차에 치인 게 아니라 차에 타 있는 상황에서 발생한 교통사고는 조금 경미한 경우가 많았다. 특히 속도를 내기 어려운 상황에서 발생한 사고는 더더욱 그랬다. 물론 지금은 데굴데굴 굴렀으니 조금 다르긴 하겠지만, 경우에 따라서는 이렇게 큰 사고인데도 불구하고 아무렇지도 않은 경우도 있기는 했다.

"문제는 얘네."

"어……. 머리가……."

한유림은 굳이 만져보지 않아도 부러진 것을 확인할 수 있는, 아이의 좌측 두개골을 내려다보았다. 찢어진 피부 사이로 피가 흘러나오고 있었는데, 피만 있는 게 아니라 옅은 노란빛의 액체도 뒤섞여 있었다. 뇌척수액이었다.

'이건…… 이걸 살릴 수 있을까?'

한유림이 아니라 강혁의 머릿속에 스친 생각이었다. 언제나 자신감이 넘치는 강혁이, 심지어 오늘 아침엔 전투 손상으로 인해 반쯤 죽어가던 사람을 살린 강혁마저도 이런 생각이 들만큼이나 절망적인 부상이었다.

"뭐 해, 빨리 수술방으로 가자고!"

그런 강혁을 깨운 건 오히려 한유림이었다. 일찍 결혼한 친구들은 이제 슬슬 손주 볼 나이가 아니던가. 그래서 그런가 특히 아이들을 볼 때면 열정이 넘쳤다. 나쁜 일은 아니었다.

'잘된 일이지.'

해서 강혁은 고개를 크게 끄덕이고는 들것을 들고 달렸다.

"저, 저기! 치료는 어떻게 되…… 접수…… 접수는……."

황망한 얼굴이 되어 소리치는 직원들을 뒤로한 채였다. 따라 들어오지도 못했다. 일반인들로서는 감히 핏자국이 줄줄이 나 있는, 인적 드문 병원 복도에 발걸음을 옮길 생각을 할 수 없었다. 강혁과 한유림은 처치실 두 곳을 스쳐 지나갔다. 예상했던 대로 재원은 운전자의 흉부에 바늘을 꽂아 넣고 있었다. 긴장성 기흉이 맞았던 모양이었다. 리처드는 조수석에 앉았던 여자에게 삽관을 한 후, 지하로 향하고 있었다. CT를 찍기 위함일 터였다. 그사이 거의 정신을 차린 남자아이를 달래고 있는 건 콜롬보에서 온 대학생들이었다. 숙소동에 같이 묵고 있었으니, 이만한 소란을 겪고도 무시하고 있기는 어려웠을 터였다.

"엄마…… 아빠 어디 갔어요?"

울먹이는 아이의 손을 잡아준 건, 콜롬보 대학교 타밀계 대표를 맡고 있는 셀바라사였다. 그는 전형적인 영국식 악센트를 구사하는 아이를 보며, 착잡한 표정을 지어 보였다.

'영국인…….'

어떻게 보면 현재 스리랑카가 겪고 있는 모든 비극을 야기한 장본인들이라 할 수 있었다. 물론 인도, 포르투갈, 네덜란드, 프랑스 등도 작은 섬나라에 불과한 스리랑카를 먹잇감 삼아 달려들기는 했지만, 최종적으로 이 땅을 식민지 삼아 착취하고 지금도 영향력을 발휘하고 있는 건 영국이었다. 이 아이의 가족도 어쩌면, 당시의 향수를 느끼고 싶어 이곳에 왔을 수도 있었다. 이곳은 스리랑카 중에서도 식민지 당시에 지어진 가장 건물이 많았고 그때의 라이프 스타일을 고수하고 있었다.

"아이야, 여기 의사들은 실력이 정말 좋아. 너무…… 걱정 안 해도 된단다."

하지만 셸바라사는 적개심 대신 위로를 전했다. 상대는 아이이지 않은가. 게다가 싸움으로는 무엇도 해결할 수 없다는 것을 혹독한 역사를 통해 배운 바 있었다. 타밀 타이거로 대변되는 내전은 결국, 타밀족에 대한 차별로 이어졌을 뿐이었다.

"아……. 많이…… 많이 다쳤어요?"

"그래, 많이 다쳤어. 하지만 병원에 굉장히 빨리 왔어."

"여기…… 여긴……."

아이는 여전히 붉은 눈으로 병원을 돌아보았다. 강혁이 나름 이것저것 많이 채워 넣어둔 곳이긴 하지만 사실 진짜 병원들에 비하면 부족할 수밖에 없었다. 특히 부유한 축에 속하는 이들이 다니는 병원에 비하면 이게 병원인가 싶을 지경이었다.

"시설은 어쩔 수가 없어. 여기서 수도로 가려면…… 100km도 넘잖아."

"그……."

"일단은 기다리자. 혹시 종교가 있니?"

"기독교요."

"그럼 기도하렴. 나도 내가 믿는 신에게 기도할 테니."

"아……."

셸바라사는 자신의 위로가 정말 효과가 있기는 한 걸까 하는 의문이 들었다. 그의 유년 시절이 보통의 유년 시절과 너무 달라서였다. 어쨌든 아이는 눈물이 고인 눈을 감고 손을 모았다.

"경원아, 여기로 마취 바로 걸어줘."

그사이 강혁은 아이를 수술대 위로 옮기고, 한유림과 다른 미군 간호장교와 함께 아이의 목에 기관 절개를 마친 상황이었다. 그야말로 번개 같은 솜씨였다.

"아, 네."

"그리고 가위. 아니, 그거 말고 가위."

그러곤 아이의 머리를 밀기 시작했다. 사각사각. 강혁이 빠르게 머리를 미는 사이, 한유림은 아이의 옷을 벗기고 혹 다른 곳의 부상이 없는지 확인했다. 영상이고 뭐고 아무것도 못 하고 들어온 상황이니 어쩔 수 없었다.

'팔 말고는 괜찮은 것 같은데…….'

육안으로 보기엔 괜찮았다. 하지만 확신할 수는 없었다. 해서 강혁을 바라보았다.

"좀 어떤 것 같아?"

"음, 팔 말고는 괜찮아. 소변줄만 좀 꽂아줘요."

"오케이. 수술은…… 쉽지 않겠지?"

"당연하죠."

강혁은 가위질을 하면서 더 확연하게 다가오는 두개골의 부상을 바라보았다. 두피의 열상 사이로 흘러나오는 피, 그리고 뇌척수액. 이미 뇌가 망가졌을 수도 있었다. 밖으로 튕겨 나가면서 머리로 떨어졌다면, 그 충격은 어마어마했을 터였다.

'두개골이 다 받았기를 바라야지. 나는…… 내가 할 수 있는 걸 한다.'

하지만 강혁은 실의에 빠지기보다 손을 빨리 움직였다. 감정 때문에 할 수 있었던 것을 못 해 환자를 보낸다면 그건 너무 허무할 것 같았다.

"칼."

수술 시작은 순식간에 이루어졌다. 수술 외에 필요한 조치들을 전부 경원이 신속하게 처리해준 덕이었다. 뇌 손상으로 인해 올라갔을 뇌압을 처리하기 위한 약물과 그 약물의 용이한 주입을 위한 여러 라인들까지 모두 경원 혼자서 해낸 참이었다.

'평소엔 모지리 같더니. 역시 수술방에서는 달라.'

강혁에게나 환자에게나 다행한 일이었다. 뭐가 되었건 강혁이 볼 때 1인분 이상을 해내는 의사는 드물지 않던가. 특히 강혁이 직접 붙잡고 가르칠 수 있는 외상 외과 의사가 아닌 다른 과 의사들 중에서는 극히 드물단 말도 과하지 않았다.

강혁은 경원에게서 시선을 거두고 아이의 머리를 내려다보았다. 엉망이라 할 수 있었다. 모니터에 뜬 심장 박동이 아니라면 이미 죽은 게 아닌가 싶을 지경이었다. 특히 아까 한유림이 감겨 준 눈동자를 보면 더더욱 그랬다.

'다친 쪽에 동공 반사가 소실됐어……. 뇌압 때문일지…… 아니면…….'

정도 이상으로 산대된 동공은 그 자체로 죽음을 떠올리게 만

들었다. 한 번도 본 적이 없다면 이게 무슨 말인가 싶겠지만, 초점을 잃은 채 흐리멍덩해진 눈동자가 심지어 커져 있는 것을 단 한 번이라도 본다면 바로 공감할 수 있으리라.

"그래, 지금 딱…… 그 정도로만 잡아요."

"응. 이게…… 두개골이 조각난 거지?"

"네."

"음."

반면 한유림은 환자의 머리에 손을 대고 나서야 부쩍 죽음이 가까이 다가온 것을 실감할 수 있었다. 본디 단단해야 할 두개골이 출렁이고 있었다. 두피막 사이에 피가 들어찬 것도 한 가지 이유겠지만, 그렇다고 해서 이렇게까지 출렁거리진 않을 터였다.

'이런 망할.'

한유림은 아이의 얼굴을 바라보았다. 아까 실려 왔을 때보다 더 말이 아니었다. 부상 때문이기도 하고, 지금까지 들어간 수액 때문이기도 했다. 얼굴이 퉁퉁 불어 있었다.

"소변은 잘 나옵니다."

경원은 한유림의 표정을 읽어내고는 즉시 염려를 덜어주었다. 아주 커다란 위안이 되지는 않았다. 하지만 적어도 신장은 제대로 기능하고 있다는 것을 유추할 수 있었다. 그사이 강혁은 메스를 이용해 환아의 상처에 더욱 깊숙이 도달하고 있었다. 중간중간 고여 있던 피가 튀어나오거나, 출혈이 있었지만 별로 개의치 않았다.

'후.'

집중한 상태의 강혁에게 이만한 어려움은 별 방해가 되지 않았으니까.

'설마 또 이런 사고가 있지는 않겠지.'

어설픈 예측이 아니라, 확신에 가까운 생각이었다. 이를테면 예언이라고 할까? 누와라엘리야는 어두워진 이후엔 차량 통행이 거의 불가한 곳이 아닌가. 사고라는 게 꼭 교통사고만 있으리란 법은 없겠지만, 나머지 사고라면 제자들 선에서 충분히 해결 가능할 터였다.

'여기에 모든 걸 쏟는다.'

해서 강혁은 한구에 지내는 동안 습관처럼 남아 있던, 여력 남기기를 오늘만은 해제하기로 마음먹었다. 아무래도 언제 어디서 무슨 일이 터질지 알 수 없는 한구보단 이곳이 낫다는 생각이 들었다.

'음?'

그 순간 뭔가 달라졌다. 한유림은 딱 집어 뭐라고 말할 수는 없었지만, 느낄 수 있었다.

'뭐지?'

강혁의 실력이 확 올라간 듯했다. 두피가 갈라지는 속도와 방향 그리고 그로 인해 반드시 발생해야 하는 출혈 등이 달라졌다. 이미 인간의 한계를 넘어가 있는 놈이 더 늘 수가 있는 건가 싶었지만, 지금은 질투란 감정조차 들지 않았다. 어떻게 해서든 이 어린아이가 살았으면 하는 마음뿐이었다.

"좋아, 그렇게. 잘 따라오네?"

또 적어도 방해가 되지는 말자는 각오를 다졌다. 보람이 있었는지, 강혁은 칼을 쥔 지 불과 1분도 채 되기 전에 조각난 두개골을 시야에 둘 수 있었다. 그 아래쪽으로는 압력을 조금도 주지 않은 채였다.

"다행히 경막이 완전히 찢기진 않았어. 구멍만 난 정도?"

"어디?"

"여기요."

"어……."

"안 보일 수 있어. 구멍이 작기도 하고 좀 가려져 있어서."

"뭐가 나오는 건 보여. 뇌척수액인가?"

"네."

강혁은 경막이 더 찢어지지 않도록 주의하면서 동시에 조각난 두개골을 하나하나 제거했다. 범위가 아주 넓지는 않았다. 누군가 일부러 눌러보지만 않는다면 이 부위에 두개골이 없다는 걸 모를 정도였다. 아마 모양에는 크게 지장이 없을 터였다.

"아, 저기군. 이거…… 뇌압이…….'

어설프게나마 모양을 유지하고 있던 두개골이 사라지자, 그쪽으로 뇌가 밀려 나오는 것이 보였다. 동시에 경막에 난 구멍을 통해 뇌척수액이 줄줄 새어 나왔다. 한유림 아니라 누구라도 기겁할 만한 장면이었지만 강혁은 그저 그 현상을 가만히 지켜볼 따름이었다.

'경막 바로 아래 부위는…… 손상이 있어. 제거해야 할까? 아니면…….'

아니, 현상뿐 아니라 그 아래의 구조물까지 들여다보고 있었다. 아무리 강혁이라 해도 평소엔 불가한 일이었다. 본능적으로 눈의 성능을 억제하고 있기 때문인데, 지금은 그 리미트가 해제되어 있었다. 그토록 우수한 강혁의 두뇌로도 감당이 안 될 만큼이나 막대한 시각 정보가 쏟아져 들어왔다. 단순히 보기만 하는 거라면 감당하기가 더 쉬울 테지만, 지금은 분석하는 것뿐만 아니라 앞으로의 수술 진행 방향까지 결정해야 했다.

"어……. 백 교수 괜찮아? 뭔 땀이…… 이거, 이것 좀 닦아줘."

그렇다보니 식은땀이 줄줄 흘러나왔다. 기겁한 한유림의 요청에 간호장교가 부리나케 달려와 땀을 닦아주었다.

"칼."

"어……. 괜찮냐고."

"괜찮아요. 안 괜찮은 건 얘지."

그 와중에 강혁은 칼 달라고 손을 내밀었다. 평소와는 달리 조금 힘겨워 보였다. 한유림은 이놈이 진짜 괜찮은 거 맞나 해서 물었다가, 강혁이 아이를 가리키는 통에 입을 다물어야만 했다. 맞는 말이긴 하지 않은가. 여기서 누가 아무리 아프거나 힘들어봤자, 이 아이가 힘든 것의 반도 안 될 터였다. 강혁은 한유림의 침묵을 배경 삼아 경막에 칼을 그었다. 그러자 뇌척수액이 좀 더 빠져나왔는데, 그것만 있는 게 아니라 핏물도 좀 새어 나왔다. 이렇게 봐서는 안에서 피가 나고 있는 건지 아니면 밖에서의 출혈이 구멍을 통해 안으로 들어갔다가 나오는 건지 알 수가 없었다. 어디까지나 일반인들 수준에서 그렇다는 얘기였다. 강혁은 이미 출혈 부위를 특정한 후였다.

"여기 이렇게 당겨요."

"응? 어어."

그뿐만 아니라 수술 계획도 이미 다 잡은 상황이었다. 한유림만 시키는 대로 움직이면 됐는데, 다들 알다시피 이제 한유림의 실력은 일취월장을 넘어 본래 한계를 넘어선 지도 오래였다. 발열로 들뜬 상태에서 보여준 모습에 거의 근접해가고 있달까? 지독히 오래 걸리긴 했지만, 타고난 재능의 벽을 뚫었단 점에서 고무적이었다. 그것도 환갑이 넘은 나이에 그랬단 것은 기적이라 할 수 있었다.

"좋아. 석션."

"내가 해?"

"해주면 좋지. 할 수 있겠어요? 손상 가면 안 돼. 이미 손상받은 곳이라."

"할 수 있어."

"그럼 해요."

한유림은 강혁이 벌려놓은 틈새에 석션을 집어넣었다. 고여 있는 핏덩이를 제거하기 위함이었는데, 생각만큼 쉬운 작업은 아니었다. 뇌라는 게 원래도 아주 단단한 장기는 아니지 않은가. 심지어 지금은 다쳐서 더욱 물렁물렁해진 상황이었다. 호로록 잡아당겼다가는 참사가 벌어질 수 있었다. 그럼에도 한유림이 나섰고, 그걸 강혁이 말리지 않은 건 자신이 있어서였다. 쉬이익. 곧 핏덩이가 귀신같이 사라졌다. 그리고 어디선가 흘러나오는 피를 확인할 수 있었다. 이걸 정확히 특정할 수 있는 재주는 한유림에게 없었다. 시간을 충분히 준다면 모르겠지만 지금 당장은 무리였다. 하지만 강혁은 달랐다.

"보비 줘봐요."

"지, 지지게?"

"그래도 되는 혈관이야. 아주 작아요."

"어……. 어어."

무려 전기로 지져버렸다. 물론 뇌가 천지 사방에 깔려 있는 상황에서 무대포로 지진 건 아니었다. 우선 에디슨이라는 작은 이빨 달린 핀셋으로 피 나는 부위를 문 뒤, 그 기구의 끝에 보비를 갖다대어 전기 에너지를 전달했다. 장갑이 고무 재질이라 가능한 일이었다. 수술장에서는 아주 많이 쓰이는 술기인지라 특별할 것도 없었고.

"좋아. 또…… 이제 이렇게."

"어. 어."

강혁은 쉬지 않고 움직였다. 아직 계획한 대로 다 하려면 먼 상황이었다. 그와는 상관없이 지쳐가고 있었다. 힘들었다.

'죽겠는데?'

잠이라도 잘 잔 상황이었다면 좀 달랐을 터였다. 하지만 오늘 새벽에 에어 앰뷸런스 타고 출동을 다녀온 마당 아닌가. 땅 위에서 수술한 것도 아니고 배에서의 수술이었다. 그때까지만 하더라도 밤에 이런 환자가 오리라고는 상상도 못 했기에 어깨뼈도 맞춰주었더랬다.

'하지 말 걸 그랬나. 아냐…… 그 환자도 중요한 환자야.'

잠깐 후회가 들 정도로 힘들었지만, 강혁은 이내 고개를 저었다. 그러곤 한유림이 기가 막히게 당겨준 틈새를 통해 또 하나의 핏덩이를 찾아냈다. 머리가 바닥에 떨어지면서 발생한 충격 탓에 여기저기 핏줄이 터진 모양이었다. 한유림은 말없이 석션으로 핏덩이를 제거했고, 강혁은 아까처럼 출혈을 일으키고 있는 작은 혈관을 찾아 지졌다. 그냥 놔뒀으면 치명적인 손상으로 이어졌을 것이 뻔한 출혈이 작은 '타닥' 소리와 함께 사그라들었다.

'그나마 애가 어려서 다행이야.'

아마 어른이었다면 죽었을 터였다. 이런 작은 혈관이 아니라 큰 혈관이 터졌을 테니까. 아니, 작은 혈관이 터졌다 해도 이만큼 버티지 못했을 터였다. 지금 아이의 생명을 잡고 있는 건 놀라울 만큼 유연한 조직들이었다. 강혁은 안도의 한숨을 내쉬면서 계속 핏덩이를 제거해나갔다. 무려 8번가량 반복되고 나서야 멈출 수 있었다.

"휴."

한유림의 입에서 자기도 모르게 한숨이 새어 나왔다. 그저 보조만 했는데도 지친 까닭이었다. 물론 힘들단 말을 직접적으로 꺼낼 수는 없었다. 마주하고 있는 강혁의 얼굴은 그야말로 말이 아니었기 때문이었다. 곧 쓰러질 것 같다고 해야 할까?

'옛날에 한 번 쓰러진 적이 있다고 했지?'

재원과 경원에게 전해 들었던 기억이 있었다. 그때랑 비교하면 어떤가 해서 경원을 돌아보았더니, 경원은 이미 어떤 준비를 하고 있었다.

'소변줄은 왜 꺼냈어?'

그 준비라는 게 좀 이상하긴 했지만, 하여간 강혁이 힘들어하고 있다는 것 하나는 확실한 사실이었다.

"자, 이제 머리 쪽 마무리합시다. 수류탄 박고 끝내자고."

하지만 정작 숨을 꼴딱거리고 있는 강혁은 멈추지 않았다. 오히려 곧 쓰러질 것 같아서일까? 빨리 끝내고 싶은 마음이 간절해 보였다. 그 마음이야 한유림 또한 마찬가지였기에 고개를 끄덕였다.

"응."

곧 열렸던 경막이 닫히고, 두피도 닫혔다. 핏덩이가 상당히 제거된 후이긴 해도 뇌압이 완전히 해소된 것은 아니었기에 두개골이 사라진 부위가 불룩 튀어나왔다. 하지만 수술 전과 비교하면 훨씬 낫다는 말도 모자랄 지경이었다. 강혁은 그 모습을 만족스러운 얼굴로 내려다보더니 이내 수술실 구석에 있는 의자에 털썩 앉았다.

"뭐…… 해?"

아직 팔 수술이 남은 상황 아닌가. 한유림은 황당하다는 얼굴로 강혁을 바라보았다.

"쉬려고. 못 하겠어."

"아니……."

"팔은 혼자 해요. 할 수 있잖아. 난 좀 잘게."

"잔다고?"

"어. 말 시키지 마. 나 자다 깨우면 화가 많이 나는 편이라 무슨 일이 벌어질지 몰라. 그리고 경원아, 그거 내려놔. 뒤지기 싫으면."

강혁은 자못 살벌한 말을 남기고 진짜로 잠에 빠져들었다. 어떻게 수술실 의자같이 등받이도 없는 의자에 앉아서 저렇게 잘 수 있을까 싶을 지경이었다.

"뭐냐, 이거."

한구 병원에 같이 있으면서 정말이지 별의별 꼴을 다 봤다고 생각했는데, 이건 또 처음 겪는 일이었다.

"저도 그때 이후로는…… 이런 거 못 봤었는데."

"오늘 수술이 빡셌나?"

"글쎄요. 그러니까 비행기로 부르지 않았을까요?"

강혁이 어디로 간다는 말을 남기고 떠났던 것은 아니었다. 하지만 오밤중에 어디선가 들려왔던 기체의 울음소리는 선명히 기억하고 있었다. 경원은 잠시 침대에서 몸을 일으켜, 창문 밖을 응시하기까지 했다.

"하긴……. 거긴 뭐 한번 다치면 또 장난 아니긴 하지."

한유림은 나이 들면서 잠귀도 어두워진 탓에 깨지도 않았지만, 지난 세월을 통해 유추하는 건 가능한 상황이었다. 대부분은 리처드가 같이 가긴 했지만 한유림도 어쩌다 미군을 치료한 적 있지 않았던가. 확실히 전투 손상이라는 건 차원이 달랐다.

"그럼 팔은 교수님이 하실 거죠?"

경원은 좀 더 강혁을 바라보고 있다가, 이내 아이를 향해 고개를 돌렸다. 여전히 소변줄을 들고 있기는 했으나 감히 강혁에게 냅다 꽂을 생각은 하지 못했다. 아까 분명히 그러지 않았던가. 그거 안 내려놓으면 죽이겠다고.

'정말 죽이진 않겠지만······.'

죽음의 문턱 가까이에는 가볼 수 있을 터였다. 어떻게 보면 상당히 진귀한 경험일 수도 있겠으나, 굳이 여기서 해보고 싶진 않았다.

"응? 아, 응. 해야지. 복합 골절에······ 개방형이잖아. 어려워, 이것도."

"보조 부를까요?"

"보조? 음."

경원의 말에 한유림은 밖을 돌아보았다. 재원이 맡은 환자와 리처드가 맡은 환자, 다 수술이 필요한 환자들이었다. 어쩌면 멀쩡해 보였던 남자아이도 지금은 뭔가 일이 틀어졌을 수도 있었다. 외상이라는 건 도무지 예측할 수 없는 생물 같지 않던가. 한 가지 확실한 건 대부분의 경우 낙관했던 것보다는 안 좋아진다는 점이었다.

"아냐, 됐어. 혼자 하지 뭐."

그에 비하면 지금 이 아이는 나아진 상황 아닌가. 머리가 어떻게 되었을지는 알 수 없지만 그건 의사들의 손을 떠났다고 봐야 했다.

"아, 네. 이걸······ 음."

"괜찮아. 나 많이 늘었어."

"네네."

경원은 대번에 미심쩍다는 얼굴이 되었지만, 마스크를 끼고 있었기에 다행히 티가 많이 나지는 않았다. 게다가 한유림은 아까부터 팔만 들여다보고 있었기에 말투만으로 지레짐작했다.

'하긴, 이거 그냥 할 수 있는 실력자가 많이는 없지.'

정형외과 의사가 아니지 않은가. 아무리 외상 외과가 이것저것 많이 봐야 하는 과라고는 하지만, 원래 제대로 된 센터일수록 외상 외과에 흉부외과, 신경외과, 정형외과 등이 상주하고 심지어 경부 손상이 있을 땐 이비인후과가 오기도 하고 안구 손상이 있을 땐 안과가 오기도 하는 법이었다. 백강혁처럼 혼자 다 하는 게 이상한 거란 얘기였다. 하지만 한유림은 강혁의 제자였다.

"우선 물 좀 붓자. 식염수 뜨뜻한 거 있나?"

"아, 네."

한유림은 너무도 능숙한 손놀림으로 간호장교가 준비해준 생리 식염수를 팔에 부었다. 하필 위팔이 아니라 전완부 쪽이라 구조가 좀 더 복잡했다. 다행인 점은 커다란 혈관이 다치진 않았다는 점이었다. 자잘한 혈관들이 다치긴 했지만 지금 당장 문제 될 만큼의 출혈은 없었다.

'운이 좋…… 아, 아니네. 이 미친놈이 언제 이걸 했지?'

그저 운인가 하고 있었는데, 자세히 보니 지진 흔적이 있었다. 한유림의 고개가 자연히 강혁에게로 돌아갔다. 머리 수술을 하기 전에 간단하게나마 처치를 해놓은 모양이었다. 내내 같이 있었는데 눈치도 못 챌 정도로 빠를 줄이야. 역시 백강혁은 백강혁이었다.

"벌릴 것 좀 줘봐. 음. 그래, 그거. 그걸로 그냥 딱 여기만 걸고 있어요."

"네."

잘된 일이긴 했다. 출혈이 있는 상황에서 수술을 하는 것과 그렇지 않은 상황에서 하는 것은 천지 차이이기 때문이었다. 경우에 따라서는 난이도가 서너 배 이상 바뀌기도 했다. 특히 수술 부위가 좁을수록 그랬는데, 지금이 딱 그랬다. 가뜩이나 아이의 팔이라 작은데, 찢어진 부위는 더욱 작았다.

'여기서 피 났으면 시벌……. 보이는 건 하나도 없었겠네.'

한유림은 보다 정확한 판단을 하기 위해, 그리고 정확한 처치를 하기 위해 메스로 상처를 좀 더 연장했다. 한쪽을 간호장교가 당겨주고 있었기에 그리 어렵지는 않았다.

"석션."

"네."

절개 면이 넓어지자 안에 고여 있던 핏덩이가 왈칵 쏟아져 나왔다. 순간 강혁이 놓친 출혈 부위가 있나 해서 긴장했는데, 그건 아니었다. 그저 고인 피뿐이었다.

'양이 많아……. 그럼 출혈도 꽤 있었을 거란 얘긴데……. 이걸 나도 모르게 막았다고?'

확실히 강혁은 보통 사람이 아니었다. 한유림은 그런 생각을 하면서 부러진 뼈를 확인했다. 바닥에 부딪히면서 부러진 것으로 보이는데, 다행히 아이가 어려서 그런가 조각 나 있지는 않왔다. 또 성장판이 있는 부위는 무사했다. 혹 머리가 멀쩡해져서 살아나게 된다면, 적어도 모양의 이상을 염려할 수준은 아닐 것 같았다.

'그러려면 내가 지금부터 제대로 해야겠지?'

전제 조건이 있다면 역시나 한유림의 수술이었다. 최선을 다하는 것을 넘어 최고의 결과를 내야만 했다. 수술실에는 숨소리와 석션 그리고 이따금 보비 작동하는 소리만이 들리게 되었다.

그사이 바깥도 만만치 않게 바빴다. 우선 재원이 그랬다.

"경원이는 지금 1번 방에 있나?"

"아, 네. 마침 필요할 것 같아요?"

"응, 필요할 것 같은데……."

재원은 방금 응급처치해둔 환자를 돌아보았다. 의식은 없었다. 의도적으로 재운 탓이었다. 긴장성 기흉이 생긴 이유는 아마도 핸들에 가슴이 부딪치면서 발생한 충격일 터였다. 그중에서도 우측 가슴이 문제였다. 유독 선명한 멍이 그쪽으로 번져 있었다.

"얼마나 걸릴 것 같아요?"

장미 또한 재원이 보고 있는 곳을 바라보았다. 쐐기 절제술이라도 필요할 터였다. 이런 부상을 입고 실려 온 환자의 가슴을 열었을 때 폐가 터져 있는 것을 목격한 게 한두 번이 아니었다.

"글쎄. 40분?"

"40분……. 그 정도면 혼자 하시는 게 낫겠는데요?"

"응? 왜?"

"리처드 쪽이 만만치가 않아서요. 저도 이제 슬슬 거기 보조

들어가야 될 것 같아요. 샘이 이쪽으로 오고."

"아……. 머리야?"

"머리뿐만 아니라, 복강에 출혈이 있어요. 간이 좀 찢어진 것으로 보이던데."

"간이라."

아무래도 장미는 이쪽저쪽 뛰어다니며 도운 마당 아닌가. 그 와중에 리처드가 찍어둔 영상을 본 모양이었다.

"오케이. 알았어. 그럼 샘만 보내줘. 마취야 뭐……."

"할 수 있어요?"

"원래 우리 인력 없었잖아. 멀티는 기본이지."

장미만 해도 그렇지 않은가. 병동, 중환자실에 수술실까지. 혼자서 모든 일을 감당해야 했던 것이 불과 1, 2년 전이었다. 의사들이라고 해서 다른 건 아니었다. 특히 노예 1호였던 재원은 간단한 마취 정도는 할 수 있어야 한다는 강혁의 주장에 혹독하게 훈련받은 바 있었다.

"자, 그럼 여기서 바로 해볼까."

재원은 삽관부터 시행했다. 마취과의 보조가 있다면 훨씬 안전하겠지만, 지금은 혼자였기에 미연에 사고를 방지해야만 했다. 폐가 터진 우측으로 바람을 강제로 불어 넣어주는 건 좀 위험할 수 있다는 얘기였다. 해서 재원은 평소보다 삽관을 좀 더 깊숙이, 그리고 왼쪽으로 시행했다.

"음."

청진을 해보니 과연 우측에는 호흡음이 없었다. 그때 샘이 도착했다.

"아, 부르셨다고…….."

"네. 세트 제가 꺼내놨거든요? 바로 손 닦고 들어와요. 우측 위폐엽 쐐기 절제술 할 겁니다."

"어, 네? 여기서요?"

"네. 지금은 어지간하면 질문은 하지 마세요. 시간이 없어."

"어……."

그 순간 샘은 자신 앞에 있는, 조금은 순하게 생긴 양재원이라는 사람이 왜 강혁의 수제자인지 알 수 있었다.

'와, 싸가지 없는 거 보소?'

되게 기분 나쁜데 어디서 들어본 말투다 했더니, 역시나 백강혁이었다. 대사관에서 일하는 간호사가 대체 어디서 이런 말을 듣겠는가. 저놈의 백씨 아니면 이럴 일이 있을 수가 없었다.

"뭐 해요? 준비 안 하고. 환자 죽는 꼴 보고 싶어요?"

"아, 아뇨. 어…… 해야죠."

황망한 얼굴로 서 있으려니 타박이 시작되었다. 강혁처럼 폭력적이진 않았다. 대신 치사했다. 환자 목숨을 운운하다니. 샘은 재빨리 손을 씻고 가우닝을 마쳤다. 그사이 재원은 장갑만 낀 채로 가슴을 훌훌 닦아냈다. 범위가 넓지는 않았다.

'자신이 넘치나……. 백강혁처럼 수술을 잘하나? 그럴…… 그럴 수는 없는데?'

강혁도 젊어 보이긴 했다. 하지만 눈앞에 있는 양재원은 어려 보였다. 실제 나이가 어떤지는 모르겠지만, 도저히 엄청난 실력

자처럼 보이진 않았다.

"자, 나 손 닦는 동안 드랩 좀 해줘요. 그 정도는 할 수 있죠?"

"네? 저는……."

"못 해요? 미국에서는 그런 거 안 가르쳐주나?"

"아니, 할 수는 있죠."

"그럼 해요."

미심쩍은 눈으로 보고 있으려니, 재원이 또다시 성질을 건드렸다. 뭐라 하고 싶었는데 쌩하고 나가버리는 바람에 타이밍을 놓쳤다. 환자를 보니 확실히 서둘러야 할 상황이라 따라 나갈 수도 없었다.

'시발놈이.'

샘은 리처드에게 배웠던 욕지거리를 내뱉었다. 그러자 조금 기분이 나아진 듯했다.

'하여간 이 그룹에서 그래도 제일 나은 놈이 리처드란 말이지. 영감님도…… 뭐 나쁜 사람은 아닌데 그 사람은 너무…… 너무 백강혁 똘마니라.'

한숨이 나오는 인원 구성이었다. 세상에 리처드가 제일 낫다니. 아직도 처음 녀석을 봤을 때 벌어진 사건이 잊히지 않는데.

"하아."

절로 나오는 한숨을 피할 수 없어 내뱉고 있으려니 재원이 돌아왔다.

"음. 뭐 그 정도면 됐어요. 자, 이제 저 가우닝."

"아, 네."

"빨리 진행할 겁니다. 시계 보여요?"

"네."

"20분 안에 절개부터 절제까지 다 할 거예요."

"응?"

샘은 잘못 들은 줄 알았다. 이 새끼가 미쳤나 싶기도 했고. 쐐기 절제술이 흉부외과 수술 중에서는 그나마 좀 쉬운 축에 속하는 수술이라고는 하지만 그래도 엄연한 수술이었다. 그걸 20분 안에 해? 속으로 '이 시건방진 놈'이라는 말을 되뇌고 있으려니 어느새 가슴이 열려가고 있었다.

"뭐 해요? 벌릴 거 안 주고."

"어, 네네."

"난청이 있으신가? 20분 안에 끝낼 거라니까요?"

"아……. 이 개……."

"응?"

"아니, 이게라고 했습니다. 이게 벌릴 거라고요."

재원은 잠시 고개를 갸웃거리다가 기구를 받아들고 상처를 벌렸다. 셀프 리트랙터라는 기구를 이용했기에 따로 손이 가진 않았다. 사실 그렇더라도 원래 한 손은 고정하거나 위치를 조금씩 조정하는 데 써야 했는데, 지금은 그럴 필요가 없었다. 절개부터 이미 셀프 리트랙터 사용을 고려했기에 그랬다.

'뭐지.'

샘은 습관적으로 손을 뻗다가, 재원의 고갯짓에 멈춘 상황이었다. 그렇지 않아도 싸가지 없다고 여기고 있던 참이라, 어디 얼마나 잘하길래 도움도 마다하는지 보자, 이런 생각이 들었다.

"클램프."

"어."

"클램프!"

"아, 네."

한데 그럴 만한 시간이 주어지지 않았다. 재원의 수술은 정말이지 너무 빨랐다. 절개를 하고, 상처를 벌리고, 다친 부위를 확인하고, 그 부위를 집어내고. 이 일련의 과정들을 그저 글로만 표현하는 건 쉬운 일이겠지만 실제로 행하는 것은 아예 다른 얘기였다.

"수처 타이."

"아, 네."

때문에 샘은 눈을 뗄 수가 없었다. 수술이 그야말로 물 흐르듯 진행되고 있으니 그럴 수밖에 없었다. 푹. 터진 폐를 확인했나 싶더니만 벌써 절제를 위해 주변 조직을 묶어내고 있었다. 아무리 절개를 하고 들어갔다고 해도 공간이 좁을 텐데, 몇 번 움직이는 기색도 없이 매듭이 지어지고 있었다. 지금 이 순간만큼은 강혁이 들어와 있나 헷갈릴 지경이었다.

'괜히…… 수제자는 아니구나.'

그제야 샘은 이놈이 성격만 닮은 게 아니란 것을 깨달았다.

"가위."

"네."

벌써 쐐기 절제술이 마무리되어가고 있었다.

"여기 검체. 여기선 조직 검사 안 되죠?"

"아, 네. 의뢰 넣어야 합니다. 넣을까요?"

"뭐……."

이미 마무리되었다고 해도 좋을 터였다. 샘의 손에 폐의 일부가 들려 있었으니까. 한눈에 봐도 정상적인 폐는 아니었다. 이쪽 저쪽이 엉망으로 터져 있었다. 재원은 그게 조금 다르게 보이기라도 하는지, 말끝을 흐린 채 한참 동안 더 들여다보았다.

"그래, 굳이 안 보낼 이유가 없지. 어차피 제휴 맺어진 거죠? 콜롬보로 간다고 알고 있는데."

"아, 네. 한국 대사관 측에서 주선한 걸로 알고 있습니다. 주 1회…… 간다고 들었습니다."

"그래요, 그럼, 보관 잘하시고. 보내도록 합시다."

"네."

"대답만 하지 마시고 뭐라도 좀 해요. 장갑 낀 손이라고 해도 계속 들고 있으면 손상돼요. 일단 공기라도 차단해봐요."

"아, 네."

확실히 싸가지는 없었다. 하지만 할 말이 없었다. 어차피 수술실 안에서 집도의는 왕이지 않은가. 심지어 지금 재원은 아주 성공적으로 수술을 이끌어나가고 있었다. 어디 때린 것도 아니고, 그냥 말을 좀 기분 나쁘게 하는 것 가지고 뭐라 하기엔 옹색한 상황이란 얘기였다.

'담부턴 리처드 수술 들어가야지.'

샘이 소극적인 복수를 꿈꾸며 움직이는 사이, 재원은 폐에 충전물을 채워 넣고는 셀프 리트랙터를 제거했다.

"이것도 받으시고."

"아, 아직 이거 들고⋯⋯."

"손 하나예요?"

"두 개⋯⋯."

"그럼 받아요. 시간 없다니까?"

"아, 알겠습니다."

그런 샘의 마음을 아는 건지 모르는 건지 재원의 공격은 계속되었다. 한이 있다면 여전히 할 말이 없다는 점이었다. 재원이 몰아붙이면서 동시에 턱으로 가리킨 시계를 봐서 더 그랬다. 벌써 수술이 시작된 지 30분이 지나고 있는 시점이었다. 애초에 40분 안에 이걸 끝내겠다는 발상이 말이 안 되는 일이긴 했지만, 어쨌든 간에 이놈은 그걸 해내고 있지 않은가. 집도의가 이만큼하고 있는데 보조로 들어와서 방해가 되어서는 결코 안 될 일이었다.

"봉합 기구. 실은⋯⋯ 3번으로."

"아, 네."

"흠, 이번엔 빨랐네. 그래, 이렇게 해요."

"네, 네."

해서 엄청 서둘렀더니만 칭찬이 바로 돌아왔다.

'아냐, 아냐. 기분 좋아지지 말자.'

내내 욕만 먹다가 들은 칭찬이라 그런가? 이상하게 입꼬리가 자꾸만 말려 올라가는 느낌이었다.

'망할 놈.'

이것도 아마 강혁에게 배운 거 아닐까? 하여간 강혁은 샘이 만나본 인간들 중 사람 다루는 데 가장 능숙한 놈이었다. 다룬다기보다 부린다고 해도 좋을 지경이었다. 물론 불만만 쌓여 있는 건 아니긴 했다.

'그 덕분에…… 승진하긴 했지. 돈도 좀 벌었고……. 선물도 받고.'

한번 시키는 일을 잘 해내면 반드시라고 해도 좋을 만큼 보상이 있었다. 샘뿐만이 아니라, 지금쯤 아마 2번 방에 들어가 있을 리처드 또한 그랬다. 우선 직급이 크게 달라졌다. 처음 올 때만 해도 대위 나부랭이였는데 지금은 중령이지 않은가. 기껏해야 1년밖에 안 되었다는 것을 감안하면 거의 무공 훈장급 특진이었다.

"컷. 가위질은 좀 합시다."

"아, 네."

"음. 조금 더 넉넉히 남겨요."

"어……. 그럼 방해되지 않나요?"

"못하는 놈들이나 그렇지, 나는 괜찮아요."

"아…….."

정말로 이 녀석은 존댓말 쓰는 백강혁이구나 싶었다. 하긴 한국대학교 중증외상센터를 그토록 아끼는데, 아무한테나 줬겠는가. 거의 복제품이나 다름없는 놈에게 주었을 터였다. 외형이야 크게 달랐지만, 그거야 어쩔 수 없는 일이었다. 강혁과 외형이 비슷한 사람을 찾으려면 병원이 아니라 방송국이나 패션쇼에 가야 할 테니. 샘은 절개 면이 마법처럼 닫히는 광경을 보며 그런 생각을 하고 있었다. 반면 재원은 연신 시계를 힐끔거렸다.

'백 교수님이라면…… 30분 컷이었을 거야.'

40분도 말도 안 되는 시간이거늘 불만 어린 표정을 하고서였다. 어쩔 수가 없었다. 보고 배운 것이 강혁의 수술이지 않은가. 모든 기준이 거기에 맞춰져 있을 수밖에 없었다.

"음, 컷. 이게 마지막입니다."

"네."

"얼추 됐네……. 잠깐 비켜봐요."

"네?"

"이거 조정해야지."

재원은 봉합을 마치자마자 환자의 머리 쪽으로 이동했다. 머뭇거리는 샘을 엉덩이로 밀면서였다. 강혁과 떨어져 있는 사이 운동을 아예 안 한 탓에 근력은 형편없었지만 하여간 툭 치는 느낌은 들었고, 거기에 담긴 뜻은 명확했다.

'와……. 어째 더 싸가지가 없는 것 같기도 하고?'

샘은 속절없이 옆으로 밀려나면서 재원을 흘겨보았다.

"뭐요."

"아뇨."

하필 눈이 마주치는 바람에 고개를 숙여야 했지만. 하여간 한 번 째려보기는 했다.

"시린지 줘봐요. 이거 위치 조정한다니까요?"

"아, 네."

생각해보니 수술하는 내내 이 환자는 한쪽 폐로만 숨을 쉬지 않았던가. 빨리 삽관한 것을 조금이라도 밖으로 당겨서 양쪽 폐로 공기가 들어가게 해주어야만 했다.

"음."

재원은 진지한 눈빛을 한 채 시린지를 이용해 삽관된 플라스틱 관의 풍선에서 바람을 조금 빼냈다. 마취를 한 탓에 침이나 기타 이물질이 폐로 들어갈 수 있어 풍선으로 막아 두는 것인데, 그걸 푸는 것이다 보니 긴장이 되었다.

'아주 잠깐이야. 그건 괜찮아. 원래 무슨 병이 있어 보이지도 않고……'

적어도 혈액 검사상에서는 그랬다. 재원은 조금씩 플라스틱 관을 잡아당겼다. 시선은 우측 가슴을 향한 채였다. 슉. 공기가 들어갈 때마다 아직은 좌측 가슴만 부풀어 올랐다. 슉. 그러다 어느 순간 우측 가슴이 부풀어 올랐다. 재원은 자신도 모르게 눈도 깜빡이지 못하고 흉관 삽입 부위로 시선을 옮겼다.

"휴."

전혀 변화는 없었다. 쐐기 절제술이 완벽하게 이루어졌다는 얘기였다. 해서 재원은 그 부위에 플라스틱 관을 고정하고, 몸을 일으켰다. 지나간 시간은 42분. 2분 오버되긴 했지만, 환자에게 크게 문제가 생길 정도는 아니었다. 안도의 한숨이 과한 것이 아니라는 얘기였다. 샘이 보기에도 그랬다.

"중환자실로…… 옮길까요? 지금 간호장교들 대기 중입니다."

"그래주시면 감사하죠."

"네. 세팅은……."

"이렇게요. 어차피 내일이면 삽관한 거 제거할 거라."

재원은 어느새 메모지에 적어둔 지침을 전달했다. 샘이 보기에도 아주 합리적인 지침이었다.

'아니, 내가 이런 걸 왜 알고 있지.'

원래는 수술실 간호사였던지라 정말 보조만 신경 쓰면 되었는데 강혁 때문에 한구 병원에 몇 개월 끌려갔다 온 후로는 서서히 올라운더가 되어가고 있었다. 하기 싫어도 그렇게 될 수밖에 없었다.

'모르면 뒤지니까 알고 있는 거지…….'

이른바 닥터 백의 티칭 시간. 제인을 비롯한 국경없는의사회 팀들만 두고 오는 게 못내 마음에 걸렸는지, 강혁은 막판에 이런 저런 교육을 몰아서 시행했더랬다. 의사들뿐만 아니라 간호사에 대한 교육도 이루어졌는데, 놀라운 일이었다. 이 인간은 왜 간호 업무까지 꿰고 있는 걸까.

'뭐…… 배워두니 쓸 데는 있구만.'

샘은 대학생 자원봉사자의 도움을 받아, 환자를 중환자실로 옮기면서 희미한 미소를 지었다. 힘들고 괴로운 시간이지만 뭐가 되었건 환자는 살지 않았는가. 내 할 일만 하면 집도의가 어떻게든 해주는 병원이 흔할까? 최선을 다하는 병원들이야 꽤 많겠지만, 이 정도로 보람을 느끼게 해줄 수 있는 병원은 거의 없을 터였다. 세계 최고의 의료 수준을 자랑하는 미국에서도 그랬다.

"어떻게 되어가고 있어요?"

한편 재원은 즉시 2번 방으로 향했다. 1번 방에는 강혁이 들어 갔으니 굳이 확인할 필요가 없겠다 싶어서였다.

'괜히 들어갔다가 보조라도 하라고 하면 짜증 나지.'

두 번째 이유가 더 크긴 했다. 하여간 그렇게 들어간 2번 방에 서 재원은 1번 방에 있어야 할 경원과 장미를 마주할 수 있었다.

"잉?"

"어, 마침 잘 왔어요. 빨랑 붙어요."

"어…….. 왜 다 여깄어?"

"1번 방은 벌써 다 끝나가요. 마무리는 한유림 교수님 혼자서 도 돼. 마취도 어지간히 배웠으니까."

"혼자? 백 교수님은?"

"자."

"응?"

여러모로 이해가 잘 가지 않는 대화였지만 수술실 상황이 급 하다는 것 정도는 바로 이해할 수 있었다. 리처드는 지금 머리 쪽에 붙어 있었다. 그것만 봐서는 잘되고 있었다. 하지만 혈압은 뚝 떨어지고 있었다. 배는 부풀어 있었고.

"아까 간이…… 간이 문제라고 했나?"

"네."

"알았어. 바로 손 닦고 들어갈게."

"네!"

리처드는 재원의 말에 제대로 답변조차 못 하고 있었다. 머리 쪽도 어지간히 어려운 상황이어서였다. 안전벨트를 제대로 매고 있지 않았던 탓에 앞 유리창에 머리를 들이받은 상황 아닌가. '그나마'라는 말이 어울릴는지는 모르겠으나, 배가 먼저 조수석 쪽의 글로브 박스에 부딪쳤으니 망정이지, 그렇지 않았다면 머리가 깨져서 죽었을 터였다.

'옆방에 들어간 아이는…… 죽었겠지?'

응급 환자의 분류는 트리아지(Triage)라고 하는데 2명 이상의 환자가 실려 왔을 경우, 어찌 보면 분류 자체가 가장 중요한 처치라 할 수 있었다. 여기서 삶과 죽음이 갈리는 경우가 태반이어서이다.

'그래, 그 아이는…… 포기하는 게 맞았어.'

혹시 몰라서 강혁에게 맡기기는 했지만 제아무리 강혁이라고 해도, 죽은 사람을 살릴 수는 없지 않을까? 지금까지 옆방이 내내 조용한 것만 봐도 대강은 짐작이 가능했다.

'내가 고른 사람만큼은 살려야 해.'

그렇다면 자기 앞에 누운 이 환자, 본인 손으로 살려내겠다고 그 아이 대신 처치해 온 이 환자는 살려야만 했다. 리처드는 다시 한번 심기일전하며 처치에 들어갔다. 내출혈로 인해 사정없이 올라간 뇌압을 조절하고, 최소한의 손상만 주면서 동시에 출혈을 조절하기 위함이었다. 당연하게도 손길이 아주 조심스러울 수밖에 없었다. 여기서 실수한다면 환자의 죽음 또는 치명적인 후유 장애로 이어질 테니.

"칼."

"네."

그사이 재원도 두 번째 가우닝을 마치고 환자 앞에 섰다. 베타
딘에 물든 환자의 배를 잠깐 내려다보는가 싶더니, 간호장교에
게 받아 든 메스로 환자의 배를 가르기 시작했다. 간에서의 출혈
때문에 혈압이 내려간 상황이었기에 절개로 인한 출혈은 적었
다. 수술적 행위만 생각한다면야 더할 나위 없을 만큼 편한 상황
이었지만, 수술은 살아 있는 사람에게 행하는 일 아니던가. 수술
은 잘됐는데 정작 환자는 죽는다면 말짱 꽝이었다. 그것만큼 공
허한 일도 없을 터였다.

"아이언 인턴."

"네."

재원은 서두르고 있었다. 강혁이라면 어떻게 했을까를 끊임없
이 되뇌면서.

'손상 기전을 생각해보면…… 환자의 몸이 앞으로…… 그리고
위로 쏠리면서 발생한 부상이야. 그럼 충격은 위에서 아래로…….'

둔기로 내려치는 듯한 형상이 되었을 것이 분명했다. 그렇다
면 어디가 다쳤을까?

'역시 간도 상부……. 그리고 전방이 다쳤을 거야. 백강혁식
분석에 의하면 그래.'

강혁은 늘 외상 환자를 수술할 때 현장을 염두에 뒀다. 거의
절반 가까이는 직접 현장에 가서 데려올 정도이지 않던가. 처음
엔 더 빨리 환자를 처치하기 위해서라고만 생각했었는데, 경험
이 더 쌓이고 또 강혁에게 혹독하게 훈련받은 뒤로 생각이 달라
졌다. 강혁은 환자가 어떻게 다쳤는지를 항상 고민했다.

재원은 배웠던 것을 떠올리면서 아이언 인턴을 설치했다. 말 그대로 쇠로 된 인턴이라는 뜻인데, 적어도 수술실 내에서의 인턴의 역할 정도는 대체가 가능했다. 아니, 어떤 면에서는 더 낫기도 했다. 쇠는 지치지 않으니까.

"석션."

그렇게 복강이 벌어지자, 내부에 쌓여 있던 핏덩이가 왈칵 쏟아져 나왔다. 양이 꽤 많았기에 일부는 바닥에까지 흘러내릴 지경이었다. 반쯤 굳은, 선지 같은 핏덩이가 바닥에 부딪치면서 이리저리 붉은 핏방울을 흩날리는 광경은 아무리 봐도 익숙해지기 힘들었다.

"으."

미군 간호장교조차 저도 모르게 고개를 돌리게 되었을 지경이었다. 하지만 재원은 딱 봐야 할 곳만 바라보며 핏덩이를 제거했다. 심지어 그와 동시에 지혈도 시도했다.

"번거즈."

"네?"

"번거즈. 정신 차려요. 환자 죽을 수도 있어."

"아……. 네!"

간호장교를 다독거리면서였다. 재원은 건네받은 번거즈를 출혈 지점으로 예상되는 곳에 쑤셔 박았다. 아무래도 핏덩이가 아직 남아 있었던지라 손가락 끝에 붉은 핏덩이 특유의 찝찝한 느낌이 남았다. 하지만 재원은 눈 하나 깜빡이지 않았다.

'이건 별것도 아냐.'

강혁과 함께 있으면서 정말이지 못 볼꼴을 많이 보지 않았던
가. 강혁은 자신 말고는 누구도 살릴 수 없는 환자들을 주로 보
았다. 현장은 훨씬 더 끔찍할 수밖에 없었고, 환자 상태야 말할
것도 없었다. 어차피 강혁 말고는 살릴 수 없는 환자들이었으니
교육은 의미 없었던 것 아니냐고 할 수도 있겠지만.

"번거즈 더."

"아, 네."

꼭 그렇지만도 않았다. 아주 조금씩이지만 강혁의 제자들 또한
인간의 한계를 넘어가고 있었기에 그랬다. 특히 강혁이 수제자로
인정했을뿐더러, 중증외상센터를 맡기고 떠날 수 있게 한 재원은
더더욱 그러했다. 강혁의 빈자리를 채워야 한다는 압박감.

"오케이……. 출혈은 잡혀가는 것 같은데. 혈압 어떻지?"

"지금은 안 떨어집니다, 약간 오르고 있어요."

"좋아. 이제부터 지질 수 있는 상처면 지지고, 그게 아니면 누
르거나, 아예 잘라낼 거야. 혈압 더 흔들릴 수 있으니까 잘 봐줘."

"네. 걱정 마세요. 최선을 다해 유지하겠습니다."

"그리고 간호장교님은 석션만 여기다 대고 있어주세요. 연기
나면 안이 안 보이니까."

"네."

연기에 더해 냄새도 복병이었다. 핏덩이라 할 수 있는 간이 타
는 냄새는 강혁도 인상을 찌푸릴 정도로 역했다. 외과 의사인만
큼 익숙해질 대로 익숙해지긴 했지만, 익숙한 것과 영향을 아예
안 받는 건 별개의 문제였다. 재원은 이제 핀셋으로 자신이 박아

둔 번거즈를 들춰내면서 동시에 피나는 부위가 있으면 지지기 시작했다. 다행히 아직까지는 봉합이 필요하거나 잘라버려야 할 정도로 손상이 심한 부위가 보이지 않았다. 다만 피 나는 부위가 좀 많았다.

'음……. 이거 힘든데.'

일일이 다 지지기도 쉽지 않은 일이지만 그 부위를 싹 다 찾아내야 한다는 것 또한 부담이었다. 누군가 도와주면 좋겠단 생각이 절로 들었다.

그때 누군가 안으로 들어왔다. 힐끔 고개를 돌려 보니 한유림이었다.

'아니, 시발. 대체 교수님은 어디 간 거야.'

백강혁이 오면 정말이지 1g의 미련도 없이 비켜줄 용의가 있는데, 왜 강혁은 오지 않고 한유림만 왔단 말인가. 물론 한유림도 강혁과 함께 적지 않은 세월을 보냈으니 실력이 늘기야 했겠지만, 글쎄……. 도움이 될까?

'한유림 교수님이 치질은 기가 막히는데…….'

그 이상 잘했던가. 돌이켜 생각해보니 그렇진 않았던 것 같았다.

"음."

한유림은 자신의 제자이기도 했던 재원이 이런 생각이나 하고 있는 줄은 꿈에도 모른 채 수술 부위를 들여다보고 있었다. 우선은 머리였다. 배도 중요하기야 하겠지만, 머리는 잘못되면 즉각적으로 사망할 수 있는 장기였다. 게다가 한유림은 아까 분류 작업에서 보았던 환자 상태를 정확히 기억하고 있었다.

'리처드가 많이 늘기는 했는데…….'

본인이 직접 봤더라면 아마 괜찮아졌을 터였다. 하지만 리처드가, 그것도 아까 비행기 타고 출동했던 바람에 심력까지 소모한 상태에서 잘 해냈을까? 불안했다.

"오……."

"뒤에서 소리 내지 마요. 지금 중요해."

"잘하고 있네?"

"백 교수님도 아니고, 한유림 교수님 칭찬은 뭐…… 당연한 거거든요?"

"까불긴. 백 교수 머릿속 순위는 내가 압도적으로 위일걸."

"어휴."

기우였다. 리처드는 뇌나 다른 조직을 건드리지 않은 상태에서 머릿속에 있던 출혈을 거의 잡은 참이었다. 그 말은 곧 뇌압이 내려갈 일만 남았다는 뜻이었다. 보람이 있었는지, 확실히 환자의 머리는 많이 정돈되어 보였다. 그렇다면 다음은 배였다.

'재원이……. 잘하고 있나?'

여전히 뒷짐을 진 채였다. 다만 여기는 시야가 좀 좋지 않아서 발판을 밟고 올라서야 했다.

"오……."

"교수님, 집중이 좀."

"약간 힘들어 보이는데, 손 씻고 들어올게."

"백 교수님은 어딨는데요?"

대화의 양상이 마음에 들지는 않았다. 이건 마치 아빠를 불러

놓고, 반가운 마음에 대답했더니 엄마 어딨냐고 묻는 서먹한 애 같지 않은가.

"자. 뻗었어."

"잔다고요? 아니 수술을 하다가 자?"

"원래 가끔 그러잖아. 오늘 좀 어렵긴 했어."

"어렵…… 잉? 그 환자 살았어요? 안 그래도 팔 한다고 듣기 는 했는데."

이 말에 리처드 또한 잠시 수술을 멈추었다. 그 아이가 살았다 니. 제아무리 강혁이라지만 그 정도면 너무하는 거 아닌가 싶었 다. 잘된 일이지만 마냥 잘되었다고 기뻐하기엔 소름이 돋는다 고 해야 할까?

"어? 어, 살았지. 말도 마. 아까…… 백 교수 진짜 미친놈이었 어. 뇌 안에 적혈구 하나하나 다 잡는데 귀신같이 뇌는 안 건드 리더라. 그렇게 하고 나면 쓰러질 만도 하지."

"어디…… 어디 계신대요?"

"옆방. 불 꺼 놨어."

"어……. 괜찮나? 모니터링해야 되는 거 아니에요?"

"너 또 소변줄 꽂으려고 그러지? 그거 꽂으면 죽일 거래. 혹시 몰라서 산소포화도는 달아놨으니까 걱정은 말고. 우리 알람 소 리 엄청 큰 거 알지? 여기서도 다 들려."

"아."

"아무튼, 도와줄게. 누구는 머릿속 출혈도 그렇게 잘 잡던데. 제자라는 사람은 배 속도 잘 못하네."

"아니, 그렇게 말씀하시면…….."

내심 실력으로는 처진다 생각했던 한유림의 갈굼을 듣자 기분이 상했다. 하지만 대놓고 뭐라 할 수는 없지 않은가. 한유림은 한유림이니까. 나이도 직급도 모조리 다 위였다. 게다가 막상 들어오고 나자 확실히 수술의 흐름이 뒤바뀌었다. 보조가 보조가 아닌 느낌이라고 해야 할까?

"그래, 거기."

"음."

어쩐지 가이딩을 받고 있다는 기분이 들 지경이었다.

'엄청 느시긴 했구나.'

원래 외과 의사끼리는 칼을 맞대보면 딱 실력을 알게 된다는 말이 있지 않은가. 지금이 딱 그 짝이었다. 한유림 또한 그랬다.

'이렇게 했으면 하는 대로 다 하네. 얘도 괴물이구나. 백강혁만큼은 아니지만…….'

서로가 서로의 실력을, 강혁이 보기에는 아직도 먼 놈들끼리 인정하는 동안 그들의 스승 격인 강혁은 깊은 잠에 빠져 있었다. 등받이도 없는 의자에 앉은 채였는데, 정 없게 벽에 기대주지도 않아서 솔직히 자면서도 좀 힘들 지경이었다.

'한유림…… 인턴이었으면 뒤졌다.'

강혁은 2시간가량 잔 후 몸을 일으켰다. 잠깐이긴 해도 이상한 자세 탓에 여기저기 눌려 있던 뼈마디에서 이상한 소리가 들려왔다. 다행이라면 강혁의 기립근이니 뭐니 하는 것들은 인간 끝판왕 수준으로 강화되어 있다는 점이었다. 덕분에 별 타격 없이 온전히 몸을 일으킬 수 있었다.

"음."

사위는 조용했다. 불이 꺼진 채였기에 조금은 을씨년스럽기도 했다. 심지어 바닥에 아까 환자의 팔에서 흘러내린 핏자국이 미세하게 남아 있었다. 아무래도 강혁이 깰까 두려워한 나머지 제대로 못 닦은 모양이었다.

"아무리 버리고 가도 담요는 덮어주고 가겠다, 이 새끼들. 어떻게 한 방에 셋이나 들어와 있었는데 하나같이 이러지?"

마약상도 아니고, 어떻게 사람을 의자 위에 전시해놓고 그냥 간단 말인가. 섭섭함보다는 분노가 사무쳤다. 꼴랑 2시간밖에 못 자서 더했다. 판단하기에 지금 쌓인 피로를 풀려면 적어도 8시간 이상은 잤어야 했는데, 자세도 불편하고, 밤에는 누와라엘리야 특유의 찬 기온이 엄습했기에 그러지 못했다.

"하아……."

누굴 죽여야 할까? 대체 그 방에 있던 누굴 죽여야 이 마음이 풀릴까? 강혁은 주먹을 몇 번이고 쥐었다 풀었다 하면서 심도 깊은 고민에 빠졌다.

풍요로운 지옥

"아니, 거기."

"여기요?"

"아니, 거기선 안 보여. 더 깊숙이. 쥐봐. 내가……."

"아뇨, 제가 할게요."

그러고 있으려니 2번 방 쪽에서 대화 소리가 들려왔다. 방음이 안 되어 있다거나 해서는 아니었다. 설계를 강혁이 맡기지 않았던가. 실제 건설에도 적지 않은 돈을 들인 참이었다. 그냥 강혁의 귀가 너무 좋아서 그랬다.

"음."

다들 강혁을 버려두고 어디 자러 간 건 아니란 얘기였다. 그렇다보니 들불처럼 들끓어 오르던 분노는 어느새 점차 사그라들었다. 대신 옆방 환자는 누구이고 또 어떻게 되어가고 있는지가 무척 궁금해졌다. 만약 시원찮게 하고 있으면 그때 가서 이 분노를 터뜨려도 되지 않을까? 비록 몸 상태가 정상은 아니지만 솔직히 이 병원 안에 있는 사람 정도는 전부 상대할 자신이 있었다. 데니스가 총만 안 들고 있으면 가능할 터였다. 해서 강혁은 곧장 옆방으로 향했다. 가서 보니 환자의 머리는 이미 봉합이 되어 있었다. 작은 수류탄 같은 것이 비죽 튀어나와 있었는데, 관을 통해 흘러나오고 있는 핏물의 양은 거의 없다시피 했다. 말하자면 수술이 아주 잘됐다, 뭐 이런 뜻이었다.

"흐음."

기분이 좋으면서도 좋지 않았다. 못 했으면 혼날 수 있었을 텐데. 강혁은 머리를 끝낸 후 수술실 구석에 가 누워버린 듯한 리처드를 일별하고는 아래쪽으로 향했다.

"어디……."

배는 어떻게 되었을까?

원래 자기 방에 있던 한유림까지 붙어서 끙끙대고 있는 걸 보면 만만치는 않은 모양이었다. 하긴 그럴 만도 했다. 배에 얼마나 많은 장기가 있던가. 정말이지 수많은 환자들을 죽음에 이르게 하는 부상이 바로 복부 부상이었다.

"음."

이런저런 생각을 하며 뒤로 붙으니 즉시 복강이 보였다. 발판은 필요가 없었다. 강혁의 키가 한유림보다 훨씬 커서였다.

"흐음."

머리뿐만 아니라 배 또한 치명상이었다는 것 정도는 한눈에 알 수 있었다. 하지만 이젠 과거형을 거리낌 없이 쓸 수 있었다. 위기는 지나간 지 오래였다.

"살겠네."

해서 강혁은 가볍게 한마디만 남기고 수술실을 떴다. 화낼 건더기가 없고, 수술에 참여할 필요도 없다면 굳이 이 피곤한 몸을 이끌고 수술실 안에 들어와 있을 이유가 없지 않은가. 2층 가서 다른 환자들과 아까 자신이 수술했던 환자 상태만 보고 자러 갈 생각이었다.

"오."

"역시 우리 잘하고 있었다니까."

아주 짤막한 단어였지만 수술하고 있던 한유림이나 재원에게 는 더없이 훌륭한 칭찬이었다. 인간 같지 않은 실력자인 강혁이 살겠다고 했으면 살지 않겠는가. 새벽까지 이어지고 있는 수술 에 지쳐가던 둘은 다시금 집중하기 시작했다.

"아, 저기!"

그사이 강혁은 수술실에서 나와 2층으로 이어지는 계단으로 향하고 있었다. 그러다 호텔 관계자들의 손에 잡혀버렸다. 엄밀 히 말하면 혈연관계도 아닌, 아마도 비즈니스적인 책임에 의해 남아 있던 이들이겠지만, 강혁은 매몰차게 그들을 뿌리치지 못 했다.

'정말…… 간절해 보이네.'

눈빛도 눈빛이거니와, 지금까지 남아 있던 참 아닌가. 이만하 면 인정해줘야만 했다. 이게 인간적인 도리를 다하려는 것인지 아니면 직업에 책임을 다하려는 것인지는 그리 중요치 않았다.

"네, 왜요."

"그…… 저희 손님들 어찌 되셨는지……. 이게…… 참."

"일단 수술은 다 잘됐습니다."

"아, 그런가요? 그럼 이송할 필요는 없습니까? 저희가 따로 콜 롬보 쪽 병원을 수배하기는 했는데……. 이게 빨라도 내일 낮이나 돼야 올라올 거라고 해서요. 게다가 4명을 한꺼번에 수용하는 건 어렵다고도 하고⋯⋯."

"아⋯⋯. 쓸데없는 짓은 하지 마십쇼. 콜롬보 쪽에 우리만큼 뛰어난 의사는 절대로 없어."

강혁은 단언해버렸다. 절대니 뭐니 하는 말 따위는 원래 안 하는 것이 좋지 않던가. 인생에서 우리가 호언장담할 수 있는 일보다는 그렇지 못한 일들이 더 많이 일어나는 법이니까. 하지만 이번만큼은 예외로 두어도 좋을 터였다. 범위를 콜롬보 아니라 스리랑카 전역으로 넓힌다 해도 마찬가지였다. 아니, 인도까지 가도 그랬다. 강혁은 말할 것도 없거니와, 강혁의 제자들 또한 그랬다.

'아까 그 환자 배랑 머리만 보면 알지.'

"아⋯⋯. 네네. 그럼 저희도 환자를 만나볼 수 있을까요?"

"지금? 그건 안 되지. 다들 안정해야 해. 다친 지 얼마나 됐다고 벌써 외부인을 만나?"

"하긴 그렇긴⋯⋯ 그렇죠. 그럼⋯⋯ 문의 전화에 대해 괜찮을 거라 얘기해도 됩니까? 특히 운전자⋯⋯ 그분에 대해서요."

"흠."

운전자라. 강혁은 아까 처치실에서 재원과 함께 있던 사내를 떠올렸다. 그야말로 스치듯 지나간 사람이었지만, 강혁의 관찰력과 기억력은 타의 추종을 불허했다.

'남자, 40대 중반⋯⋯ 체격은 보통 체격이었고⋯⋯ 입고 있던 옷은 꽤 재질이 좋았어.'

반드시 그렇다고 볼 수는 없지만 어느 정도 재질이 좋은 옷을 입고 있다는 건 살 만하다는 뜻일 터였다. 게다가 이곳 누와라엘리야는 숙소나 기타 체류비가 비싼 건 아니더라도, 하루 이틀 있다가 갈 만한 곳은 아니지 않은가. 적어도 한 달 가까이 휴가를 내서 일가족이 모두 놀러 올 수 있으려면 벌이가 어지간해서는 어려울 것이다. 게다가 밖에서 문의가 있다면 아마도 사업자이지 않을까?

"일단 2층 가서 보고. 근데 아마 괜찮을 거야. 아니었으면 내 제자가 그 환자 보고 다른 환자한테 넘어갈 수가 없었겠지."

"아……. 네. 감사합니다."

"그럼, 나도 좀 피곤하고 바빠서."

강혁은 머릿속을 정리하면서 대화를 마무리했다. 호텔 직원이야 할 얘기가 아직 많은 듯했지만, 강혁이 작정하고 위로 올라간다는데 뭘 어쩌겠는가. 별 의미 없이 옷깃을 잡았다가 놓친 것이 다였다. 그사이 강혁은 벌써 2층의 중환자실 안으로 들어가버렸다. 카드 시스템이 가동 중이라 외부인은 들어올 수가 없는 곳이었다.

"좀 어떻지?"

안에는 간호장교가 대기 중이었다. 환자가 셋인 데다가, 상태가 별로라 콜딩이었던 사람까지 나온 모양이었다. 무려 둘이나 자리를 지키고 있었는데, 그런 것에 비하면 분위기는 퍽 느슨해 보였다.

"아, 네. 좋습니다. 우선 여기 매튜가 제일 안정적입니다. 일반

병실에 있어도 되는데 거기 혼자 있는 것보다는 가족들이랑 있는 게 나을 거라…… 백장미 간호사께서 판단해서 여기에 있습니다. 지금은 잡니다."

"음, 그래 보이네."

기껏해야 타박상이 전부였다. 강혁의 눈으로 봐도 그랬으니, 딱히 따로 검사해볼 필요도 없었다. 하지만 그렇다고 처방에 뜬 X-ray나 혈액 검사를 건드리지는 않았다. 돌다리도 두들겨 보고 건너야 하지 않나. 게다가 남들은 강혁이 보는 것을 볼 수 없었다. 이제는 강혁 또한 그 사실을 아주 잘 인지하고 있었다.

"크리스토퍼……. 운전자인데. 이분은 폐 쐐기 절제술을 받았습니다. 보시면 아시겠지만, 흉관 삽입된 부위로 나오는 것도 거의 없고, 아주 좋습니다. 아마 내일 정도면 위닝 가능할 것 같습니다."

"위닝이라. 청진기 잠시만."

"네."

강혁은 엑스레이를 확인하고는 청진까지 했다. 확실히 수술은 더할 나위 없이 잘되어 있었다.

'하긴 1호가 한 거잖아.'

강혁이 가장 심도 있게 가르친 녀석인데, 이 정도는 해야 하지 않을까? 강혁은 그런 생각을 하면서 고개를 끄덕였다.

"좋아."

"아, 저……."

"왜?"

"크리스토퍼 환자에 대해서는 저희 상부 측에서도 문의가 내려왔습니다."

"문의? 이 환자가 뭔데? 큰 사업이라도 하시나?"

"아, 아뇨. 꽤 저명한 저널리스트라고 합니다. 퓰리처상도 받았고요."

"아……. 퓰리처상을?"

그러고 보니 목이나 우측 팔뚝 같은 곳이 체격에 비해 굵었다. 어떤 무거운 물건을 걸고 다니거나 들고 다녔다는 것을 의미했다.

"네. 종군 기자로…… 내전 당시에도 활동했다고 합니다. 지금은 중앙아시아 측에 있었다고 하고요."

"애도 있는 양반이?"

"뭐……. 자세한 사정은 저도 잘 모릅니다."

"하긴 그럼 이상하지."

강혁은 고개를 끄덕이면서 말을 이었다. 누가 됐건 상태는 변하지 않는 법이었다. 이미 누군지 모르는 상황에서 최선의 처치를 시행하지 않았던가.

"아무튼 이 환자, 별문제는 없겠어. 내일 깨워도 돼."

"아, 네. 그럼 그렇게 전달할까요?"

"어? 그러지 뭐. 내일 깨어나면 직접 얘기할 수도 있을 텐데."

"네, 네."

강혁은 환자의 나머지 부위까지 한 번 더 살핀 후, 자신이 수술했던 환자에게로 향했다. 환자는 한눈에 봐도 심각해 보였다.

머리에 둘둘 감은 붕대, 퉁퉁 부은 얼굴, 그리고 움직이지 못하게끔 고정된 팔까지. 다른 환자들은 솔직히 중환자실에 있을 필요가 있나 싶었다면, 이 환자는 그야말로 중환자실 말고 다른 곳에는 있으면 안 될 환자 같았다.

"음."

"어떻게 할까요?"

"일단 두고 봐야지. 그래도 뭐…… 수술은 잘 됐어. 문제없을 거야."

물론 강혁은 자신하고 있었다. 이 환자는 살아날 거라고. 오히려 지금 신경 쓰이는 건 크리스토퍼라는 기자였다.

'기자라…… 기자…….'

대가 없이 살려주겠지만, 일단 살아나면 대가를 좀 달라고 할 참이었다. 특히 이곳에서는 여러모로 쓸모가 있을 것 같았다.

*

어지러운 밤이었지만 어떻게든 지나는 갔다. 제아무리 힘든 시간이라 해도 영원하지는 않은 것처럼. 다만 여파는 남아 있었다.

"개판이네."

강혁은 그로서는 실로 드물게 뻗친 머리를 한 채 의자에 앉았다. 머리를 감지 않아도 늘 감은 것처럼, 또 머리가 눌려도 세팅한 것처럼 되어서 멋지기만 했던 걸 생각하면 오늘의 몰골은 그야말로 심각하다 할 수 있었다. 물론 나머지 일행에 비한다면 거의 풀 세팅 수준이라고도 볼 수 있는 상황이었다. 다들 개성 있는, 각자의 사정대로 비참함을 뽐내고 있었는데 그중 발군은 역시나 한유림이었다.

"왜 내 얼굴을 보면서 그래?"

"개판이라."

"백 교수……. 사람 얼굴 보고 개판이라고 하는 거 그거 진짜 실례되는 말이야."

"알아요. 근데 이 얼굴도 충분히 무례한 것 같아서 그래."

"허……."

한유림은 강혁의 말에 얼굴을 감싸 쥐었다. 환갑이 넘었으면 이제 외모에 무감해질 때도 되지 않았나 싶겠지만, 막상 그 나이가 되어보면 알게 될 터였다. 오히려 더 신경이 쓰인다는 걸.

"이 양반이야 나이 먹어서 그렇다고 치는데, 너희들은 또 왜 그러냐."

강혁은 괴로워하는 한유림 덕에 조금은 기분이 좋아진 채로 나머지를 둘러보았다. 덩달아 뻗쳤던 머리도 내려앉아서 평소와 크게 다름없는 모습이 되어 있었다.

"하."

"아니, 인생 혼자 사시나."

"어제 같이 수술하지 않았나?"

"혼자 뻗어서 그래. 얌체처럼."

그 모습을 보고 있자니 어디선가 질투와 분노가 스멀스멀 피어올랐다. 별로 소용은 없었다. 강혁은 지금 딱히 이 인간들을 놀릴 필요가 없다고 생각하고 있었으니까. 그만큼 엉망이었다.

"아무튼, 먹자."

"아, 네. 제가 당직이긴 했는데……. 아우."

"됐어. 새벽에 수술하면 당직 면제야. 시리얼이나 먹어."

"네, 네."

해서 강혁은 좀 더 기분이 좋아진 채로 시리얼 한 그릇을 뚝딱 해치우고 몸을 일으켰다. 어제 수술한 사람들이 궁금해서였다. 뭔 일이 있었다면 당연히 연락이 오기는 했을 테고, 무소식이 희소식이란 말이 중환자실만큼 잘 통하는 곳도 없기는 했지만 뭐가 되었건 수술한 입장에서는 걱정이 될 수밖에 없었다.

"아, 저도 가요."

"저도."

"나도 가야지."

비단 강혁뿐 아니라 어제 수술에 참여했던 이들 전원이 몸을 일으켰다. 다들 시리얼 먹던 그릇을 남겨 둔 채였는데, 설거지는 자연히 수술에 들어가지 않았던 사람들의 몫이 되었다. 한석준과 데니스란 얘기였다.

"와……."

"그냥 해요. 어쩔 수가 없어. 억울하면 수술하든가 뭐 이런 소리나 듣지."

"아니, 그래도…… 우리라고 놀았나. 오늘도 외래…… 외래 접수……."

"어허. 그런 말이 통하는 사람들이 아니라니까."

데니스는 투덜대기 시작한 한석준을 어르고 달래고는 설거지에 돌입했다. 그러면서 동시에 백강혁에 대해 알려주기도 했다.

'시발도 알려줄까? 아니지, 알고 있겠지?'

잠시 오지랖도 부려볼까 했는데, 상대가 욕의 대국 대한민국인이라는 것을 떠올리고는 고개를 저었다. 그냥 봐서는 젠틀한 신사 같지만 아마 열 받으면 더없이 찰진 발음으로 욕을 해댈 게 뻔했다. 적어도 데니스가 아는 한국 사람들은 다들 그랬다. 전 장관인 한유림도 그러는데 말 다한 셈 아닌가.

"좀 어때요?"

그사이 강혁은 일행을 이끌고 중환자실 안으로 들어섰다. 그러자 빈 침대에 잠시 걸터앉아 쉬고 있던 간호장교가 몸을 일으켰다. 나른해 보이는 것이 약간 졸았던 모양이다.

"아, 네. 괜찮습니다. 밤새 열나는 사람도…… 아, 크리스토퍼 환자가 열이 잠깐 있었는데, 약 안 쓰고 좋아졌습니다."

"열이 나?"

강혁은 고개를 갸웃거리며 재원 쪽을 돌아보았다. 네가 설명해보라는 뜻이었다.

"아……. 어제 쐐기 절제술 할 때 우측 폐에 공기 안 보낸 채로 한 40분 정도 소요했어요."

"무기폐라 이 소리지?"

"네."

"포터블로 한번 찍어보긴 해야겠네. 40분이면…… 뭐 크게 문제없을 것 같긴 한데."

"바로 찍을까요? 어차피 외래 보기 전까지는 시간 좀 있는데."

"어, 그래. 그리고 오늘 외래도 어제랑 비슷해. 전 인원 다 안 내려가도 될 것 같은데. 오늘 당직은 좀 쉬어. 너지?"

"네……."

재원은 그제야 오늘 당직이었다는 것을 떠올리고는 한숨을 내쉬었다. 센터장으로 있을 때는 중압감이 문제였지, 이렇게까지 스케줄이 빡빡하게 돌아가지는 않았었는데……. 마치 강혁이 처음 한국대학교 병원에 왔을 때 같았다.

'그땐 진짜…… 진짜 뒈지는 줄 알았지.'

그래도 그때보다는 지금이 나았다. 상황의 문제가 아니라, 재원의 실력 때문이었다. 이젠 같은 일을 하더라도 허비하는 시간이 압도적으로 적었다.

"내가 수술한 환자는 어떻지?"

재원이 포터블 엑스레이를 찍는 동안 강혁은 나머지 두 환자를 살핀 후 여덟 살 난 아이에게로 다가갔다. 어제와 마찬가지로 머리에 붕대를 둘둘 감고는 퉁퉁 부은 얼굴로 누워 있었다. 기관 삽관을 통해 공기가 들어갈 때마다 몸이 간헐적으로 흔들렸는데, 그 모습 때문에 오히려 더 상태가 안 좋아 보였다.

"음……. 일단 바이털은 괜찮습니다. 30분마다 체크했는데 보시면……."

"그래프는 예쁘네. 완전히 안정적이야."

"네."

"흐음."

강혁은 잠시 차트를 내려다보다가 아이의 얼굴을 바라보았다. 특별한 이유가 없으면, 원래 진정제 사용은 빨리 중단하는 것이 좋았다. 자리를 뜰 수 없는 상태라도 조금이나마 몸을 움직이는 것이 전반적인 회복에 크나큰 도움이 되기 때문이었다. 하지만 이 환자의 경우에는 예외였다.

'머리의 부상이 너무 커. 섣불리 움직이다가는 일 나지.'

생각 같아서는 빨리 깨워서 정말 어떻게 되었는지 확인하고 싶었지만, 강혁은 참기로 했다. 시간을 두고 지켜보는 것이 옳았기 때문이다. 고작 집도의의 막연한 불안을 해결하자고 일을 그르치는 것은 프로다운 일이 아니었다.

"교수님, X-ray는 좋습니다."

"어, 그래?"

"네. 깨끗해요. 아마 열이 날 때는 폐가 좀 끼어 있다가 저절로 풀린 것 같아요."

"하긴 뭐……. 고작 그 시간이면 가능한 얘기지. 그럼……."

고민을 길게 이어나가는 것도 그리 쉬운 일은 아니었다. 환자라고 해봐야 첫날 수술한 환자들까지 해서 고작 대여섯 명뿐이었지만 다들 일반적인 환자들은 아니었기에 그랬다.

"위닝해보자. 자신 있는 거지?"

"네? 아, 네. 물론이죠. 수술은 아주 잘 됐습니다."

"그럼 해봐. 나는 여기 이 사람 드레싱 좀 해봐야 해서."

강혁은 크리스토퍼는 온전히 재원의 손에 맡긴 채, 첫날 수술했던 환자 앞으로 이동했다. 탈장 때문에 썩어 문드러진 부위를 제거한 환자는 아직도 소킹 드레싱이 필요한 상황이었다. 그나마 내분비 내과 전문의이자 세계적으로도 유명한 당뇨병 전문가 우 교수에게 지침서 및 조언을 받고 있어서 망정이지, 그렇지 않았다면 약을 쓰면서도 더더욱 나빠지는 환자를 보고만 있어야 했을 터였다.

"어으. 냄새."

물론 아직 회복은 먼 상황이었다. 8시간가량 음압을 걸어둔 새카만 생체 스펀지는 어느새 싯누런 고름에 푹 젖어 있었다. 한 가지 위안이 되는 것이 있다면, 그 냄새와 양이 거의 절반가량 줄었다는 점이었다. 처음엔 정말이지, 스펀지도 썩어서 나오는 거 아닌가 싶을 정도였다.

"장 조절은 어떻게 되고 있지?"

"굉장히 잘되고 있습니다."

"그래도 수치 보고는 하고 있죠?"

"네, 그렇습니다. 약 조절도 그에 따라 조언을 받고 있습니다."

"잘됐네. 그래, 내과 쓸 만한 놈 하나 잡아 오기…… 아니, 구해 오기 전에는 이렇게라도 해야지."

강혁은 화상 통화까지 가능한 시스템을 갖추어놓은 중환자실 컴퓨터를 보며 만족스러운 미소를 지어 보였다. 인터넷망이 잘 발달한 한국에서야 저런 게 별거 아닐지 모르겠지만 여기선 아니었다. 따로 병원 옥상에 송수신기를 설치해야 했을 뿐 아니라, 미군 레이더 기지의 도움도 받아야만 했다. 강혁은 한유림과 대화를 이어나가면서 스펀지를 교체했다.

"앞으로 몇 번이나 더 이래야 되나?"

"약 듣는 거 보면…… 일단 열은 확 내렸잖아요. 2, 3일이면 될 것 같은데."

"2, 3일. 음."

"왜요? 이만하면 엄청 빠른 건데."

사실 빠르다기보다 기적이라고 보는 것이 옳았다. 수술이 조금이라도 어설펐다면 환자는 죽었을 테니까. 탈장이라는, 비교적 간단한 질환임에도 고용주의 잔인할 정도로 무관심한 태도 때문에 일이 이렇게 되어버린 셈이었다.

"아니……. 그…… 농장 말야. 그때 분명히 3일 내로 보내라고 했잖아. 벌써 3일째야. 이 사람. 이대로 어떻게 가."

"아……. 안 그러면 어떻게 한다고 했지?"

"자른다고."

"이렇게 된 데에는 책임이 없다고 했죠?"

"없다고 했지. 치료는 퇴근 후에도 충분히 할 수 있었던 부분이라고 하면서. 개새끼들. 그게 말이냐? 같은 사람이라고 보면 이럴 수가 없지."

퇴근 후라는 말을 하면서 한유림이 흥분했다. 아무리 봐도 이 사람들의 삶에는 퇴근 자체가 없었기에 그랬다. 일에서 자유로워지는 순간은 죽음이 임박했을 때뿐이었다.

"야, 1호."

"네?"

한유림의 말에 대답하는 대신, 강혁은 재원을 불렀다. 음압 드레싱이라는 게 그저 슥슥 닦고 마는 게 아니라, 상처에 스펀지를 거치시키고 그 안에 석션을 대고 위를 멸균 비닐로 래핑해야 하는 과정이지 않은가. 아무래도 간단한 수술만큼 시간이 걸리는 일이었다. 그 말은 곧 환자가 별문제가 없었다면 위닝이 거의 다 끝나갈 타이밍이라는 얘기였다.

"다 되어가냐?"

"아, 네. 이제 슬슬 빼려고요. 이미 의식은 있습니다."

"어, 빼봐. 빼면 나랑 얘기 좀 하자고 하자."

"어······. 환자분 가족들이랑 해서 다 다친 건 알죠?"

"알지. 어제 내가 봤는데."

"근데 일 얘기할 건 아니죠?"

"일? 이게 무슨 일이야. 아냐, 그런 거. 내가 미쳤냐."

"음."

재원은 불안했다. 강혁의 눈에서 광기를 엿본 탓이었다. 결코 착각은 아닐 터였다. 한유림도 불안해하고 있었으니까. 그뿐만 아니라 리처드와 장미도 그랬다.

"비켜, 인마."

물론 주변인들이 불안을 느끼건 뭘 느끼건 간에 그게 중요한 건 아니었다. 오로지 강혁의 뜻이 중요했다. 이미 강혁은 환자의 머리맡으로 다가와 플라스틱 관을 잡고 있었다.

"환자분, 뽑을 거예요. 괴로울 수도 있는데 숨을 참아야 합니다. 알겠으면 눈을 두 번만 깜빡이세요."

강혁은 환자가 눈을 깜빡이는 것을 확인한 후, 쑥 하고 플라스틱 관을 뽑아냈다. 이것마저도 환자의 해부학적 특성을 고려해서 시행한 참이었기에 환자는 각오했던 것보다는 훨씬 적은 불편감만을 견디면 되었다.

"켁."

"옳지. 기침은 좋아요. 근데 너무 세게 하면 안 돼. 폐를 수술해놔서."

"으……."

"좋아. 여기 어딘지 아시겠어요?"

강혁의 의도된, 그렇지만 모르는 사람이 듣기엔 더없이 편안해지는 목소리에 환자는 눈을 꿈뻑이다가 답했다.

"벼, 병원입니다."

"좋아요. 지금 산소포화도도 좋고, 상태 아주 좋습니다. 어제…… 일은 기억나십니까?"

"어제…… 어제…… 차 타고 오다가 사고…… 아!"

"가족들은 괜찮습니다. 다 이 방에 있어요. 보실래요?"

강혁은 여전히 친절한 모습으로 병실 안을 가리켰다. 가장 처음 가리킨 것은 탈장 수술한 환자였는데, 강혁은 그게 실수인 양 호들갑을 떨었다.

"아, 저분은 아니고요. 하하. 여기 현지 노동자입니다."

병원 멤버들은 그게 다 연출이라는 것 정도는 쉽게 알 수 있었다. 하지만 환자는 아무것도 알 수 없었다. 그저 깨어나자마자 눈에 담긴 다소 충격적인 환자를 무의식 속에 저장하고 있을 뿐이었다.

"저기, 매튜가 보입니까?"

"아, 매튜…… 너…….."

그다음으로 가리킨 것은 역시나 가장 경한 환자인 매튜였다. 녀석은 중환자실 침대에 누워 있을 뿐, 딱히 크게 다친 곳은 없었다. 아마 마음이 제일 많이 다친 곳이 아닐까?

"아빠."

"괜찮아? 윽."

크리스토퍼는 아들의 얼굴에서 그것을 느꼈는지, 몸을 일으키려다 신음을 흘렸다. 제아무리 수술이 잘되었다고 해도 결국은 몸에 칼을 댄 마당 아닌가. 아무렇지 않을 수는 없었다.

"아직은 그렇게 움직이는 건 안 됩니다. 매튜보고 오라고 할게요."

"아……. 매튜는…… 움직일 수 있나요?"

"네. 거의 멀쩡합니다."

"그럼 부탁합니다."

강혁이 고개를 끄덕이자 매튜 옆에서 기다리고 있던 장미가 침대에서 내려설 수 있게 도와주었다. 매튜는 잠시 바닥에 발 닿는 느낌이 어색한지 고개를 갸웃거리고 있다가 이내 아빠에게로 달려왔다. 강혁은 그제야 이 아이가 정말로 아이였다는 것을 실감할 수 있었다. 중환자실이라는, 어찌 보면 세상에서 제일 비인간적인 공간에서 무던하려 애쓰고 있을 땐 티가 나지 않더니, 깨어난 아버지를 향해 젖은 눈으로 달려갈 땐 영락없이 열두 살 난 아이였다.

"괜찮아요?"

"어……. 괜찮아. 아빠는……."

크리스토퍼는 그런 아들의 머리를 힘겹게 헝클어뜨리고 잠깐 대화를 나누다, 문득 이상한 기분을 느꼈다. 가족 중 하나가 보이지 않아서였다. 인공호흡기에 의지하여 생을 이어나가고 있는, 머리와 배에 붕대를 두르고 있는 아내의 모습만 해도 가슴이 아렸지만, 어린 딸을 생각하니 심장이 덜컥 내려앉는 듯한 느낌이었다. 무엇보다 본인이 운전자여서 더더욱 그랬을 터였다. 자식이 다친 교통사고에서 부모는 죄책감을 느낄 수밖에 없다. 영영 헤어 나오지 못하는 경우도 많았다.

"근데, 클레이는?"

"클레이는…… 클레이는 모르겠어요. 저기에 커튼이 쳐져 있어요."

"어. 커튼……."

크리스토퍼의 얼굴이 금세 어두워졌다. 상처 탓에 원래도 그리 밝지 못했다는 것을 감안하면, 지금 그가 얼마나 커다란 상심을 겪고 있는지 눈치챌 수 있었다. 강혁이 비록 남을 괴롭히면서 즐거움을 얻는 사람이긴 하지만 그건 어디까지나 상대가 웃어넘길 수 있는 수준에서의 얘기였다. 환자에게까지 그런 짓을 할 만큼 괴물은 아니었다.

"아, 커튼 좀 걷어줘. 살짝만."

해서 강혁은 즉시 환자의 모습을 보여줄 것을 지시했다. 그렇지 않아도 옆에서 간호장교 하나가 대기 중이었기에 시간은 그리 오래 걸리지 않았다.

"아⋯⋯."

그렇게 드러난 클레이의 모습은 아버지를 안도시키기엔 무리였다. 머리에 칭칭 감은 붕대는 한눈에 봐도 아내의 그것과는 좀 달라 보였다. 게다가 퉁퉁 부은 머리하며 눈 밑으로 내려앉은 멍까지. 죽음이 임박한 건가 또는 이미 죽은 건가 하는 생각이 들 정도였다. 그만큼 딸의 얼굴은 사고로부터 만 하루도 채 지나지 않았다는 걸 믿을 수 없을 만큼 지나치게 많이 변해 있었다.

"클레이는 차 안이 아니라 밖에서 구출되었어요."

"바, 밖⋯⋯."

강혁은 그런 크리스토퍼를 내려다보면서 클레이에 대해 간략히 얘기해주기 시작했다. 늦은 밤에 운전을 한 것이 잘못이다, 카시트를 사용해야 했거나 하다못해 모두 안전벨트를 매도록 주의했어야 한다는 뻔한 말은 하지 않았다. 다치기 전이라면 지겨우리만치 떠들었겠지만, 이미 다친 다음엔 그런 말들이 도움이 되기는커녕 도리어 상처만 될 뿐이었다. 특히 운전을 한 당사자에게는 최대한 그런 것을 떠올리지 못하게 하는 것이 좋았다.

"머리랑 팔을 심하게 다쳤습니다. 특히 머리는 두개골에 골절이 있었어요."

"아⋯⋯. 머리⋯⋯."

"그런 환자는 태반이 죽습니다만, 클레이는 운이 좋았습니다."

강혁은 담담한 어조로 아까 매튜에게 전해 들었던 환자의 이름을 입에 담았다. 운이 좋았다는 말을 할 때는 조금 목소리를 크게 하기도 했다.

"그럼, 그럼……?"

"살았어요. 앞으로도 잘못될 가능성은 아주 낮습니다."

"아……. 감사합니다……."

"다만."

무작정 희망을 주기엔 환자의 부상이 심상치가 않았다. 어쩌면 깨어나고 남은 평생 후유증을 앓아야 할 수도 있었다. 머리가 다쳤다는 건 그런 의미였다.

"아직은 어떤 후유증이 남을지 알 수 없습니다. 그건 시간이 지나야 알 수 있고, 또 시간이 지나면서 점차 좋아지기도 할 겁니다."

"아……. 그…… 아……."

크리스토퍼는 차마 말을 제대로 잇지 못했다. 듣기론 굉장히 유명한 기자라고 했는데, 어떤 상황에서도 당황하지 않고 있는 그대로의 현장을 담아낼 수 있는 사람이라고 했는데. 역시 눈앞에 벌어진 자신의 비극 앞에서는 아무 말도 할 수 없는 듯했다. 당연한 일이었다. 강혁조차도 이해할 수 있었다.

'이게 정상이겠지.'

본인도 그럴지는 알 수 없었지만, 하여간 그렇게 배운 바 있었다. 얕은 공감 능력으로도 크리스토퍼의 절절한 감정을 읽어낼 수 있었다. 그래서 한동안 가만히 있었다. 딱히 말을 보태지도 않았고, 섣불리 환자의 어깨를 두드리지도 않았다.

'뭘 할지 모르겠으면 닥치고 있으랬지.'

수술해서 나을 거라면 지금 당장이라도 메스를 집어 들고 칼춤이라도 출 터였다. 하지만 그런 문제가 아니지 않은가. 그렇다면 언젠가 여기 있는 모두에게 한 번씩은 들었던 것처럼 가만히 있는 게 좋았다.

"음."

대략 10분쯤 흘렀을까?

그제야 크리스토퍼는 흐려진 눈을 돌려 강혁을 바라보았다. 어떻게 보느냐에 따라 20대로까지 보이는 젊은 동양인 의사는 무척 인상적인 얼굴을 하고 있었다. 단순히 잘생기기만 한 게 아니라, 뭐든지 해낼 수 있다는 자신감이 엿보였다. 사실인지 아닌지는 알 수 없으나 분명 클레이가 살아난 것은 모두 자기 덕이라 여기지 않을까.

"감사합니다."

뭐가 되었건 사고는 밤에 일어난 참이었다. 비록 의료진은 아니지만, 전쟁터에서 본 수술 현장은 만만한 것이 아니었다. 밖에서는 결코 알 수 없는 치열함 내지는 처절함이 있었다. 간밤에 잠을 거의 못 잤을 터였다.

"아닙니다. 의사로서 해야 할 일을 했을 뿐이죠."

"그래도…… 감사합니다. 살려주셨잖아요."

"하하. 아직은 모를 일이지만, 일단 인사는 받죠."

강혁은 무언가 각오한 듯한 크리스토퍼의 인사에 미소로 화답했다. 여전히 어느 정도는 연기를 하고 있었기에, 미소는 화사하다 못해 아름다울 지경이었다. 다 알고 보고 있는 일행들조차 얼마간 마음이 흔들렸을 지경이었다.

"그런데……."

크리스토퍼는 그런 강혁의 미소를 잠시 넋 나간 눈으로 바라보다가 고개를 털어냈다. 예상치 못한 흔들림이었는지 조금 움직임이 과했다. 통증이 있을 지경이었다.

"읏."

"그렇게 움직이면 안 좋아요."

"으……. 아무튼, 그런데 말입니다."

그래도 통증이 있어 정신이 났는지 크리스토퍼는 제법 오래 말을 이었다. 매튜를 제외한 나머지 가족들, 그러니까 많이 아파 보이는 이들을 바라보면서였다.

"응급처치에 관해서는 감사합니다만…… 수도로 옮기는 게 좋지 않을까요?"

불신이라기보다는 그게 당연하다고 믿고 있는 눈치였다. 무리는 아니었다. 누구라도 산골짜기에 있는 병원이 수도에 있는 멀쩡한 병원보다 더 실력이 나을 거란 생각은 할 수 없을 테니까. 애초에 이런 곳에 병원이 있다는 게 이상할 정도이지 않은가. NGO 단체에서 봉사를 오기에도 적합하지 않은 곳이라고, 크리스토퍼는 믿고 있었다. 그가 생각하는 인류의 비극은 이런 곳이 아니라 중앙아시아나 중동 또는 아프리카에 있었으니까.

"수도라. 안 그래도 호텔에서 문의를 했더군요."

강혁은 순간 화가 좀 났지만 참았다.

'유명한 기자, 유명한 기자.'

써먹기에 아주 좋은 녀석 아닌가. 게다가 가족들이 다친 불쌍한 사람이기도 했다. 지금 당장은 무슨 말을 한다고 해도 봐주는 게 옳았다.

'주먹질은 안 돼, 백 교수.'

그럼에도 불구하고 자기도 모르게 주먹을 불끈 쥔 강혁의 뒤에 한유림이 다가갔다. 그 주먹을 두 손으로 감싸 쥐면서였다. 제아무리 강혁이라고 해도 한 손 정도는 잠깐이나마 붙잡을 수 있지 않을까 하는 생각과 함께였다.

"거기서 차가 올라오려면 적어도 5시간이 걸린다고 합니다. 그리고 4명을 한꺼번에 옮길 수 있는 병원도 없고요."

"아……. 그럼 헬기는 어떨까요? 저는 충분히 지불할……."

"환자분."

여기서 헬기를 말할 줄이야. 이건 좀 의외였기에 강혁도 놀랐다. 해서 말을 조금 빨리 이어나가기로 결심했다.

"네."

"콜롬보에 가도 저만 한 의사는 없어요. 여기 있는 다른 의료진들만 한 팀도 없습니다."

"그……."

그럼 왜 이런 오지에 있냐고 묻고 싶었다. 살려주어서 고맙긴하지만, 그건 그거고 이건 이거 아닌가. 아버지라면 가족들을 위해 최선의 선택을 할 의무가 있었다. 특히 본인의 잘못으로 사고가 난 마당이라면 더더욱 그랬다. 차라리 자기가 제일 많이 다쳤다면 마음이 편할 것 같았다.

"크리스토퍼 씨. 저는 백강혁이라고 합니다. 대한민국의 외상 외과 의사죠."

"그……."

"검색해보시면 저에 관한 얘기가 많이 나올 텐데 모두 과소평가된 거라고 보면 됩니다. 여기 있는 환자들…… 그중에서도 클레이는 제가 아니었으면 죽었어요. 워낙 수술을 잘해놨으니 지금 어디로 이송한다고 해서 죽을 건 아니겠지만, 그래도 위험해질 수는 있습니다. 여기 있는 게 최선이에요."

"어……."

자신감 넘치는 말투는 여전했다. 크리스토퍼는 반신반의하는 얼굴로 강혁의 이름을 검색해보았다. 그러자 한글로 된 결과뿐만 아니라 외신에서의 보도들이 주르륵 떴다. 대부분 강혁이 사람을 살렸다는 내용이었다. 파키스탄에서 또 한국에서. 심지어 환자 중엔 전 유엔 사무총장도 있었다.

"당신이 정말…… 그런데 왜 지금은 여기 있습니까? 한구에 있었다면…… 카불이나 그 근방의 사정을 잘 알 텐데요."

크리스토퍼는 이제 다른 의구심을 표했다. 너만큼 실력 있고 또 사명감도 있는 사람이 왜 휴양지에 와 있냐는 얘기였다. 놀러 왔다거나 쉬러 왔다기에는 어폐가 있었다. 그렇다고 하기에 이 병원은 시설이 너무 본격적이었다. 강혁은 그런 크리스토퍼의 표정을 보며 아까 뿌렸던 떡밥을 회수하기로 결심했다.

"저기 보이십니까?"

누가 봐도 끔찍한 몰골의 환자가 있었다. 배에 검은색 스펀지가 들어가 있는데, 거기서부터 석션을 통해 누런 물이 조금씩 흘러나오고 있었다.

"네."

"여기 노동자입니다. 차밭 노동자죠."

"아……. 차. 하긴 여기가 녹차 산지인데…… 어쩌다 저렇게 된 겁니까? 다쳤나요?"

"아뇨. 탈장이요."

"탈장?"

탈장이라는 말에 크리스토퍼는 일견 이해가 안 간다는 얼굴이 되었다. 탈장이라면 그냥 외과 가서 수술하면 당일에도 퇴원 가능한 병 아니던가. 저렇게까지 될 일인가. 역시 이놈은 사칭인가. 뭐 이런 생각들이 삽시간에 날아다녔다.

"고용주가 방치했어요. 아프다고 하는데 약도 주지 않고, 병원도 보내지 않았습니다. 저 환자는 탈장 때문에 죽을 뻔했어요."

"아니……. 요새도 그런 고용주가 있습니까?"

"있죠. 게다가 오늘까지 복귀 안 하면 잘라버릴 거라고 하고 있습니다."

"이런…… 그게 사실이라면."

크리스토퍼는 기자로서의 사명감이 부글거리는 것을 느꼈다. 워낙 노골적이었기에 강혁 또한 그것을 느낄 수 있었다.

'옳지. 물었어.'

*

　사명감이 끓어올랐다고 해서 바로 움직일 수 있는 건 아니었다. 기자고 나발이고 간에 몸이 회복되어야 뭐라도 할 수 있지 않겠는가. 게다가 더 큰 문제는 탈장이 있었던 노동자에게 있었다. 워낙에 상처가 안 좋았던 터라 시간이 걸렸다.

　"휴."

　"그래도 많이 좋아졌네. 슬슬 닫을 수 있겠어."

　강혁은 한숨짓는 한유림의 어깨를 두드려주었다.

　"응? 아, 나 괜찮아."

　실은 장갑에 살짝 튄 고름을 닦아내기 위해서였지만, 한유림의 반응이 너무 순진해서 그냥 그렇게 묻어가기로 했다.

　"힘들어 보여서."

　"아냐, 아냐. 주말인데 뭐."

　한유림은 어깨에 묻은 고름은 발견하지 못한 채, 창밖을 내다보았다. 중환자실이긴 해도 커튼을 젖히면 밖이 훤히 내다보였다. 호텔 단지로 가면 4, 5층이 아니라 6, 7층짜리 건물들도 있을 정도지만, 이쪽에서는 병원 건물이 제일 높았다. 게다가 병원 자체가 언덕배기에 있어 저 멀리 보이는 농장들을 한눈에 바라볼 수 있었다. 평소와 비슷한 풍경이었지만, 한 가지 차이점을 느낄 수 있었다. 녹빛 차밭에 오르는 노동자들의 수가 확연히 적었다.

　"토요일엔 저 사람들도 좀 쉬게 해주나보지?"

　"저 사람들을 쉬게 해준다기보다는……. 어차피 따와봐야 안에 기술자들이 쉬니까 별로 소용이 없는 거지."

"아……. 그렇구만."

역시나 노동자들에 대한 배려 따위는 전혀 없었다. 그저 자기네 사람들만 챙길 뿐이었다. 한유림은 다시금 똥 씹은 얼굴이 된채 고개를 가로저었다. 그때 내내 이 장면을 찍고 있던 데니스가 손을 위로 올려 들었다.

"커트."

"아, 찍고 있었나."

강혁의 시큰둥한 반응에 데니스는 정말이지 무슨 표정을 지어야 되나 하는 생각이 들었다.

'아니……. 지가 매일 따라다니면서 찍으라고 해놓고…….'

봉사 현장에 간 외상 외과 의사의 하루라던가. 아무튼, 강혁과는 좀 안 어울리는 제목의 영상을 찍는 중이었다. 그에 대해 따로 돈이라도 쥐여주는 것도 없었다. 무상이었다. 그래도 시키니까 하는데, 뭐? 찍고 있었나?

'와…….'

저도 모르게 주먹이 쥐어졌다.

"뭐 인마."

"아뇨. 아닙……."

"분량은 다 뽑았어? 섬네일 찍는답시고 오만 난리를 피워놓고 아직도 영상이 안 나오면 어떡해."

"아……. 아마 이제 됐을걸요. 장미 선생이 이거 소독하는 것만 하나 따오라고 했어요."

"음. 근데 하루라고 해놓고 이렇게 며칠 동안 찍은 영상을 짜집기해도 되는 건가?"

"그야…… 저도 모르죠."

데니스라고 해서 뭐 유튜브 생리를 알겠는가. 그저 장미가 시키는 대로 하고 있을 뿐이었다. 이 점은 강혁 또한 마찬가지였다.

'괜히 시켰나.'

도저히 편집까지 배워서 할 자신은 없었더랬다. 한유림을 시키자니, 이 양반은 피피티도 잘 못 만들 정도로 컴퓨터랑 친하질 못했다. 그런 주제에 뭐 새 전자제품 나오면 얼리어답터랍시고 사재끼는데, 솔직히 그 돈으로 어디 기부라도 하는 게 훨씬 유용해 보일 지경이었다. 양재원이야 여러모로 좀 모자란 놈이고, 경원이가 그나마 나을 것 같긴 했는데 그 녀석은 유일한 마취과 의사라는 게 문제였다.

"으어……."

지금도 1층에서 신음이 들려오지 않는가. 리처드와 함께 수술 들어갔다가 나오면서 내지른 소리였을 거다. 이놈이고 저놈이고 수술할 때는 무조건 경원을 끌고 들어가고 있으니 그럴 수밖에 없었다.

"일단 어떻게 나왔는지나 좀 보러 가볼까?"

해서 장미를 시켰는데, 막상 시키고 나서야 떠올릴 수 있었다. 장미는 이 중에서 유일하게 자신이 컨트롤할 수 없는 인간이지 않은가. 오히려 강혁이 이리저리 휘둘리고 있었다. 심지어 오프닝 딴다고 병원으로 들어오는 장면만 한 7번 찍었다. 그냥 편하게 찍은 것도 아니고 여러 소리를 들어가면서였다.

'아니, 왜 긴장을 해요? 그냥 걸어오라고!'

'네가 자꾸 뭐라고 하니까…….'

'그런다고 손이랑 다리랑 같이 나와요? 북한 군인이야?'

'그…… 알았어. 미안하다, 내가 잘못했다.'

'잘못한 거 알았으면 다시 걸어와요.'

'아니 나 편집 외주…….'

'닥쳐요.'

'응.'

지금 생각해도 오한이 일었다. 이럴 거면 시키지 말걸 싶었지만 이미 엎질러진 물이었다. 왜인진 모르겠는데 굉장한 열의를 보이고 있었다. 한번 실패했던 플랫폼에 재도전할 수 있는 기회가 생겨서인지 뭔지 알 수가 없었다.

"왔어요?"

장미 방에 들어가보니 장미가 득의양양한 얼굴로 껄껄 웃고 있었다. 아주 만족스러운 결과물이 뜬 모양이었다.

"자, 이제 여기다가…… 오늘 찍은 거 짜깁기해서 넣으면 돼요."

"음. 내용이 뭔데?"

"뭐긴 뭐예요. 여기서의 하루지. 일어나서 아침 해먹고 환자 보다가 수술하고, 드레싱하고 뭐 대학생들이랑 얘기도 좀 하고. 말도 배우고 있잖아요. 벌써 몇 마디 하던데?"

"정말 몇 마디지."

강혁의 놀라운 언어 습득력은 여기서도 빛을 발하고 있었다.

타밀어가 그래도 꽤 어려운 언어 체계를 갖추었는데도 불구하고 드문드문 말을 할 수 있게 되었다. 바로 어제 차 타고 학교로 내려간 대학생들이 놀랄 정도로 빨랐다. 특히 셀바라사는 강혁에게 감복한 나머지 다시 한번 맹세까지 했다. 반드시 공짜로 일할 학생들을 쉬지 않고 공수해오겠다고.

"아무튼, 그런 거 엄청 좋아해요. 약간 자기계발 느낌이야, 그런 건. 운동도 계속 하잖아요. 제 생각에는 그게 완전 터질 것 같긴 해요."

"응? 운동? 남 운동하는 게 뭐가 재밌지? 유튜브는 재밌어야 뜬다며?"

"재밌죠. 교수님 3대 치는 거 보면…… 운동 좋아하는 남자들은 충성 맹세할걸요. 거의 무슨 스트롱맨 수준이잖아."

"스트롱맨? 너 그런 건 어서 배웠냐?"

"제가 한때 유튜브 스타를 꿈꾼 사람으로서…… 아주 다양한 장르의 영상들을 섭렵한 바 있어요. 그런 거 보다보면 진짜 '닥터프렌즈'는 왜 뜬 건지 모르겠다니까요. 의사 아저씨 셋 나와서 가만히 앉아서 떠드는데……."

"유익한가보지. 이거나 한번 틀어봐."

강혁은 아직도 잘 감이 오지 않는다는 얼굴로 장미를 채근했다. 하지만 장미는 그의 요구에 응하지 않았다.

"유튜브로 봐요."

"응? 아니, 인마. 올리기 전에 나는 봐야지. 내가 나오는 건데."

"내가 설마 교수님 이상하게 나오게 만들었겠어요? 어련히 알아서 잘했으니까 그냥 봐요."

"아니…… 너……."

"아, 나가."

"와……."

어찌나 깡패처럼 밀어젖히는지 강혁조차 밖으로 떠밀려 나와야만 했다. 그 꼴을 보고 있자니 한유림이나 데니스로서는 좀 통쾌하기도 하고, 이상하게 안쓰럽기도 했다. 작아진 아버지의 모습이 떠오른다고 해야 할까? 너도 당해봐라 하는 마음이 들면서도 또 저런 모습이 딱히 반갑지는 않은 느낌이었다. 아주 복잡한 감정이 교차했다, 뭐 이런 말이었다.

"쟤는 진짜 조폭이네."

강혁은 굳게 닫힌 방문을 보며 고개를 절레절레 흔들었다. 거기 오래 버티고 서 있지도 못했다. 응급실에 있는 샘에게 전화가 온 탓이었다.

"응? 아, 거기. 알았어, 갈게."

어딘가에서 전화가 온 모양인데, 급할 건 없지만 그렇다고 또 마냥 씹을 수만도 없는 전화였다. 강혁의 원대한 계획의 일부로 낑겨 들어가 있는 단체의 전화였다. 아직은 딱히 이곳에 관심을 보이고 있지 않지만, 만약 설득만 된다면 아주 커다란 도움이 될 터였다. 어떤 사회를 변화시키려면 단지 사람들이 아프지 않게 되는 것만으로는 부족하지 않은가. 먹고살 수 있는 수단도 마련되어야 했고 또 최소한의 교육 시설도 있어야만 했다.

"네, 백강혁입니다."

"아, 네. 백 교수님. 본부로 요청 주셨죠? 저는 유니세프 코리아 김한송입니다."

"네, 제가 보낸 자료는 받아보셨나요?"

"아……. 네. 검토 중에 있습니다. 확실히 문제가 있는 것으로 사료됩니다. 왜 저희가 지금까지 인지를 못 했는지……."

"뭐, 그건 지금 당장 중요하지는 않죠."

다국적 기업들이 어떻게든 눈과 귀를 가렸을 터였다. 애초에 관심도 없었던지라 그렇게 많은 노력도 필요 없지 않았을까? 슬픈 얘기지만, 굳이 이곳 아니더라도 비참한 곳은 많지 않은가. 전쟁과 기아가 시도 때도 없이 일어나는 곳. 그에 비하면 이곳은 직접 와보지 않은 사람이 생각하기에 살 만할 거라 여겨질 수밖에 없었다.

"아무튼, 어떻게 생각하십니까?"

"저희도 절차가 있어서요. 일단 현장 조사원을 보낼 예정입니다. 아이들이 모두 얼마나 있는지, 교육 수준은 어떻게 되는지, 필수 의료 서비스에 대한 접근은 가능한지 등등을 모두 볼 겁니다."

"좋군요."

예전의 강혁이었다면 절차고 나발이고 일단 와보라고 했을 터였다. 하지만 대한민국의 중증외상센터를 정상화시키고, 그것도 모자라 한구 도시까지 재생시킨 그이지 않은가. 아무래도 그 전과 후가 많이 다를 수밖에 없었다. 큰 그림을 그릴 줄 알게 되었고, 혼자 그리는 것보다는 남들의 도움을 받는 게 더 낫다는 것을 알게 되었을 뿐만 아니라, 기다릴 줄도 알게 되었다.

"그럼 언제쯤 오실 건가요?"

"제가 직접 갈 텐데…… 대략 1주 후쯤 도착하게 될 것 같습니다. 저희도 이런저런 자료를 먼저 수집해서 가려고 합니다."

"알겠습니다. 오시기 전에 연락주시면 차량 준비해놓겠습니다."

"아, 감사합니다."

김한송은 백강혁에 대해 주변에서 들었던 것보다 훨씬 부드럽다는 인상을 받았다. 당연하게도 강혁에게 전화를 건네주었던, 바로 옆에서 기다리고 있던 샘은 배신감을 느꼈다.

'이 인간이…… 왜 이렇게 착해?'

설마 한국인들한테만 잘 대해주는 건가? 뭐 이런 생각도 잠깐 들었다. 그러나 고개를 돌려보니, 머리가 듬성듬성한 노인이 있었다. 혈색이 워낙에 좋아서 노인이라기보다는 중년 사내처럼 보이긴 하지만, 뭐가 되었건 간에 강혁 때문에 개고생을 하고 있는 사람이었다. 심지어 샘보다도 더 오래, 더 가혹하게 당하고 있었다.

'이 새끼……. 이거 뭘 또 얼마나 뜯으려고 차까지 보내고 이러나.'

그래서 그럴까? 한유림은 대번에 이 대화의 본질을 꿰뚫었다. 강혁보고 오, 좀 변했다고 하는 건 그의 성격을 얘기하는 게 아니었다. 그저 사람을 대하는 아주 잠깐의 태도가 그렇다는 걸 의미할 뿐이었다. 연기의 달인이 점점 더 늘어서, 홀딱 속여 넘기게 되었다는 얘기였다.

"뭘 봐요?"

"아니, 뭘."

"기왕 시간도 좀 있겠다……. 호텔 단지나 가볼까?"

"응? 백 교수 거기 싫어하는 거 아냐?"

"왜요? 거기 예쁘잖아. 먹을 것도 많고. 영국계 호텔 말고는 음식도 다 괜찮어. 독일, 네덜란드, 프랑스에 스페인, 이태리 뭐 많잖아요."

"아니……. 그…… 착취……."

"아, 우리 타밀 노동자들? 그분들의 미래 일자리인데, 지금부터 가서 잘 알아봐야지."

"미래 일자리? 그게 어떻게 그렇게 돼?"

"그렇게 될 거야. 내가 그렇게 된다고 하면 그렇게 돼."

"음."

세상에 이렇게 막무가내인 대화가 또 있을까. 한유림은 좀 어이가 없다는 생각이 들었다. 하지만 동시에 될 수도 있겠다 싶었다. 이 인간은 뭐든 계획한 대로 이루는 놈이니까.

'아, 아니지. 하나는 마음대로 안 되지.'

한유림은 그런 생각을 하다가, 웅 하는 진동을 느꼈다. 휴대폰 알람이었는데, 이제 막 누와라엘리야 병원 영상이 올라온 모양이었다.

"음."

한유림은 일부러 강혁에게 말해주지 않았다. 워낙에 예민한 놈이니만큼 벌써 눈치채지 않았을까도 싶었는데, 의외로 그렇지도 않은 모양이었다.

'어쩌면 자기 채널 구독도 안 해놨을 수도 있지.'

이미 하는 일이 너무 많지 않은가. 여기서 중요한 건 하고 싶은 일이 많은 게 아니라, 벌써 해낸 일이 많다는 점이었다. 해발 1800미터에 위치한 2층짜리 작은 병원 건물을 증축해서 그럴싸한 병원으로 만들어놓은 것이 우선 그러했고, 옆에 역시나 썩 괜찮은 수준의 숙소동을 만들어놓은 것도 놀라운 일이었다. 거기에 더해 미군과 협조해 어지간한 인력 수급을 마쳐놓기도 했거니와 어느 틈엔가 대학생 무리를 꼬드겨 거의 무료 봉사까지 허가받은 마당이었다. 행정적인 일만 한 것도 아니었다. 그 와중에 여기저기서 진료와 수술을 완벽하게 해내고 있었다.

"여기 어디가…… 아, 저기. 저기가 좋다더라고."

한유림이 강혁에 대해 잠시 감탄하고 있는 사이, 강혁은 차를 몰고 호텔 단지 외곽에 위치한 작은 호텔 안으로 들어섰다. 호텔은 절벽 쪽에 있었는데 아래쪽으로 미처 타밀족이 개척해내지 못한 정글이 훤히 내다보였다. 저기서도 차가 잘 자랄 것 같았으면 얼마나 죽어나가든지 간에 무조건 밀어버렸겠지만, 영국에게 필요했던 땅은 해발 1800미터 이상의 고산 지대뿐이었다. 덕분이라고 해야 할지는 모르겠지만 아무튼, 세계 어디에서도 쉬이 보기 힘든 절경이 펼쳐졌다.

"오."

감탄은 뒷자리에서 터져 나왔다. 재원이었다. 혼자 앉아 있었는데, 이유가 아주 없지는 않았다. 당직인 리처드와 경원 그리고 좀 쉬고 싶다고 울부짖는 데니스, 샘 그리고 영상 때문에 바쁘다고 했던 장미가 제외되어서였다.

"좋지? 여기가 숨겨진 보석 같은 곳이래."

"와……. 경치가 진짜 끝내주네요?"

"응. 뭐……. 경치는 진짜 좋지. 여기 알려지게 되면 사람들 그래도 꽤 올걸? 길부터 닦아야 할 것 같지만."

강혁은 차를 호텔 주차장에 세우면서 중얼거렸다. 시선은 저 멀리, 누와라엘리야로 올라오는 도로에 머물러 있었다. 아차 하면 옆으로 굴러떨어질 만큼이나 경사가 급한 길이었다. 그마저도 넓지 않아서, 반대편에서 차라도 오게 되면 둘 다 무척 난감한 상황이 펼쳐지기 일쑤였다. 자연히 다른 지역과 왕래가 적어질 수밖에 없는 구조였다. 아는 사람만 찾는 그런 땅이 되었다는 얘기였다.

"아무튼, 오늘은 좀 쉬자고. 아, 첫 주부터 무리했더니……. 뒤지겠네."

강혁은 차 문을 열고 내려서서 기지개를 켰다. 그러면서 자신의 몸 상태를 점검했는데, 확실히 정상은 아니었다. 제아무리 강혁이라 해도 새로운 환경에 적응하는 과정이 쉬울 리는 없지 않은가. 그런데 해야 할 일들은 계속 산적해 있으니 컨디션이 좋다고 느껴진다면 그게 더 이상한 일이었다. 특히 이번 주는 더더욱 그랬다.

'그나마……. 클레이라고 했지? 걔가 좋아져서 다행이야.'

수술 후 이틀 정도는 그냥 푹 재워뒀더랬다. 중간중간 뇌 CT는 찍어봤는데, 다행히 점점 나아지는 것이 눈에 보였다. 혹시 몰라 한국에 있는 신경과 교수, 그러니까 한국대학교 최준용 교수에게 물어봤더니 마지막 CT만 봐서는 딱히 이상이 있는지도 모르겠다는 말까지 들었다. 두개골의 일부 결손을 제외하면 그렇다는 얘기였지만 아무튼, 좋은 징조 아니던가. 해서 어제 아주 조심스럽게 깨워봤는데, 의사소통이 가능할 정도로 멀쩡해졌다.

'정말…… 정말 감사합니다.'

크리스토퍼는 물론이거니와 그의 아내이자 클레이의 어머니인 아다르 또한 연신 고개를 숙였다. 간이 다쳤기에 그렇게 하면 아플 거라고 했는데도 그랬다.

'잘된 일이지.'

자칫하면 일가족의 비극으로 끝났을 뻔한 사고가 잘 마무리된 셈이었다. 덕분에 강혁은 정상이 아닌 컨디션에도 불구하고 홀가분한 얼굴이 되어 호텔 안으로 들어갈 수 있었다. 이쪽 호텔들은 대부분 옛날 관습을 고수하고 있었기에 로비에 들어설 때조차 어느 정도의 드레스코드를 요구하는 경우가 있었다. 특히 상대가 백인이 아니라 다른 인종이라면 더더욱 그랬다. 그나마 인도계가 아니라 대놓고 고깝게 대하는 경우는 드물었지만, 동양인이라고 해서 특별히 우대해주거나 하는 일은 없었다.

"식사하시겠습니까?"

"음. 창가 쪽이 좋겠는데."

"네. 이쪽으로 오시죠."

물론 강혁의 눈앞에서 강혁을 무시할 수 있을 만큼 간 큰 인간은 별로 없었기에 별다른 어려움 없이 안으로 들어갈 수 있었다.

한유림은 재원과 함께 강혁보다 조금 뒤처져 들어가면서, 영상을 공유했다.

"봐라, 이거."

"와……. 섬네일은 이거 뭐예요? 딱히 여기랑 관계없어 보이는데?"

"응, 그렇지. 이게 어그로래. 장미 말로는 고급 스킬이라던데."

"음. 확실히…… 이 채널에 영상이 이거 하나죠?"

"응. 하나지. 이전에 뭘 올렸겠어."

"근데 조회 수가 벌써 천이 넘네요? 올린 지 얼마나 됐다고."

반응이 제법 뜨거웠다. 이제 세월이 꽤 지나서 강혁의 인기가 많이 사그라들었음에도 그랬다.

— 미친 여전히 존잘이네.

— 와……. 워밍업으로 스쿼트랑 데드 각각 200 하는 거 실화냐? 역도 선수야?

— 폼이 좀…… 구리지 않음?

— 위에 이 미친놈이. 아름답기만 하고만. 그리고 200은 폼 구리면 바로 디스크행임. 뭘 모르면 좀 가만히 있어라.

한 가지 아쉬운 점이 있다면 누와라엘리야에 대해서는 별로 언급이 없다는 것이었다. 주로 강혁의 외모나 운동 수준에 대해 감탄하고 있었다.

―와……. 근데 하루가 언제 끝나는 거지? 나도 좀 열심히 살아야겠
　다.

― 자극받고 갑니다.

―타밀어? 있는지도 몰랐는데, 그 말도 배우시네……. 그걸 심지어
　영어로 배우고 있어.

　그나마 조금 시간이 지난 후에는 강혁의 고생하는 모습과 그
와중에도 쉬지 않고 공부하는 모습에 대해 감탄하는 댓글도 달
리긴 했다.

　"뭘 그렇게 봐? 여기 인터넷도 느릴 텐데."

　"아……. 이거 지금 떴어."

　"뭐가 떠……? 아, 백장미. 이놈이 진짜."

　강혁은 한유림이 보여준 영상 섬네일을 보고 기함했다. 땀이
아니라 물에 젖은 얼굴로 병원 기둥에 기대어 선 채 그윽한 눈으
로 정면을 바라보고 있는 사진이었다. 이런 사진을 찍은 기억은
없는 것 같은데.

　"왜 반응 진짜 좋아. 조회 수 봐봐. 백 교수 조회 수가 잘 나와
야 뭐 하고픈 말도 할 수 있다고 했잖아."

　"그건…… 그런데. 아, 이게 뭐야. 내가 무슨 모델이야?"

　"응, 모델 같아."

　강혁의 말에 한유림은 진심으로 부러움을 담아 답했다. 솔직
히 자기가 저런 외모였으면 맨날 사진이나 영상 찍어다가 올릴
것 같았다. 그랬다면 미유키랑도 잘 되었을 텐데.

'아냐. 외모 때문이 아니라…….'

자기방어를 위해 이런 생각을 늘상 하고 있기는 하지만, 본능적으로 알 수 있었다. 모종의 이유로 미유키와의 첫 관계 정립에서 이미 친구 존에 들어가버렸다는 것 정도는. 그리고 그 모종의 이유는 아마 아주 높은 확률로 외모일 터였다.

'좋은 생각 하자. 좋은 생각.'

한유림은 애써 고개를 털어내고는 강혁과의 대화를 이어나갔다.

"하여간 반응 좋아. 아직 이 지역 자체에 대한 언급은 거의 없는데……. 그런 것도 찍을 거지?"

"응? 찍어야지. 일단은 되게 아름다운 곳이라는 걸 어필하려고. 그러다 비참한 모습을 보여주면, 그때는 확실히 힘이 있겠지. 야, 찍고 있냐?"

강혁은 이미 메뉴판에 있던 음식을 멋들어진 발음으로 주문한 참이었다. 불어로 대화가 되는 정도는 아니었지만, 대강 음식 주문 정도는 가능한 수준이라 종업원마저 놀란 듯했다. 강혁은 그런 자신을 역시나 놀랐다는 얼굴로 바라보고 있던 재원을 불렀다. 재원은 데니스에게 인계받은 카메라를 든 채 멍한 표정으로 답했다.

"아, 네. 근데 이렇게 찍어도 되나요?"

"되겠냐?"

왜 이러나 했더니만 결과물이 엉망이었다.

"이거…… 이거 발로 찍어도 이것보단 낫겠다. 아니, 눈앞에 이런 절경이 있는데……."

"에이, 백 교수. 재원이가 영상 배운 것도 아니고 왜…… 아. 이건…… 이건 나도 좀 뭐라고 하기가 애매하네. 일부러 이러는 거야?"

"아뇨, 아닌데."

"근데 왜 뒷산처럼 나오지? 어떻게 봐도 너무 멋진데."

"이런 똥손을 가지고 수술은 잘도 하네. 역시 스승이 중요해."

강혁과 한유림은 재원의 영상을 보며 대체 어떻게 하면 이따위로 찍을 수 있는가에 대한 심도 있는 토의를 이어나갔다. 그사이 강혁의 유튜브 영상은 아주 빠르게 바이럴을 타고 조회 수가 급속도로 늘어갔다. 알고리즘이 도와준 덕도 있었지만, 지금은 박성민 대통령의 페북이 결정적이었다.

제 절친한 친구이자 존경하는 의사인 백강혁 교수가 누와라엘리야에서 이름도 얼굴도 모르는 이들을 위해 봉사 활동을 시작했습니다. 많은 격려와 관심 부탁드립니다.

이제 집권한 지 3년이 다 되어가는 박성민 대통령의 지지도는 무려 70퍼센트를 넘나들었다. 그런 사람이 도와주고 있으니 영상은 날아갈 수밖에 없었다. 물론 여전히 강혁 자체에 집중할 뿐 다른 언급은 없긴 했지만, 영상 하나로 구독자 수가 벌써 1만 명이 넘었다는 것이 고무적이었다.

"아, 음식 나왔네."

"오……. 이게 다 뭐야? 와인도 시켰네? 무슨 와인이지?"

"프랑스 와인을 시켰으면 더 좋겠지만⋯⋯. 여기서는 진짜 너무 비싸게 받아먹더라고. 가성비 좋은 걸로 시켰어. 투핸즈라고. 괜찮아. 어차피 맛도 잘 모르잖아."

"그⋯⋯."

'와알못'이라는 말에 발끈하긴 했지만 부정하기는 어려웠다. 특히 상대가 백강혁이라면 더더욱 그랬다. 이놈은 거의 소믈리에급으로 예민한 혀를 가지고 있었으니까.

"음식이 괜찮을 거예요. 프랑스 서민 음식인데, 이걸로 보통 주방장 솜씨를 평가하지."

"닭인가?"

"네. 쿠쿠뱅이라고. 나는 좋아해."

"있어 보이는 음식만 좋아한다고 하더라."

"서민 음식이라니까?"

"아무튼, 이름이 있어 보여."

한유림은 괜히 투덜거리긴 했지만, 곧 음식에 집중하기 시작했다. 강혁이 시키는 음식치고 별로인 것이 없기 때문이었다. 오늘도 그랬다.

"오."

"와."

"맛있지?"

"응."

"네."

와인으로 조리를 했는지, 향긋한 향기가 닭의 잡내를 날리고 동시에 훨씬 더 풍미 있는 음식으로 만들어주고 있었다. 강혁에게도 퍽 훌륭하게 느껴질 정도의 맛이었으니 나머지 둘에게는 말할 것도 없었다. 그렇게 먹고 있으려니, 강혁의 휴대폰이 울렸다. 병동이었다.

"응? 이상하네."

안 좋아질 환자는 없는데. 강혁은 고개를 갸웃거리면서 전화를 받았다. 전화를 건 이는 샘이었다.

"백 교수님. 크리스토퍼 씨가 면담을 원합니다."

"면담? 왜?"

"여기 배 수술한 환자에 대해서 자세히 듣고 싶다고 하는데요. 어떻게 할까요?"

"아……. 좋지. 조금만 기다리시라고 해. 근데 움직이는 건 괜찮은가?"

"네, 어제부터 슬슬 움직이고 있습니다. 양재원 선생님 처방으로 클레이만 컨펌되면 일반 병실로 전원 가능합니다."

"그래? 그 정도면 뭐…… 좋네. 알았어. 밥 먹고 금방 갈게."

*

"얼굴이나 이름 등이 노출되면 안 됩니다. 노출되면 절대 여기서 살 수 없을 거야."

강혁은 절경을 배경으로 썩 괜찮은 식사를 마친 후, 크리스토퍼에게 돌아가 인터뷰에 대한 지침을 세웠다. 가장 중요한 것은 환자의 안전이었다. 인터뷰에 얼굴이 나오면 당연히 그 효과야 더 좋겠지만, 국제사회는 지금 이곳 누와라엘리야보다 훨씬 더 중대한 문제를 가진 곳에 관심을 두고 있지 않은가. 기껏해야 주의를 환기시키는 수준에 불과할 텐데, 그걸 대가로 한 사람의 인생을 끝장낼 수는 없는 노릇이었다.

"물론이죠. 주의하겠습니다. 종군 기자 하면서…… 그런 건 뼈저리게 느끼고 있죠."

한때 기자의 덕목이란 보다 많은 사람에게 전쟁의 참상을 알리는 것이라 믿었던 때도 있었다. 무리해서 전쟁 지역 일반인들을 인터뷰했던 적도 있었고. 생각지 못했던 것은, 자신은 돌아갈 집이 있지만, 그들은 그곳에서 계속 살아야 한다는 점이었다. 특히 점령자가 계속 바뀌는 지역에서의 인터뷰는 살인 지시나 다를 바 없다는 것을 배웠더랬다.

"좋아요. 목소리도 변조해서 나가도록 하죠."

"근데 그렇게 하면…… 별로 반응이 없을 겁니다. 제 이름을 걸고 프레스 되니 아예 없진 않겠지만, 최근엔 너무 사건 사고가 많으니까요. 게다가…… 더 이상 사람들이 다른 나라 일에 큰 관심을 보이진 않아요."

"그래도 한 발자국 나가는 거니까. 의미는 있겠지."

"음."

크리스토퍼는 흔들림 없는 강혁을 바라보다가, 이내 이 사람이 이곳에 하루 이틀 있을 생각으로 온 게 아니란 걸 느낄 수 있었다. 그렇지 않은가. 방랑하는 사람은 절대 건물을 세우지 않는 법이었다. 오래 정착할 생각이 있어야 이런 짓도 하지 않겠는가.

'본인 돈으로 지었다고 했지.'

중환자실에 있던 간호사에게 자초지종을 물어보니 강혁은 정말이지 대단한 사람이었다. 일면식도 없는 이들을 위해 사비를 털고, 본인의 시간을 들일뿐 아니라, 터전을 떠나오다니.

'이따 환자 인터뷰 끝나면 이 사람에 대해서도 인터뷰 해봐야지.'

검색해보니 나름 한국에서는 유명인인 듯했다. 유엔 사무총장을 살리면서 해외에도 이름이 알려진 적이 있었고. 하지만 글로벌하게 보면 아는 사람만 아는, 극히 마니악한 이름이었다.

'어차피 나는…… 이제 종군 기자는 무리야…….'

늘 삶과 죽음의 경계에 걸친 채 살아왔다고 자부했더랬다. 하지만 진짜 죽을 뻔한 경험을 하고 보니, 심지어 가족들과 다 함께 죽을 뻔하다 보니 그게 아니었다. 정말 전투 현장에 뛰어들지 않는 이상 종군 기자이자, 영국인인 자신이 위험해질 만한 일은 없을 거란 확신을 가지고 있었던 것이다. 이번 일은 전쟁터를 전전했던 때보다 훨씬 더 무서웠다. 도적처럼 가까이 온 죽음은 생각보다 두려운 존재였다.

"환자는 준비됐으니까, 가죠."

"아, 네."

강혁의 말에 크리스토퍼는 몸을 일으켰다. 체스트 튜브는 이미 뽑은 지 오래였다. 재원의 수술도 완벽하기는 매한가지였던 모양이었다. 강혁은 제법이라고 중얼거리곤 크리스토퍼와 어깨를 나란히 했다. 제아무리 수술이 잘됐고, 회복이 되었다고 해도 아직은 환자이지 않은가. 비척거리다 뜬금없이 넘어져 다칠 수도 있었다.

"근데…… 여기 저런 사람들이 얼마나 있는 겁니까?"

"그건 나도 몰라요."

"몰라요?"

"추정은 하지만, 정확한 숫자는 몰라요. 어디서도 집계를 하지 않으니까."

"아. 그…… 시민권이 없다고 했나요?"

"그렇죠."

"음."

어느 정도는 이미 강혁 또는 재원이나 장미 등을 통해 들었다. 설마 여기서 또 조상이 지었던 죄를 마주하게 될 줄은 몰랐는데, 생각보다 대영 제국의 영향력은 어마어마한 것이었다.

'전쟁 때도 그러더니…….'

현재 세계 각지에서 일어나고 있는 영토 분쟁이나 독립 전쟁 등의 원인을 찾아보라고 한다면 상당히 여러 가지를 댈 수 있겠지만, '영국 때문 아닌가?'라고 하면 아마 절반 정도의 지역에서 맞다고 할 터였다. 실제로 크리스토퍼가 쏘다녔던 지역에서도 그랬다. 그런데 여기서도 이럴 줄이야. 크리스토퍼는 참담한 얼굴이 된 채 입을 다물었다.

"아무튼, 이 안에 있어요. 이제 배는 닫았지."

"아, 네."

"대강 무슨 말 할지는 생각했어요?"

"물론이죠. 들으셨겠지만, 기자 생활 꽤 오래 했습니다."

"그래, 프로겠지. 그럼 부탁합니다."

의사가 사람 살리는 데 있어 프로인 것처럼 기자는 무언가를 알아내고 알리는 데 프로지 않겠는가. 강혁은 본인이 프로 의식이 워낙에 투철하다보니 다른 직종에 대해서도 나름 신뢰가 있는 편이었다. 그 신뢰를 배신했을 땐 화를 좀 많이 내겠지만. 아무튼, 일을 맡기기 전까지는 그랬다.

"카메라는…… 네, 여기. 이렇게 앵글을 잡아주세요. 제 얼굴만 나오도록."

안에는 데니스가 이미 카메라와 함께 자리를 잡고 있었다. 어째 여기 온 이래 카메라맨이 된 건가 싶은 생각이 들긴 했지만, 뭐 어쩌겠는가. 강혁이 상관인데. 까라면 까는 수밖에 없었다. 게다가 현재 미국은 이 작전에 대해 아주 만족하는 중이었다. 그리고 이제 곧 군의관들이 파견까지 오게 되면 그저 의술을 베풀기만 하는 게 아니라 교육까지 하는 기관이 될 터였다.

"그럼 시작하겠습니다."

크리스토퍼는 자리에 앉더니 환자를 돌아보았다. 방금 전까지만 해도 병색이 완연해 보이더니만 막상 인터뷰에 돌입하자 다른 사람이 된 듯했다. 생기가 돈다는 말도 좀 부족한 듯싶었다. 이걸 뭐라고 해야 할까?

'열기…… 뜨거워.'

강혁은 크리스토퍼의 눈빛에 담긴 열의를 느낄 수 있었다. 영국인이라기에 이 지역을 망치고 있는 놈들과 크게 다르지 않으면 어쩌나 하고 걱정했더니 다행히 그건 아닌 모양이었다. 하긴 그랬다면 집에서 편안히 위스키나 마시지 전쟁터를 전전하진 않았을 터였다.

"생각보다…… 그렇게까지 비참하다 여기진 않네요."

환자와의 인터뷰는 그리 길지 않았다. 우선 환자가 아직 완전히 회복되지 않은 탓도 있었지만, 별로 말이 없었던 것이 훨씬 큰 원인이었다.

"뭐……. 다른 이들이 어떻게 사는지 모를 테니까요."

"TV도 없습니까?"

"롱하우스에는 저도 들어가보지 못했습니다. 절대 허락하지 않을걸요. 그런데 아마 없겠죠. 전기도 안 들어가는 것 같던데."

모든 정보가 차단되어 있다는 얘기였다. 어디 한 집만 그런 것이 아니라 지역 전체가 그랬다. 게다가 벌써 수 대째 이렇게 지내오고 있었기에 체념과 절망은 어느새 역사가 되어버린 지 오래였다. 적어도 이곳에 있는 타밀족에게 생이란 그런 의미만이 가득했다. 물론 그걸 옆에서 지켜보고 있는 이들은 답답해질 수밖에 없었다. 아예 몰랐더라면 모를까, 알게 된 다음에도 가만히 있기란 어려운 일이었다.

"허……. 그 지역에 가서 사진을 좀 찍을 수 있을까요?"

"관광객으로 위장하면 얼마든지 가능할걸요. 근데 딱 거기만 찍으면 의심하겠지."

"그런 건 걱정하지 마십시오."

"아, 그렇겠네."

강혁은 크리스토퍼의 자신감에 가득 찬 얼굴을 보면서 그가 종군 기자였다는 사실을 떠올렸다. 얼마나 많은 위장을 해봤겠는가. 강혁보다도 더 잘할 터였다.

"그보다…… 교수님 인터뷰도 좀 딸 수 있을까요?"

"내…… 인터뷰를요?"

"네."

"뭐 어려울 건 없는데, 무슨 얘기를 해야 하지?"

강혁은 늘 그렇듯 대수롭지 않다는 얼굴로 고개를 끄덕였다. 의사치고는 드물게 얼굴을 알리는 데 별로 거리낌이 없어서였다. 원래 낯가리는 성품도 아니거니와 지금까지 단 한 번도 부끄러울 만한 일을 해본 적이 없어서이기도 했다. 백강혁은 그야말로 떳떳한 사람이었다.

"그냥…… 교수님이 누구시고, 한국에서 어떤 일을 했고, 여기에는 왜 왔는지 그런 얘기면 충분할 것 같습니다. 그…… 한……."

"한유림?"

"아, 네. 그분도 함께 오시면 좋겠어요. 제가 귀국하면 편집장설득해서 작은 시리즈물이라도 만들어서 내보겠습니다."

"오, 그건 좋죠."

뭐가 되었건 간에 이 지역에 대해 많은 사람들에게 알리는 것은 좋은 일이었다. 대상이 한국인이어도 좋겠지만 영국인이라면 더더욱 그랬다. 지들이 뭔 짓을 했는지는 알아야 하지 않겠는가.

심지어 지금도 그 짓거리를 하고 있다는 것을 알게 되면 소수겠지만 양심 있는 이들은 행동에 나서줄 터였다. 그리고 그런 이들의 목소리는 한국인인 강혁의 그것과는 달리 이곳을 실질적으로 지배하고 있는 이들의 귀에도 더 잘 들어갈 게 분명했다.

"자, 그럼 시작할까요?"

인터뷰 준비에 걸린 시간은 거의 없다고 해도 좋았다. 데니스만 불러다 카메라 세팅을 시키면 끝 아닌가. 일반적인 기자였다면 이렇게 대충대충 하는 촬영에 거부감을 가졌을 수도 있겠으나, 크리스토퍼는 이보다 훨씬 열악한 곳에서도 잘만 촬영을 했던 몸이었다.

"네. 그러죠."

"백강혁 교수님이시죠? 간단하게 자기소개를 해주시죠."

"네. 저는 백강혁입니다. 한국대학교 중증외상센터 센터장이었습니다. 제가 센터장이 되었을 당시 한국대학교 병원 중증외상센터의 환자 생환율은 20퍼센트가 채 되지 않았습니다. 그때만 해도 외상 외과에 대한 이해도가 전혀 없었던 탓이죠. 그러던 것을 6개월 만에 95퍼센트 이상으로 끌어 올렸고, 현재는 한국대학교 병원 외에도 여러 센터에서 90퍼센트 이상의 생환율을 보이고 있습니다."

"와……. 정말 대단한 일을 해내셨네요. 어떻게 그런 일이 가능했습니까?"

"제 실력이 좋아서겠죠, 우선은. 하지만 의학은, 특히 외상센터는 혼자만의 힘으로 다하는 것은 무리입니다. 시스템의 도움이 필요하죠. 그걸 가능케 해준 분이 바로 이분입니다."

강혁은 자연스레 한유림에게 시선을 돌렸다. 사전에 합을 맞춘 것처럼 유려한 진행이었는데, 인터뷰를 하자고 했던 크리스토퍼가 놀랄 지경이었다. 이만큼 말 잘하는 인간은 오랜만이었다. 의사 중에서는 처음인 것 같았다.

"아, 한 교수님. 인사해주시죠."

"네, 저는 한유림입니다. 백강혁 교수와 함께 한국대학교 병원 기조실장으로 있다가, 보건복지부 장관으로 재직한 바 있습니다. 그때 시스템 구축하는 데 애를 많이 썼습니다."

"그 결과 한국의 외상센터가 많이 변한 거군요."

"그렇습니다."

"이를테면…… 대한민국 외상센터의 대부들이라 하실 수 있는 분들이라는 건데, 여기…… 그러니까 스리랑카의 누와라엘리야에는 왜 오신 겁니까?"

크리스토퍼는 관광 다닐 땐 아름답게만 보였던, 하지만 그 이면을 알게 된 지금에 이르러서는 끔찍하게만 보이는 누와라엘리야를 떠올리며 물었다. 그때 강혁의 가운 안자락에서 진동이 울렸다.

"아, 미안합니다."

"괜찮습니다. 생방도 아닌데요. 잠깐 받으시죠."

당직이 아니지 않은가. 해서 강혁도 크리스토퍼도 한유림도 아무 전화도 아닐 거라 생각하고 있었다.

"응?"

그런데 발신인이 리처드였다.

"교, 교수님."

"왜."

"미쳐버리겠네."

"왜?"

"아무래도 크리스토퍼 그 환자 사고 났던 곳 말이에요. 거기 문제가 좀 있나봐요."

"응?"

"또…… 또 사고가 났대요."

"아, 알았어. 지금 갈게."

*

'음……. 전화가 오네?'

한석준은 밖에서 강혁의 신호를 기다리고 있었다. 원래 외상 외과 의사라면 인터뷰 중간에 환자 왔다는 소식 또는 급하단 소식을 듣고 뛰쳐나가는 것이 백미라는 말 때문이었다. 듣고 보니 그럴싸하긴 하지 않은가. 확실히 백문이 불여일견이라는 말도 있는 것처럼, 백 마디 말보다는 이렇게 한 번 보여주는 것이 훨씬 좋을 것 같았다.

'그냥 전화만 걸어. 내가 알아서 할 테니까.'

알아서 한다는 말이 어쩌나 신뢰가 가던지. 여기 오기 전이라면 이 정도는 아니었을 터였다. 그저 백강혁이 꽤 유명한 의사고

훌륭한 사람이라고만 알았으니까. 하지만 여기서 본 백강혁은 그야말로 걸물이었다. 의사로서 훌륭할 뿐만 아니라 사기도 잘 쳤고, 협박에도 능했다. 본인만 해도 홀랑 넘어가 멀쩡히 잘 쓰던 사무실 대신 여기서 일하고 있지 않은가.

'진짜 전화는 맞나?'

한석준이 의심의 눈초리를 도무지 거두지 못하고 바라만 보는 사이, 강혁은 벌써 심각한 얼굴로 전화를 끊고 몸을 일으키고 있었다.

"어……."

기자로서 꽤 많은 이들의 인터뷰를 진행해왔던 크리스토퍼로서도 낯설기만 한 상황이었다. 갑자기 총탄이 날아들거나 주변에서 폭탄이 터지는 바람에 인터뷰가 중단된 경우는 있어도, 이렇게 한창 인터뷰를 하고 있던 와중에 전화가 오는 바람에 중단되는 경우는 없었다.

"미안합니다. 환자가 와서."

"그…… 그렇군요. 음, 이런 일이 잦습니까?"

하지만 당황으로 이어지지는 않았다. 처음 겪는 상황일 뿐이지 않은가. 생각해보면 이보다 더한 일이 훨씬 많았더랬다. 덕분에 크리스토퍼는 유려하게 진행을 이끌어갈 수 있었다. 아예 강혁을 따라나서면서였다.

"후."

카메라 담당인 데니스 또한 한숨과 함께 그런 둘을 따라나설 수밖에 없었다.

'어머니……. 저 CIA인데…… 여기서 갑자기 잡일 합니다…….'

이것이야말로 절로 한숨이 나오는 상황의 전형 아닐까. 뭐 이런 생각까지 들었다. 하지만 또 멀리 보면 딱히 그렇게 한심스러운 일이기만 한 것은 아니었다. 한구에서도 그렇지 않았던가. 처음엔 사기 계약으로 청소에 관리까지 죄다 덤터기를 씌우는가 싶더니만 결국, 파키스탄 전역에 걸쳐 사업을 해낼 수 있도록 해준 게 바로 강혁이었다.

'하긴 그 덕에 지금 파키스탄뿐만 아니라…….'

사업체가 자리한 곳은 이제 CIA의 숨겨진 지부로서 역할을 할 수 있게 된 지경이었다. 파키스탄 탈레반의 세력은 날이 갈수록 쪼그라들고 있는데, 이 사업체가 한몫을 단단히 하고 있다고 보면 되었다. 일거수일투족이 죄 보고되고 있으니 그럴 수밖에 없었다. 맹폭이 있거나 하지는 않아도 활동 반경이 크게 줄어들어 버릴 수밖에 없었다. 게다가 인도와 아프가니스탄으로도 비교적 자유로운 왕래가 가능하게 되었는데, 두 국가 모두 미국으로서는 궁금해 미치는 나라들 아닌가. 강혁은 그 공을 죄다 데니스에게 넘겨버렸고, 데니스는 이 임무만 끝나면 지부장급으로 영전할 예정이었다.

'여기선 또 무슨 일을 하게 될까.'

모르긴 해도 사이즈가 작을 것 같진 않았다. 한유림이 강혁을 보고 한숨 쉬면서 왜 그렇게 큰 그림만 그리냐고 뭐라고 하지 않았던가. 이런저런 생각 덕에 데니스는 그리 가볍지도 않은 카메라를 어깨에 짊어지고 달려갈 수 있었다. 나름 훈련을 제대로 받은 덕에 달리면서도 화면이 크게 흔들리지 않았다. 여러모로 볼 때, 강혁이 데니스에게 카메라를 맡긴 것은 탁월한 선택이었단 뜻이었다.

"어떤데?"

반면 강혁은 복도를 지나오면서 크리스토퍼도 데니스도 카메라도 잊었다. 큰 그림이 아무리 중요하다고 해도 눈앞에 당면한 과제, 즉 환자보다 우선시될 수는 없지 않겠는가. 강혁은 의도하지 않아도 되는 그런 인간이었다.

"어……."

오히려 어색한 것은 내내 응급실에 있던 리처드였다. 녀석은 뭔가 말을 하려다가 따라 들어오는 정장 차림의 크리스토퍼와 카메라를 든 데니스를 보더니 잠시 얼어버렸다.

"이 새끼가. 환자 파악 안 해? 뭐냐고."

"아, 네."

하지만 강혁의 일침은 강력한 것이었다. 아니, 그보단 지금까지 겪어온 강혁에 대한 경험이 무섭다고 해야 옳을 터였다. 이러다 맞으면 어쩌나 하는 걱정이 들기도 전에 몸이 반응했다.

"알고 보니 지금 그 도로 지지 축이 무너진 상태라고 합니다. 어제 차 수송했던 트럭이 복귀하면서 마주 오던 차량을 피하려다가 옆으로 쓸려 넘어진 모양인데……. 둘이 타고 있었다고 합니다. 일단 샘이 출동했는데…… 구조가 어떻게 될지는 모르겠어요."

"구조가…… 어떻게 될지 몰라? 아니, 차 트럭이면 회사에서는 뭐 하고?"

"리프 트럭인데, 직접 구조할 수 있는 역량이 없다고 했어요."

"여기…… 여기 공무원들은?"

강혁은 진심으로 어이가 없다는 얼굴을 한 채 밖을 내다보았다. 어딘가에서는 사고가 나서 사람들이 죽어가고 있을 텐데, 풍경만은 여느 때와 다름없이 아름답기만 했다. 심지어 주말이라 그런가 조용하기까지 했다. 어디선가 들려오는, 아마도 예배 시작을 알리는 것일 은은한 종소리만이 귓가를 간지럽혔다.

"구조대원들이 출동을 하긴 할 텐데……. 아시잖습니까. 여기 대우가 형편없어서……."

사명감만으로 힘들고 위험한 일을 할 수 있는 사람은 지극히 제한적인 법이었다. 그나마 평범한 대우만 해줘도 사람들이 좀 열심을 낼 텐데, 여기는 그렇지도 못했다. 영국 식민지 시절 쓰던 물건을 지금도 써야 하는 경우가 태반이었고 그나마도 관리가 잘 안 되어서 망가진 물건이 너무 많다고 들었다. 그들이 과연 열심을 내줄까? 만약 그렇게 믿고 있다면 그건 지나치게 순진한 생각일 터였다.

"이런 제기랄. 우리 차 어딨지?"

"우리 차요……?"

앰뷸런스 말고 또 차가 있나? 리처드는 이게 뭔 소린가 하는 생각으로 고개를 갸웃거렸다. 그 모습을 지켜보던 크리스토퍼는 만족스러운 얼굴로, 저도 모르게 주먹을 불끈 쥐었다. 둘 다 어찌나 대화에만 집중하고 있는지, 여기 자기들 말고도 다른 이들이 있다는 건 까맣게 잊은 모양이었다. 이러면 좋은 영상이 나오기 마련이었다.

'좋아. 표정도 말투도 너무 좋아. 특히 저기 백강혁 교수는…… 비주얼도 완벽해. 거의 무슨 배우 같잖아.'

크리스토퍼는 잠시 데니스가 들고 있던 카메라를 모니터한 후 고개까지 끄덕였다. 그사이 강혁은 리처드의 어깨를 쾅쾅 소리가 날 만큼이나 두드리고 있었다.

"인마 너 지프차 있잖아. 그게 우리 차지."

"어……. 그게요? 그건 엄연히…… 미군…….."

"이 자식이 이거. 우리 병원이 절반은 미군 병원인데 다 나눠 쓰는 거지."

"그게……."

틀린 말은 아니긴 했다. 아까부터 두들겨대는 어깨가 너무 아프기도 했고. 세상에 약점도 아니고, 나름 단련된 어깨를 맞고 있는데 왜 이렇게 아픈 걸까? 소매에 혹시 망치 같은 거라도 숨겨둔 건 아닌지 의심될 지경이었다.

"할 말 없으면 나가자."

"네? 어딜요? 거길 가자고요?"

"빠른 이송이 가능하면 만반의 준비를 하고 기다리지만 그게 안 되면 우리가 가는 거야."

"그…… 그거야…….."

"새꺄, 나는 미군 구한다고 비행기 탔어. 너는 차도 못 타냐?"

"아, 아뇨. 타야죠. 네, 알겠습니다."

생각해보니 그렇긴 하지 않은가. 물론 계약 사항에 다 들어가 있는 일이긴 하지만 하여간 강혁은 미군은 아니었다. 아니, 미국인도 아니었다. 다른 무엇도 아니고 생명을 빚지고 있는 상황에 망설일 수가 있겠는가. 해서 리처드는 급히 차량을 향해 달렸다.

"근데 운전은 어떻게 하죠?"

"어떻게 하긴. 우리 병원에 운전 에이스 하나 있어."

"저요?"

"미친놈이. 양발로 운전하는 놈이 에이스는 무슨 놈의 에이스야. 너는 인마 분당 가서 운전해도 사고 낼 놈이야."

"분당이 어딘데요?"

"있어. 천당 밑에 분당이라고. 살기 좋은 곳."

강혁은 리처드로서는 도저히 알아듣지 못할 말을 하면서 숙소동을 향해 달렸다. 애초에 지프차가 거기 있었으니 시간 낭비는 아니었다. 문제가 있다면 오히려 강혁이 너무 빠르다는 것에 있었다.

"와, 시발. 못 따라가겠네, 아직도."

리처드도 나름 운동이라면 열심히 하고 있는 몸이었다. 데니스를 따라 매일 루틴으로 10km를 뛰고 또 근력 운동도 하고 있건만, 전력을 다하는 강혁에 비하면 일반인일 따름이었다.

"으어."

그렇지 않아도 수술까지 받은 크리스토퍼로서는 도저히 따라갈 수가 없었다.

"기자님. 그냥 차 쪽으로 가시죠."

"그, 그래야겠어요. 와……. 무슨 사람이 저렇게 빠르죠? 올림
픽 나가도 되겠네."

"음."

대상이 강혁이 아니라 다른 사람이었다면야 그저 웃어넘겼을
말이었다. 하지만 강혁을 머릿속에 떠올리는 순간 그럴 수가 없
었다.

'이 사람 진지하게 도전하면 무슨 종목이든 메달권…… 가능
하지 않을까?'

데니스가 잠시 쓸데없는 생각에 잠겨 있는 사이, 강혁은 추리
닝 차림의 장미를 끌고 나왔다.

"아, 뭐예요! 말이라도 하고……. 뭐야, 이걸 왜 찍어? 이 미친
놈이."

"미친놈이라니. 사람 살리는 일이야."

"그건 그거고 이건 이거지. 카메라를 들고 와서 이 꼴을 찍겠
다고?"

"카메라? 아, 저거. 저거……."

강혁은 장미가 가리킨 데니스를 보고 나서야 아까 인터뷰 중
이었다는 것을 떠올렸다. 그리고 이 인터뷰 영상이 올라갈 곳 또
한 떠올릴 수 있었다.

"어, 저 어디 나가는 거예요? 우리 영상? 그러면 나 이거 다 자
를 거야."

"아냐, 우리 영상."

"그럼 어딘데요."

"별로 안 유명해."

"어딘데."

"BBC."

"BBC……? 이 사람이 진짜."

"아아아아! 야, 아파! 나중에 지워달라고 하면 되지. 인마 생방송도 아닌데."

"후."

장미는 잠시 숨을 몰아쉬더니 고개를 끄덕였다. 끄덕이는 동안 라면 국물인지 뭔지가 눌어붙은 추리닝이 보여 화가 또 한 번 치밀어 올랐지만, 그래도 뭐 어쩌겠는가. 강혁이 이렇게 막무가내로 나오는 데는 다 이유가 있을 터였다. 뻔한 이유일 게 분명했다.

'안 가면 죽겠지?'

이 사람은 처음 봤을 때부터 지금까지 사람 살리는 일에 미쳐버린 상태이지 않은가. 이 병원만 해도 그랬다. 세상에 어떤 인간이 사재를 털어 봉사지에 병원을 짓고 거기에 와서 몇 년이고 시간을 보낼 생각을 할 수 있겠는가.

"알았어요. 차 뭐야."

"험비."

"험비? 아, 나 그거 안 몰아봤는데."

"그럼 내가 몰까?"

"아뇨? 안 몰아본 거 몰면 신나지."

"아, 그런 의미였나. 역시 조……."

"뭐?"

"아니, 아냐. 왜 이렇게 사나워, 사람이."

강혁은 윗도리고 아랫도리고 할 거 없이 라면 국물이 낭자하게 튄 장미를 보면서 고개를 절레절레 저었다. 벌써 한 댓 번 지적하려다 참은 마당이었다. 부탁하는 입장이기도 하거니와 상대가 장미라 그랬다.

'재원이었으면 그냥…… 아니지. 그놈은 운전을 잘 못하지. 내가 낫지, 차라리.'

하여간 둘은 곧 차에 올라탈 수 있었다. 험비가 작은 차는 아니지만, 워낙 사람이 많다보니 좀 복작거렸다.

'내리라고 할까.'

강혁은 그런 생각을 하며 크리스토퍼와 데니스를 돌아보았다. 하지만 워낙에 강혁과 리처드가 긴박하게 움직이는 걸 보았던 탓일까? 따지고 보면 지금 현장에서 제일 무용할 둘이 제일 전의를 불태우고 있었다. 그제야 강혁도 본인의 큰 그림을 떠올릴 수 있었다.

"그럼, 가자."

"네, 꽉 잡아요. 전속력으로 갑니다."

*

"시발……."

데니스가 차에서 내리자마자 욕설부터 해댔다. 베스트 드라이

버니 어쩌니 하더니만 어이가 없을 정도로 빠르게 차를 몰아댄 탓이었다. CIA에서도 나름 험하게 운전하는 법을 배우고 또 그런 차에 자주 타보기도 했지만, 적어도 오늘처럼 험악한 차량을 타본 것은 정말이지 처음이었다.

"후……."

그나마 데니스는 조금 나은 상황이었다. 상대적으로 그보다 훨씬 더 힘든 사람이 있을 수밖에 없지 않은가. 얼마 전 있었던 사고에서 죽다 살아난 크리스토퍼가 그랬다. 아무래도 트라우마가 되살아났는지, 숨을 몰아쉬고 있었다. 'PTSD란 이런 것이다'를 몸소 체험하는 듯했다.

"좋아. 5분도 안 걸렸어."

"와……. 길도 아닌 데다가 어떻게 이렇게 딱 멈췄지?"

반면 강혁과 리처드는 잘됐다는 표정만 지은 채 달려나갔다. 카메라는 물론이거니와 인터뷰를 이어나가야 하는 크리스토퍼조차 따라오지 못하는데도 아랑곳하지 않았다. 촬영이 잘되면 좋기야 하겠지만 그건 어디까지나 서브. 둘은 어찌 되었건 간에 사람을 살리기 위해 여기까지 온 몸이었다.

"음."

아무래도 리처드보다 훨씬 빨리 달려온 강혁은 저도 모르게 침음을 흘렸다. 길을 따라 올라오고 있었을 트럭은 저 위쪽 길모퉁이가 무너진 부분에서 미끄러진 것이 틀림없었다. 한 바퀴 또는 두 바퀴는 굴렀고, 나머지는 쓸려 내려온 것으로 보였다. 그 과정에서 문짝이 우그러졌는데, 보조석에 앉아 있던 이가 그 틈에 끼어 있었다. 반대편, 그러니까 운전석에 있는 이는 아예 바닥 면에 접하고 있어 보이지도 않았다. 앞 유리창을 통해 볼 수 있었다면 좋았을 텐데, 쩍쩍 갈라져 버린 탓에 의미 있는 정보는 얻을 수가 없었다.

"어쩌죠?"

뒤늦게 따라온 리처드 또한 고개를 갸웃거렸다. 장비라도 있다면 모를까 이걸 대체 어떻게 빼낸단 말인가. 리처드가 생각한 출동은 의사로서의 출동이지, 구조대원으로서의 출동이 아니었다. 심지어 지금은 진짜 구조대원들, 그러니까 누와라엘리야 소속 공무원들조차 수수방관하는 중이었다.

"뭐래?"

한참 위쪽에 차를 대고 달려온 샘이 보이자마자 강혁이 질문을 던졌다. 앞뒤 다 자른 말이었음에도 불구하고, 샘은 바로 알아먹었다.

"지금은 안 된답니다. 장비가 있어야 되는데……."

"장비가 대체 뭐 있다는데?"

"도끼랑 망치요."

"뭐…… 기중기 이런 거 없대?"

"그……."

샘은 살짝 뒤를 돌아보았다. 옷만 봐서는 도대체 구조대원인지 뭔지 알 수 없는 인원들이 서 있었다. 사고가 난 마당임에도 불구하고 대부분 멀찌감치 서서 팔짱을 끼고 있었기 때문에 어떻게 보면 좀 밉상으로까지 보였다.

"있겠습니까?"

"없겠지. 근데 왜 다들 저기 있대? 뭐 하는 거야?"

"그…… 어떻게 해야 되냐고 저한테 묻던데요?"

"너한테? 간호사한테 구조대원이 구조에 관해 묻는다고?"

"네."

"음."

이제는 강혁의 시선 또한 구조대원들 쪽으로 꽂혔다. 서너 명 정도 되어 보였다. 강혁의 눈으로도 이렇게 불확실한 표현을 쓴 이유는 복장이나 태도, 표정 그 어느 것 하나도 주변에 모여든 구경꾼들과 별반 다를 바가 없어서였다.

'여기…… 안중헌이나 김강률 둘 중 하나라도 있었으면 벌써 구했을 텐데.'

구조에 있어서만큼은 그 둘이 강혁보다도 훨씬 낫지 않겠는 가. TV나 각종 매체에서 대강대강 찍어서 그렇지, 사실 구조 작 업이라는 건 정말이지 프로페셔널한 일이었다. 요구되는 체력 조건은 물론이거니와 각종 기구 다루는 법 등 어느 것 하나 만만 한 것이 없었다.

'공무원은 연수 없나?'

강혁은 잠시 대한민국에 있는 둘의 팔뚝에 소름이 돋아날 만 한 생각을 하다가 이내 구조대원들을 향해 달렸다. 아무리 강혁 이라고 해도 맨손으로 이들을 구해낼 수는 없어서였다. 도끼나 망치뿐이라고 하긴 했지만, 가진 게 그것뿐이라면 그거라도 활 용해야만 했다. 어차피 한국대학교 병원 중증외상센터를 떠나온 이래 모든 것이 충분했던 적은 없지 않았던가. 이제 와 누군갈 탓하거나 불평을 늘어놓을 생각 따위는 전혀 없었다.

"어……."

"그거 줘봐."

"응?"

"그거. 그거 이 사람아."

강혁은 구조대원 앞에 선 후, 손을 내밀며 기구를 가리켰다. 그 모양새가 살짝 강도나 깡패를 연상케 하기는 했지만, 구조대원은 일단 강혁이 입고 있는 것이 의사 가운이라는 것을 확인했다. 그리고 한국인이라는 것 또한 확인했다.

'시장님 말씀이…… 무조건 도우라고 했지?'

이쪽으로 파견 왔을 뿐인, 말단 공무원인 구조대원은 미처 이유까지는 알지 못했다. 대한민국이 스리랑카와 경협을 추진 중이라는 걸 대체 어떻게 알겠는가. 하지만 까라면 까야 된다는 것 정도는 아주 잘 알고 있었다.

"네, 네."

"그래. 따라와. 어떻게 하는지는 봐야 될 거 아냐."

"아, 네."

해서 강혁의 말을 따라 순순히 기구를 넘겨주고는 비탈길을 따라 걸었다.

"어우."

"하체 운동 안 하나? 아니, 구조대원이라는 사람이 왜 이렇게 휘청거려."

강혁이 걸어오는 걸 보고만 있을 땐 미처 깨닫지 못했었는데, 막상 걸으려니 길이 험준하기가 이루 말할 수가 없을 지경이었다. 비틀거리며 강혁의 뒤를 겨우겨우 따라가는 게 최선이었다. 앞서가는 강혁이 한 손에는 도끼, 한 손에는 망치를 들고도 성큼성큼 나아가고 있는 것에 비하면 지나치게 느렸다.

"하여간 괴물이라니까."

리처드는 지금도 차량이 조금씩 아래로 밀리고 있는 것을 지켜보며 중얼거렸다. 이렇게 가파른 경사를 아무렇지도 않게, 손을 짚지도 않고 걸어오고 있다니. 정말이지……. 괴물이라는 말도 부족할 지경이었다.

"백 교수님이니까 그렇죠."

"뭐, 그렇긴 한데. 익숙해지질 않네."

"상식 밖의 사람이라 그럴걸요."

샘과 함께 대화를 나누고 있으려니, 그제야 크리스토퍼, 장미 그리고 데니스가 도착했다. 장미나 데니스야 원래 같으면 진즉에 왔어야 했지만, 크리스토퍼를 부축하느라 늦은 마당이었다. 그래놓고 서두르는 건 크리스토퍼였다.

"지금, 지금 저 장면 잡고 있습니까?"

"아, 네, 네. 잡고 있죠. 근데…… 의사가 아니라 무슨 바이킹 같은데요?"

"그거야 나중에 필터 씌우면 다 그럴싸해져요."

"그래요? 필터 씌우면…… 라스트 킹덤 될 것 같은데…….."

확실한 건 앵글로색슨족보다는 바이킹에 더 가까워 보인다는 것이었다. 그중에서도 얼 어바 정도의 괴물이라면 치환이 되려나. 데니스는 그런 생각을 하면서도 일단은 열심히 강혁의 모습을 화면에 담았다. 강혁은 그런 데니스와 카메라를 일별하고는 망치를 획 하고 리처드에게 던져주었다.

"와, 시발. 뒤질 뻔했네. 이걸 그냥 막 던져요?"

"머리, 땅에 가게 줬잖아."

"조금 빗나갔으면 머리 깨져요!"

"안 빗나가. 아무튼, 너는 유리를 깨. 이거 유리 그렇게 좋은 유리 아닐 테니까⋯⋯. 진짜 주의해야 한다. 무작정 세게 까면 안에 환자도 깨져."

"으⋯⋯."

망치로 유리 깨다가 환자도 깬다라. 생각만 해도 끔찍한 얘기였다. 더 끔찍한 것은 충분히 그럴 수 있어 보인다는 것이었다. 강혁의 말대로 차의 앞 유리창은 솔직히 발로 까도 깨질 것 같이 위태로워 보였다. 보통 이렇게 약한 물질이라면 깨져봐야 남들에게 손상을 입히기 어려울 것 같겠지만 유리만큼은 예외였다. 저럴수록 인체에는 치명적인 손상을 입힐 수가 있었다.

"그럼 제가⋯⋯."

"뭐?"

"아뇨, 아닙니다. 네네."

차라리 도끼질을 할까 하는 생각에 강혁을 돌아보았지만, 강혁의 모습을 딱 보는 순간 생각이 바뀌었다. 강혁은 이미 차량 위에 홀연히 올라선 채, 쭈그러든 문틈을 겨냥하고 있었다. 일단 어떻게 올라갔는지부터가 의문이었고, 또 저 위에서 어떻게 저런 자세를 유지하고 있는지도 의문이었다.

'나는 못 해.'

저건 인간의 영역을 넘어선 일이었다. 리처드는 말없이 유리창을 응시하다가 살살 두드리기 시작했다. 챙. 두드리자마자 금이 와사삭 가더니만 조각 몇 개가 안쪽으로 튀어 들어가는 게 보였다.

"새꺄, 조심해서 치라고. 누가 중앙부터 까? 이런 유리는 가장자리부터 치라고. 어차피 약해서 너무 잘 깨져."

위에선 보일 리가 만무할 텐데 강혁은 귀신같이 리처드가 칠뻔했던 사고를 잡아냈다.

"네, 네, 죄송합니다. 아, 가장자리부터 치면 되는구나."

"당연한 소리를 너무 감탄하면서 하니까 어이가 없네. 아무튼, 나 이제 집중해야 되니까 알아서 잘해. 자신 없으면 하지 말고."

"아, 아닙니다. 할 수 있죠. 수술도 하는데 이걸 못할까."

강혁은 리처드의 너스레를 귓등으로 흘린 채, 다시금 문틈을 응시했다. 다른 사람이라면 그저 원래 문고리가 있었을, 하지만 지금은 우그러진 모양만 보일 터였다. 하지만 강혁에게는 아니었다. 그의 비정상적으로 뛰어난 눈은 그 너머의 약점까지 잡아냈다. 그리고 미약하게나마 들려오는 숨소리의 위치 또한 알아냈다.

'살려줄게.'

간혹 숨소리에 실린 감정마저 들려올 때가 있었다. 직업이 직업이다보니, 강혁이 주로 듣는 감정은 두려움이나 공포였다. 지금 이 환자라고 해서 예외는 아니었다. 인도 타밀족들만큼 혹독한 대우를 받고 있는 건 아니겠지만, 싱할라족이라 해서 딱히 대우가 좋은 것도 아니지 않은가. 그저 생업을 위해 열심히 일하다가 사고를 당한 마당일 터였다. 깡. 강혁으로서는 구해줘야겠다는 생각 외에 다른 건 마음에 담기가 어려웠다. 그 순간 강혁의 도끼가 문틈을 내리쳤다.

"음."

강혁을 응시하고 있던 크리스토퍼로서는 아까 데니스가 했던 말을 떠올릴 수밖에 없었다.

'바이킹 같긴 하네.'

과거 영국을 짓밟았던, 너무도 강력해서 천벌로까지 여겨졌던 전사를 눈앞에서 보는 듯한 기분이 들었다. 그만큼 강혁의 도끼질은 능숙해 보이는 것을 넘어 신묘한 기운까지 느껴졌다. 깡. 그 도끼질이 두어 번인가 반복되었을 때쯤, 문이 갈라져 나왔다. 강혁은 살짝 벌어진 틈새로 도끼날을 끼우고는 지렛대의 원리를 이용해 문을 아예 뜯어냈다. 그러곤 아래를 향해 외쳤다.

"들것! 들것 준비해!"

"아, 네. 근데……."

"데니스! 너 인마 카메라 들고 뭐 하나! 들것 들어! 저기 구조대원한테 줘. 지금은 네가 저 사람보다 더 도움 돼."

"아……. 네네."

큰 그림이고 나발이고 지금은 환자가 우선이지 않은가. 손이 없는 상황이었다. 데니스 또한 예전에 비하면 마인드만큼은 외상 외과 사람이 다된 마당이라 즉시 고가의 카메라를 이름도 모르는 사람에게 맡겨 둔 채 샘과 함께 들것을 펴들었다. 필사적인 팀원을 보게 된 크리스토퍼는 그저 기쁠 뿐이었다.

'여기 현실을 알리는 건 무리일 수도 있어. 하지만…… 여기에 이런 의사가 왔다는 것을 알려주는 것만으로도, 뭔가 문제가 있을 거라는 것 정도는 느끼게 해줄 수 있지.'

더 이상 종군 기자를 하지 못하게 되었다는 직감과 함께 기자 또한 관두어야 하나 싶었는데, 그게 아닌 듯했다. 여기에도 감춰진 진실이 있는 것 같았다. 강혁이 알고 있는 진실을 크리스토퍼도 파헤쳐 모든 이들에게 알리고 싶다는 생각이 강하게 들기 시작했다.

강혁은 데니스와 샘을 준비시킨 후, 즉시 조수석의 환자를 살폈다. 마음 같아서는 그대로 잡아 빼고 싶었지만, 그건 차가 곧 터질 것 같다든지 하는 위급한 문제가 있을 때나 해야 할 짓이었다. 지금은 그래도 되는지부터 살펴야 했다. 만약 여의치 않다면, 아래쪽에 있는 리처드와 협조해서 빼내는 것이 좋았다.

'일단…… 옆으로 갖다 박았어.'

안전벨트를 매고 있기는 한데, 하필 안전벨트가 고장이었던 모양이었다. 엉망으로 풀어헤쳐져 있었다. 개발도상국에서 운행 중인 대다수의 트럭 상태를 생각해보면 그리 놀랄 일도 아니었다. 심지어 주된 운송 수단으로 쓰이는 차의 재료가 대한민국 같은 나라에서 폐차 대상이었던 차량인 경우도 너무 많았으니까.

안전보다는 일단 굴러가는 데 초점을 맞춰서였다. 생명이 가장 소중하다는 말은, 일단 살 만해진 나라에서나 통하는 말이었다.

'그래도 첫 한 방은 안전벨트가 견뎌줬고…… 문제는 우측 옆 머리, 하필 뼈가 얇은 부위인데……. 운전자 어깨에 부딪혔어. 이 사람 좌측 어깨도……. 차체에 부딪혔고……. 그러면서 탈구. 하 지만 경추는 괜찮아.'

목 관절이라는 게 애초에 앞뒤 움직임에 주안점을 두고 있지 않은가. 때문에 앞뒤로 주어지는 충격에 더 취약할 수밖에 없었 다. 심할 경우 채찍 증후군이라는 것도 발생할 정도였다. 앞뒤로 흔들린 것만으로 머릿속의 뇌가 두개골에 사정없이 부딪히면서 손상이 생기는 것이었다. 그에 비해 좌우의 흔들림에 대해서는 흉쇄유돌근이 버텨주기에 조금은 나았다. 물론 나이가 어린 경 우엔 근육 발달이 덜 되어서 그대로 경추가 빠져버리기도 하지 만, 이 환자의 경우엔 해당 사항이 없었다.

"웃차."

판단이 선 강혁은 즉시 팔을 뻗어 환자를 위로 끌어 올렸다. 환자의 체격이 그리 작은 편이 아님에도 불구하고 힘을 주기 시 작하자, 곧장 밖으로 끌려 나오기 시작했다. 마치 기중기라도 동 원한 듯한 느낌이었다. 심지어 더 안정적인 듯했다.

"와……. 저거……."

들것을 들고 대기 중이던 데니스와 샘의 입에서 동시에 감탄 이 터져 나왔다. 땅데드도 아니고 대체 무슨 힘으로 당기는 것이 란 말인가. 어마어마하다는 생각만 들었다.

"음."

강혁은 그렇게 차 밖으로 환자를 끌어낸 후에는 환자를 안아 들었다.

"어, 근데 저희가 어떻게 받죠?"

데니스와 샘은 반사적으로 들것을 들어올렸지만 턱도 없었다. 게다가 이 자세로 사람 하나를 받쳐 들 수 있을 것 같지도 않았다. 저기 멀뚱히 있는 구조대원들이라도 몇 명 왔으면 모를까, 지금은 무리였다.

'안중헌이나 김강률 있었으면……. 아니지. 그 둘 아니라 그냥 일반적인 대한민국 구급대원이면 뭐…….'

선진국이라는 건 그냥 돈만 잘 번다고 해서 되는 게 아니었다. 아니, 나라에 돈이 많아진다는 건 생각보다 아주 여러 방면에 영향을 미쳤다. 비단 문화, 음식 등의 발전뿐만이 아니라 인프라 전반에 그랬다. 대한민국은 특이할 정도로 급격히 발전한 나라라 분야별로 불균형이 좀 있기는 했으나, 그렇다고 해서 스리랑카와 비교될 정도는 아니었다.

'벌써 내렸지. 아니……. 벌써 구급차에 탔지.'

구조 장비부터 다를뿐더러 구조대원들의 숙련 수준 또한 달랐다. 강혁은 잠시 아쉬움에 젖어 있다가, 차 위에서 뛰어내렸다. 별다른 전조도 없이 일어난 일이었기에 당연하게도 비명이 잇따랐다.

"이런 미친."

"뭐 하는 거예요!"

특히 대기 중이던 데니스와 샘이 그랬다. 하지만 강혁은 그 무거운 환자를 안고 뛰어내렸음에도 불구하고, 또 땅이 비탈길이었음에도 불구하고 사뿐하기만 했다. 크리스토퍼는 어린 시절 보았던 와호장룡을 떠올렸을 지경이었다. 무협 고수만큼이나 비현실적인 모습이었다.

"뭐, 인마."

"허⋯⋯."

"들것으로 옮기고 앰뷸런스로 가자."

"아, 네. 어우, 이거⋯⋯ 무거운데⋯⋯."

"야, 기울잖아!"

"아니, 이게⋯⋯ 이게 보통 무게가 아닌데."

들것은 강혁이 대한민국에서 공수해온 물품으로, 꽤 좋은 물건이었다. 환자를 고정할 수 있을뿐더러 들고 있는 사람이 가장 힘을 잘 쓸 수 있도록 손잡이 위치도 변경이 가능했다.

"새, 샘. 거기. 아니 왼팔을."

"내 왼팔?"

"아니, 아니! 오른팔!"

"어휴."

그럼에도 둘은 낑낑거렸다. 강혁 혼자 환자를 끌어내는 것도 모자라 들고 뛰어내렸다는 걸 생각하면 조금은 한심하게까지 보일 지경이었다. 하지만 객관적으로 보면 이게 정상이었다. 그 어떤 훈련도 안 받은 사람 둘이 어떻게 비탈길에서 환자를, 그것도 꽤 건장해 보이는 환자를 문제없이 옮길 수 있겠는가.

"내가 도와줄게."

"네. 휴."

"그리고 리처드. 넌 조심하랬지 언제 하지 말랬냐? 왜 이렇게 느려?"

"아······. 하고 있습니다. 근데 이게 튀어 들어갈까 봐."

"좀 서둘러. 그 환자 상태가 진짜 안 좋아 보이니까."

"아, 아. 네."

리처드는 심각해진 얼굴로 망치를 휘둘렀다. 강혁의 말이 없었다 해도 환자 상태가 워낙에 안 좋아 보여서였다. 우선 자세부터 그랬다. 안전벨트가 끊어진 건지 아니면 애초에 안 한 건지 모르겠는데, 바닥에 끼어 있었다.

'이미 죽은 건 아니겠지?'

그건 아닐 터였다. 만약 그랬다면 강혁이 말해줬을 테니까.

'거기서 헛수고하지 말고 일단 이 사람부터 봐!'

뭐 이런 식으로라도 해줬을 터였다. 어떻게 내내 지켜본 리처드보다 힐끗 본 강혁이 더 잘 알 수 있겠느냐는 생각이 들 수도 있겠지만, 그건 강혁을 몰라서 하는 소리였다. 이제 제법 강혁을 잘 알게 된 리처드로서는 그의 말을 신뢰할 수밖에 없었다. 의학적으로는 정말이지 그래야만 했다. 리처드가 망치질을 이어나가는 사이, 강혁은 데니스, 샘과 함께 환자를 데리고 비탈길을 올랐다. 샘이 앰뷸런스를 위에다 세워둔 탓이었는데, 어쩔 수가 없었다. 바로 그다음 길목이 무너져 내려 있었기에 그랬다. 아마 폭이 두꺼운 편인 앰뷸런스로 무리했다가는 샘도 사고가 났을 터였다. 아예 장미처럼 비탈길을 달렸다면 또 모르겠지만, 글쎄 그건 아무에게나 가능한 묘기가 아니었다.

"그래도 좀 아래로 세우지. 이게 뭐냐."

강혁은 환자의 자세가 흐트러지지 않도록 다리 쪽을 높이 세운 채 외쳤다. 강혁과 같은 쪽에 있던 샘이 면목 없다는 투로 대꾸했다.

"그러게요. 제가 운전이…… 여기는 좀 무섭잖아요."

"다치는 것보다는 낫지. 근데, 여기서 앰뷸런스 운영하려면 운전 연습은 좀 해야겠다."

"하."

"하?"

"아뇨, 아닙니다."

강혁은 잠시 고개를 황급히 흔들어대는 샘을 돌아보았다. 하기 싫어서가 아니라 정말 못하겠다는 얼굴이었다. 하긴 강혁이 보기에도 그랬다.

'레이서라도 잡아 와야 하나.'

장미가 해주면 좋긴 하겠지만, 장미는 운전 외에도 할 일이 너무 많았다. 지금만 해도 그렇지 않은가. 병동을 비워두고 온 기분이 자꾸만 들었다. 지금이야 별로 문제될 만한 환자가 없다지만, 중증외상센터를 운영하다보면 중환자가 있을 때가 없을 때보다 더 많았다.

"교수님, 어쩌죠?"

강혁을 상념에서 깨운 것은 데니스였다. 녀석은 벌써 앰뷸런스 안쪽으로 들어가 앰뷸런스 침대로 환자를 옮기려 하고 있었다.

"아, 바로 옮겨야지. 이 환자는……."

강혁은 다시 한번 환자를 살폈다. 옆머리의 골절, 하지만 그렇게 심각한 상황은 아니었다. 삐죽한 것이 아니라 운전자의 어깨에 부딪히면서 발생한 손상일 뿐이었다. 물론 뇌가 좀 붓기야 하겠지만 저 정도는 충분히 감당할 수 있었다.

'어깨 골절이 좀 복잡하긴 하지만……. 저것도 생명에 지장이 있을 정도는 아냐. 그럼…….'

강혁의 표정을 읽어낸 이가 있었다. 샘이었다.

"한유림 교수님께 맡길까요?"

"어, 운전은 장미가 해. 갔다가 와야 해, 바로. 샘은 가면서 환자 상태 변하는지 보고."

"따로 연락할 필요는……."

"없지. 한유림 교수님이 거기 지키고 있을 거야."

딱히 의무가 있지는 않았다. 오늘의 당직은 리처드니까. 하지만 한유림이 정 없이 응급실을 떴을까? 그랬을 리는 없었다. 강혁이 그렇게 안 가르쳤고, 또 그렇게 안 키웠다. 나이가 새파랗게 어린놈이 육십 넘은 노인 두고 하는 말이라기엔 조금 지나친 감이 있기는 했지만, 사실이 그랬다.

"네."

샘 또한 동의하는 바였다. 그가 본 한유림은 참의사였다. 예전엔 어땠을지 모르겠지만 지금은 두말할 것도 없었다.

"오케이, 그럼 출발. 데니스, 너는 나랑 같이 돌아간다."

"아, 네."

비의료인인, 심지어 CIA 요원인 데니스조차 이제는 외상 외과적 마인드를 탑재하게 된 마당 아닌가. 한유림 같은 의료인들은 말할 것도 없었다. 강혁은 생각보다도 더 영향력이 있는 사람인지라, 그 곁에 있으면 저도 모르게 닮아가기 마련이었다.

둘은 곧 빈 들것을 든 채 다시 트럭을 향해 달렸다. 비탈에 있는 트럭은 아까보다 대략 5cm가량 밑으로 밀려 있었다. 이제 더 시간을 지체했다간, 아예 굴러떨어질 가능성도 있었다. 적어도 강혁은 그렇게 판단하고 있었다. 때문에 상당히 서두르고 있었다. 크리스토퍼로서는 도저히 따라갈 수 없을 지경이었다. 해서 그는 카메라를 넘겨받았던 구조대원과 함께 길에 남았다.

"옳지, 다 했냐?"

"아, 네. 근데…… 환자가 좀 구겨져 있어서…… 이게 어떻게 빼내야 할지……."

"혼자서는 안 되지. 저쪽으로 가봐. 데니스 너는 잘 보다가 차 밀리는 것 같으면 밀어. 지금은 밀지 말고. 괜히 밀다가 오히려 내려간다."

"네, 교수님."

강혁은 데니스를 남겨두고는 환자에게로 다가갔다. 아직 앞 유리창의 잔해가 남아 있긴 하지만, 강혁은 애초에 미군 워커를 신고 있었기에 별 상관은 없었다. 리처드 통해 구해온 것인데 이럴 때 특히 좋았다.

"이 환자는 머리가 좌우만이 아니라 앞뒤로도 흔들렸어."

"아……. 그럼 경추가……."

"어, 손상이 있어. 척수가 잘린 건 아니지만. 여기 봐라."

"하……. 부러졌네."

리처드는 강혁이 가리킨 부위를 보며 침음을 흘렸다. C3, C4가 이어지는 부위에 이상이 있었다. 아니, 약간의 비틀림이 있었다.

"아니, 탈골인가?"

"아니지. 여기는 탈골 안 생겨. 너 공부 좀 해라. 생길 수가 있겠냐?"

"아……. 그럼 역시……."

"어, 부러졌어. 여기 흔들리면 골 때리니까 내가 잡을게. 넌 다리로 가서 내가 하라는 대로만 움직여. 아직 신경 안 잘렸으니까……. 방법이 없는 건 아냐."

"음, 네."

척추뼈에는 당연히 여러 기능이 있지만, 그중 제일 중요한 것은 역시나 척수신경의 보호라 할 수 있었다. 척수신경이 목 레벨에서 끊어졌다간 자칫 하반신 불구 또는 전신 불구로 이어질 수 있었다. 하필 지금은 손상 레벨이 높아서 예후가 더 안 좋을 수 있었다. 일단 척수신경이 살았으니 다행이지만 그만큼 부담이 되었다. 이제부터 이 사람의 남은 생은 온전히 둘의 손에 달려 있었다.

"자, 이제 가자."

"네."

강혁과 리처드의 눈빛이 허공에서 얽혔다가 이내 환자에게로 떨어졌다. 이미 강혁의 지시에 따라 들것에 실은 후였지만, 둘 중 누구도 표정이 밝지는 못했다. 환자의 남은 생. 결코 가볍지 않은 무게가 느껴진 탓이었다. 말소리조차 줄어들었다. 이따금 강혁이 밟을 곳을 지시하는 것이 다일 지경이었다. 그래서일까? 데니스까지 셋이 다가오는 모습은 마치 심각하게 다친 전우를 들쳐 메고 귀환하는 군인들 같았다. 수없이 많은 전장을 누볐던 크리스토퍼가 보기에도 그랬다.

"그⋯⋯."

그때 생각보다 가까운 곳에서 엔진 소리가 들려왔다. 고개를 돌려보니, 아까 이곳을 떠났던 앰뷸런스가 보였다. 그 잠깐 사이에 흙먼지를 잔뜩 뒤집어쓴 앰뷸런스엔 어딘지 모르게 표정이 있는 듯했다. 최선을 다해 달려오고 있다는 것이 느껴진다고 해야 할까? 끼이익. 차량은 곧 크리스토퍼의 약간 뒤편에 멈춰 섰다. 여차하면 비탈이라도 달릴 기세였으나 이미 환자가 길에 근접했다는 걸 확인해서일 터였다.

"어떻게 할까요?"

차를 멈춰 세우자마자 운전석에서 뛰어내린 장미가 외쳤다. 앞뒤 다 잘린 말이긴 했으나, 이 자리에 있던 이들 중 이 말을 못 알아들을 사람은 없었다. 해서 모두 강혁을 돌아보았고, 강혁은 병원으로 향하는 길을 돌아보았다. 비탈을 따라 굽이치는 길은 걷기에도 만만치 않은 길이었다.

'저길 달린다⋯⋯.'

강혁은 다시 환자를 내려다보았다. 애초에 들것은 데니스와 리처드에게 맡긴 참이었다. 강혁의 두 손은 환자의 목에 가 있었다. 최대한 흔들림을 막기 위함이었다. 지금도 삐걱거리는, 소름 끼치는 감각이 고스란히 전해져 오고 있었다.

'이동을 최소화해야지. 최소한 이걸 고정이라도 해야 해.'

다행히 조수석에 있던 환자 머리에 부딪힌 어깨는 괜찮았다. 다만 목이 문제일 뿐이었다.

"상 펴!"

"알겠습니다!"

강혁의 결단에 장미가 고개를 끄덕였다. 장미는 그와 거의 동시에 차 안으로 뛰어들어간 후, 분주하게 움직이기 시작했다. 아직 강혁이 도달하려면 시간이 있었지만, 그 시간을 허투루 쓸 수는 없었다. 의료 현장에서는 늘 그랬다. 나에겐 한가롭기 짝이 없던 시간이, 환자에게는 마지막 기회일 수 있었다. 보람이 있었는지, 환자가 앰뷸런스 안으로 들어설 때쯤엔 상이 거의 펴져 있었다. 억지로 공간을 짜 넣은 것이라 좁디좁았지만 그래도 어지간한 기구는 다 올라와 있었다. 심지어 대강 강혁이 요청하려는 순서에 맞춰서였다. 장미가 얼마나 숙련된 간호사인지 엿볼 수 있는 대목이었다.

"자세는 어떻게 할까요? 역시 프론?"

"응, 그렇지. 목 뒤로 들어간다."

"용케 앰뷸런스인 데도 수술대가…… 이렇게 되어 있네요?"

"돈 많이 들었어."

강혁은 리처드의 감탄을 뒤로하고 환자를 수술대 위에 내려놓왔다. 여전히 양손으로는 목을 고정한 채였다. 기구가 아니라 그저 손만 이용한 상황이기는 했지만 그 어떤 때보다 환자의 목은 안정적이었다. 덕분에 리처드와 데니스는 환자의 얼굴을 수술대에 뻥 하고 뚫린 구멍에 밀어 넣을 수 있었다.

"아."

그 순간 리처드의 입에서 탄식이 흘러나왔다. 삽관을 안 했다는 것이 떠올랐기 때문이었다. 해서 어쩌죠, 하는 표정으로 강혁을 보았다. 강혁은 여전히 손으로 목을 잡은 채 어깨를 으쓱해 보였다.

"뭐, 인마. 꽂아."

"네? 아니……. 어떻게 여기서……."

"어차피 삽관은 안 돼. 여기서 더 뒤로 젖히지? 바로 뚝이야."

"그럼…… 뚫어요?"

뚫다, 째다, 따다. 의사마다 각기 다른 용어를 사용하는데, 가리키는 것은 결국 하나, 기관절개술이었다.

"어. 뚫어."

"아니……. 이걸……."

"새꺄, 누워서 해. 그 정도는 할 수 있잖아."

"누워서……?"

이 미친놈이 뚫린 입이라고 막말을 하네, 라는 말이 목구멍까지 튀어나왔다가 다시 들어갔다. 뭐가 어찌 되었건 강혁은 최선을 다하고 있는 참 아니던가. 아니, 어쩌면 최선까지는 다하지 않았을 수도 있지만, 지금 강혁이 부리고 있는 묘기는 절대 아무나 할 수 있는 건 아니었다. 모르긴 해도 온 세상을 뒤져봐도 오직 강혁만이 가능할 터였다.

"음."

리처드는 환자 밑으로 누워보았다. 일반적인 수술대가 아니었기에 동그란 구멍만 나 있는 게 아니라, 목이 있는 부위도 살짝 벌어져 있었다. 나름 좌우 크기도 조절이 된다고 하더니만 지금 벌린 모양이었다. 고개를 돌려보니 장미가 리모컨을 내려놓고 있었다. 다른 한 손으로는 베타딘 소독액을 건네주면서였다. 너무도 자연스러워서 일단은 받았다. 그러곤 환자 목을 닦으려니 중력에 의해 소독액이 뚝뚝 떨어져 내렸다. 얼굴과 옷에 다 떨어진다 이 말이었다.

"에이…… 읍."

방금은 입에도 들어갔다. 화가 났지만, 굳이 입을 열 필요는 없었단 것을 생각해보면 억울해할 건 없었다. 그리고 강혁은 그런 것을 결코 놓치는 법이 없었다.

"괜히 중얼거리니까 그렇지."

"에이…… 읍."

"배우는 게 없는 놈이네."

"……."

리처드는 두 번인가 더 베타딘을 먹은 후부터는 입을 다물었다. 그러곤 칼을 집어 들었는데, 그제야 이런 생각이 들었다.

'베타딘 대신 피가 떨어지나? 그건 좀 싫은데?'

이 사람한테 무슨 병이 있을 줄 알고 이런 위험을 감수한단 말인가. 실제 리포트 된 사례에서, 중증외상센터에서 일하는 인력은 병원 내에 다른 어떤 인력보다 혈액 감염에 노출될 위험이 컸다. 심지어 에이즈나 C형 간염과 같은 치명적인 질환에 이환되는 경우도 왕왕 있었다. 적어도 외상 외과에서는 수술 전 검사가 어려운 경우가 많기도 했거니와, 검사를 했더라도 결과가 미처 나오기 전에 수술에 들어가는 경우가 많아서였다.

"자요."

"응?"

고민을 하고 있으려니 장미가 웬 투명한 막을 리처드의 얼굴에 얹어주었다. 투명도가 어마어마해서, 시야에 전혀 무리가 가지 않을 지경이었다. 심지어 지금 리처드는 빛을 아래서 쏘고 있어 빛 반사가 일어나기 딱 좋은 환경에 처해 있음에도 그랬다.

"이거면 됐죠?"

"아니, 이런 게 있었으면 소독할 때 주지."

"떨어지는 거 보고 나서야 생각이 났어요. 피보단 그게 낫지. 어차피 베타딘은 가글도 하고 조금 먹어도 되잖아요."

"조금이지 그게……."

"하여간 하세요. 왜 이렇게 말이 많으실까."

"하."

리처드는 한숨을 쉬다가, 장미란 인간은 저 강혁마저도 좀 어려워하는 사람이라는 걸 떠올렸다.

'그래, 나 같은 게…… 어찌 개기겠냐.'

해서 체념한 얼굴을 한 채 칼로 환자의 목을 슥 하고 그었다.

포지션이고 나발이고 없이 들어간 절개였기에 기도까지 도달하기 전에 걸리적거리는 게 진짜 많았다. 갑상선이 그랬고, 여러 근육들이 그랬다.

"에이."

"불만이 되게 많네요. 봉사도 아니고……. 중령님은 임무 차 온 거 아니에요?"

자동으로 불평이 나왔는데, 장미가 이를 놓치지 않고 지적했다. 울컥했다. 내가 원하던 임무는 아니지 않은가.

"그……."

"뭐요."

"아니, 아닙니다."

하지만 장미의 눈알을 보고 있자니 다른 말이 나오진 않았다. 많이 혼날 것 같았다. 게다가 따지고 보면 이 임무가 정말 리처드가 원하지 않았던 임무라고 하기도 어려웠다. 뭐가 되었건 간에 군의관이 맡을 수 있고, 또 맡아야 하는 임무는 사람을 살리는 것 아니던가. 해서 입을 다물고 절개를 이어나가 보니 어느새 기도가 보였다. 피가 아래로 흘러내리는 상황에 마냥 단점만 있는 건 아니어서 빠르기도 했다. 따로 석션할 필요 없이 시야가 확보되었으니까.

"관 줘봐요. 이거 막만 좀 닦아주시고."

"네. 사이즈 뭘로?"

"음. 그냥 8? 얇은 것으로 넣는 게 낫겠어요. 애초에 절개가 작아서."

"자랑하는 건가?"

"응?"

"아닙니다."

리처드는 장미가 건네준 관을 쑥 하고 집어넣었다. 장미는 그와 동시에 관 끝에 마취 기기를 연결했다. 워낙에 경력이 오래되기도 했거니와 초기 중증외상 팀은 의사와 간호사 간의 경계가 정말 모호한 상황이었기에 어지간한 일은 다 할 수 있었다.

"자, 마취 시작하고……."

"네."

"리처드. 너부터 손 닦고 와. 내가 소독하고 있을 테니까……. 나 손 닦는 동안 교대해서 네가 여기 잡아."

기관 절개가 되었다고 해서 한숨 돌릴 틈이 주어지는 건 아니었다. 강혁은 기다렸다는 듯 입을 열었다. 아니, 벌써 닦고 있었다. 어느새 환자 옷은 잘려져 있었는데, 그건 데니스가 한 일인 듯했다.

"어……. 제가 잡아요?"

"잡는 것도 못하냐? 움직이는 것도 아니고 그냥 잡고만 있는 건데."

"못 잡으면 어떻게 되는데요? 그거…… 그냥 그대로 두고 있으면 안 되나?"

"아, 그럼 바로 끊어질 것 같은데."

"왜요?"

"내가 아까 환자 발견되었을 때 모양대로 억지로 목뼈 잡고 있는 거거든. 자세 바뀌었는데 놓아 봐라. 어떻게 되나. 단두대처럼 잘린 뼈가 척수신경 뎅강 할걸."

"아."

단두대라니. 지금 환자 상황과 너무 연결되는 표현 같아서 소름이 돋았다. 실제 목이 잘리는 것과 척수가 잘리는 것의 차이는 고작해야 생명이 있고 없고 정도지 않겠는가. 전신 마비 환자의 삶은 생각만 해도 고단한 것이었다. 피할 수 있다면 반드시 피해야 했다.

"알겠습니다……."

"축 처지지 말고. 빨리 움직여."

"네."

"어디 가, 인마. 네 앞에 개수대 있는데."

"아."따

해서 리처드는 온갖 구박을 다 받아가면서 손부터 휘리릭 닦았다. 그사이 강혁은 소독을 마치고, 돌아온 리처드에게 오른손을 인계했다.

"자, 지금 내가 잡아준 그대로만 잡고 있어. 그리 어렵지는 않지?"

"네, 이건……."

"근데 놓친다? 그럼 죽는 거야. 알지?"

"음."

어렵다고 할걸. 리처드는 멍한 얼굴로 중얼거렸다. 그래봐야 엎질러진 물을 주워 담을 수는 없는 노릇이었다. 강혁이 손을 닦

고, 장미의 도움을 통해 가우닝까지 한 후로는 바로 수술 시작이
었다.

"길어야 30분이야. 30분만 잡고 있어."

"이게 30분에 끝난다고요? 희망 고문 될 것 같은데."

"새꺄, 여기서 더 질질 끌면 척수신경 안 끊겨도 손상 가."

"왜요?"

"혈관은 멀쩡할 것 같냐? 괴사 되지."

"아……."

"존나 서두를 거니까, 얼 빼고 있지 마. 장미도…… 오랜만이
라고 넋 놓고 있으면 나 놓친다."

"그건 걱정하지 마세요."

12권에서 계속

중증외상센터 골든 아워 XI

초판 1쇄 인쇄 2022년 8월 17일
초판 1쇄 발행 2022년 8월 30일

지은이 한산이가(이낙준)
펴낸이 김선식

경영총괄 김은영
책임편집 한나래 **디자인** 박수연 **책임마케터** 배한진
콘텐츠사업6팀장 임경섭 **콘텐츠사업6팀** 박수연, 한나래, 정다움, 임고운
편집관리팀 조세현, 백설희 **저작권팀** 한승빈, 김재원, 이슬
마케팅본부장 권장규 **마케팅3팀** 권오권, 배한진
미디어홍보본부장 정명찬 **홍보팀** 안지혜, 김민정, 오수미, 송현석
뉴미디어팀 허지호, 박지수, 임유나, 송희진, 홍수경 **디자인파트** 김은지, 이소영
재무관리팀 하미선, 윤이경, 김재경, 안혜선, 이보람 **인사총무팀** 강미숙, 김혜진, 황호준
제작관리팀 박상민, 최완규, 이지우, 김소영, 김진경, 양지환
물류관리팀 김형기, 김선진, 한유현, 민주홍, 전태환, 전태연, 양문현, 최창우
웹 콘텐츠 작가컴퍼니

펴낸곳 다산북스 **출판등록** 2005년 12월 23일 제313-2005-00277호
주소 경기도 파주시 회동길 490
대표전화 02-704-1724 **팩스** 02-703-2219 **이메일** dasanbooks@dasanbooks.com
홈페이지 www.dasanbooks.com **블로그** blog.naver.com/dasan_books
종이 아이피피 **인쇄·제본** 갑우문화사 **코팅 및 후가공** 평창피앤지

ISBN 979-11-306-9289-0 (04810)
      979-11-306-9288-3 (세트)